Hans Jakob
Christoffel von Grimmelshausen

Der abenteuerliche Simplizissimus

Bearbeitet von
Josef Guggenmos

Ueberreuter

ISBN 3 8000 2022 X
J 842/2

Umschlag und Illustrationen von Hans Arnold

Papier und Gesamtherstellung: Salzer - Ueberreuter, Wien
Printed in Austria

Vom Herkommen des Simplizius

Zu dieser unserer Zeit, von welcher man glaubt, daß es die letzte sei, herrscht unter geringen Leuten eine Sucht: Haben sie so viel zusammengeraspelt, daß sie ein närrisches Kleid auf die neue Mode, mit tausenderlei seidenen Bändern, tragen können, oder sind sie etwa durch einen Glücksfall zu Ansehen gelangt, gleich wollen sie rittermäßige Herren und Adelige von uraltem Geschlecht sein. Dabei findet sich doch oft, daß ihre Voreltern Tagelöhner, Karrenzieher und Lastträger, ihre Vettern Eselstreiber, ihre Brüder Büttel und Schergen, ihre Mütter Kupplerinnen oder gar Hexen waren. Solchen närrischen Leuten nun mag ich mich nicht gleichstellen. Obzwar ich mir, die Wahrheit zu bekennen, oft eingebildet habe, ich müsse unfehlbar auch von einem großen Herrn abstammen, weil ich eine solche Lust in mir spüre, das Junkerhandwerk zu treiben, wenn ich nur die Mittel dazu hätte. Doch ohne Scherz, mein Herkommen läßt sich gar wohl mit dem eines Fürsten vergleichen, wenn man nur den großen Unterschied nicht ansehen will. Was? Mein Knan (denn so nennt man die Väter im Spessart) hatte einen eigenen Palast, so schön, wie ihn kein König mit seinen eigenen Händen zu bauen vermöchte. Er war mit Lehm bemalt und statt mit unfruchtbarem Schiefer, kaltem Blei oder rotem Kupfer mit Stroh gedeckt, auf dem das edle Getreide wächst. Auch ließ mein Knan, um mit seinem Adel recht zu prangen, die Mauern seines Schlosses nicht mit Steinen aufführen, die man am Wege oder in Gruben findet, oder gar mit Ziegelsteinen, die in kurzer Zeit gebrannt werden, sondern er nahm Eichenholz dazu, den edlen Baum, auf dem Bratwürste und fette Schinken wachsen und der zu seinem vollen Alter über hundert Jahre erfordert. Die Säle und Gemächer hatte er inwendig vom Rauch ganz schwärzen lassen, nur darum, weil dies die beständigste Farbe von der Welt ist und weil eine solche Malerei bis zu ihrer Fertigstellung mehr Zeit erfordert, als ein Maler zu seinen trefflichsten Gemälden benötigt. Die Tapeten waren das zarteste Geweb auf dem ganzen Erdboden, von der Spinne, die vorzeiten mit Minerva selbst um die Wette spann, hergestellt. Die Fenster hatte mein Knan nur darum dem Sankt Nitglas gewidmet, weil er wohl wußte, daß ein Stück Tuch, vom Hanfsamen an gerechnet bis zu seiner Vollendung, weit mehr Zeit und Arbeit kostet als das beste und durch-

sichtigste Glas von Murano. Statt der Pagen, Lakaien und Stallknechte hielt er Schafe, Böcke und Säue, jedes fein ordentlich in seine Livree gekleidet. Die Rüstkammer war mit Pflügen, Äxten, Hauen, Schaufeln, Mist- und Heugabeln genug versehen, und mit diesen Waffen übte er sich täglich. Denn Hacken und Roden war seine Kriegskunst, Ochsenanspannen sein hauptmannschaftliches Kommando, Mistausführen sein Verteidigungswesen und Ackern sein Feldzug, Stallausmisten aber seine adelige Kurzweil und sein Turnierspiel. So zog er gegen die ganze Weltkugel, soweit er reichen konnte, zu Felde und jagte ihr mit jeder Ernte eine reiche Beute ab. Doch will ich mich dieser Dinge nicht rühmen, damit niemand Ursache habe, mich auszulachen. Denn ich schätze mich nicht besser, als mein Knan war, welcher seine Wohnung an einem sehr lustigen Ort, nämlich im Spessart, hatte, wo die Wölfe einander gute Nacht sagen. Daß ich aber für diesmal nichts Ausführliches von meines Knans Geschlecht, Stamm und Namen doziere, geschieht um der geliebten Kürze willen; genug ist's, wenn man weiß, daß ich im Spessart geboren bin.
Dem adeligen Hauswesen meines Knans gemäß war meine Erziehung. Mit zehn Jahren hatte ich schon die Anfangsgründe von meines Knans adeligen Übungen begriffen. Was meine Studien betrifft, so konnte ich nicht über fünf zählen. Denn mein Knan hatte einen hohen Geist und folgte daher dem Brauch unserer Zeit, wo viele vornehme Leute mit Schulpossen sich nicht viel bekümmern, weil sie fürs Schreiben oder, wie sie es nennen, die Tintenscheißerei ihre Leute haben. Im übrigen war ich ein trefflicher Musikus auf der Sackpfeife, mit der ich schöne Jammerlieder machen konnte. Was aber die Theologie anbelangt, laß ich mir nicht einreden, daß damals in der ganzen Christenheit einer meines Alters gewesen sei, der mir darin geglichen hätte. Ich kannte weder Himmel noch Hölle, weder Engel noch Teufel und wußte weder Gutes noch Böses zu unterscheiden. So lebte ich wie unsere Ureltern im Paradies, die in ihrer Unschuld weder von Krankheit oder Tod, weder von Sterben noch Auferstehung etwas wußten. O edles Leben (du magst wohl Eselsleben sagen), in welchem ich so perfekt in der Unwissenheit war, daß ich unmöglich wissen konnte, daß ich so gar nichts wußte!

Vom Wehklagen einer treuen Sackpfeife

Mein Knan wollte, daß ich meiner adeligen Geburt gemäß auch adelig leben sollte. Daher fing er an, mich zu höheren Dingen anzuleiten und mir schwerere Lektionen aufzugeben.

Er bedachte mich mit der höchsten Würde, die sich in der ganzen Welt befindet, nämlich dem Hirtenamt. Er vertraute mir erstlich seine Säu, zweitens seine Ziegen und drittens seine ganze Herde Schafe an, daß ich sie hüten und vermittelst meiner Sackpfeife vor dem Wolf beschützen sollte. So glich ich damals dem David, der freilich, anstatt der Sackpfeife, nur eine Harfe hatte. Das war kein schlechter Anfang, sondern ein gutes Omen für mich, daß ich noch mit der Zeit, wenn ich das Glück dazu hätte, ein weltberühmter Mann werden sollte. Selbst Moses mußte seines Schwiegervaters Schafe hüten, ehe er Heerführer und Gesetzgeber über sechshunderttausend Mann in Israel wurde. So sind von Anbeginn der Welt, auch bei den Heiden, viele hohe Personen Hirten gewesen.

Aber um wieder zu meiner Herde zu kommen, so wisset, daß ich den Wolf ebensowenig kannte wie meine Unwissenheit selbst. Deswegen war mein Knan mit seiner Instruktion desto fleißiger.

Er sagte: »Bub, biß fleißig, loß di Schoff nit ze weit vunananderlaffen, und spill wacker uff der Sackpfeifa, daß der Wolf nit kom und Schada dau, dann he yß a solcher feyerboinigter Schelm un Dieb, der Menscha und Vieha frißt, un wan dau awer farlässj bißt, so will eich dir da Buckel arauma.«

Ich antwortete mit gleicher Holdseligkeit: »Knano, sag mir aa, wey der Wolf seyhet? Eich huun noch kan Wolf gesien.«

»Ah dau grober Eselkopp«, gab er zurück, »dau bleiwest dein Lewelang a Narr. Geith meich wunner, was auß dir wera wird, bißt schun su a grusser Dölpel un waist noch neit, was der Wolf für a feyerfeussiger Schelm iß.«

Er gab mir noch mehr Unterweisungen und ging zuletzt mit einem Gebrummel fort.

Ich aber fing an, mit meiner Sackpfeife solche Musik zu machen, daß man die Krotten im Krautgarten damit hätte vertilgen können, so daß ich mich vor dem Wolf, der mir stetig im Sinn lag, sicher genug zu sein dünkte. Und weil ich mich meiner Meuder erinnerte (so heißen die Mütter im Spessart und am Vogelsberg), daß sie oft sagte, sie fürchte, die Hühner würden noch eines Tages von meinem Gesang eingehen, so begann ich auch zu singen, damit das Mittel wider den Wolf desto kräftiger wäre, und zwar ein Lied, das ich von meiner Meuder selbst gelernt hatte:

Du sehr verachter Bauernstand,
Bist doch der beste in dem Land,
Kein Mann dich gnugsam preisen kann,
Wann er dich nur recht siehet an.

Wie stünd es jetzund um die Welt,
Hätt Adam nicht gebaut das Feld,
Mit Hacken nährt sich anfangs der,
Von dem die Fürsten kommen her.

Der Kaiser, den uns Gott gegeben,
Uns zu beschützen, muß doch leben
Von deiner Hand; auch der Soldat,
Der dir doch zufügt manchen Schad.

Fleisch zu der Speis zeugst auf allein,
Von dir wird auch gebaut der Wein,
Dein Pflug der Erden tut so not,
Daß sie uns gibt genugsam Brot.

Die Erde wär ganz wild durchaus,
Wann du auf ihr nicht hieltest haus,
Ganz traurig auf der Welt es stünd,
Wenn man kein Bauersmann mehr fünd.

Doch bist der Hoffart du befreit,
Absonderlich zu dieser Zeit.
Daß Hochmut dich nicht nehme ein,
sagt der Soldat: Dein Gut ist mein.

Bis hierher und nicht weiter kam ich mit meinem Gesang, dann wurde ich gleichzeitig von meiner Schafherde, die meine Musik und mein Hirtengeschrei aus dem Wald zurückgebracht hatte, und einem Trupp Kürassiere umringt.
Hoho, dachte ich, das sind die rechten Käuze! Das sind die vierbeinigen Schelme und Diebe, davon dir dein Knan sagte. Denn ich sah anfänglich Roß und Mann für eine einzige Kreatur an und meinte nicht anders, als es müßten Wölfe sein. Aber kaum hatte ich meine Sackpfeife aufgeblasen, um diese schrecklichen Wölfe in die Flucht zu jagen, da erwischte mich einer von ihnen beim Flügel und schleuderte mich so ungestüm auf ein lediges Bauernpferd, das sie mit anderen erbeutet hatten, daß ich auf der anderen Seite wieder herabfiel; geradewegs auf meine liebe Sackpfeife, welche so erbärmlich anfing zu schreien, als wollte sie alle Welt um Barmherzigkeit anflehen. Aber es half nichts. Ich mußte wieder aufs Pferd, meine Sackpfeife mochte singen oder sagen, was sie wollte.

So ging meine Mähre mit mir dahin, bis in meines Knans Hof. Wunderseltsame Gedanken stiegen mir damals ins Hirn. Ich bildete mir ein, weil ich auf einem solchen Tier säße, dergleichen ich niemals gesehen hatte, so würde ich auch in einen eisernen Kerl verändert werden. Weil aber diese Verwandlung nicht erfolgte, kamen mir andere Grillen in den Kopf. Ich dachte, diese fremden Dinger wären nur dazu da, mir die Schafe helfen heimzutreiben, zumal keiner von ihnen eins wegfraß, sondern alle einhellig meines Knans Hof zueilten. Deswegen sah ich mich fleißig nach meinem Knan um, ob er und meine Meuder uns nicht bald entgegengehen und uns willkommen heißen wollten. Aber vergebens, er und meine Meuder, samt unserm Ursele, meines Knans einziger Tochter, waren durch die Hintertür davon und wollten diese Gäste nicht erwarten.

Des Simplizius Residenz wird erobert, geplündert und zerstört

Wiewohl ich nicht gesinnt war, den friedliebenden Leser mit diesen Reitern in meines Knans Haus und Hof zu führen, weil es schlimm genug darin hergehen wird, so mag ich ihm das gleichwohl nicht ersparen. Erfordert doch der Fortgang meiner Geschichte, daß ich der lieben Nachwelt hinterlasse, was für Grausamkeiten in diesem unserem Teutschen Krieg verübt wurden.

Das erste, was diese Krieger taten, war, daß sie ihre Pferde einstellten. Danach hatte jeder seine besondere Arbeit zu verrichten, deren jede Untergang und Verderben bedeutete. Während etliche anfingen zu metzgen, zu sieden und zu braten, als sollte ein lustiges Bankett gehalten werden, durchstürmten andere das Haus unten und oben, ja selbst das heimliche Gemach, als wäre das goldene Fell von Kolchis darin verborgen. Andere machten von Tuch, Kleidungen und allerlei Hausrat große Packen zusammen, als wenn sie irgendwo einen Trödelmarkt aufmachen wollten; was sie aber nicht mitzunehmen gedachten, wurde zerschlagen. Einige durchstachen Heu und Stroh mit ihren Degen, als ob sie nicht Schafe und Schweine genug zu stechen gehabt hätten. Da waren welche, die schütteten die Federn aus den Betten und füllten Speck und Dörrfleisch hinein, als ob alsdann besser darauf zu schlafen gewesen wäre. Andere zerschlugen Ofen und Fenster, als hätten sie einen ewigen Sommer zu verkünden. Bettladen, Tische, Stühle und Bänke verbrannten sie, obwohl dürres Holz klafterweise im Hofe lag.

Unsere Magd, es ist eine Schand zu melden, wurde im Stall dermaßen traktiert, daß sie nicht mehr herauskommen konnte.

Den Knecht legten sie gebunden auf die Erd, steckten ihm ein Sperrholz ins Maul und schütteten ihm einen Melkkübel voll garstigem Mistlachenwasser in den Leib: das nannten sie einen schwedischen Trunk. Dadurch zwangen sie ihn, einen Trupp zu einem Ort zu führen, wo sie Menschen und Vieh mitnahmen und in unseren Hof brachten. Unter den Gefangenen waren auch mein Knan, meine Meuder und unser Ursele.
Da fing man erst an, die Steine von den Pistolen zu schrauben und an deren Statt der Bauern Daumen aufzulegen. Und sie begannen die armen Schelme so zu foltern, als hätte man Hexen verbrennen wollen. Hinter einem der gefangenen Bauern, den sie in den Backofen gesteckt hatten, waren sie auch schon mit dem Feuer her, obwohl er noch nichts bekannt hatte. Einem andern machten sie ein Seil um den Kopf und drehten es mit einem Stock so fest zusammen, daß ihm das Blut zu Mund, Nase und Ohren heraussprang.
Es hatte jeder seine eigene Erfindung, die Bauern zu peinigen, und so hatte auch jeder Bauer seine eigene Marter.
Allein mein Knan war meinem einfältigen Bedünken nach der glücklichste, weil er mit lachendem Mund bekannte, was andere unter Schmerzen und jämmerlichem Wehklagen sagen mußten. Diese Ehre widerfuhr ihm ohne Zweifel darum, weil er der Hausvater war. Sie setzten ihn nämlich zu einem Feuer, banden ihn, daß er weder Hände noch Füße regen konnte, und rieben ihm seine Fußsohlen mit angefeuchtetem Salz ein. Das mußte ihm unsere alte Geiß wieder ablecken und ihn dadurch so kitzeln, daß er vor Lachen hätte zerbersten mögen. Das klang so lustig, daß ich der Gesellschaft halber, oder weil ich's nicht besser verstand, von Herzen mitlachen mußte. Unter diesem Gelächter verriet mein Knan seinen verborgenen Schatz, der an Gold, Perlen und Kleinodien viel reicher war, als man bei einem Bauern hätte vermuten mögen.
Von den gefangenen Weibern, Mägden und Töchtern weiß ich nichts Besonderes zu sagen, weil mich die Krieger nicht zusehen ließen, wie sie mit ihnen umgingen. Das aber weiß ich noch wohl, daß man hin und wieder in den versteckten Winkeln erbärmlich schreien hörte; und ich schätze wohl, es sei meiner Meuder und unserem Ursele nicht viel besser ergangen als den anderen.
Mitten in diesem Elend wendete ich Braten und half am Nachmittag die Pferde tränken, wodurch ich zu unserer Magd in den Stall kam, welche wunderlich zerstrobelt aussah; ich erkannte sie nicht, sie aber sprach zu mir mit matter Stimme: »O Bub, lauf weg, sonst werden dich die Reiter mitnehmen. Guck, daß du davonkommst, du siehst, wie übel ...« Mehr konnte sie nicht sagen.

Wie Simplizius Reißaus spielt

Gegen Abend ist es mir gelungen, in den Wald zu entspringen.
Wo nun aber weiter hinaus? Die Wege durch den Wald waren mir so wenig bekannt wie die Straße durch das Eismeer, hinter Nowaja Semlja nach China hinüber.
Die stockfinstere Nacht verbarg mich zwar, doch schien sie meinem finstern Verstand nicht finster genug. Daher versteckte ich mich in einem dichten Gesträuch. Hier konnte ich sowohl das Geschrei der getrillten Bauern als den Gesang der Nachtigallen hören. Und weil es diesen Vögelein nicht not schien, mit den Bauern, die man oft auch Vögel zu nennen pflegt, Mitleid zu tragen und um ihres Unglücks willen ihren lieblichen Gesang einzustellen, legte ich mich auch ohne Sorge auf ein Ohr und entschlief.
Als der Morgenstern im Osten hervorflackerte, sah ich meines Knans Haus in voller Flamme stehen, aber niemand, der zu löschen versuchte. Ich ging darauf zu, in der Hoffnung, jemand von meinem Knan anzutreffen, wurde aber gleich von fünf Reitern erblickt und angeschrien: »Junge, kom heröfer, oder schall my de Tüfel halen, ick schiedte dick, dat di de Dampff zum Hals utgaht!«
Ich aber blieb stockstill stehen und hatte das Maul offen, weil ich nicht wußte, was der Reiter wollte oder meinte. Indem ich sie so ansah, wie eine Katz ein neues Scheunentor, die Reiter aber wegen eines Morastes nicht zu mir kommen konnten, was sie ohne Zweifel rechtschaffen ärgerte, schoß der eine mit seinem Karabiner auf mich. Von dem urplötzlichen Feuer und dem unerwarteten Knall wurde ich dermaßen erschreckt, weil ich dergleichen nie gehört oder gesehen hatte, daß ich stracks zur Erde niederfiel. Ich regte vor Angst kein Glied mehr. Und wiewohl die Reiter ihres Weges fortritten und mich ohne Zweifel für tot liegen ließen, so hatte ich doch diesen ganzen Tag das Herz nicht, mich aufzurichten.
Als mich aber die Nacht wieder überfiel, stand ich auf und wanderte so lange im Walde fort, bis ich von ferne einen faulen Baum schimmern sah. Der jagte mir neue Furcht ein. Ich kehrte spornstreichs wieder um und ging so lang, bis ich wieder einen anderen solchen Baum erblickte. Auf diese Weise trieb mich die ganze Nacht ein fauler Baum zum andern.
Zuletzt kam mir der liebe Tag zu Hilfe, der den Bäumen gebot, mich nicht länger zu erschrecken.

Aber hiermit war mir noch nicht geholfen. Mein Herz steckte voll Angst und Furcht, die Schenkel voll Müdigkeit, der leere Magen voll Hunger, das Maul voll Durst, das Hirn voll närrischer Einbildungen und die Augen voller Schlaf. Ich ging dennoch drauflos, wußte aber nicht, wohin, und je weiter ich ging, desto tiefer kam ich in den Wald. Wenn ein unvernünftiges Tier an meiner Stelle gewesen wäre, so hätte es besser gewußt, was es zu seiner Erhaltung hätte tun sollen. Doch war ich noch so klug, daß ich, als mich abermals die Nacht ereilte, in einen hohlen Baum kroch, mein Nachtlager darin zu halten.

Es wird so andächtig, daß Simplizius in Ohnmacht fällt

Kaum hatte ich mich zum Schlaf zurechtgelegt, da hörte ich eine Stimme: »O große Liebe gegen uns undankbare Menschen! Ach mein einziger Trost! Meine Hoffnung, mein Reichtum, mein Gott!« Und dergleichen mehr, was ich nicht alles verstehen konnte.

Dieses waren wohl Worte, die einen Christenmenschen in meinem Zustand hätten trösten und erfreuen sollen. Mir aber waren es nur böhmische Dörfer. Als ich jedoch hörte, daß Hunger und Durst gestillt werden sollten, riet mir mein unerträglicher Hunger, mich auch zu Gast zu laden. Deswegen faßte ich mir ein Herz, stieg aus meinem hohlen Baum und näherte mich der Stimme.

Da gewahrte ich einen großen Mann mit langen, schwarzgrauen Haaren, die ihm ganz verworren auf den Achseln lagen. Er hatte einen wilden Bart, der fast wie ein Schweizer Käs aussah, sein Gesicht war zwar bleichgelb und mager, aber doch ziemlich freundlich. Sein langer Rock war aus tausend Flicken zusammengesetzt, und um Hals und Leib hatte er eine schwere eiserne Kette gewunden. In meinen Augen sah er so scheußlich und fürchterlich aus, daß ich anfing zu zittern wie ein nasser Hund. Was aber meine Angst noch vermehrte, war, daß er ein Kruzifix, ungefähr sechs Schuh lang, an seine Brust drückte. Weil ich ihn nicht kannte, bildete ich mir ein, dieser Greis müßte ohne Zweifel der Wolf sein, von dem mir mein Knan kurz zuvor gesagt hatte. In meiner Angst schnappte ich geschwind meine Sackpfeife, welche ich als meinen einzigen Schatz vor den Reitern gerettet hatte, und ließ mich gewaltig hören, um diesen greulichen Wolf zu vertreiben.

Über diese jähe Musik in der Wildnis stutzte der Einsiedler zu Anfang nicht wenig. Ohne Zweifel meinte er, es sei ein teuflisches Gespenst gekommen, ihn, wie es dem großen Antonius widerfuhr, zu drangsalieren und in seiner Andacht zu stören. Sobald er sich wieder erholte, verspottete er mich als seinen Versucher, ja er war so tapfer, daß er zu dem hohlen Baum ging — in den ich mich wieder zurückgezogen hatte —, um den bösen Feind so recht zu verhöhnen.

»Ha«, sagte er, »du bist mir der rechte Geselle, die Heiligen ohne göttliche Einwilligung . . .«
Mehr habe ich nicht verstanden, denn seine Annäherung erregte in mir solches Grausen, daß ich in Ohnmacht sank.

Simplizius wird in einer armen Herberge freundlich bewirtet

Wie mir wieder zu mir selbst geholfen wurde, weiß ich nicht. Als ich mich erholte, hatte der Alte meinen Kopf in seinem Schoß. Meine Joppe hatte er vorne geöffnet.
Als ich den Einsiedler so nahe bei mir sah, fing ich ein so gräßliches Geschrei an, als wäre er dabei, mir das Herz aus dem Leib zu reißen. Er sagte:
»Mein Sohn, schweig, ich tu dir nichts, sei zufrieden.«
Je mehr er mich aber tröstete, um so mehr schrie ich:
»Oh, du frißt mich! Oh, du frißt mich! Du bist der Wolf und willst mich fressen!«
»Aber nein, mein Sohn«, sagte er freundlich, »sei zufrieden, ich freß dich nicht!«
Dies Gefecht währte lange, bis ich mich endlich bewegen ließ, mit ihm in seine Hütte zu gehen. Darin war die Armut selbst Hofmeisterin, der Hunger Koch und der Mangel Küchenmeister. Da wurde mein Magen mit Gemüse und einem Trunk Wasser gelabt und mein verwirrtes Gemüt durch die tröstliche Freundlichkeit des Alten wieder aufgerichtet und zurechtgebracht.
Als der Einsiedel merkte, daß mich der süße Schlaf überfiel, überließ er mir allein seine Hütte, weil nur einer darin liegen konnte. Ungefähr um Mitternacht erwachte ich wieder und hörte ihn das folgende Lied singen:

Komm, Trost der Nacht, o Nachtigall!
Laß deine Stimm mit Freudenschall
Aufs lieblichste erklingen!
Komm, komm und lob den Schöpfer dein,
Weil andre Vöglein schlafen fein
Und nicht mehr mögen singen.
Laß dein Stimmlein
Laut erschallen, denn vor allen
Kannst du loben
Gott im Himmel hoch dort oben.

Obschon ist hin der Sonnenschein
Und wir im Finstern müssen sein,
So können wir doch singen
Von Gottes Güt und seiner Macht,
Weil uns kann hindern keine Macht,
Sein Loben zu vollbringen.

Drum dein Stimmlein
Laß erschallen, denn vor allen
Kannst du loben
Gott im Himmel hoch dort oben.

Echo, der wilde Widerhall,
Will sein bei diesem Freudenschall
Und lässet sich auch hören,
Verweist uns alle Müdigkeit,
Der wir ergeben allezeit,
Lehrt uns den Schlaf betören.

Drum dein Stimmlein
Laß erschallen, denn vor allen
Kannst du loben
Gott im Himmel hoch dort oben.

Die Sterne, so am Himmel stehn,
Sich lassen Gott zum Lobe sehn
Und tun ihm Ehr erweisen.
Die Eul auch, die nicht singen kann,
Zeigt doch mit ihrem Heulen an,
Daß sie Gott auch tu preisen.

Drum dein Stimmlein
Laß erschallen, denn vor allen
Kannst du loben
Gott im Himmel hoch dort oben.

Nur her, mein liebstes Vögelein,
Wir wollen nicht die fäulsten sein
Und schlafend liegenbleiben,
Vielmehr, bis daß die Morgenröt
Erfreuet diese Wälder öd,
In Gottes Lob vertreiben.

Laß dein Stimmlein
Laut erschallen, denn vor allen
Kannst du loben
Gott im Himmel hoch dort oben.

Während dieses Gesanges dünkte mich wahrhaftig, als wenn die Nachtigall sowohl als auch die Eule und das Echo mit eingestimmt hätten. Und wenn ich die Melodie gekannt und auf meiner Sackpfeife hätte spielen können, wäre ich aus der Hütte geeilt, um mitzuhalten. Aber ich entschlief, und als ich erwachte, war es Tag, und der Einsiedler stand vor mir und sagte: »Uff, Kleiner, ich will dir Essen geben und alsdann den Weg durch den Wald weisen, damit du wieder zu den Leuten und noch vor Nacht in das nächste Dorf kommst.«
Ich fragte ihn: »Was sind das für Dinger, Leuten und Dorf?«
Er sagte: »Bist du denn niemals in einem Dorf gewesen, und weißt du nicht, was Leute oder Menschen sind?«
»Nein«, sagte ich, »nirgends als hier bin ich gewest, aber sag mir doch, was sind Leute, Menschen und Dorf.«
»Behüt Gott«, antwortete der Einsiedel, »bist du närrisch oder gescheit?«
»Nein«, sagte ich, »meiner Meuder und meines Knans Bub bin ich und nicht der Närrisch oder der Gescheit.«
Der Einsiedel bekreuzigte sich vor Verwunderung und sagte: »Wohl, liebes Kind, ich bin gehalten, dich, um Gottes willen, besser zu unterrichten.«
Darauf fielen unsere Reden und Gegenreden, wie das folgende Kapitel berichtet.

Wie Simplizius durch hohe Reden seine Vortrefflichkeit zu erkennen gibt

Einsiedel: »Wie heißest du?«
Simplizius: »Ich heiße Bub.«
Einsiedel: »Ich sehe wohl, daß du kein Mägdlein bist. Wie haben dich aber Vater und Mutter gerufen?«
Simplizius: »Ich habe keinen Vater oder Mutter gehabt.«
Einsiedel: »Wer hat dir denn das Hemd gegeben?«
Simplizius: »Ei, mein Meuder.«
Einsiedel: »Wie heißet dich denn dein Meuder?«
Simplizius: »Sie hat mich Bub geheißen, auch Schelm, ungeschickter Tölpel und Galgenvogel.«
Einsiedel: »Wer ist denn deiner Meuder Mann gewesen?«

Simplizius: »Niemand.«
Einsiedel: »Bei wem hat denn dein Meuder des Nachts geschlafen?«
Simplizius: »Bei meinem Knan.«
Einsiedel: »Wie hat dich denn dein Knan geheißen?«
Simplizius: »Er hat mich auch Bub genennet.«
Einsiedel: »Wie hieß aber dein Knan?«
Simplizius: »Er heißt Knan.«
Einsiedel: »Wie hat ihn aber dein Meuder gerufen?«
Simplizius: »Knan, und auch Meister.«
Einsiedel: »Hat sie ihn niemals anders genennet?«
Simplizius: »Ja, sie hat.«
Einsiedel: »Wie denn?«
Simplizius: »Rülp, Bengel, volle Sau und noch anders, wenn sie haderte.«
Einsiedel: »Du bist wohl ein unwissender Tropf, daß du weder deiner Eltern noch deinen eigenen Namen weißt!«
Simplizius: »Eia, weißt du's doch auch nicht!«
Einsiedel: »Kannst du beten?«
Simplizius: »Nein, unser Ann und mein Meuder haben das Bett gemacht.«
Einsiedel: »Ich frage nicht hiernach, sondern ob du das Vaterunser kannst.«
Simplizius: »Ja ich.«
Einsiedel: »Nun, so sprich's dann.«
Simplizius: »Unser lieber Vatter, der du bist Himmel, heiliget werde Nam, zrkommes d' Reich, dein Will schee Himmel ad Erden, gib uns Schuld, als wir unsern Schuldigern geba, führ uns nicht in kein bös Versucha, sondern erlös uns von dem Reich, und die Kraft, und die Herrlichkeit, in Ewigkeit, Ama.«
Einsiedel: »Bist du nie in die Kirchen gangen?«
Simplizius: »Ja, ich kann wacker steigen und Kirschen brocken.«
Einsiedel: »Ich sage nicht von Kirschen, sondern von der Kirchen.«
Simplizius: »Haha, Kriechen, gelt, es seind so kleine Pfläumlein? Gelt du?«
Einsiedel: »Ach daß Gott walte, weißt du nichts von unserm Herrgott?«
Simplizius: »Ja, er ist daheim an unserer Stubentür gestanden, mein Meuder hat ihn von der Kürbe mitgebracht und hingekleibt.«
Einsiedel: »Ach gütiger Gott, nun erkenne ich erst, was für eine große Gnad es ist, wenn du einem Menschen deine Erkenntnis mitteilst. Höre du, Simplizius, denn anders kann ich dich nicht nennen, wenn du das Vaterunser betest, so mußt du also sprechen: Vater unser, der du bist im Himmel, geheiliget werde dein Nam, zukomme uns dein Reich, dein Will geschehe auf Erden wie im Himmel, unser täglich Brot gib uns heut, und —«

Simplizius: »Gelt du, auch Käs dazu?«
Einsiedel: »Ach liebes Kind, schweige und lerne, solches ist dir viel nötiger als Käs. Du bist wohl ungeschickt, wie dein Meuder gesagt hat. Solchen Buben, wie du bist, stehet nicht an, einem alten Mann in die Red zu fallen, sondern zu schweigen, zuzuhören und zu lernen. Wüßte ich nur, wo deine Eltern wohnten, so wollte ich dich gerne wieder hinbringen und sie zugleich lehren, wie sie Kinder erziehen sollen.«
Simplizius: »Ich weiß nicht, wo ich hin soll, unser Haus ist verbrennet und mein Meuder hinweggeloffen und wieder kommen mit dem Ursele, und mein Knan auch, und unser Magd ist krank gewest und ist im Stall gelegen.«
Einsiedel: »Wer hat denn das Haus verbrannt?«
Simplizius: »Ha, es sind so eiserne Männer kommen, die seind so auf Dingern gesessen, groß wie Ochsen, haben aber keine Hörner; dieselben Männer haben Schafe und Kühe und Säu gestochen, und da bin ich auch weggeloffen, und da ist darnach das Haus verbrannt gewest.«
Einsiedel: »Wo war dann dein Knan?«
Simplizius: »Ha, die eiserne Männer haben ihn angebunden, da hat ihm unser alte Geiß die Füß geleckt, da hat mein Knan lachen müssen und hat denselben eisernen Mannen viel Weißpfennig geben, große und kleine, auch hübsche gelbe, und auch sonst schöne glitzerige Dinger und hübsche Schnür voll weiße Küglein.«
Einsiedel: »Wann ist dies geschehen?«
Simplizius: »Ei, wie ich der Schaf hab hüten sollen, sie haben mir auch mein Sackpfeif wollen nehmen.«
Einsiedel: »Wann hast du die Schaf sollen hüten?«
Simplizius: Ei, hörst du's nicht, da die eisernen Männer kommen sind, und hernach hat unser Ann gesagt, ich soll auch weglaufen, sonst würden mich die Krieger mitnehmen. Sie hat aber die eiserne Männer gemeinet, und da sein ich weggeloffen und sein hieherkommen.«
Einsiedel: »Wo hinaus willst du aber jetzt?«
Simplizius: »Ich weiß nit, ich will bei dir hier bleiben.«
Einsiedel: »Dich hierzubehalten taugt weder mir noch dir. Esse, alsdann will ich dich wieder zu Leuten führen.«
Simplizius: »Ei, so sag mir dann auch, was Leute vor Dinger sein?«
Einsiedel: »Leut sind Menschen wie ich und du; dein Knan, dein Meuder und euer Ann sind Menschen, und wann deren viel beieinander sind, so werden sie Leut genannt.«
Simplizius: »Haha!«
Einsiedel: »Nun gehe und esse.«

Dies war unser Diskurs, unter welchem mich der Einsiedel oft mit tiefen Seufzern anschaute. Nicht weiß ich, ob aus Mitleid mit meiner Einfalt und Unwissenheit oder aus einer Ursache, die ich erst etliche Jahre hernach erfuhr.

Wie er im wilden Wald lesen und schreiben lernte

Ich hörte auf zu plappern und fing an zu essen. Als ich genug gefuttert hatte, hieß mich der Alte fortgehen.

Da suchte ich die allerzartesten Worte hervor, um den Einsiedel zu bewegen, daß er mich bei sich behielte. Obwohl es ihm schwerfiel, so beschloß er doch, mich bei sich zu dulden; mehr um mich in der christlichen Religion zu unterrichten, als um sich bei seinem hohen Alter meiner Hilfe zu bedienen. Seine größte Sorge aber war, ich könnte auf die Dauer seine harte Art zu leben nicht ertragen.

Ungefähr drei Wochen währte meine Probezeit. Ich half dem Einsiedel den Garten bestellen und hielt mich so wohl, daß er großen Gefallen an mir fand; nicht so sehr der Arbeit halber, die zu leisten ich gewohnt war, als weil er sah, daß ich begierig seine Unterweisungen hörte. Er wurde immer eifriger, auf der leeren Tafel meines Herzens zu schreiben und mich in allem Guten zu unterrichten; dazu war mir sein Leben eine immerwährende Predigt. Da mein Verstand gar nicht so arg dumm und hölzern war, lernte ich in drei Wochen alles, was ein Christ wissen soll, behielt aber doch meine Einfalt, weshalb mich der Einsiedel, da weder er noch ich meinen Namen wußte, nur Simplizius nannte.

Wir bauten für mich eine Hütte gleich der seinigen, aus Holz, Reisern und Erde. Ihrem Aussehen nach glich sie den Zelten der Musketiere im Feld oder, besser noch, den Rübenmieten, wie sie die Bauern mancherorts haben. Sie war so niedrig, daß ich kaum aufrecht darin sitzen konnte. Mein Bett bestand aus dürrem Laub und Gras und war so groß wie die Hütte selbst.

Als ich das erste Mal den Einsiedel in der Bibel lesen sah, konnte ich mir nicht einbilden, mit wem er ein so heimliches und meinem Bedünken nach ernstliches Gespräch haben könnte. Ich sah wohl die Bewegung seiner Lippen, aber niemand, der mit ihm redete. Und obzwar ich nichts vom Lesen und Schreiben wußte, so merkte ich doch an seinen Augen, daß er's mit etwas in diesem Buch zu tun hatte.

Ich behielt das Buch im Auge, und als er es beiseite legte, machte ich mich dahinter, schlug's auf und stieß auf das erste Kapitel des Hiob und den davorstehenden Holzschnitt. Ich fragte dieses Bild seltsame Sachen; weil mir aber

keine Antwort widerfahren wollte, wurde ich ungeduldig und sagte eben, als der Einsiedel hinter mich schlich: »Ihr kleinen Hudler, habt ihr denn keine Mäuler mehr? Habt ihr nicht mit meinem Vater (denn so mußte ich den Einsiedel nennen) lang genug schwätzen können? Ich sehe wohl, daß ihr auch dem armen Knan das Haus angezündet habt und seine Schaf wegtreibt. Halt, halt, ich will das Feuer geschwind löschen!« Damit stand ich auf, Wasser zu holen.
»Wohin, Simplizius?« sagte der Einsiedel, den ich nicht hinter mir wußte.
»Ei Vater«, sagte ich, »da sind Krieger, die haben dem armen Mann, mit dem du erst geredet hast, die Schafe genommen. Sein Haus brennt auch schon lichterloh, und wenn ich nicht bald lösche, so wird's verbrennen.«
»Bleib nur«, sagte der Einsiedel, »es ist noch keine Gefahr.«
Ich antwortete wenig höflich: »Bist du denn blind? Wehre du, daß sie die Schafe nicht forttreiben, ich will inzwischen Wasser holen.«
»Ei«, sagte der Einsiedel, »diese Bilder leben nicht. Sie sind nur gemacht, uns längst geschehene Dinge vor Augen zu stellen.«
Ich antwortete: »Du hast ja eben erst mit ihnen geredet. Warum sollten sie dann nicht leben?«
Der Einsiedel mußte wider seine Gewohnheit lachen. Er sagte: »Liebes Kind, diese Bilder können nicht reden. Was ihr Tun und Wesen ist, kann ich aus diesen schwarzen Linien sehen. Man nennt das Lesen; und wenn ich so lese, meinst du, ich rede mit den Bildern. Das ist aber nicht so.«
Ich antwortete: »Ich bin ein Mensch wie du, warum kann ich nicht auch an den schwarzen Zeilen sehen, was du kannst? Lieber Vater, erkläre mir doch, wie ich das alles verstehen soll.«
Darauf sagte er: »Nun wohl, mein Sohn, ich will dich unterrichten, damit du wie ich mit diesen Bildern reden kannst. Allein, es wird Zeit, Geduld und Fleiß brauchen.«
Er schrieb mir ein Alphabet auf birkene Rinden. Als ich die Buchstaben kannte, lernte ich lesen und schreiben; am Ende konnte ich's besser als er.

Von Speise, Hausrat und anderen Sachen, die man in diesem Leben haben muß

Zwei Jahre ungefähr, nämlich bis zu dem Tode des Einsiedlers und etwas länger als ein halbes Jahr danach, bin ich in diesem Wald verblieben. Daher scheint es mir gut, dem neugierigen Leser, der oft auch das Geringste wissen will, unsern Handel und Wandel und wie wir unser Leben durchgebracht haben zu erzählen.

Unsere Speise war allerhand Gartengewächs, Rüben, Kraut, Bohnen, Erbsen und dergleichen. Wir verschmähten auch die Bucheckern, wilden Äpfel, Birnen und Kirschen nicht, und unser Hunger machte uns sogar Appetit auf Eicheln. Das Brot oder, besser gesagt, unseren Kuchen backten wir aus zerstoßenem Mais in heißer Asche. Im Winter fingen wir Vögel mit Schlingen und Netzen, im Frühling aber bescherte uns Gott Junge aus den Nestern. Wir behalfen uns oft mit Schnecken und Fröschen, und auch das Fischen mit Reusen und Angeln war uns nicht zuwider, da unweit von unserer Wohnung ein fisch- und krebsreicher Bach dahinfloß. Einmal hatten wir ein junges Wildschwein eingefangen, das sperrten wir in einen Pferch, mästeten es mit Eicheln und Bucheckern und verzehrten es endlich. Salz gab uns ein Pfarrer, der ungefähr drei Meilen Wegs von uns wohnte und von dem ich noch viel zu sagen habe.

Was unseren Hausrat betrifft, so hatten wir eine Schaufel, eine Haue, eine Axt, ein Beil und einen eisernen Topf zum Kochen, was alles von jenem Pfarrer entlehnt war. Jeder besaß ein abgenütztes stumpfes Messer, das war unser Eigentum, und sonst nichts. Tisch- und Küchengeschirr brauchten wir nicht, denn unser Topf war zugleich unser Teller, und unsere Hände waren auch unsere Gabeln und Löffel. Wollten wir trinken, so geschah es durch ein Rohr aus dem Brunnen, oder wir hängten unser Maul ins Wasser wie Gideons Kriegsleut. An Gewand hatten wir nichts, als was wir auf dem Leib trugen.

Im übrigen hielten wir in unserer Haushaltung keine besondere Ordnung; außer an Sonn- und Feiertagen, an welchen wir schon um Mitternacht aufbrachen, damit wir noch früh genug, ohne bemerkt zu werden, in die Kirche jenes Pfarrherrn, die etwas vom Dorf abgelegen war, kommen und den Gottesdienst abwarten konnten. In dieser Kirche verfügten wir uns auf die zerbrochene Orgel, von wo aus wir auf den Altar und auch zur Kanzel sehen konnten. Als ich das erstemal den Pfarrherrn auf die Kanzel steigen sah, fragte ich meinen Einsiedler, was der Pfarrer wohl in diesem großen Zuber machen wolle. Nach dem Gottesdienst gingen wir ebenso verstohlen wieder heim, wie wir hingekommen waren, und nachdem wir mit müdem Leib zu unsrer Wohnung kamen, aßen wir mit guten Zähnen ein schlechtes Mahl. Dann brachte der Einsiedler die übrige Zeit mit Beten zu und indem er mich in gottseligen Dingen unterrichtete.

An den Werktagen taten wir, was die Jahreszeit erforderte und was am nötigsten zu tun war. Einmal arbeiteten wir im Garten, das andere Mal suchten wir fette Erde an schattigen Orten und aus hohlen Bäumen zusammen, um unsern Garten, anstelle von Dung, damit zu verbessern. Bald flochten wir Körbe oder Fischreusen oder machten Brennholz, fischten oder

taten sonst etwas wider den Müßiggang. Und unter all diesen Geschäften ließ der Einsiedel nicht ab, mich in allem Guten zu unterweisen.
So lernte ich in diesem harten Leben Hunger und Durst, Hitze, Kälte und große Arbeit zu überstehen und erfuhr zugleich, wie man Gott rechtschaffen dienen sollte. Mehr wollte mich mein getreuer Einsiedel nicht wissen lassen, denn er hielt dafür, es sei einem Christen genug, zu seinem Ziel zu gelangen, wenn er nur fleißig bete und arbeite. So kam es, daß ich zwar in geistlichen Sachen wohlunterrichtet war und die deutsche Sprache schön zu reden verstand, dabei aber doch der Einfältigste blieb. Daher war ich, als ich den Wald verließ, ein so elender Tropf in der Welt, daß man mit mir keinen Hund hinterm Ofen hätte hervorlocken können.

Eine schöne Art, selig zu sterben und sich mit geringen Unkosten begraben zu lassen

Auf diese Weise hatte ich ungefähr zwei Jahre in hartem Eremitenleben zugebracht, als mein bester Freund auf Erden seine Haue nahm, mir aber die Schaufel gab und mich, seiner täglichen Gewohnheit nach, in den Garten führte, wo wir unser Gebet zu verrichten pflegten. »Nun, Simplizius, liebes Kind«, sagte er, »ist gottlob die Zeit gekommen, daß ich aus dieser Welt scheiden soll. Weil ich wohl weiß, daß du in dieser Einöde nicht lange verharren wirst, habe ich dich auf dem Weg der Tugend stärken und dir einige Lehren geben wollen, nach denen du dein Leben anstellen sollst, damit du zur ewigen Seligkeit gelangest und mit allen heiligen Auserwählten in jenem Leben ewiglich das Angesicht Gottes schauest.«
Diese Worte setzten meine Augen unter Wasser. »Herzliebster Vater«, sagte ich, »willst du mich denn allein in diesem wilden Wald zurücklassen? Soll denn ...« Mehr brachte ich nicht heraus, denn meines Herzens Qual war so heftig, daß ich wie tot zu den Füßen meines treuen Vaters niedersank. Er aber richtete mich wieder auf und tröstete mich, so gut er es vermochte.
»Willst du mich nötigen, länger in diesem Jammertal zu leben?« sagte er. »Ach nein, mein Sohn, lasse mich fahren, da mich doch all dein Heulen und Weinen nicht in diesem Elend zurückhalten kann, aus dem mich der Allmächtige ruft. Folge anstelle unnützen Geschreis meinen letzten Worten: Erkenne dich selbst, meide böse Gesellschaft, bleibe standhaft!«
Nachdem er so zu mir gesprochen hatte, fing er an, mit seiner Haue sein eigenes Grab zu machen. Ich half, so gut ich konnte, und begriff doch nicht, worauf es abgesehen war. Zuletzt sagte er: »Mein lieber, einziger Sohn. Wenn meine Seele an ihren Ort gegangen ist, dann leiste meinem Leib die

letzte Ehre und scharre mich mit dieser Erde wieder zu, die wir jetzt aus dieser Grube gegraben haben.«
Darauf drückte er mich ganz fest an seine Brust und küßte mich. »Liebes Kind«, sagte er, »ich befehle dich in Gottes Schutz!« Ich konnte nichts als klagen und heulen, hängte mich an seine Ketten, die er am Halse trug, und meinte ihn zurückhalten zu können. Er aber sagte: »Mein Sohn, lasse mich, damit ich sehe, ob mir das Grab lang genug sei.« Danach legte er die Ketten sowie den Überrock ab und begab sich in das Grab wie einer, der sich schlafen legen will. Dabei sprach er: »Ach großer Gott, nun nimm wieder hin die Seele, die du mir gegeben hast. Herr, in deine Hände befehle ich meinen Geist.«
Hierauf schloß er still seine Lippen und Augen. Ich aber stand da wie ein Stockfisch und wollte nicht glauben, daß seine Seele den Leib ganz verlassen haben sollte, hatte ich ihn doch öfter in solcher Verzückung gesehen.
Ich verharrte etliche Stunden neben dem Grab im Gebet. Als sich aber mein allerliebster Einsiedel nicht mehr aufrichten wollte, stieg ich zu ihm ins Grab hinunter und fing an, ihn zu schütteln, zu küssen und zu liebkosen, aber da war kein Leben mehr. Ich begoß den entseelten Körper mit meinen Tränen, und nachdem ich lang mit jämmerlichem Geschrei hin und her gelaufen war, fing ich an, ihn mit Erde zuzuscharren; und wenn ich kaum sein Angesicht bedeckt hatte, stieg ich hinunter und entblößte es wieder, damit ich's noch einmal sehen und küssen möchte. Das trieb ich den ganzen Tag, bis ich fertig war. Auf diese Weise hielt ich allein die Leichenfeier, da ohnedies weder Bahre noch Sarg, weder Lichter noch Totenträger oder Geleitsleute vorhanden waren und auch keine Geistlichkeit, die den Toten besungen hätte.

Simplizius wird herumgerissen wie ein Schilfrohr im Wind

Etliche Tage nach dem Ableben des Einsiedels verfügte ich mich zu dem Pfarrer, offenbarte ihm den Tod meines Herrn und bat ihn um Rat, wie ich mich nunmehr verhalten sollte.
Obwohl mir der Pfarrer stark widerriet, länger im Wald zu bleiben, so bin ich doch tapfer in die Fußstapfen meines Vorgängers getreten und habe den ganzen Sommer hindurch getan, was ein frommer Mönch tun soll. Aber wie die Zeit alles ändert, so verringerte sich auch nach und nach das Leid, das ich um meinen Einsiedel trug, und die scharfe Winterskälte löschte die Glut des festen Vorsatzes in meinem Innern immer mehr aus. Anstatt göttliche Dinge zu betrachten, überließ ich mich immer mehr der Begierde,

auch die Welt zu beschauen. Und da ich so nicht länger für den Wald taugte, gedachte ich wieder zu dem Pfarrer zu gehen, um zu vernehmen, ob er mir noch wie zuvor aus dem Wald riete.

Als ich zu seinem Dorf kam, fand ich's in voller Flamme stehen. Ein Trupp Reiter hatte es eben ausgeplündert und angezündet. Von den Bauern hatten sie etliche niedergemacht und einige gefangen, darunter auch den Pfarrer selbst.

Die Reiter wollten eben abziehen. Sie führten den Pfarrer an einem Strick daher, und einige schrien:

»Schießt den Schelm nieder!«

Andere wollten Geld von ihm haben, er aber hob die Hände auf und bat um des Jüngsten Gerichtes willen um Verschonung.

Doch umsonst. Einer ritt ihn über den Haufen und versetzte ihm zugleich eins an den Kopf, daß er alle viere von sich streckte und Gott seine Seele befahl.

Den Bauern, die auch gefangen waren, ging's nicht besser.

Als es nun aussah, als ob diese Reiter in ihrer Gesamtheit wahnsinnig geworden wären, kam ein solcher Schwarm bewehrter Bauern aus dem Wald, als wenn man in ein Wespennest gestochen hätte. Die fingen an, so gräßlich zu schreien, so grimmig dreinzuhauen und drauflos zuschießen, daß mir alle Haare zu Berge standen. Die Spessarter und Vogelsberger Bauern lassen sich fürwahr so wenig wie die Hessen, Sauerländer und Schwarzwälder auf ihrem Mist foppen. Da rissen die Reiter aus und ließen nicht allein das eroberte Rindvieh zurück, sondern warfen auch Sack und Pack von sich, schlugen also ihre gesamte Beute in den Wind, damit sie nicht selbst den Bauern zur Beute würden. Aber einige fielen ihnen doch in die Hände.

Diese Kurzweil benahm mir beinahe die Lust, die Welt zu beschauen. Denn ich dachte, wenn es so darin hergeht, ist die Wildnis weit anmutiger; doch wollte ich auch hören, was der Pfarrer dazu sagte. Dieser war wegen der empfangenen Wunden und Stöße ganz matt und kraftlos. Doch hielt er mir vor, daß er mir weder zu helfen noch zu raten wisse, weil er fürchte, daß er nun selbst das Brot am Bettelstab suchen müßte. Und wenn ich noch länger im Wald verbliebe, so hätte ich von ihm keine Hilfe zu erwarten, weil, wie ich vor Augen sähe, seine Kirche und sein Pfarrhof in Flammen stünden.

Da begab ich mich ganz traurig in den Wald zu meiner Wohnung. Meine Reise hatte mich um vieles andächtiger gemacht, und ich beschloß bei mir, die Wildnis nimmermehr zu verlassen; ja, ich dachte schon nach, ob ich nicht auch ohne Salz (das mir bisher der Pfarrer gegeben hatte) leben und so alle Menschen entbehren könnte.

Damit ich aber ein rechter Waldbruder sei, zog ich meines Vorgängers härenes Hemd an, das mich auch besser vor der rauhen Winterskälte schützte, und gürtete seine Kette darüber.

Am zweiten Tag nach der Plünderung des Dorfes, als ich eben in meiner Hütte saß und betete, wobei ich nebenher gelbe Rüben im Feuer briet, umringten mich vierzig oder fünfzig Musketiere. Sie staunten zwar über meine seltsame Person, durchstöberten aber doch meine Hütte und suchten, was da nicht zu finden war. Alles, was ich hatte, waren Bücher, die sie mir durcheinanderwarfen, weil sie ihnen nichts taugten. Als sie mich endlich besser betrachteten und an meinen Federn sahen, was für einen schlechten Vogel sie gefangen hatten, konnten sie leicht die Rechnung machen, daß bei mir keine Beute zu hoffen war. Sie wunderten sich sehr über mein hartes Leben und hatten großes Mitleid mit meiner zarten Jugend — besonders der Offizier, der sie befehligte. Ja, er ehrte mich und bat mich freundlich, ihm und den Seinigen den Weg wieder aus dem Wald zu weisen, in welchem sie schon lang in der Irre herumgegangen waren. Ich widersetzte mich nicht, sondern führte sie auf dem nächsten Weg gegen das Dorf zu, wo der Pfarrer so übel traktiert worden war. Denn einen anderen Weg wußte ich nicht.

Ehe wir aus dem Wald kamen, sahen wir ungefähr zehn Bauern, von denen einige Feuerrohre trugen; die anderen waren damit beschäftigt, etwas einzugraben.

Die Musketiere gingen auf die Bauern los und schrien: »Halt! Halt!« Die Bauern aber antworteten mit ihren Gewehren. Und wie sie sahen, daß die Soldaten in der Überzahl waren, gingen sie schnell durch, so daß die müden Musketiere keinen von ihnen erwischen konnten.

Nun wollten die Musketiere wieder herausgraben, was die Bauern eingescharrt hatten. Das ließ sich um so leichter tun, als die Bauern ihre Hauen und Schaufeln hatten liegenlassen. Die Musketiere hatten aber wenige Streiche getan, da hörten sie eine Stimme von unten herauf, die sagte: »O ihr Erzbösewichter, meint ihr wohl, daß der Himmel euer Bubenstück ungestraft hingehen lassen wird? Nein, es lebt noch manch redlicher Kerl, der euch eure Unmenschlichkeit vergelten wird!«

Da sahen die Soldaten einander an und wußten nicht, was sie tun sollten. Einige meinten, sie hörten ein Gespenst; ich aber dachte, ich träume. Der Offizier hieß seine Leute tapfer graben. Da kamen sie gleich auf ein Faß, und als sie es aufschlugen, fanden sie darin einen Kerl, der weder Nase noch Ohren mehr hatte und gleichwohl noch lebte.

Sobald sich der Mann ein wenig ermunterte und vom Haufen etliche

erkannte, erzählte er, wie die Bauern den Tag zuvor ihrer sechs gefangen hätten, von denen sie erst vor einer Stunde fünf, die hintereinander stehen mußten, totschossen. Und weil die Kugel, nachdem sie durch fünf Körper gedrungen war, ihn, weil er der sechste und letzte war, nicht mehr erreichte, hätten sie ihm Nase und Ohren abgeschnitten. Als er sich nun von den gottvergessenen Schelmen so entstellt sah, hätte er ihnen, wiewohl sie ihn mit dem Leben davonlassen wollten, die schlimmsten Worte gegeben, die er erdenken konnte. Er hätte sie alle bei ihrem rechten Namen genannt, in der Hoffnung, es würde ihm aus Ungeduld einer eine Kugel schenken; aber vergebens. Nachdem er sie erbittert hatte, hätten sie ihn in dieses Faß gesteckt und lebendig begraben, mit den Worten: Weil er den Tod so eifrig begehrte, wollten sie ihm zum Possen hierin nicht willfahren.
Indem dieser Mensch seinen Jammer also beklagte, kam ein anderer Haufen Soldaten quer durch den Wald herauf. Die hatten jene Bauern angetroffen, fünf davon gefangen und die übrigen totgeschossen. Da sollte man nun sein blaues Wunder sehen, wie die Bauern getrillt wurden. Einige wollten sie gleich im ersten Zorn totschießen, andere aber sagten: »Nein, man muß die leichtfertigen Vögel erst rechtschaffen quälen und ihnen eintränken, was sie an diesem Reiter verdient haben!« Indessen bekamen sie mit den Musketen so treffliche Rippenstöße, daß sie hätten Blut speien mögen.
Mich aber ließen sie wieder nach meiner Hütte gehen, weil die zuletztgekommene Partei den Weg wohl wußte. So kann ich nicht wissen, was sie mit den Bauern vollends angestellt haben.

Simplizius tut den ersten Sprung in die Welt

Als ich wieder heimkam, fand ich, daß alles miteinander fort war: mein Feuerzeug, mein ganzer Hausrat und alles, was ich mir den Sommer hindurch in meinem Garten gezogen und für den Winter vom Maul abgespart hatte.
Wo nun hinaus? dachte ich. Im Wald zu bleiben war mir unmöglich, weil mir alles weggenommen war, so daß ich mich hier nicht mehr aufhalten konnte. Nichts war mehr übrig als ein paar Bücher, die durcheinandergeworfen dalagen.
Als ich sie weinend auflas, fand ich ein Brieflein, das mein Einsiedel zu seinen Lebzeiten noch geschrieben hatte. Das lautete also: »Lieber Simplizius, wenn du dies Brieflein findest, geh sogleich aus dem Wald und errette dich und den Pfarrer aus der Not, denn er hat mir viel Gutes getan. Gott wird dich an einen guten Ort bringen. Habe ihn stets vor Augen und diene

ihm allezeit, als wenn du noch in meiner Gegenwart im Walde wärest. Leb wohl!«

Ich küßte dies Brieflein und des Einsiedlers Grab viel tausend Male und machte mich auf den Weg, Menschen zu suchen. Zwei Tage ging ich geradewegs durch den Wald. Wenn mich die Nacht überfiel, suchte ich als Herberge einen hohlen Baum. Meine Nahrung waren Bucheckern. Den dritten Tag aber kam ich unweit Gelnhausen auf ein ziemlich ebenes Feld.

Da genoß ich gleichsam ein hochzeitliches Mahl. Denn das Feld lag überall voller Garben, welche die Bauern, die nach der Schlacht vor Nördlingen verjagt worden waren, zu meinem Glück nicht einführen konnten. Ich sättigte mich mit ausgeriebenem Weizen und machte mir mein Nachtlager in einer Garbe, denn es war grausam kalt.

Wie Hanau von Simplizius eingenommen wird

Als es tagte, fütterte ich mich wieder mit Weizen und begab mich auf dem nächsten Wege nach Gelnhausen. Dort fand ich die Tore offen, zum Teil verbrannt, jedoch noch zur Hälfte mit Mist verschanzt. Ich ging hinein, konnte aber keinen lebendigen Menschen gewahr werden; hingegen lagen die Gassen auf und ab mit Toten bestreut, von denen etliche ganz, andere bis aufs Hemd ausgezogen waren.

Das war mir ein schrecklicher Anblick, wie sich jedermann vorstellen kann. In meiner Einfalt konnte ich mir nicht erklären, was für ein Unglück den Ort in diesen jämmerlichen Zustand versetzt haben könnte. Ich erfuhr aber bald danach, daß die kaiserlichen Truppen dort etliche Weimarische überrumpelt hätten. Kaum zwei Steinwürfe weit kam ich in die Stadt, als ich mich schon satt gesehen hatte. Ich kehrte wieder um, ging durch die Au und kam auf eine Landstraße, die mich vor die Festung Hanau trug. Aber sobald ich die erste Wache passieren wollte, kamen mir gleich zwei Musketiere auf den Leib, die mich anpackten und in ihre Wachstube führten.

Ehe ich nun dem Leser sage, wie's mit mir weiterging, muß ich ihm meinen wunderlichen damaligen Aufzug erzählen. Meine Haare waren in dreieinhalb Jahren weder geschnitten noch gekämmt worden; sie standen in ihrer natürlichen Verwirrung so zierlich auf meinem Kopf, daß ich mit meinem bleichen Gesicht darunter hervorsah wie eine Schleiereule, die auf eine Maus spannt. Und weil ich allzeit barhäuptig zu gehen pflegte, meine Haare aber von Natur kraus waren, hatte es das Ansehen, als wenn ich einen Turban aufgehabt hätte. Die übrige Tracht stimmte mit der Hauptzier über-

ein. Ich hatte meines Einsiedlers Rock an, wenn ich denselben noch einen Rock nennen darf; denn vom ersten Gewand war nichts mehr übrig als die bloße Form, welche tausend aneinandergenähte bunte Flicken zusammenhielten. Über diesem trug ich das härene Hemd als Schulterkleid (die Ärmel hatte ich abgetrennt, um sie als Strümpfe zu gebrauchen), der ganze Leib aber war mit eisernen Ketten hinten und vorne kreuzweis umgürtet. Meine Schuhe waren aus Holz geschnitten und die Schuhbänder aus der Rinde von Lindenbäumen gefertigt, die Füße selbst aber sahen so krebsrot aus, als wenn ich ein Paar rote Strümpfe angehabt hätte. Ich glaube, wenn mich damals ein Gaukler, Marktschreier oder Landfahrer für einen Samojeden oder Grönländer ausgegeben hätte, er hätte manchen Narren getroffen, der für mich einen Kreuzer hätte springen lassen.
Obwohl ein jeder aus meinem ausgehungerten Aussehen und meinem verwahrlosten Aufzug unschwer schließen konnte, daß ich weder aus einer Garküche noch aus dem Haushalt einer Frau oder gar der Hofhaltung irgendeines großen Herrn entlaufen war, so wurde ich doch auf der Wache streng examiniert. Wie sich die Soldaten an mir vergafften, so betrachtete ich den tollen Aufzug ihres Offiziers, dem ich Red und Antwort geben mußte. Ich wußte nicht, ob er eine Sie oder ein Er war, denn er trug Haar und Bart auf französisch; zu beiden Seiten hatte er lange Zöpfe wie Pferdeschwänze herunterhängen, und sein Bart war so elend zugerichtet, daß zwischen Maul und Nase nur noch ganz wenige kurze, kaum sichtbare Haare davongekommen waren. Auch setzten mich seine weiten Hosen in Zweifel, welche mehr einem Weiberrock zu gleichen schienen. Ich dachte bei mir selbst: Ist dies ein Mann? Dann sollte er auch einen rechtschaffenen Bart haben, weil der Geck nicht mehr so jung ist, wie er sich stellt. Ist's aber ein Weib, warum hat es dann so viel Stupfeln ums Maul?
Dieses männische Weib oder dieser weibische Mann ließ mich überall durchsuchen, fand aber nichts bei mir als ein Büchlein von Birkenrinde, in das ich meine täglichen Gebete geschrieben hatte und in dem auch der Zettel lag, den mir mein frommer Einsiedel zum Abschied hinterlassen hatte. Er befahl zwei Soldaten, mich zum Gouverneur zu führen, und gab ihnen das Büchlein mit, weil der Phantast ohnedies, wie ich gleich merkte, weder lesen noch schreiben konnte.
Also führte man mich in die Stadt, und jedermann lief herzu, als wenn ein Meerwunder auf die Schau geführt würde. Jeder wollte mich sehen, und jeder machte etwas Besonderes aus mir. Einige hielten mich für einen Spion, andere für einen Unsinnigen, wieder andere für einen wilden Menschen oder aber für einen Geist. Etliche hielten mich auch für einen Narren, und diese mögen wohl am nächsten zum Ziel geschossen haben.

Wie er von Gefängnis und Folter errettet wurde

Als ich vor den Gouverneur gebracht wurde, fragte er mich, wo ich herkäme. Ich aber antwortete, ich wüßte es nicht.
Er fragte weiter: »Wo willst du hin?«
Ich antwortete abermals: »Ich weiß es nicht.«
»Was, Teufel, weißt du dann?« fragte er.
Ich antwortete nach wie vor, ich wüßte es nicht.
Er fragte: »Wo bist du zu Haus?« Und als ich wiederum antwortete, ich wüßte es nicht, veränderte er sich im Gesicht – ich weiß nicht, ob aus Zorn oder aus Verwunderung. Weil aber jedermann das Böse zu argwöhnen pflegt – zumal der Feind in der Nähe war, welcher eben erst, wie gemeldet, die vorige Nacht Gelnhausen eingenommen und ein Regiment Dragoner darin niedergemacht hatte –, pflichtete er denen bei, die mich für einen Verräter oder Kundschafter hielten, und befahl, man solle mich durchsuchen. Die Soldaten, die mich zu ihm geführt hatten, berichteten, daß dies schon geschehen sei, und überreichten ihm das Büchlein. Er las ein paar Zeilen und fragte mich, wer mir das Büchlein gegeben hätte. Ich antwortete, es sei von Anfang an mein eigen gewesen, denn ich hätte es selbst gemacht und beschrieben.
Er fragte: »Warum gerade auf birkene Rinden?«
Ich antwortete: »Weil sich die Rinden von anderen Bäumen nicht dazu schicken.«
»Du Flegel«, sagte er, »ich frage, warum du nicht auf Papier geschrieben hast!«
»Ei«, antwortete ich, »wir haben keins mehr im Wald gehabt.«
Der Gouverneur fragte: »Wo? In welchem Wald?« Ich antwortete wieder auf meine alte Weise, ich wüßte es nicht.
Da wandte sich der Gouverneur zu seinen Offizieren, die ihm eben aufwarteten, und sagte: »Entweder ist dieser ein Erzschelm oder aber ein Narr. Doch ein Narr kann er nicht sein, weil er so schreibt.« Und indem er so redete, blätterte er in meinem Büchlein herum, ihnen meine schöne Handschrift zu zeigen, so daß des Einsiedlers Brieflein herausfallen mußte. Er ließ es aufheben, ich aber entfärbte mich, weil ich es für meinen höchsten Schatz und mein Heiligtum hielt.
Das gewahrte der Gouverneur wohl, und sein Argwohn wuchs noch, als er das Brieflein aufmachte und las. Er sagte: »Diese Hand kenne ich, und ich weiß, daß dies von einem mir wohlbekannten Kriegsoffizier geschrieben ist, ich kann mich aber nicht erinnern, von welchem.« Auch der Inhalt selbst kam ihm gar seltsam vor, denn er sagte: »Dies ist ohne Zweifel eine abge-

redete Sprache, die sonst niemand versteht als derjenige, mit dem sie abgeredet wurde.«
Mich aber fragte er, wie ich hieße, und als ich antwortete: »Simplizius«, sagte er: »Ja, ja, du bist der Rechte! Fort, fort, schließt ihn an Hand und Fuß in Eisen!«
So wanderten die beiden Soldaten mit mir nach der mir bestimmten neuen Herberge, nämlich dem Stockhaus, und überantworteten mich dem Profosen, der mich an Händen und Füßen noch mehr mit eisernen Banden zierte, als hätte ich nicht genug an denen zu tragen gehabt, die ich bereits um den Leib herumgebunden hatte.
Dieser Anfang, mich willkommen zu heißen, war der Welt noch nicht genug, sondern es kamen Henker und Steckenknechte mit grausamen Folterinstrumenten. »O du unglückseliger Simplizissimus«, sagte ich zu mir selber, »hättest du doch weiter Eicheln und Bohnen gegessen und deinem Schöpfer gedient! Du Tropf, warum bist du aus dem Dienst Gottes in die Welt gelaufen und selbst deiner Marter und deinem Tod entgegengeeilt?«
So klagte ich mich selber an, bat Gott um Vergebung und befahl ihm meine Seele. Indessen näherten wir uns dem Diebsturm. Und als die Not am größten war, da war die Hilfe Gottes am nächsten.
Als ich, umgeben von den Schergen und einer großen Menge Volks, vor dem Gefängnis stand und alles wartete, daß es aufgemacht und ich hineingetan würde, wollte mein Pfarrer, der nahebei im Arrest lag, auch sehen, was da vor sich ginge. Er sah zum Fenster hinaus, erblickte mich und rief überlaut: »O Simplizius, bist du's?« Und ich, als ich ihn sah, konnte nicht anders, als daß ich beide Hände gegen ihn aufhob und schrie: »O Vatter! O Vatter! O Vatter!«
Er fragte, was ich getan hätte. Ich antwortete, ich wüßte es nicht, man hätte mich gewiß darum hierhergeführt, weil ich aus dem Wald entlaufen sei.
Als der Pfarrer von den Umstehenden vernahm, daß man mich für einen Verräter hielt, bat er, man wolle mit mir innehalten, bis er dem Gouverneur über mich berichtet hätte; denn das würde ihm und mir zur Befreiung verhelfen und verhüten, daß sich der Herr Gouverneur an uns beiden vergreife.

Simplizius im Glück

Der Pfarrer durfte zum Gouverneur gehen, und eine halbe Stunde danach wurde ich auch geholt und in die Gesindestube gesetzt, wo sich schon zwei Schneider, ein Schuster mit Schuhen, ein Kaufmann mit Hüten und

Strümpfen und ein anderer mit allerhand Gewand eingestellt hatten. Man zog mir den Rock aus und auch die Ketten und das härene Hemd, damit die Schneider das Maß nehmen konnten. Schon erschien auch ein Feldscher mit scharfen Laugen und wohlriechenden Seifen, und eben als dieser seine Kunst an mir üben wollte, kam ein anderer Befehl, welcher mich greulich erschreckte: Ich mußte mein Zeug wieder anziehen.

Das war aber nicht so bös gemeint, wie ich anfangs fürchtete, denn es kam gleich darauf ein Maler mit vielen Farben und einer Handvoll Pinsel daher.

Dieser fing an, mich zu beschauen, zu skizzieren und abzumalen. Er hängte den Kopf auf die Seite, um meine Gestalt genau zu betrachten. Geschwind änderte er bald die Augen, bald die Haare, dann die Nasenlöcher und so alles, was er im Anfang nicht recht gemacht hatte, bis er endlich ein getreues Abbild des Simplizius entworfen hatte.

Jetzt erst durfte auch der Feldscher über mich herfahren. Dieser wusch mir den Kopf und schnitt mir die Haare ab auf die damalige Mode. Danach setzte er mich in ein Badstüblein und säuberte meinen mageren, ausgehungerten Leib von mehr als drei- oder vierjährigem Schmutz. Kaum war er fertig, brachte man mir ein weißes Hemd und auch Schuhe und Strümpfe sowie einen Hut mit Feder. Die Hose war schön gemacht und überall mit Borten gesäumt. Es fehlte nur noch das Wams, an dem die Schneider in aller Eile arbeiteten.

Der Koch stellte sich mit einem kräftigen Süpplein ein und die Kellnerin mit einem Trank. Da saß mein Herr Simplizius im besten Wohlsein wie ein Graf. Ich hieb tapfer ein, obwohl ich noch nicht wußte, was man mit mir machen wollte. Ich glaube schwerlich, daß mir's je in meinem Leben wohler war als eben damals.

Als nun das Wams fertig war, zog ich's auch an und sah nun freilich in meinem neuen Kleid aus wie ein aufgeputzter Zaunstecken. Denn die Schneider hatten mir die Kleider mit Fleiß zu weit machen müssen, weil man hoffte, ich würde in kurzer Zeit zunehmen, was bei dem guten Futter auch geschah. Mein Waldkleid samt den Ketten und allem Zubehör aber wurde in das Raritätenkabinett zu anderen seltsamen Sachen und Antiquitäten getan und mein Bildnis in Lebensgröße daneben gestellt.

Nach dem ausgiebigen Nachtessen wurde ich in ein Bett gelegt, wie es mir niemals, weder bei meinem Knan noch bei meinem Einsiedel, zuteil geworden war.

Aber mein Bauch knurrte und murrte die ganze Nacht hindurch, so daß ich nicht schlafen konnte — wohl weil er noch nicht wußte, was gut war, und er sich über die herrlichen neuen Speisen verwunderte.

Wer der Einsiedler war

Am Morgen befahl mir des Gouverneurs Hofmeister, ich solle zum Pfarrer gehen und vernehmen, was mein Herr meinetwegen mit ihm geredet hätte. Der Pfarrer führte mich in seine Studierstube, setzte sich, hieß mich auch sitzen und sagte: »Lieber Simplizius, der Einsiedel, bei dem du dich im Wald aufgehalten hast, war nicht nur des Gouverneurs Schwager, sondern auch sein Förderer und bester Freund. Von Jugend auf hatte er die Tapferkeit eines heldenhaften Soldaten und die Frömmigkeit eines Mönchs in sich vereinigt, zwei Tugenden, die man selten zusammen findet. Sein geistlicher Sinn und unglückselige Begebnisse brachten ihn dahin, daß er seinen Adel und ansehnliche Güter in Schottland, von wo er gebürtig war, aufgab, weil ihm alle Welthändel abgeschmackt vorkamen. Ich will dir auch nicht verheimlichen, wie er in den Spessart und zu diesem armseligen Leben kam, darin du ihn im Walde angetroffen und ihm bis zu seinem Tode Gesellschaft geleistet hast.

In der zweiten Nacht nach der blutigen Niederlage bei Höchst kam er ganz allein vor meinen Pfarrhof, als ich eben mit meinem Weib und den Kindern gegen Morgen eingeschlafen war. Wegen des Lärmens im Land, den die Fliehenden und die Nachjagenden erregten, hatten wir die ganze vorige und auch die erste Hälfte dieser Nacht gewacht. Er klopfte erst bescheiden und hernach ungestüm genug an, daß er mich und mein schlaftrunkenes Gesinde weckte.

Als ich nach kurzem Wortwechsel die Tür öffnete, sah ich den Kavalier von seinem Pferde steigen. Sein kostbares, mit goldenen und silbernen Litzen geschmücktes Kleid war mit dem Blut seiner Feinde besprengt, und weil er seinen bloßen Degen noch in der Faust hielt, kam mich Furcht und Schrecken an. Er aber steckte seinen Degen ein und bat mich armen Dorfpfarrer freundlich um Herberge. Ich sprach ihn wegen seiner schönen Person und seines herrlichen Aussehens als Graf Mansfeld selbst an. Er aber sagte, er übertreffe diesen noch an Unglück. Drei Dinge beklagte er, nämlich den Verlust seiner hochschwangeren Gattin, die verlorene Schlacht und daß er daselbst nicht auch wie andere redliche Soldaten für das Evangelium sein Leben habe lassen dürfen. Ich bewirtete ihn mit dem, was das Haus zu geben vermochte, und ließ ihm ein Soldatenbett von frischem Stroh machen ,weil er in keinem andern liegen wollte, obwohl er der Ruhe sehr bedürftig war.

Das erste, was er am folgenden Morgen tat, war, daß er mir sein Pferd schenkte und dazu auch sein Geld, das in nicht wenigen Goldmünzen bestand. Auch verteilte er etliche kostbare Ringe unter meine Frau, die

Kinder und das Gesinde. Ich wußte nicht, wie ich mit ihm dran war, weil die Soldaten viel eher zu nehmen als zu geben pflegen, und trug daher Bedenken, so große Geschenke anzunehmen. Daher wandte ich ein, daß ich solches um ihn nicht verdient hätte; auch würde, sagte ich, wenn man solche Schätze – besonders aber das kostbare Pferd, das sich nicht verbergen ließe – bei mir sähe, jedermann schließen, ich hätte ihn berauben oder gar ermorden helfen. Er aber sagte, er wolle mich vor solcher Gefahr mit einer Handschrift schützen; ja, er begehre nicht einmal sein Hemd, geschweige seine Kleider aus meinem Pfarrhof zu tragen. Dabei eröffnete er mir seinen Vorsatz, ein Einsiedler zu werden.

Ich wehrte mich mit Händen und Füßen, weil mir sein Vorhaben gar sehr nach dem Papsttum zu schmecken schien, und sagte, daß er dem Evangelium mehr mit dem Degen dienen könnte. Aber vergeblich, er ruhte nicht, bis ich in alles einwilligte. Ich versorgte ihn mit den Büchern, den Bildern und dem Hausrat, den du bei ihm gefunden hast, obwohl er für alles, was er mir geschenkt hatte, nur die wollene Decke begehrte, unter der er geschlafen hatte. Aus dieser Decke ließ er sich einen Rock machen. Auch mußte ich meine Wagenkette mit seiner goldenen vertauschen, an der das Bildnis seiner Liebsten hing, so daß er weder Geld noch Geldes Wert behielt. Mein Knecht führte ihn an den einsamsten Ort des Waldes und half ihm seine Hütte errichten. Wie er dort sein Leben zugebracht hat, weißt du so gut wie ich, ja zum Teil noch besser.

Nachdem ich nun neulich, wie du weißt, rein ausgeplündert und übel verletzt wurde, habe ich mich hierher geflüchtet, weil ich ohnedies schon meine besten Sachen hier hatte. Und als mir das bare Geld ausgehen wollte, nahm ich drei Ringe, unter denen auch der Siegelring war, und die goldene Kette mit dem Bildnis und trug's zu einem Juden, um es zu versilbern. Der hat es aber der Kostbarkeit und schönen Arbeit wegen dem Gouverneur angeboten, welcher das Wappen und das Bildnis sogleich erkannte. Er schickte nach mir und fragte, woher ich solche Kleinodien hätte. Ich sagte die Wahrheit, wies die Handschrift des Einsiedlers vor und erzählte alles. Er wollte mir aber nicht glauben, sondern steckte mich in den Arrest, bis er die Wahrheit besser erführe. Und während er dabei war, einen Trupp auszuschicken, der die Wohnung des Einsiedlers in Augenschein nehmen sollte, sehe ich dich, wie man dich in den Turm führt.

Weil nun der Gouverneur an meinen Aussagen nicht mehr zweifeln kann – zumal ich mich auf dich und andere lebende Zeugen, besonders aber auf meinen Mesner berufen kann, der dich und den Einsiedler oft vor Tag in die Kirche gelassen hat –, so will er dir und mir wegen seines Schwagers Gutes tun. Du brauchst dich jetzt nur zu entschließen. Was willst du, daß er

dir tun soll? Willst du studieren, so will er dir die Unkosten bezahlen. Hast du Lust, ein Handwerk zu lernen, so will er dich eins lernen lassen. Willst du aber bei ihm bleiben, so will er dich wie sein eigenes Kind halten; denn er sagt, wenn auch nur ein Hund von seinem Schwager selig zu ihm käme, so wollte er ihn aufnehmen.«
Ich antwortete, es gelte mir gleich, was der Gouverneur mit mir machte.

Simplizius wird ein Page

Der Pfarrer behielt mich auf seiner Wohnung bis zehn Uhr. Dann ging er mit mir zum Gouverneur, damit er bei diesem, der eine freie Tafel hielt, zu Mittag sein Gast sein konnte. Damals war nämlich Hanau eingeschlossen und bei den einfachen Leuten, besonders den Flüchtlingen in der Festung, eine so karge Zeit, daß auch mancher, der sich etwas einbildete, die gefrorenen Rübenschalen aufhob, die ein Reicher auf die Gasse geworfen hatte.
Er hatte das Glück, daß er an der Tafel dem Gouverneur gegenüber zu sitzen kam. Ich aber wartete auf mit einem Teller in der Hand, wie mich der Hofmeister anwies, wobei ich mich anstellte wie ein Esel beim Schachspiel. Doch der Pfarrer machte mit seiner Zunge wett, was mein ungeschickter Leib verfehlte.
Er sagte, daß ich in der Wildnis erzogen und niemals bei Leuten gewesen sei, so daß ich nicht wissen könne, wie ich mich verhalten solle. Die Treue, die ich dem Einsiedler erwiesen, und das harte Leben, das ich bei diesem ausgehalten hätte, seien bewunderungswürdig und machten mich mehr wert als den feinsten Edelknaben. Auch erzählte er, daß der Einsiedler alle seine Freude an mir gehabt habe, weil ich, wie er öfters sagte, seiner Liebsten von Angesicht so ähnlich sei. Noch kurz vor seinem Tode habe er ihm bekannt, daß er mich wie ein eigenes Kind liebe.
Dieses kitzelte mich dermaßen in den Ohren, daß mich bedünkte, ich sei schon reich belohnt für alles, was ich je bei dem Einsiedler ausgestanden hatte.
Der Gouverneur fragte, ob sein Schwager nicht gewußt hätte, daß er derzeit in Hanau kommandiere.
»Freilich«, antwortete der Pfarrer, »ich hab's ihm selbst gesagt. Er hat es aber, wenn auch mit fröhlichem Gesicht, so ruhig angehört, als ob er niemals einen Ramsay gekannt hätte, so daß ich mich noch über die Festigkeit dieses Mannes verwundern muß; wie er nämlich übers Herz bringen konnte, nicht allein der Welt zu entsagen, sondern auch seinen besten Freund, den er doch in der Nähe hatte, so ganz aus dem Sinn zu schlagen.«

Dem Gouverneur, der sonst kein weichherziges Weibergemüt hatte, standen die Augen voll Wasser. Er sagte: »Hätte ich gewußt, daß er noch am Leben ist und wo er sich aufhielt, ich hätte ihn auch wider seinen Willen zu mir geholt, um ihm seine Wohltaten zu vergelten. Weil mir's aber nicht vergönnt war, will ich an seiner Statt seinen Simplizius versorgen. — Ach, der edle Mann hat wohl Ursache gehabt, seine schwangere Gemahlin zu beklagen. Sie ist von einem Trupp kaiserlicher Reiter, und zwar auch im Spessart, auf der Flucht gefangen worden. Als ich das erfuhr, habe ich, im Glauben, mein Schwager sei bei Höchst gefallen, gleich einen Trompeter zum Gegner geschickt, um meiner Schwester nachzufragen und diese auszulösen. Doch konnte ich nur erfahren, daß jener Reitertrupp im Spessart von etlichen Bauern zersprengt wurde und daß sie in jenem Gefecht meine Schwester wieder verloren, so daß ich bis auf diese Stunde nicht weiß, wo sie hingekommen ist.«

So sprachen der Gouverneur und der Pfarrer bei Tisch von meinem Einsiedel und seiner Liebsten, welche beiden sie um so mehr bedauerten, weil sie einander nur ein Jahr gehabt hatten.

Ich aber wurde des Gouverneurs Page und ein solcher Kerl, daß mich die Leute, besonders die Bauern, wenn ich sie bei meinem Herrn anmelden sollte, bereits junger Herr nannten.

Dem seltsamen Simplizius kommt in der Welt alles seltsam vor, und er der Welt auch

Damals war das Beste an mir ein reines Gewissen und ein aufrichtiges Gemüt. Die Laster kannte ich nur vom Hören, und wenn ich eines wirklich sah, war mir's eine erschreckliche und seltene Sache.

Herrgott, wie verwunderte ich mich anfänglich, wenn ich das Evangelium Christi betrachtete und das Werk derjenigen ansah, die sich für seine Jünger ausgaben. Da fand ich eitel Heuchelei und so unzählige Torheiten, daß ich zweifelte, ob ich Christenmenschen vor mir hätte.

Nächst der Hoffart und dem Geiz waren Fressen, Saufen und Huren eine tägliche Übung.

Am allerschrecklichsten kam mir's vor, wenn ich Großsprecher vernahm, die sich ihrer Bosheit und Sünde noch rühmten, indem sie riefen: »Potz Blitz, wie haben wir gestern gesoffen! Ich hab mich wohl dreimal vollgesoffen und ebensovielmal gekotzt. Potz Blitz, wie haben wir die Bauern tribuliert! Potz Strahl, wie haben wir Beute gemacht!« Oder: »Ich hab ihn niedergehauen, als hätt ihn der Hagel erschlagen! Ich hab ihn erschossen, daß er die Augen verdrehte! Ich hab ihn hingeworfen, daß ihn der Teufel hätte holen mögen!«

Solche und dergleichen unchristliche Reden erfüllten mir alle Tage die Ohren, und überdies sah ich in Gottes Namen sündigen, daß es zum Erbarmen war. Von den Kriegern wurde es am meisten praktiziert, wenn sie nämlich sagten: »Wir wollen in Gottes Namen plündern, totschießen, niedermachen, gefangennehmen, in Brand stecken!«

Einmal habe ich gesehen, wie zwei Mausköpfe gehängt wurden. Sie hatten bei Nacht stehlen wollen, und als sie die Leiter anstellten und der eine in Gottes Namen einsteigen wollte, warf ihn der wachsame Hausvater in Teufels Namen wieder herunter, wodurch er ein Bein brach, und so wurde er gefangen und etliche Tage später samt seinem Kameraden aufgeknüpft.

Ich ging zu dem Pfarrer, erzählte ihm alles, was ich gesehen und gehört hatte, und bat ihn, mir doch aus dem Traum zu helfen und zu sagen, ob ich unter Christen sei oder nicht.

Der Pfarrer antwortete: »Freilich sind sie Christen, und ich wollte dir nicht raten, sie anders zu nennen.«

»Mein Gott«, sagte ich, »wie kann's sein? Wenn ich dem einen oder andern seine Fehler verweise, werde ich verspottet und ausgelacht.«

»Darüber wundere dich nicht«, antwortete der Pfarrer. »Ich glaube, wenn die Apostel selbst jetzt auferstehen und in die Welt kommen sollten, sie würden das gleiche fragen wie du und gleich dir von jedermann für Narren gehalten werden. Das, was du bisher siehst, ist ein Kinderspiel gegen das, was sonst heimlich und öffentlich wider Gott und den Menschen in der Welt verübt wird. Aber laß dich das nicht ärgern, du wirst wenig Christen finden, wie dein Einsiedel selig einer gewesen ist.«

Indem wir so miteinander redeten, führte man etliche von der Gegenseite, die man gefangen bekommen hatte, über den Platz. Das endete unsern Diskurs, weil wir die Gefangenen auch beschauten.

Da vernahm ich eine Unsinnigkeit, dergleichen ich mir nicht hätte träumen lassen. Es war aber eine neue Mode, einander willkommen zu heißen. Einer von unserer Garnison, welcher vordem auch dem Kaiser gedient hatte, kannte einen von den Gefangenen. Zu dem ging er, drückte ihm die Hand vor lauter Freude und Treuherzigkeit und sagte: »Daß dich der Hagel erschlag, lebst du auch noch, Bruder? Potz Fickerment, wie führt uns der Teufel hier zusammen! Ich hab, schlag mich der Donner, gemeint, du wärst längst gehenkt worden!«

Darauf antwortete der andere: »Potz Blitz, Bruder! Bist du's, oder bist du's nicht? Daß dich der Teufel hol, wie bist du hierher gekommen?«

Und als sie wieder voneinandergingen, sagte einer zum andern anstatt behüt

dich Gott: »Strick zu, Strick zu, morgen kommen wir vielleicht wieder zusammen, dann wollen wir brav miteinander saufen.«
»Ist das nicht ein schöner gottseliger Willkomm?« sagte ich zum Pfarrer. »Sind das nicht herrliche christliche Wünsche? Haben diese nicht einen heiligen Vorsatz für den morgigen Tag? Wenn sie einander aus christlicher Liebe so zusprechen, wie wird's dann hergehen, wenn sie miteinander zanken? Herr Pfarrer, wenn dies Schäflein Christi sind, Ihr aber ihr Hirte, so will Euch gebühren, sie auf eine bessere Weide zu führen!«
»Ja«, antwortete der Pfarrer, »liebes Kind, es geht bei den gottlosen Soldaten nicht anders her, Gott erbarm's! Wenn ich gleich etwas sagte, so wäre es soviel, als wenn ich den Tauben predigte, und ich hätte nichts anderes davon als dieser gottlosen Burschen gefährlichen Haß.«
Ich verwunderte mich, schwätzte noch eine Weile mit dem Pfarrer und ging, dem Gouverneur aufzuwarten. Dieser hatte mir erlaubt, zuzeiten die Stadt zu beschauen und zum Pfarrer zu gehen, weil er dachte, meine Einfalt würde sich legen, wenn ich herumwanderte, etwas sähe und hörte und von andern geschult oder, wie man sagt, gehobelt würde.

Einer lehrt den Simplizius eine hübsche Kunst

Meines Herrn Gunst mehrte sich täglich, weil ich nicht allein seiner Schwester, die der Einsiedel zur Frau gehabt, sondern auch ihm selbst immer ähnlicher wurde, je mehr mir die guten Speisen und faulen Tage ein glattes Fell verliehen.
Diese Gunst genoß ich bei jedermann, denn wer etwas mit dem Gouverneur zu tun hatte, der zeigte sich mir auch gewogen. Besonders der Sekretär mochte mich leiden. Er mußte mich rechnen lehren und hatte dabei manche Kurzweil mit mir. Da er erst von den Studien gekommen war, stak er noch voller Schulpossen, daß es zuweilen schien, als wenn er einen Sparren zuviel oder zuwenig gehabt hätte.
Ich tadelte ihm einmal sein schmieriges Tintenfaß. Er aber antwortete, das sei sein bestes Stück in der ganzen Kanzlei, denn aus diesem lange er heraus, was er begehre. Die schönsten Dukaten und Kleider hätte er nach und nach herausgefischt; er hoffe, sich bald auch eine schöne reiche Jungfer herauszulangen, und mit einigem Glück wolle er eines Tages auch noch eigenes Land und Leute herausholen.
Als wir so übers Tintenfaß diskutierten, kam mir von ungefähr das Titularbuch in die Hände, in dem alle Titel und Anreden verzeichnet waren. Darin fand ich meines Dafürhaltens mehr Torheit als mir je vor Augen

gekommen war. Ich sagte zum Sekretär: »Dies alles sind ja Adamskinder und eines Geschlechts miteinander, wo kommt da ein so großer Unterschied her? Allerheiligst, Unüberwindlichst, Durchlauchtigst – sind das nicht göttliche Eigenschaften? Hier ist einer Gnädig, dort ist ein anderer Gestreng. Und was muß allzeit das Geboren dazu? Man weiß ja wohl, daß keiner aus der Erde wächst wie ein Krautkopf. Warum stehen nur Hoch- und Wohlgeachte da und keine Geneunte?«

Indem ich nun dieses alles belachte, entrann mir unversehens ein so grausamer Leibesdunst, daß wir beide, der Sekretär und ich, darüber erschraken. Zugleich meldete er sich in unseren Nasen so kräftig an, als wenn man ihn nicht zuvor genug gehört hätte.

»Troll dich, du Sau«, sagte der Sekretär zu mir, »zu andern Säuen in den Stall, zu denen du Rülp besser paßt als zu anständigen Leuten.«

Er mußte aber gleich mir den Ort räumen und dem greulichen Gestank den Platz allein lassen. Und so habe ich meinen guten Handel, den ich in der Schreibstube hatte, auf einmal verscherzt.

Ich kam aber sehr unschuldig in dieses Unglück. Denn die ungewöhnlichen Speisen und Arzneien, die man mir täglich gab, meinen zusammengeschrumpften Magen und mein eingeschnorrtes Gedärm wieder zurechtzubringen, erregten in meinem Bauch gewaltige Wetter und starke Sturmwinde, welche mich grausam quälten, wenn sie ihren ungestümen Ausbruch suchten.

Einer solchen innerlichen Gewalt zu widerstehen war unmöglich. Auch hatten mir weder mein Einsiedel im Wald, wo solche Gäste ohnedies dünn gesät waren, noch mein Knan verboten, solche Kerle ihres Wegs ziehen zu lassen. So ließ ich alles passieren, was nur fortwollte, bis ich, wie ich erzählte, meinen Kredit beim Sekretär verlor. Dessen Gunst wäre wohl noch zu entbehren gewesen, aber bald geriet ich in ein größeres Unglück.

Mein Herr hatte außer mir einen ausgekochten Schelm zum Pagen, der schon ein paar Jahre bei ihm war. Dem schenkte ich mein Herz, weil er mit mir gleichen Alters war. Er aber war eifersüchtig auf mich, wegen der großen Gunst, die mein Herr mir schenkte. Er fürchtete, ich möchte ihn vielleicht ganz verdrängen, sah mich deshalb mit mißgünstigen Augen an und sann darauf, mir ein Bein zu stellen. Ich aber war arglos wie die Tauben und vertraute ihm alle meine Heimlichkeiten an, die freilich aus nichts als kindischer Einfalt bestanden.

Einmal schwätzten wir im Bett lang miteinander, ehe wir einschliefen, und indem wir vom Wahrsagen redeten, versprach er mir, mich dieses umsonst zu lehren. Darauf hieß er mich den Kopf unter die Decke tun, denn auf solche Weise müßte er mir die Kunst beibringen. Ich gehorchte und wartete

auf die Ankunft des Wahrsagergeistes. Da nahm dieser plötzlich seinen Einzug in meine Nase, und zwar so stark, daß ich den Kopf wieder unter der Decke hervortun mußte.
»Was ist?« sagte mein Lehrer.
Ich antwortete: »Du hast einen streichen lassen.«
»Und du«, antwortete er, »hast wahr gesagt und kannst also die Kunst.«
Ich nahm ihm diesen Streich nicht übel, denn ich hatte damals noch keine Galle, sondern begehrte allein zu wissen, auf welche Weise man diese Kerle stillschweigend hinausschaffen könnte.
Mein Kamerad antwortete: »Diese Kunst ist einfach. Du brauchst nur das linke Bein aufzuheben wie ein Hund, der an ein Eck brunzt, und heimlich zu sagen: ›Je pète, je pète, je pète‹, und dabei so stark zu drucken, als du kannst; dann spazieren sie so stillschweigend dahin, als wenn sie gestohlen hätten.«
»Es ist gut«, sagte ich, »und wenn's hernach stinkt, wird man meinen, die Hunde hätten die Luft verdorben.«
Ach, dachte ich, hätte ich doch diese Kunst heute in der Schreibstube gewußt.

Simplizius bekommt zwei Kalbsaugen

Anderntags lud mein Herr seine Offiziere und andere gute Freunde zu einer fürstlichen Gasterei, denn er hatte die angenehme Nachricht erhalten, daß die Seinen die Feste Braunfels, ohne einen einzigen Mann zu verlieren, eingenommen hatten. Da mußte ich mit anderen Tischdienern beim Auftragen helfen, einschenken und mit einem Teller in der Hand aufwarten.
Dabei wurde mir ein großer, fetter Kalbskopf, wie ihn kein Armer so leicht zu fressen kriegt, zum Auftragen eingehändigt. Weil er nun recht mürbe gesotten war, ließ er das eine Auge ziemlich weit herausschlappen. Das war mir ein verführerischer Anblick, und weil zugleich der frische Geruch der Speckbrühe und des aufgestreuten Ingwer meine Nase kitzelte, empfand ich einen solchen Appetit, daß mir das Maul ganz voll Wasser wurde. Kurz, das Auge lachte meine Augen an und bat mich förmlich, ich solle es doch meinem heißhungrigen Magen einverleiben. Ich ließ mich nicht lange nötigen, sondern hob im Gang das Auge mit einem Löffel heraus und schickte es so geschwind an seinen Ort, daß es kein Mensch merkte, bis das Gericht auf den Tisch kam.
Als es ans Zerlegen ging und eins der besten Stücke fehlte, sah mein Herr gleich, warum der Vorschneider stutzte. Das aber wollte er wahrlich nicht

dulden, daß man es wagen durfte, ihm einen einäugigen Kalbskopf vorzusetzen.
Der Koch mußte vor die Tafel, und alle, die aufgetragen hatten, wurden mit examiniert. Zuletzt kam's heraus, daß dem armen Simplizius der Kopf mit beiden Augen übergeben worden war; wie es aber weitergegangen war, darüber wußte niemand etwas zu sagen.
Mein Herr fragte mich mit grimmiger Miene, wo das Kalbsauge hingeraten sei. Da zog ich geschwind meinen Löffel wieder aus dem Sack und zeigte, was man von mir wissen wollte, indem ich das andere Auge so wie das erste in einem Hui verschlang.
»Par Dieu«, sagte mein Herr, »diese Tat schmeckt besser als zehn Kälber.«
Die anwesenden Herren lachten und nannten, was ich aus Einfalt begangen hatte, eine kluge Erfindung, die auf künftige Tapferkeit und unerschrockene Entschlußkraft deute.
So entging ich für diesmal meiner Strafe und erlangte überdies das Lob etlicher Possenreißer und kurzweiliger Tischräte, welche meinten, ich hätte weise gehandelt. Mein Herr aber sagte, ich sollte ihm ein andermal nicht wieder so kommen.

Wie man nach und nach blindvoll wird

Bei dieser Mahlzeit (ich schätze, es geschieht bei andern auch) trat man ganz christlich zur Tafel. Man sprach das Tischgebet sehr still und allem Anschein nach auch sehr andächtig. Diese stille Andacht währte so lange, als man mit der Suppe und den ersten Speisen zu tun hatte; es war, als wäre man in einem Kapuzinerkonvent gesessen. Aber kaum hatte jeder drei- oder viermal »gesegne Gott!« gesagt, da wurde schon alles viel lauter. Ich kann nicht beschreiben, wie sich nach und nach eines jeden Stimme je länger je mehr erhob. Die ganze Gesellschaft glich einem Redner, der erst sachte anfängt und endlich herausdonnert.
Man brachte Gerichte, deswegen Voressen genannt, weil sie gewürzt und vor dem Trunk zu genießen waren, damit dieser um so besser hinunterginge; dann Beiessen, die bei dem Trunk nicht übel schmecken sollten, und danach allerhand spanische Potridas, so gewürzt, gepfeffert und durch tausendfältige Zubereitung entstellt, daß keiner mehr ihre ursprüngliche Substanz erkennen konnte.
Die Gäste fraßen wie die Säue, soffen wie die Kühe, stellten sich dabei wie die Esel und kotzten endlich alle wie die Gerberhunde. Die edlen Hochheimer, Bacheracher und Klingenberger, die sie mit kübelmäßigen Gläsern

in den Magen hinuntergossen, zeigten sogleich oben im Kopf ihre Wirkung. Da sah ich mein Wunder, wie sich alles veränderte, wie nämlich verständige Leute, die kurz zuvor noch ihre fünf Sinne beisammen gehabt hatten, urplötzlich anfingen, närrisch zu tun und die albernsten Dinge von der Welt vorzubringen. Da wurde zugetrunken, daß die Augen übergingen und der Angstschweiß ausbrach; doch es mußte gesoffen sein. Ja, man schlug zuletzt mit Trommeln, Pfeifen und Saitenspiel Alarm und schoß mit Kanonen dazu – ohne Zweifel, weil der Wein die Mägen mit Gewalt einnehmen mußte.

Mein Pfarrer war auch bei dieser Gasterei, und als er einmal, weil er auch ein Mensch war, hinausgehen mußte, ging ich ihm nach und sagte: »Mein Herr Pfarrer, sind diese Leute noch bei Verstand? Sie schwören alle, der Teufel solle sie holen, sie könnten nicht mehr fressen und saufen, und doch hören sie nicht auf, in sich hineinzuschoppen.«

»Liebes Kind«, antwortete der Pfarrer, »Wein hinein, Witz hinaus! Das ist noch nichts gegen das, was noch kommt.«

»Zerbersten denn«, sagte ich, »ihre Bäuche nicht? Können denn ihre Seelen, die Gottes Ebenbild sind, in solchen Mastschweinkörpern verharren?«

»Halt's Maul«, antwortete der Pfarrer, »du könntest sonst greulich Verdruß kriegen. Hier ist keine Zeit zu predigen, ich wollt's sonst besser als du verrichten.«

Von da an sah ich stillschweigend zu, wie man Speise und Trank mutwillig verdarb, obwohl der arme Lazarus, den man hätte laben können, in Gestalt von vielen hundert vertriebenen Wetterauern verschmachtend vor der Tür lag.

Wie bös dem Simplizius die Kunst mißlingt

Als ich dergestalt mit einem Teller in der Hand vor der Tafel aufwartete und in meinem Gemüt von allerhand Grillen und seltsamen Gedanken geplagt wurde, ließ mich mein Bauch auch nicht zufrieden. Er knurrte und murrte ohn Unterlaß und gab dadurch zu verstehen, daß Burschen in ihm seien, die an die frische Luft begehrten. Um dem ungeheuren Gerumpel abzuhelfen, gedachte ich, den Paß zu öffnen und mich dabei der Kunst zu bedienen, die mich erst die vorige Nacht mein Kamerad gelehrt hatte. Diesem Unterricht zufolge hob ich den linken Schenkel hoch empor, druckte nach allen Kräften, was ich konnte, und wollte zugleich dreimal heimlich meinen Spruch »Je pète« sagen.

Als aber der ungeheure Gesell, der zum Hintern hinauswischte, wider mein

Hoffen so greulich tönte, wußte ich vor Schrecken nicht mehr, was ich tat. Mir wurde mit eins so bang, als wenn ich auf der Galgenleiter gestanden wäre und mir der Henker bereits den Strick hätte umlegen wollen. In dieser jähen Verwirrung wurde mein Maul auch rebellisch; es wollte dem Hintern nicht gestatten, daß er allein das Wort habe, und ließ daher das, was ich heimlich zu reden im Sinn hatte, überlaut hören, und zwar so schrecklich, als wenn man mir die Kehle hätte abstechen wollen. Je greulicher der Unterwind knallte, desto grausamer fuhr das »Je pète« oben heraus, gleichsam als ob meines Magens Ein- und Ausgang einen Wettstreit miteinander gehalten hätten.

Hierdurch bekam ich wohl Linderung in meinem Eingeweide, dafür aber an meinem Gouverneur einen ungnädigen Herrn. Seine Gäste wurden über diesen unversehenen Knall fast alle wieder nüchtern, ich aber in eine Futterwanne gespannt und so zerkarbeitscht, daß ich noch bis auf diese Stunde daran denke. Da brachte man Rauchtäfelein und Kerzen, und die Gäste suchten ihre Bisam- und Balsambüchslein und sogar ihren Schnupftabak hervor, aber die besten Aromas wollten schier nichts helfen.

So hatte ich von diesem Auftritt, den ich besser als der beste Komödiant auf der Welt spielte, Friede in meinem Bauch, aber Schläge auf dem Buckel; die Gäste aber hatten ihre Nasen voller Gestank und die Aufwarter ihre Mühe, wieder einen guten Geruch ins Zimmer zu bringen.

Als dies vorüber war, mußte ich wieder aufwarten wie zuvor. Mein Pfarrer war noch zugegen und wurde wie die andern zum Trunk genötigt. Er aber wollte nicht recht daran, sondern sagte, er möchte so bestialisch nicht saufen. Da bewies ihm aber ein guter Zechbruder, daß er, der Pfarrer, wie ein Vieh, die anderen Anwesenden aber wie Menschen söffen. »Denn«, sagte er, »ein Vieh säuft nur, bis es den Durst gelöscht hat; wir Menschen aber lassen den edlen Rebensaft immerzu durch die Kehle rinnen, wie unsere Voreltern auch getan haben.«

»Wohl«, sagte der Pfarrer, »es gebührt mir aber, rechtes Maß zu halten.«

»Gut«, antwortete jener, »ein ehrlicher Mann hält sein Wort!« Ließ einen Maßbecher vollschenken und wollte ihn dem Pfarrer reichen. Dieser aber ging durch und ließ den Säufer mit seinem Eimer stehen.

Als der Pfarrer weg war, ging es drunter und drüber. Es sah aus, als wenn diese Gasterei eine Gelegenheit sein sollte, einander durch Vollsaufen in Schande zu bringen oder sonst einen Possen zu spielen. Denn wenn einer nicht mehr gehen und stehen konnte, hieß es: »Nun ist's wett, du hast mir's vorher auch so gekocht!« Wer aber ausdauern und am besten saufen konnte, dünkte sich kein geringer Kerl zu sein. Zuletzt taumelten sie alle herum, als wenn sie Bilsensamen genossen hätten.

Da führten sie ein wunderliches Fastnachtsspiel auf – und war doch niemand, der sich darüber wunderte, als ich. Einer sang, der andere weinte; einer fluchte, der andere betete; einer schrie überlaut: »Courage!«, der andere konnte nicht mehr reden; einer schlief, der andere wollte mit dem Teufel raufen; einer erzählte seine lieblichste Buhlerei, der andere seine erschrecklichsten Kriegstaten. Etliche redeten von der Kirche, andere von der Politik und den Reichshändeln, einige liefen hin und her, andere lagen und vermochten nicht, den kleinsten Finger zu regen; etliche fraßen wie die Drescher und als ob sie acht Tage Hunger gelitten hätten, andere kotzten wieder, was sie den ganzen Tag eingeschluckt hatten.
Endlich setzte es unten an der Tafel ernstliche Streithändel. Da warf man einander Gläser, Becher, Schüsseln und Teller an die Köpfe und schlug nicht allein mit Fäusten, sondern auch mit Stühlen, Stuhlbeinen, Degen und allerhand Siebensachen drein, daß etlichen der rote Saft über die Ohren lief. Aber mein Herr stillte den Handel gleich wieder.

Wie Simplizius den Tanz verdarb

Als wieder Friede war, nahmen die Meistersäufer die Spielleute sowie die Frauenzimmer und wanderten in ein anderes Haus, dessen Saal zu einer anderen Torheit erkoren war.
Mein Herr aber setzte sich auf ein Sofa, weil ihm entweder vom Zorn oder der Überfüllung übel war. Ich ließ ihn liegen, wo er lag, damit er ruhen und schlafen könnte, war aber kaum unter die Tür des Zimmers gekommen, als er mir pfeifen wollte und dies doch nicht konnte. Er rief, brachte aber nichts heraus als: »Simpls!«
Ich sprang zu ihm und fand ihn die Augen verdrehen wie ein Vieh, das man absticht. Ich stand da vor ihm wie ein Stockfisch und wußte nicht, was zu tun war. Er aber deutete auf den Kredenztisch und lallte: »Br, bra, bring da das, du Schuft, la, la, lang's Lavoir, ich m, mu, muß!«
Ich eilte und brachte das silberne Waschbecken, und als ich zu ihm kam, hatte er ein Paar Backen wie ein Trompeter. Er erwischte mich geschwind beim Arm und stellte mich so, daß ich ihm das Lavoir gerade vors Maul hielt. Das brach ihm unter schmerzlichen Stößen unversehens auf und goß ein so wüstes Zeug in das Lavoir, daß ich vor unleidlichem Gestank schier ohnmächtig wurde, zumal mir etliche Brocken ins Gesicht spritzten. Ich hätte beinahe auch mitgemacht. Aber als ich sah, wie er erbleichte, ließ ich's aus Furcht, die Seele möchte ihm mit dem Unflat durchgehen, weil ihm der kalte Schweiß ausbrach und sein Angesicht einem Sterbenden

ähnlich sah. Als er sich aber gleich wieder erholte, hieß er mich frisches Wasser holen, damit er seinen Weinschlauch wieder ausspülte.
Danach befahl er mir, das Zeug wegzutragen. Weil es aber in einer silbernen Schüssel lag, auch die delikaten Pastetlein, das Gebackene, das Geflügel, das Wildbret und was sonst mein Herr Herrliches in seinem Magen gesammelt hatte, alles noch artig zu erkennen war, wagte ich's nicht wegzuschütten. Ich ging zum Hofmeister, dem zeigte ich die Bescherung und fragte, was ich damit machen sollte. »Narr«, antwortete er, »bring's dem Doktor, damit er daran sieht, wie's mit unserem Herrn steht.«
Diesen Aprilgang hätte ich auch getan, wenn sich der Hofmeister nicht eines anderen besonnen hätte. Er hieß mich den Bettel in die Küche tragen, mit dem Befehl, die Mägde sollten's aufheben und mit Pfeffer würzen. Das richtete ich aus und wurde dafür von den Weiberröcken mächtig ausgelacht.
Mein Herr ging eben aus, als ich mein Lavoir losgeworden war. Ich folgte ihm in ein großes Haus, wo ich im Saal Männer, Weiber und ledige Personen so schnell herumhaspeln sah, daß es nur so wimmelte. Sie trappelten und johlten, daß ich meinte, sie wären alle rasend geworden, denn ich konnte mir nicht denken, was sie mit diesem Wüten und Toben vorhaben möchten. Als mein Herr in den Saal trat, hörte die Wut eben auf; nur war da noch ein Bücken und Ducken mit den Köpfen und ein Kratzen und Schleifen mit den Schuhen, daß mich deuchte, sie wollten die Fußstapfen wieder auslöschen, die sie in ihrer Raserei getreten. Dem Schweiß, der ihnen über die Gesichter floß, und ihrem Geschnauf konnte ich entnehmen, daß sie sich stark abgearbeitet hatten; aber ihre fröhlichen Gesichter zeigten, daß ihnen ihre Mühe nicht sauer ankam.
Ich hätte gar zu gern gewußt, was dieses rasende Trippen und Trappen bezweckte, und fragte daher meinen Kameraden, der mich erst kürzlich das Wahrsagen gelehrt hatte. Dieser berichtete mir als volle Wahrheit, die Anwesenden hätten sich vereinbart, den Boden des Saals mit Gewalt einzutreten. »Warum meinst du wohl«, sagte er, »daß sie sich sonst so tapfer tummeln sollten? Hast du nicht gesehen, wie sie vor Kurzweil schon die Fenster ausgeschlagen haben? Ebenso wird es auch dem Boden ergehen.«
»Herr Gott«, antwortete ich, »da müssen wir ja mit zugrunde gehen und im Hinunterfallen Hals und Bein brechen!«
»Ja«, sagte mein Kamerad, »darauf ist's abgesehen, und da scheren sie sich den Teufel drum. Du wirst sehen, wenn sie sich so in Todesgefahr begeben, daß jeder eine hübsche Frau oder Jungfer erwischt, denn man sagt, daß die Paare, die so zusammengehalten fallen, sich nicht weh tun.«
Da ich dies alles glaubte, überfiel mich eine solche Todesangst, daß ich

nicht mehr wußte, wo ich bleiben sollte. Und als die Musik einsetzte und die Kerle den Damen zuliefen wie die Soldaten ihrem Gewehr, wenn die Trommeln Alarm schlagen, wurde mir nicht anders, als wenn ich bereits den Boden einstürzen sähe. Als sie gar anfingen zu stampfen, daß der ganze Bau zitterte, weil man eben einen lustigen Gassenhauer spielte, dachte ich: Nun ist's um dein Leben geschehen!
In meiner Angst packte ich eine Dame von hohem Adel, mit welcher mein Herr eben konversierte, beim Arm wie ein Bär und hielt sie wie eine Klette. Als sie zurückzuckte, weil sie nicht wußte, was für närrische Grillen in meinem Kopf steckten, fing ich aus Verzweiflung an zu schreien, als wenn man mich hätte ermorden wollen. Das war aber noch nicht genug, sondern es entwischte mir auch etwas in die Hose, was einen über alle Maßen üblen Geruch von sich gab.
Die Musikanten wurden jählings still, die Tänzer und Tänzerinnen hörten auf, und die ehrbare Dame, der ich am Arm hing, fühlte sich beleidigt, weil sie sich einbildete, mein Herr hätte ihr dies zum Spott tun lassen.
Da befahl mein Herr, mich zu prügeln und dann irgendwo einzusperren, weil ich ihm diesen Tag schon mehr Possen gespielt hatte. Die Furierschützen, die mich bestrafen sollten, hatten Mitleid mit mir und konnten auch vor Gestank nicht bei mir bleiben. Daher schenkten sie mir die Schläge und sperrten mich unter eine Stiege in einen Gänsestall.

Wie Simplizius aus dem Gänsestall entwischte

Drei ganze Stunden, nämlich bis zum Ende des Tanzes, mußte ich in meinem eigenen Dreck im Gänsestall sitzen. Dann hörte ich, wie einer anfing, am Riegel zu rappeln. Gleich darauf schlüpfte ein Kerl herein, der noch dazu ein Weibsbild an der Hand mit sich daherschleppte.
Ich konnte nicht wissen, was es abgeben sollte; weil mir aber die vielen seltsamen Abenteuer einfielen, die mir diesen Tag begegnet waren, dachte ich in meinem närrischen Sinn: Das sind zwei von den wütenden Leuten, die den Boden haben eintreten helfen und die jetzt gekommen sind, hier gleichermaßen zu hausen und dich ums Leben zu bringen. Daher schlich ich mit Zittern zur Tür und stürzte mit einem Mordsgeschrei hinaus, doch war ich noch gescheit genug, die Tür hinter mir zuzuriegeln.
Als ich so aus dem Gänsestall glücklich entronnen war, wurde ich meines Unglücks erst recht gewahr, denn meine Hosen waren voll, und ich wußte nicht, wohin. In meines Herrn Quartier war alles still und im Schlaf, auf der Hauptwache wollte man mich nicht leiden, weil ich viel zu übel

stank, und auf der kalten Gasse konnte ich nicht bleiben, so daß ich nicht ein noch aus wußte.
Es war schon nach Mitternacht, als mir einfiel, ich sollte meine Zuflucht beim Pfarrer suchen. So ging ich zu seiner Tür und hörte nicht auf zu klopfen, bis mich die Magd endlich mit Unwillen einließ. Als sie aber roch, was ich mitbrachte (denn ihre lange Nase erriet gleich mein Geheimnis), wurde sie noch zorniger und fing an, mit mir zu keifen. Ihr Herr, der das bald hörte, rief uns beide ans Bett. Sobald er merkte, wo der Hase im Pfeffer lag, und die Nase ein wenig gerümpft hatte, sagte er, ich solle baden und mich in ein Bett legen, denn er sah wohl, daß ich vor Frost ganz erstarrt war; der Magd aber befahl er, meine Hosen zu waschen und, bis es vollends Tag würde, vor den Stubenofen zu hängen.
Ich war kaum warm geworden, da fing es an zu tagen, und der Pfarrer stand schon vorm Bett, zu hören, wie mir's ergangen war.
»Simplizius«, sagte der Pfarrer, als ich ihm alles erzählt hatte, »deine Sachen stehen lausig. Du hattest einen guten Handel, aber ich fürchte, es ist verscherzt. Pack dich nur geschwind aus dem Bett und troll dich aus dem Haus, damit ich nicht samt dir bei deinem Herrn in Ungnade falle, wenn man dich bei mir findet.«
So mußte ich mit meinem feuchten Gewand hinziehen und zum ersten Mal erfahren, wie gut einer bei jedermann daran ist, wenn er seines Herrn Gunst hat, und wie schief einer angesehen wird, wenn's damit hapert.
Ich ging in meines Herrn Quartier, wo noch alles schlief, bis auf den Koch und einige Mägde. Diese putzten das Zimmer, in dem man gestern gezecht hatte, der Koch aber rüstete aus den Resten ein Frühstück zu.
Zuerst kam ich zu den Mägden. Der Raum lag voller zerbrochener Trink- und Fenstergläser, auch waren überall große Lachen von verschüttetem Wein und Bier, so daß der Boden einer Landkarte mit Meeren, Inseln und festen Ländern glich. Es stank dort viel übler als in meinem Gänsestall, weshalb ich mich in die Küche verzog. Dort ließ ich meine Kleider am Feuer vollends trocknen und erwartete mit Furcht und Zittern, was das Glück ferner mit mir vorhaben möchte.

Der andere Page bekommt sein Lehrgeld, und Simplizius wird zum Narren erwählt

Als mein Herr aufgestanden war, schickte er seinen Leibschützen zum Gänsestall, mich zu holen. Der brachte die Nachricht, daß er die Tür offen, hinter dem Riegel aber ein mit einem Messer geschnittenes Loch gefunden

habe. Zu dieser Zeit hatte mein Herr schon von anderen vernommen, daß ich in der Küche gesehen worden war.
Indessen mußten die Diener dahin und dorthin laufen, um die Gäste zum Frühstück zu holen. Darunter war auch der Pfarrer, welcher zeitiger als die andern erscheinen mußte, weil mein Herr meinetwegen mit ihm reden wollte. Als erstes fragte er ihn, ob er mich für gescheit oder für närrisch hielte und ob ich so einfältig oder so boshaft sei. Dann erzählte er ihm, wie unanständig ich mich am vorigen Tag betragen hätte, was von etlichen Gästen übel aufgenommen worden sei, als wäre es ihnen zum Spott mit Fleiß so angestellt worden. Auch hätte er mich in einen Gänsestall sperren lassen, um vor weiterem Spott sicher zu sein, ich aber sei ausgebrochen und gehe nun in der Küche um wie ein Junker, der nicht mehr aufzuwarten brauche. Sein Lebtag sei ihm kein solcher Possen widerfahren. Er wisse nichts anderes mit mir anzufangen, als daß er mich abprügeln lasse und, weil ich mich so dumm anließe, wieder zum Teufel jage.
Als mein Herr ausgeredet hatte, sagte der Pfarrer: Wenn ihm der Herr Gouverneur mit ein wenig Geduld zuhören möchte, so wollte er von Simplizius einige Sachen erzählen, die seine Unschuld beweisen und denen, die sich durch sein Verhalten beleidigt fühlten, alle unrechten Gedanken nehmen würden.
Während die beiden oben in der Stube so von mir redeten, schloß der tolle Fähnrich, den ich an meiner Stelle eingesperrt hatte, unten in der Küche einen Pakt mit mir. Durch Drohworte und einen Taler, den er mir zusteckte, brachte er mich dahin, daß ich ihm versprach, von seinen Händeln reinen Mund zu halten.
Die Tafeln wurden gedeckt und wie den vorigen Tag mit Speisen und Leuten besetzt. Wermut-, Salbei-, Alant-, Quitten- und Zitronenwein mußten den Säufern die Köpfe und Mägen wieder begütigen, denn sie waren schier alle des Teufels Märtyrer. Ihr erstes Gespräch galt ihnen selbst, nämlich wie sie gestern einander so brav vollgesoffen hätten. Als sie aber von ihren eigenen Torheiten zu reden und zu hören müde waren, mußte der arme Simplizius herhalten. Der Gouverneur selbst ermahnte den Pfarrer, mit den lustigen Sachen, die er versprochen hätte, herauszurücken.
Dieser bat zuerst, man wollte ihm nichts für ungut halten, falls er etwa Wörter gebrauchen müßte, die seiner geistlichen Person übel anzustehen schienen. Darauf fing er an zu erzählen, aus was für natürlichen Ursachen mich die Leibesdünste zu plagen pflegten und wie ich durch solche den Sekretär aus seiner Kanzlei verjagt hätte. Sodann berichtete er, welche

Kunst ich außer dem Wahrsagen gelernt hatte und wie schlimm diese ihre Probe bestand; und er erzählte auch, wie seltsam mir das Tanzen vorgekommen war, was mir mein Kamerad darüber sagte und weshalb ich die vornehme Dame ergriff. Das alles brachte er in einer solchen Art vor, daß sie sich vor Lachen nicht mehr zu helfen wußten; dabei wußte er meine Einfalt und Unwissenheit so gut zu entschuldigen, daß ich wieder in meines Herrn Gnade kam und vor der Tafel aufwarten durfte.

Mein Herr fragte mich, um seinen Gästen einen Spaß zu machen, was ich meinem Kameraden dafür gegeben hätte, daß er mich so saubere Künste lehrte. Ich antwortete: »Nichts!« Darauf sagte er: »So will ich ihm das Lehrgeld für dich bezahlen!«, ließ ihn in eine Futterwanne spannen und genauso karbeitschen, wie man mir's den vorigen Tag gemacht hatte.

Mein Herr sah, daß die Musikanten nichts galten, solange man mich zur Unterhaltung hatte, und fragte mich daher, warum ich die Tür am Gänsestall zerschnitten habe. Ich antwortete: »Das hat vielleicht jemand anders getan.« Er fragte: »Wer denn?« Ich antwortete: »Das darf ich niemand sagen.« Mein Herr war ein geschwinder Kopf und überrumpelte mich mit der Frage, wer mir dieses denn verboten hätte. Ich antwortete gleich: »Der tolle Fähnrich.«

An dem Gelächter merkte ich gleich, daß ich mich verhauen hatte, und der tolle Fähnrich, der auch mit am Tisch saß, wurde rot wie eine glühende Kohle. Da wollte ich nichts mehr schwätzen, es sei denn, der tolle Fähnrich erlaubte es mir. Es bedurfte aber nur eines Winks, den mein Herr dem tollen Fähnrich gab, da durfte ich reden, was ich wußte.

Darauf fragte mich mein Herr, was der tolle Fähnrich bei mir im Gänsestall zu tun gehabt habe.

Ich antwortete: »Er brachte eine Jungfer mit herein.«

Da erhob sich bei allen Anwesenden ein solches Gelächter, daß mein Herr mich nichts mehr fragen konnte; und es war auch nicht weiters vonnöten, man hätte denn die gute Jungfer auch in Spott bringen wollen.

Hierauf erzählte der Hofmeister, daß ich neulich, als ich vom Bollwerk oder Wall heimkam, gesagt habe, ich wüßte, wo Donner und Blitz herkämen. Ich hätte große Klötze auf halben Wagen gesehen, die seien inwendig hohl gewesen, und in dieselben hätte man Zwiebelsamen samt einer eisernen weißen Rübe gestopft, der man den Schwanz abgeschnitten hatte; danach hätte man die Klötze hinten ein wenig mit einem Spieß gekitzelt, und davon wäre vornehinaus Dampf, Donner und höllisches Feuer geschlagen.

Sie brachten noch mehr dergleichen Possen auf die Bahn, so daß man bei diesem Imbiß schier von nichts als nur von mir zu reden und zu lachen hatte. Dies verursachte einen allgemeinen Beschluß zu meinem Untergang. Wenn man mich tüchtig foppte, so hieß es, würde ich einen Narren abgeben, den man den größten Potentaten von der Welt zum Geschenk machen und mit dem man Sterbende zum Lachen bringen könnte.

Vom Mann, der's Geld gibt, und wie Simplizius den Namen Simplizissimus bekam

Wie man so schlampampte und wieder wie gestern lustig sein wollte, überbrachte die Wache dem Gouverneur ein Schreiben; dabei kündigte sie einen Kommissar an, den die Kriegsräte der schwedischen Krone geschickt hatten, die Garnison zu mustern und die Festung zu visitieren.
Das versalzte allen Spaß, und alles Freudengelächter sackte in sich zusammen wie ein Sackpfeifenzipfel, dem die Luft ausgeht. Die Musikanten und Gäste verzogen sich wie Tabaksrauch.
Mein Herr aber trollte sich mit dem Adjutanten, der die Schlüssel trug, sowie einem Ausschuß von der Hauptwache und vielen Windlichtern dem Tor zu, den Tintenhengst, wie er ihn nannte, selbst einzulassen. Er wünschte, daß ihm der Teufel den Hals in tausend Stücke bräche, ehe er in die Festung käme!
Sobald er ihn aber eingelassen hatte und auf der inneren Fallbrücke willkommen hieß, fehlte wenig, und er hätte ihm noch selbst die Steigbügel gehalten. Und als der Kommissar abgestiegen war, da wollte jeder links gehen.
Wir näherten uns der Hauptwache, und die Schildwacht rief ihr »Wer da?«, wiewohl sie sah, daß es mein Herr war. Dieser wollte nicht antworten, sondern dem andern die Ehre lassen; daher wiederholte die Schildwacht ihr Geschrei noch lauter. Auf dieses »Wer da?« antwortete der Kommissar endlich: »Der Mann, der's Geld gibt!«
Wie wir nun bei der Schildwacht vorbeipassierten und ich so hinten nachzog, hörte ich die Schildwacht, einen neugeworbenen Soldaten, der zuvor ein junger Bauersmann auf dem Vogelsberg gewesen war, diese Worte brummeln: »Du verlogener Kund! Ein Mann, der's Geld gibt? Ein Schindhund, der's Geld nimmt, das bist du! So viel Geld hast du mir abgepreßt, daß ich wollte, der Hagel erschlüg dich, ehe du wieder aus der Stadt kommst!«

Von dieser Stunde an glaubte ich, dieser fremde Mann mit der samtenen Mütze müsse ein heiliger Mann sein, weil keine Flüche an ihm hafteten und ihm auch seine Hasser alle Ehre, alles Liebe und Gute erwiesen. Er wurde noch in dieser Nacht fürstlich traktiert, blindvoll gesoffen und endlich in ein herrliches Bett gelegt.
An den folgenden Tagen ging's bei der Musterung bunt genug her. Da war sogar ich einfältiger Tropf geschickt genug, den klugen Kommissar zu betrügen. Weil ich noch zu klein war, einen Musketier zu präsentieren, mußte ich die Trommel schlagen. Man staffierte mich zu diesem Zweck mit einem entliehenen Kleid und auch mit einer entliehenen Trommel aus; damit passierte ich glücklich die Musterung.
Da man mir aber bei meiner Einfalt nicht zutraute, daß ich einen fremden Namen im Sinn behielte, auf welchen ich antworten und hervortreten sollte, mußte ich der Simplizius bleiben. Den Zunamen ersetzte der Gouverneur selbst. Er ließ mich als Simplizius Simplizissimus in die Rolle einschreiben und machte mich so zum ersten meines Geschlechts.

Simplizius wird von vier Teufeln in die Hölle geführt und mit spanischem Wein traktiert

Als der Kommissar wieder weg war, ließ mich der Pfarrer heimlich zu sich in seine Wohnung kommen. Er sagte: »O Simplizius, du dauerst mich! Höre, mein Kind, dein Herr will dich aller Vernunft berauben. Er ist entschlossen, dich zum Narren zu machen, und läßt bereits ein Kleid für dich verfertigen. Morgen mußt du in die Schule, in der du deinen Verstand verlieren sollst. Da wird man dich ohne Zweifel so greulich trillen, daß du unfehlbar zu einem Narren werden mußt, wenn nicht Gott und die Arznei, die ich dir hier gebe, dies verhindern. Nimm dieses Pulver ein, es wird dir Hirn und Gedächtnis stärken, und schmiere mit diesem Balsam die Schläfen, das Genick und die Nasenlöcher. Tu das am Abend, wenn du schlafen gehst, denn du bist keine Stunde sicher, daß du nicht aus dem Bett geholt wirst. Aber sage keinem Menschen davon, es möchte sonst dir und mir übel ausschlagen! Wenn man dich in der verfluchten Kur hat, so glaube nicht alles, was man dir vormachen will, und stelle dich doch, als wenn du alles glaubtest. Wenn du aber das Narrenkleid anhaben wirst, so komm wieder zu mir, damit ich dir mit meinem Rat weiterhelfe. Indessen will ich Gott bitten, daß er dir Verstand und Gesundheit erhalten möge.« Hierauf übergab er mir das Pulver und das Sälblein, und ich wanderte damit wieder nach Hause.

Wie der Pfarrer gesagt hatte, so ging's. Als ich im ersten Schlaf lag, kamen vier Kerle in schrecklichen Teufelslarven zu mir ins Zimmer, die sprangen herum wie Gaukler und Fastnachtsnarren. Einer hatte einen glühenden Haken, der andere eine Fackel in den Händen; die andern zwei aber stürzten sich auf mich, zogen mich aus dem Bett, tanzten eine Weile mit mir hin und her und zogen mir meine Kleider an den Leib. Ich stellte mich, als ob ich sie für richtige Teufel hielte, und vollführte ein jämmerliches Zetergeschrei. Sie aber verkündeten mir, daß ich mit ihnen fortmüßte, verbanden mir den Kopf mit einem Handtuch, daß ich weder hören noch sehen oder schreien konnte, und führten mich auf verschiedenen Umwegen viele Stiegen hinauf und hinab und endlich in einen Keller, darin ein großes Feuer brannte.

Dort banden sie mir das Handtuch wieder ab und fingen an, mir mit spanischem Wein und Malvasier zuzutrinken, dabei überredeten sie mich, ich sei nunmehr im Abgrund der Hölle, und ich stellte mich, als glaubte ich alles, was sie mir vorlogen.

»Sauf nur tapfer zu«, sagten sie, »weil du doch ewig bei uns bleiben mußt! Willst du aber kein guter Geselle sein und nicht mitmachen, mußt du in dieses Feuer!«

Die armen Teufel wollten ihre Stimme verstellen, damit ich sie nicht kennen sollte, ich merkte aber gleich, daß es meines Herrn Furierschützen waren. Ich trank meinen Teil mit vom spanischen Wein, sie aber soffen mehr als ich, weil solch ein himmlischer Nektar selten an solche Gesellen kommt, und so waren sie eher voll als ich. Als mir's aber Zeit zu sein schien, fing ich an, hin und her zu torkeln, wie ich's an den Gästen meines Herrn gesehen hatte, und wollte schließlich überhaupt nicht mehr saufen, sondern schlafen. Sie aber jagten mich mit ihrem Haken, den sie immer wieder ins Feuer legten, in allen Ecken des rauchigen Kellers herum, und wenn ich bei dieser Hatz niederfiel, was ich oft mit Fleiß tat, so packten sie mich und stellten sich, als ob sie mich ins Feuer werfen wollten; dabei blieben sie nicht allzeit beisammen, sondern lösten einander ab. So hielten sie mich drei Tage und zwei Nächte wach, wie einen Falken, den man abrichtet. Der Kopf fing mir an zu brausen und zu wüten, als ob er zerreißen wollte, so daß ich endlich eine List ersinnen mußte. Ich machte es wie der Fuchs, der den Hunden ins Gesicht harnt, wenn er ihnen nicht mehr zu entrinnen vermag. Als mich die Natur trieb, meine Notdurft zu verrichten, reizte ich mich gleichzeitig mit einem Finger im Hals zum Erbrechen, so daß meine Teufel vor unleidlichem Gestank schier nicht mehr bei mir bleiben konnten. Da legten sie mich in ein Leintuch und prügelten mich so unbarmherzig, daß mir alle Eingeweide samt der Seele

hätten aus dem Leib fahren mögen. Darüber schwanden mir so ganz und gar meine Sinne, daß ich nicht weiß, was die Teufel weiter mit mir gemacht haben.

Simplizius kommt in den Himmel und wird in ein Kalb verwandelt

Als ich wieder zu mir kam, befand ich mich nicht mehr in dem rauchigen Keller bei den Teufeln, sondern in einem schönen Saal, unter den Händen dreier garstiger Weiber.

Eine von ihnen hatte Augen wie zwei Irrwische und zwischen diesen eine lange magere Habichtsnase, deren Spitze die Unterlippe fast berührte; nur zwei gelbe Zähne sah ich in ihrem Maul, aber diese waren lang, rund und dick. Ihr Gesicht sah aus wie spanisches Leder, und ihre weißen Haare hingen ihr seltsam zerstrobelt um den Kopf herum, weil man sie eben erst aus dem Bett geholt hatte. Die andern zwei waren nicht schöner, nur daß sie stumpfe Affennäslein hatten und etwas ordentlicher angezogen waren. Als ich mich zusammengerappelt hatte, sah ich, daß die eine unsere Schüsselwäscherin, die anderen aber die Weiber zweier Furierschützen waren.

Ich stellte mich, als ob ich mich nicht zu regen vermochte, und es war mir auch in Wahrheit nicht nach Tanzen zumute, als diese alten Mütterlein mich splitternackt auszogen und wie ein kleines Kind von allem Unrat säuberten. Das tat mir so wohl, und die drei zeigten während ihrer Arbeit so viel Geduld und Mitleid, daß ich ihnen beinahe geoffenbart hätte, wie gut es noch um mich stand. Doch ich dachte: Nein, Simplizius, vertrau keinem alten Weib. Es ist dir Triumph genug, wenn du in deiner Jugend drei abgefeimte alte Vetteln, mit denen man den Teufel im weiten Feld zu fangen vermöchte, betrügen kannst.

Als sie nun mit mir fertig waren, legten sie mich in ein herrliches Bett, darin ich ungewiegt einschlief.

Meines Dafürhaltens schlief ich in einem Zug länger als vierundzwanzig Stunden. Als ich wieder erwachte, standen zwei schöne geflügelte Knaben vor meinem Bett. Sie waren mit weißen Hemden, seidenen Binden, Perlen, goldenen Ketten und kostbarem Schmuck prächtig ausgestattet. Einer trug ein vergoldetes Becken voller Zuckerbrot und Konfekt, der andere aber einen vergoldeten Becher in den Händen.

Diese Engel wollten mir einreden, daß ich nunmehr im Himmel sei, nachdem ich das Fegefeuer glücklich überstanden hätte und dem Teufel und seiner Großmutter entronnen sei. Daher sollte ich nur begehren, was

mein Herz wünschte, es stünde in ihrer Macht, alles, was ich mir erdenken könnte, herbeizuschaffen.
Mich quälte der Durst, und weil ich den Becher vor mir sah, verlangte ich nur den Trunk, der mir auch mehr als gutwillig gereicht wurde. Es war aber kein Wein, sondern ein lieblicher Schlaftrunk, und als ich ihn, ohne abzusetzen, geleert hatte, schlief ich wieder ein.
Als ich am andern Tag erwachte, befand ich mich aber nicht mehr im Bett, sondern in meinem alten Gänsekerker. Da war abermals eine greuliche Finsternis wie im Keller, und ich hatte ein Kleid von Kalbsfellen an. Oben am Hals hatte ich eine Kappe wie eine Mönchskapuze, die war mir über den Kopf gestreift und mit einem schönen Paar großer Eselsohren geziert.

Wie sich Simplizius als Kalb bewährt

Durch das Loch, das der tolle Fähnrich zuvor in die Tür geschnitten hatte, hätte ich mich leicht freimachen können. Weil ich aber ein Narr sein sollte, ließ ich's bleiben und stellte mich überdies wie ein hungriges Kalb, das sich nach seiner Mutter sehnt. Auf mein Geplärr kamen auch alsbald zwei Soldaten vor den Gänsestall und fragten, wer darinnen sei.
Ich antwortete: »Ihr Narren, hört ihr nicht, ein Kalb!«
Sie machten den Stall auf, nahmen mich heraus und stellten sich sehr erstaunt über das Kalb, das reden konnte. Das machten sie aber so ungeschickt, daß ich oft meinte, ich müßte ihnen selbst bei der Komödie helfen. Am Ende beratschlagten sie, was sie mit mir machen sollten, und kamen überein, mich dem Gouverneur zu verehren, welcher ihnen, da ich reden könnte, mehr schenken würde, als ihnen der Metzger für mich bezahlte.
Darauf führten sie mich über die Gaß auf das Quartier des Gouverneurs zu. Eine große Schar Buben folgte uns nach, und weil diese gleich mir wie Kälber schrien, hätte ein Blinder glauben mögen, man triebe eine Herde Kälber daher.
So wurde ich von den beiden Soldaten dem Gouverneur präsentiert, als ob sie mich eben auf einem Streifzug erbeutet hätten. Dieser beschenkte die beiden mit einem Trinkgeld, mir selbst aber versprach er die beste Behandlung.
Ich dachte mein Teil und sagte: »Wohl, Herr, man muß mich aber in keinen Gänsestall sperren, wenn ein rechtschaffener Ochs aus mir werden soll!«
Der Gouverneur tröstete mich und dünkte sich Wunder wie gescheit,

weil er einen so vollkommenen Narren aus mir gemacht hatte. Ich hinwiederum dachte: Warte, mein lieber Herr, ich habe die Feuerprobe überstanden und bin darin gehärtet worden. Jetzt wollen wir probieren, wer den andern am besten an der Nase herumführen kann.
Indem trieb ein geflüchteter Bauer sein Vieh zur Tränke. Sobald ich das sah, eilte ich, wie ein Kalb plärrend, auf die Kühe zu, als ob ich an ihnen saugen wollte. Die Kühe entsetzten sich ärger vor mir als vor einem Wolf, obwohl ich ein Fell ihrer Art trug; ja, sie wurden so wild und stoben dermaßen auseinander, als wenn ein Schwarm Hornissen losgelassen worden wäre, so daß sie ihr Herr an diesem Ort nicht mehr zusammenbringen konnte. Im Hui war ein Haufen Volk beieinander, das dem Spaß zusah. Mein Herr lachte, daß er hätte zerbersten mögen, und sagte endlich: »Ein Narr macht ihrer hundert!« Ich aber dachte bei mir: Und dieser Narr bist du.
Die Kurzweil, die ich mit den Rindern des Bauern anstellte, machte uns den kurzen Vormittag noch kürzer, denn es war damals um die winterliche Sonnenwende. Bei der Mittagsmahlzeit wartete ich auf wie zuvor, brachte aber nebenher seltsame Sachen auf die Bahn, und als ich essen sollte, konnte niemand eine einzige menschliche Speise in mich bringen. Ich wollte ein für allemal nichts als Gras haben, das damals unmöglich zu bekommen war.
Mein Herr ließ frische Kalbsfelle von den Metzgern holen und sie zwei Knaben über die Köpfe streifen. Die beiden setzte er zu mir an den Tisch und hieß uns, nachdem er uns als ersten Gang Wintersalat vorgesetzt hatte, wacker dreinhauen. Ich blickte starr, aber die Umstehenden ermahnten mich mitzumachen. »Jawohl«, sagten sie, »es ist nichts Neues, wenn Kälber Fleisch, Fisch, Käs, Butter und dergleichen fressen. Was? Sie saufen sich zuzeiten sogar einen guten Rausch an! Die Tiere wissen jetzt auch, was gut ist. Ja, es ist heutzutage so weit gekommen, daß nur noch ein geringer Unterschied zwischen ihnen und den Menschen ist. Willst du da allein nicht mitmachen?«
Ich ließ mich um so lieber überreden, weil mich hungerte. Das freilich hatte ich selbst schon gesehen, daß Menschen säuischer als Schweine, grimmiger als Löwen, neidischer als Hunde, unbändiger als Pferde, gröber als Esel, versoffener als Rinder, listiger als Füchse, gefräßiger als Wölfe, närrischer als Affen und giftiger als Schlangen und Spinnen waren, wobei sie doch allesamt menschliche Nahrung genossen und sich nur durch die Gestalt von den Tieren unterschieden.
Beim Nachtimbiß fütterte ich wie bei der Mittagsmahlzeit mit meinen Mitkälbern, und sie mußten auch mit mir zu Bett, wenn mein Herr nicht

zugeben wollte, daß ich im Kuhstall schlief. Darauf bestand ich, um die recht zu narren, die mich zum Narren zu haben meinten.
Damals kam ich zu der Einsicht, daß der grundgütige Gott einem jeden Menschen in seinem Stand so viel Witz verleiht, als er zu seiner Selbsterhaltung nötig hat. Und daß sich viele, Doktor hin, Doktor her, umsonst einbilden, sie allein seien klug und Hans in allen Gassen: Hinter den Bergen wohnen auch Leut.

Ein Kalb lobt eine schöne Dame

Am Morgen, als ich erwachte, waren meine beiden verkälberten Schlafgesellen schon fort. Daher stand ich auf und schlich, als der Adjutant die Schlüssel holte, die Stadt zu öffnen, aus dem Haus zu meinem Pfarrer.
Dem erzählte ich alles, wie mir's im Himmel und in der Hölle ergangen war. Und da er sah, daß ich mir ein Gewissen machte, weil ich so viele Leute, besonders aber meinen Herrn, betröge, wenn ich mich närrisch stellte, sagte er: »Darüber bekümmre dich nicht, die närrische Welt will betrogen sein. Hat man dir deinen Witz noch gelassen, so brauche ihn zu deinen Vorteil und bilde dir ein, du seiest wie der Vogel Phönix durchs Feuer zu einem neuen Leben geboren. Doch wisse, du bist noch nicht über den Graben. Unter großer Gefahr bist du in diese Narrenkappe geschlüpft, und die Zeiten sind so wunderlich, daß niemand wissen kann, ob du ohne Verlust deines Lebens wieder herauskommst. Darum sei vorsichtig und gebrauche deinen Verstand.«
Der Pfarrer gab mir noch etwas von seiner Arznei und belehrte mich, wie ich mich weiter verhalten sollte. Dann ging ich wieder nach Hause und brachte mehr als hundert Buben mit, die mir nachliefen und auch alle wie Kälber schrien. Mein Herr, der eben aufgestanden war, lief ans Fenster, und als er so viele Kälber auf einmal sah, geruhte er herzlich zu lachen.
Sobald ich ins Haus kam, mußte ich in die Stube, weil adelige Frauenzimmer bei meinem Herrn waren, welche seinen neuen Narren auch gern sehen wollten.
Ich erschien und stand stumm da, weshalb diejenige Dame, die ich beim Tanz gepackt hatte, sagte, sie hätte gehört, dieses Kalb könne reden, aber nun merke sie, das sei nicht wahr.
Ich antwortete: »Und ich habe gemeint, die Affen können nicht reden, aber jetzt höre ich, daß das nicht stimmt.«
»Wie«, sagte mein Herr, »meinst du denn, diese Damen seien Affen?«
Ich antwortete: »Sind sie es nicht, so werden sie es doch bald werden;

wer weiß, wie es fällt. Unser Aff trägt seinen Hintern bloß, diese Damen aber bereits ihre Brüste.«

»Schlimmer Vogel«, sagte mein Herr, »du bist ein närrisches Kalb, und wie du bist, so redest du. Diese Schönen lassen billig sehen, was sehenswert ist, der Aff aber geht aus Armut nackend. Geschwind, bring wieder ein, was du gesündigt hast, oder man wird dich karbeitschen und mit Hunden in den Gänsestall hetzen, wie man's mit Kälbern macht, die sich nicht zu schicken wissen. Laß hören, weißt du auch eine Dame zu loben, wie sich's gebührt?«

Hierauf betrachtete ich die Dame von unten bis oben und von oben bis unten und sah sie so starr und verliebt an, als hätte ich sie heiraten wollen.

Endlich sagte ich: »Herr, ich sehe wohl, wo der Fehler steckt. Der liederliche Schneider ist an allem schuld. Er hat das Gewand, das oben um den Hals gehört, unten am Rock stehen lassen, darum schleift er so weit hinten nach. Man sollte dem Hudler die Hände abhauen, wenn er nicht besser schneidern kann. — Jungfer«, sagte ich zu ihr selbst, »schafft ihn ab und seht, daß Ihr meines Knans Schneider bekommt, der heißt Meister Paulgen. Er hat meiner Meuder, unserer Ann und unserem Ursele so schöne gefältelte Röcke machen können, die unten herum ganz eben gewesen sind und die nicht so im Dreck geschlappt haben wie Eurer.«

Mein Herr fragte, ob denn meines Knans Ann und Ursele schöner gewesen seien als diese Jungfer.

»Ach nein doch, Herr«, sagte ich, »diese Jungfrau hat ja Haare so gelb wie Kleinkinderdreck, und ihre Haare sind so hübsch zusammengerollt, daß es aussieht, als habe sie ein Dutzend Bratwürste hängen. Ach seht nur ihre schöne glatte Stirn, ist sie nicht feiner gewölbt als ein fetter Hinterbacken und weißer als ein Totenkopf, der viele Jahre lang im Wetter hing? Ihre schwarzen Augen funkeln so schön wie der Ruß vor meines Knans Ofenloch, wenn unsere Ann mit einem brennenden Strohwisch davorstand, die Stube zu heizen. Ihre Backen sind so hübsch rot, wie neulich die Nesteln waren, womit die schwäbischen Fuhrleute von Ulm ihre Lätze geziert hatten. Aber die hohe Röte, die sie an ihren Lippen hat, übertrifft diese Farbe noch weit, und wenn sie lacht oder redet (ich bitte, der Herr gebe nur acht darauf), so sieht man zwei Reihen Zähne in ihrem Maul stehen, die sind so zuckerweiß und stehen so schön in der Reihe, als wenn sie aus einem Stück von einer weißen Rübe geschnitzelt wären. Ihr Hals, er ist so weiß wie gestandene Sauermilch, und ihre Brüste, die darunter liegen, sind von gleicher Farb und ohne Zweifel so hart anzugreifen wie ein Geißeneuter, das von Milch strotzt. Ach Herr, seht doch ihre

Hände an, sie sind so lang und geschmeidig, ganz wie die der Zigeunerinnen neulich, mit denen sie einem im Hosensack fischen. Aber was soll dies alles gegen ihren ganzen Leib sein, den ich zwar nicht sehen kann; ist er nicht so zart, schmal und anmutig, als wenn sie acht Wochen lang den Durchmarsch gehabt hätte?«

Hierüber erhob sich ein solches Gelächter, daß ich nichts mehr sagen konnte. Da ging ich durch und ließ die andern reden, was sie wollten.

Das Kalb predigt einem hohen Herrn

Bei der Mittagsmahlzeit focht ich auch tapfer, denn ich hatte mir vorgenommen, alle Torheiten zu bereden. Kein Tischgenosse war mir zu gut, ihm seine Laster vor die Nase zu halten, und wenn sich einer fand, der sich's nicht gefallen ließ, so wurde er noch dazu von andern ausgelacht, oder mein Herr hielt ihm vor, daß sich kein Weiser über einen Narren zu erzürnen pflege.

Den tollen Fähnrich, welcher mein ärgster Feind war, setzte ich gleich auf den Esel.

Der erste aber, der mir mit Vernunft begegnete, war der Sekretär. Als ich ihn wegen der eitlen Anreden auslachte und fragte, wie man den Urvater tituliert hätte, antwortete er: »Du redest wie ein Kalb, weil du nicht weißt, daß verschiedene Menschen durch seltene Heldentaten sich und ihr Geschlecht so geadelt haben, daß man sie über alles Irdische erhob.«

Ich antwortete: »Was sind denn das für herrliche Taten, die ausreichten, ein ganzes Geschlecht gleich auf etliche hundert Jahre zu adeln? Und ist der Ruhm nicht oft mit dem unschuldig vergossenen Blut vieler tausend Menschen besudelt?«

Mein Herr wollte mit mir scherzen und sagte: »Ich merke wohl, weil du nicht adelig werden kannst, verachtest du den Adelsstand.«

Ich antwortete: »Herr, und wenn ich in dieser Stunde deine Ehrenstelle übernehmen sollte, ich würde sie nicht annehmen.«

Mein Herr lachte und sagte: »Das glaube ich, denn dem Ochsen gebührt Haberstroh. Ich für meinen Teil achte es für nichts Geringes, wenn mich das Glück über andere erhebt.«

Ich seufzte und sagte: »Ach mühselige Glückseligkeit! Herr, ich versichere dir, daß du der allerelendste Mensch in ganz Hanau bist.«

»Wieso, Kalb, wieso?« fragte mein Herr.

Ich antwortete: »Du hast zwar zu befehlen, und wer dir unter die Augen kommt, hat dir zu gehorchen. Aber mußt du nicht für einen jeden sorgen?

Schau, du bist jetzt rundum von Feinden umgeben, und die Erhaltung dieser Festung liegt dir allein auf dem Hals. Du mußt trachten, dem Gegner Abbruch zu tun, und dabei sorgen, daß deine Anschläge nicht verraten werden. Du brauchst Geld, Munition, Proviant und Leute, weshalb du das ganze Land beständig drangsalieren mußt. Schickst du zu solchem Zweck die Deinen aus, so ist Rauben, Plündern, Stehlen, Brennen und Morden ihre beste Arbeit. Sie haben erst neulich Orb geplündert, Braunfels eingenommen und Staden in Asche gelegt. Das hat ihnen zwar Beute, dir aber eine schwere Verantwortung vor Gott eingebracht. Mag sein, daß du neben der Ehre auch Vorteil hast, der dir gefällt. Aber weißt du, wer die Schätze, die du sammelst, genießen wird? Und gesetzt, daß dir dein Reichtum verbleibt, so verschwendest du das Gut der Armen, die jetzt im Elend leben oder gar verderben und Hungers sterben. Wie oft drücken dich schwere Gedanken, während wir Kälber ruhig schlafen. Versäumst du etwas, was zur Erhaltung deiner Truppen und der Festung hätte getan werden müssen, so kostet es deinen Kopf. Solcher Sorgen bin ich enthoben. Ich brauche nicht zu fürchten, daß jemand meinen Stall stürmt, und sterbe ich jung, so bleibt mir die Mühseligkeit eines Zugochsens erspart. Dir aber stellt man ohne Zweifel auf tausendfältige Weise nach. Du hast Freund und Feind zu fürchten, die dich um dein Leben oder dein Geld, um deine Ehre oder um dein Kommando zu bringen trachten. Der Feind setzt dir offen zu, und deine vermeintlichen Freunde beneiden heimlich dein Glück, und nicht einmal vor deinen Untertanen bist du sicher. Und was das allerärgste ist, du bist von deinen Fuchsschwänzern so verwöhnt, daß du nicht mehr siehst, wie sehr du deiner Seele schadest, denn alles, was du tust, heißen sie recht. Deine Grimmigkeit ist ihnen Gerechtigkeit, und wenn du Land und Leute zugrunde richtest, so sagen sie, du seist ein braver Soldat, damit sie deine Gunst behalten und ihre Beutel dabei spicken können.«

»Du Bärenhäuter«, sagte mein Herr, »wer hat dich so predigen gelehrt?«

Ich antwortete: »Liebster Herr, sag ich nicht die Wahrheit? Darum behalte dein Kommando samt dem Lohn, den du davon hast; du brauchst keines mit mir zu teilen. Denn wenn alles gut mit dir abgeht, so bringst du doch nichts davon als ein böses Gewissen. Nimmst du aber dein Gewissen in acht, so wirst du als ein Untüchtiger beizeiten von deinem Kommando verstoßen werden, ganz so, als wärest du, wie ich, zu einem dummen Kalbe geworden.«

Während ich so sprach, sahen mich alle Anwesenden an und wunderten sich, daß ich solche Reden vorbringen konnte, deren sich auch ein verständiger Mann nicht hätte schämen müssen.

Mein Herr aber sprach: »Ich weiß nicht, was ich an dir habe. Du dünkst mich für ein Kalb viel zu verständig. Ich meine schier, du seist unter deiner Kalbshaut mit einer Schalkshaut überzogen.«

Von seltsamen Sachen; wer's wissen will, muß es selber lesen

Hierauf fällten meines Herrn Tischgenossen unterschiedliche Urteile über mich. Der Sekretär erklärte mich für närrisch, weil diejenigen, die einen Sparren zuviel oder zuwenig hätten und sich doch weise zu sein dünkten, die allerpossierlichsten Narren seien. Andere meinten, wenn man mir nur die Einbildung nähme, daß ich ein Kalb sei, würde ich vernünftig genug sein. Mein Herr selbst sagte: »Ich halte ihn für einen Narren, weil er jedem die Wahrheit so ungescheut sagt; aber seine Reden sind so, daß sie keinem Narren zustehen.«
Das redeten sie alles auf latein, damit ich's nicht verstehen sollte.
Mein Herr fragte mich, ob ich studiert hätte, als ich noch ein Mensch war.
Ich wüßte nicht, was Studieren sei, war meine Antwort. »Aber, lieber Herr«, fuhr ich fort, »sag mir, was die Studen für Dinger sind, mit denen man studiert. Nennst du vielleicht die Kegel so, mit denen man kegelt?«
Hierauf antwortete der tolle Fähnrich: »Watt wolts met deesem Kerl sin? Hey hatt den Tüfel in Liff, hey is beseeten!«
Daher fragte mich mein Herr, ob ich jetzt, nachdem ich zu einem Kalb geworden sei, noch wie früher zu beten pflege und in den Himmel zu kommen hoffe.
»Freilich«, antwortete ich, »ich habe ja meine unsterbliche menschliche Seele noch; die wird doch, wie du dir leicht denken kannst, nicht in die Hölle wollen, in der mir's schon einmal so übel ergangen ist. Ich bin nur verwandelt wie damals Nebuchodonosor und werde, so hoffe ich, wieder einmal zum Menschen werden.«
»Das wünsche ich dir«, sagte mein Herr und seufzte tief. Daraus konnte ich leicht schließen, daß es ihn reute, mich zum Narren gemacht zu haben.
»Aber laß hören«, fuhr er fort, »wie pflegst du zu beten?«
Da kniete ich nieder, hob Augen und Hände auf gut einsiedlerisch gen Himmel, und weil meines Herrn Reue mein Herz mit süßem Trost erfüllte, konnte ich mich der Tränen nicht enthalten. Ich bat also, nachdem ich das Vaterunser gesprochen hatte, mit höchster Andacht für alle Anliegen der Christenheit, für meine Freunde und Feinde und daß mich Gott

in dieser Zeitlichkeit so leben lasse, daß ich würdig werden möchte, ihn in ewiger Seligkeit zu loben; so zu beten, hatte mich mein Einsiedel gelehrt. Da fingen einige weichherzige Zuhörer auch beinahe an zu weinen, weil sie großes Mitleid mit mir trugen, ja meinem Herrn selbst standen die Augen voller Wasser.

Nach der Mahlzeit schickte mein Herr nach dem Pfarrer. Dem erzählte er alles, was ich vorgebracht hatte, und sagte, er fürchte, es gehe nicht recht mit mir zu; es sei, als stecke der Teufel mit mir unter einer Decke, weil ich mich zuerst ganz einfältig gezeigt habe, jetzt aber Sachen vorzubringen wisse, daß man sich darüber nur wundern könne.

Der Pfarrer, der am besten wußte, wie es um mich stand, gab zur Antwort, man hätte, ehe man mich zum Narren machte, bedenken müssen, daß Menschen Ebenbilder Gottes sind, mit denen man nicht wie mit Tieren seinen Spaß treiben darf. Doch wolle er nimmermehr glauben, daß dem bösen Geist erlaubt worden sei, sich mit ins Spiel zu mischen. Sollte dies freilich doch geschehen sein, so hätte man's vor Gott schwerlich zu verantworten, da es keine größere Sünde gäbe, als einen zum Dienst Gottes bestimmten Menschen seiner Vernunft zu berauben. »Ich weiß, daß er Vernunft genug besaß. Daß er sich aber in die Welt nicht schicken wollte, lag darin, daß er bei seinem Vater, einem groben Bauern, und bei Eurem Schwager in der Wildnis in aller Einfalt erzogen wurde. Hätte man sich anfänglich ein wenig geduldet, so würde er sich mit der Zeit schon besser angelassen haben. Doch ist er gewiß wieder zurechtzubringen, wenn man ihm nur den Glauben nimmt, er sei ein Kalb. Man liest von einem, der hat geglaubt, er sei zu einem irdenen Krug geworden, und bat daher die Seinigen, ihn hübsch hoch zu stellen, damit er nicht zerstoßen würde. Ein anderer bildete sich ein, er sei ein Hahn, und krähte Tag und Nacht. Noch ein anderer meinte, er sei bereits gestorben und wandere als Geist umher, weshalb er weder Arznei noch Speise und Trank mehr zu sich nehmen wollte; bis endlich ein kluger Arzt zwei Kerle anstellte, die sich auch als Geister ausgaben, dabei aber tapfer zechten und ihm einredeten, daß heutzutage auch die Geister zu essen und zu trinken pflegten, wodurch er dann wieder zurechtgebracht wurde. Ich habe selbst einen kranken Bauern in meiner Pfarrei gehabt, der klagte mir, er habe drei oder vier Ohm Wasser im Leib; wenn er das los wäre, würde er gewiß wieder gesund. Er bat mich, ihn aufzuschneiden, damit es ablaufen könne, oder aber in den Rauch zu hängen, damit es austrockne. Da versprach ich ihm, das Wasser auf andere Weise zu beseitigen. Ich nahm einen Hahn, wie man ihn bei Wein- und Bierfässern verwendet, und band einen Darm daran; das andere Ende befestigte ich an dem Zapfen eines mit Wasser gefüllten

Waschzubers. Darauf tat ich, als steckte ich den Hahn in seinen Bauch, den er dick mit Lumpen umwickelt hatte, damit er nicht zerspringen sollte, und ließ das Wasser aus dem Zuber durch den Hahn ablaufen. Da freute sich der Tropf von Herzen, tat die Lumpen von sich und war wieder frisch und munter. Auch erzählt man von einem Phantasten, der geglaubt hat, seine Nase sei so lang, daß sie ihm bis auf den Boden reiche. Dem hängte man eine Wurst an die Nase, die man ihm nach und nach bis an die Nase wegschnitt. Als er das Messer an der Nase spürte, schrie er, jetzt sei seine Nase wieder in der rechten Form. Wie diesen Personen, so kann wohl auch dem guten Simplizius wieder geholfen werden.«

»Dies glaube ich wohl«, antwortete mein Herr, »mich nimmt nur Wunder, daß er zuvor so unwissend war, nunmehr aber Sachen zu sagen weiß, die mancher Ältere und Erfahrenere nicht vorzubringen versteht.«

»Herr«, antwortete der Pfarrer, »das hat einen natürlichen Grund. Denn mit dem Einsiedel hat er fast alle meine Bücher, und das waren nicht wenige, durchgegangen; und weil der Knabe ein gutes Gedächtnis hat, kann er jetzt alles, was er gelesen hat, wieder hervorholen. Ich glaube fest, daß er mit der Zeit wieder zurechtzubringen ist.«

So vertrat der Pfarrer meine Sache aufs beste. Das brachte mir gute Tage, dem Pfarrer aber trug der Gouverneur auf, sich meiner anzunehmen. Auch machte er ihn zum Kaplan seiner Garnison, was in dieser Zeit nichts Geringes war.

Simplizius wird von den Kroaten geraubt

Von dieser Zeit an besaß ich die ganze Liebe meines Herrn. Als er sah, daß ich Lust zur Musik hatte, gab er mich einem vortrefflichen Lautenmeister in die Lehre, dessen Kunst ich bald begriff und den ich noch darin übertraf, so daß ich besser als er zur Laute singen konnte. So diente ich meinem Herrn zur Kurzweil und Verwunderung.

Alle Offiziere zeigten sich mir geneigt, die reichsten Bürger ehrten mich, und das Hausgesinde und die Soldaten waren mir wohlgesonnen, weil sie sahen, wie mir mein Herr gewogen war. Einer schenkte mir hier, der andere dort, denn sie wußten, daß Schalksnarren oft mehr als recht ist bei ihren Herrn vermögen. Einige beschenkten mich, damit ich nicht schlecht über sie rede, andere aber, damit ich eben dies, ihnen zuliebe, täte. Auf diese Weise bekam ich ziemlich viel Geld zusammen, welches ich aber größtenteils wieder dem Pfarrer zusteckte, weil ich nicht wußte, wozu es nutzte. Keiner durfte mich schief ansehen, und es gab nichts, was mir

Kummer machte. Alle meine Gedanken waren auf die Musik gerichtet und wie ich dem einen und dem andern seine Mängel verweisen konnte.
Man sah mir bald an, daß ich mich nicht mehr im Wald von Wasser, Eicheln, Bucheln, Wurzeln und Kräutern nährte, sondern daß mir bei guten Bissen der rheinische Wein und das hanauische Doppelbier wohl anschlugen. Das war in jener Zeit eine große Gnade, denn damals stand ganz Deutschland in Kriegsflammen, Hunger und Pest gingen um, und Hanau selbst war von Feinden eingeschlossen, was alles mich nicht im geringsten kränkte.
Mein Herr nahm sich vor, mich, sobald die Belagerung abgeschlagen sein würde, entweder dem Kardinal Richelieu oder dem Herzog Bernhard von Weimar zu schenken. Dadurch hoffte er großen Dank zu verdienen; auch gestand er, daß es ihm schier unmöglich würde, mich täglich in so närrischem Aufzug vor Augen zu sehen, da ich seiner Schwester immer ähnlicher würde.
Doch der Pfarrer riet ihm ab, indem er sagte, die Zeit wäre gekommen, ein Wunder zu tun und mich wieder zu einem vernünftigen Menschen zu machen. Mein Herr bat den Pfarrer, ein paar Kalbsfelle zuzurichten. Diese sollten zwei Knaben angezogen werden. Danach sollte ein Mann als Arzt oder Prophet auftreten und mich und die beiden anderen Knaben unter seltsamen Zeremonien ausziehen, mit dem Vorgeben, er könne aus Tieren Menschen machen. Auf diese Weise könnte ich leicht zu der Einbildung gebracht werden, ich sei wieder ein Mensch wie jeder andere.
Nachdem der Gouverneur seine Zustimmung gegeben hatte, teilte mir der Pfarrer diesen Plan mit, in den ich gern einwilligte. Aber das neidische Glück wollte mich nicht so schnell aus meinem Narrenkleid schlüpfen lassen. Während die Gerber und Schneider an den Kleidern arbeiteten, die zu dieser Komödie gehörten, trieb ich mich mit etlichen anderen Knaben vor der Festung auf dem Eis herum. Da führte, ich weiß nicht, wer, unversehens einen Trupp Kroaten her, die uns packten, auf ledige Bauernpferde setzten, die sie eben gestohlen hatten, und alle miteinander davonführten.
Bei mir wußten sie erst nicht recht, ob sie mich mitnehmen sollten oder nicht, bis endlich einer auf böhmisch sagte: »Mih weme daho Blasna sebao, bo we deme ho gbabo Oerbsto wi« Dem antwortete ein anderer: »Prschis am bambo ano, mi ho nagonie possadeime, wan rosumi niemezki, won bude mit Kratock wille sebao.«
Also mußte ich zu Pferd und innewerden, daß einen schon ein einziges Stündlein so um alles Glück bringen kann, daß es einem sein Lebtag nachgeht.

Was Simplizius bei den Kroaten sah

Obzwar die Hanauer gleich Alarm schlugen, auf Pferden hervorbrachen und die Kroaten durch ein Scharmützel etwas aufhielten, so konnten sie ihnen doch nichts abjagen; denn diese leichten Gesellen gingen durch und nahmen ihren Weg auf Büdingen zu. Dort fütterten sie, übergaben den Bürgern die reichen hanauischen Söhnlein, die sie gefangen hatten, gegen Lösegeld und verkauften ihnen die gestohlenen Pferde und andere Waren. Noch in der Nacht brachen sie wieder auf, eilten durch den Büdinger Wald auf Fulda zu und nahmen unterwegs mit, was sie fortbringen konnten. Das Rauben und Plündern hinderte sie bei ihrem schleunigen Zug nicht im geringsten, denn sie konnten's machen wie der Teufel, von dem man sagt, daß er zugleich laufe, sein Geschäft verrichte und doch nichts am Weg versäume. So kamen sie noch am Abend im Stift Hirschfeld, wo sie ihr Quartier hatten, mit großer Beute an. Dort wurde alles geteilt, ich aber dem Obristen Corpes gegeben.

Bei diesem Herrn kam mir alles widerwärtig und fast spanisch vor. Die hanauischen Leckerbissen hatten sich in grobes Schwarzbrot und mageres Rindfleisch oder, wenn's gut ging, in ein Stück gestohlenen Speck verwandelt. Wein und Bier waren zu Wasser geworden, und statt im Bett schlief ich bei den Pferden in der Streu. Mit dem Lautenschlagen, mit dem ich jedermann belustigt hatte, war's vorbei; dafür mußte ich manchmal mit anderen Jungen unter den Tisch kriechen, wie ein Hund heulen und mich mit Sporen stechen lassen, was mir ein schlechter Spaß schien. Statt, wie in Hanau, spazierenzugehen, durfte ich mit auf Furage reiten und Pferde striegeln und ausmisten. Das Furagieren aber ist nichts anderes, als daß man mit großer Anstrengung und oft nicht ohne Lebensgefahr hinaus auf die Dörfer schweift, drischt, mahlt, backt und stiehlt, was man findet, die Bauern trillt und wohl gar ihre Mägde, Weiber und Töchter schändet! Und wenn den armen Bauern das Ding nicht gefallen will oder wenn sie sich etwa erkühnen, dem einen oder andern bei solcher Arbeit auf die Finger zu klopfen, so haut man sie nieder, wenn man sie hat, oder schickt wenigstens ihre Häuser im Rauch gen Himmel.

Mein Herr hatte kein Weib (wie denn diese Art Krieger keine Weiber mitzuführen pflegen), keinen Pagen, keinen Kammerdiener, keinen Koch, dafür aber einen Haufen Reitknechte und Jungen, welche ihm und den Pferden zugleich aufwarteten. Er schämte sich nicht, selbst ein Roß zu satteln oder ihm Futter vorzuschütten. Auch schlief er allzeit auf Stroh oder auf der bloßen Erde, mit einem Pelzrock zugedeckt. Daher sah man oft die Flöhe auf seinen Kleidern herumwandern, worüber er sich nicht im

geringsten schämte, und wenn ihm jemand einen ablas, lachte er noch dazu. Er trug kurzes Haupthaar und einen breiten Schweizerbart, was ihm wohl zustatten kam, weil er oft selbst, als Bauer verkleidet, auf Kundschaft ging. Wiewohl er in keiner Weise den großen Herrn spielte, wurde er doch von den Seinen und allen, die ihn kannten, geehrt, geliebt und gefürchtet.
Ruhe kannten wir nicht, wir waren bald hier, bald dort; bald fielen wir über andere her, bald wurden wir überfallen. Wir taten alles, die Macht der Hessen zu schmälern; doch Melander, ihr General, feierte auch nicht, sondern jagte uns manchen Reiter ab und schickte ihn nach Kassel.
Dieses unruhige Leben schmeckte mir gar nicht. Daher wünschte ich mich oft nach Hanau zurück; doch was half's. Mein größtes Kreuz war, daß ich mit den Burschen nicht reden konnte und mich von jedem plagen, schlagen und hin und her jagen lassen mußte. Die größte Kurzweil, die mein Obrist mit mir hatte, war, daß ich auf deutsch singen oder ihm, wie andere Reiterjungen, etwas vorblasen mußte. Das geschah zwar selten, doch kriegte ich alsdann solche Ohrfeigen, daß der rote Saft herunterlief und ich für lange genug hatte.
Zuletzt fing ich an, mich ans Kochen zu wagen und meinem Herrn das Gewehr, auf das er viel hielt, sauberzuhalten, weil ich ohnedies beim Furagieren noch zu nichts nutze war. Das schlug so gut ein, daß ich endlich meines Herrn Gunst erwarb; ja er ließ mir sogar aus Kalbsfellen ein neues Narrenkleid machen, mit viel größeren Eselsohren, als ich zuvor getragen hatte. Weil mein Herr nicht heikel war, brauchte ich zu meiner Kochkunst nicht viel Geschick; da es mir aber öfter an Salz, Schmalz und Gewürz fehlte, wurde ich meines Handwerks müde und trachtete Tag und Nacht, wie ich ausreißen könnte, zumal es wieder Frühling geworden war.
Um das ins Werk zu setzen, erklärte ich mich bereit, die Schaf- und Kuhkutteln, die überall um unser Quartier lagen, ein gutes Stück wegzuschleifen, damit sie keinen so üblen Geruch mehr machten. Dem Obristen war's recht, und während ich mich nun damit beschäftigte, blieb ich, als es dunkel wurde, zuletzt ganz aus und entwischte in den nächsten Wald.

Simplizius wird ein diebischer Waldbruder

Aber ich schien nur zum Unglück geboren, denn ich war wenige Stunden von den Kroaten weg, da schnappten mich etliche Wegelagerer. Diese konnten in der stockfinsteren Nacht meine närrischen Kleider nicht sehen und glaubten ohne Zweifel, etwas Rechtes an mir gefangen zu haben.

Sie ließen mich gleich durch zwei von ihnen an einen sicheren Ort in den Wald hineinführen.
Unterwegs wollte der eine Kerl kurzum Geld von mir haben. Er legte seine Handschuhe samt seinem Feuerrohr nieder und begann, an mir herumzusuchen. Dabei fragte er: »Wer bist du? Hast du Geld?«
Sobald er aber mein haariges Kleid und die langen Eselsohren an meiner Kappe, die er für Hörner hielt, fühlte und zugleich die hellscheinenden Funken gewahrte, wie sie Tierhäute, die man im Finstern streicht, von sich zu geben pflegen, schrak er zusammen. Das merkte ich gleich, deshalb striegelte ich, ehe er sich wieder erholen konnte, mein Kleid mit beiden Händen, daß es schimmerte, als wenn ich inwendig voll brennendem Schwefel gesteckt hätte. Dabei brüllte ich ihn an: »Der Teufel bin ich und will dir und deinem Gesellen die Hälse umdrehen!«
Damit jagte ich diesen beiden solchen Schrecken ein, daß sie sich so geschwind durch die Stauden davontrollten, als wenn das höllische Feuer sie gejagt hätte. Sie liefen in der finsteren Nacht gegen Stöcke, Steine und Stämme, und wenn sie auch ein ums andere Mal über den Haufen fielen, so rafften sie sich doch stets geschwind wieder auf. Das trieben sie, bis ich keinen mehr hören konnte. Ich aber lachte unterdessen so schrecklich, daß es schauerlich durch die finstere Wildnis schallte.
Als ich mich nun davonmachen wollte, strauchelte ich über das Feuerrohr; das nahm ich zu mir, weil ich bereits bei den Kroaten das Schießen gelernt hatte. Im Weitergehen stieß ich auf einen Ranzen, der wie mein Kleid von Kalbfell gemacht war, den hob ich auch auf und fand, daß eine Patronentasche mit Pulver, Blei und allem Zubehör unten dranhing. Ich hängte alles an mich, nahm das Gewehr auf die Achsel wie ein Soldat und suchte mir in der Nähe einen großen Busch, in dem ich mich verstecken und eine Weile schlafen konnte.
Aber sobald der Tag anbrach, kam die ganze Partie und suchte das verlorene Feuerrohr und den Ranzen. Ich spitzte die Ohren wie ein Fuchs und hielt mich stiller als eine Maus. Da sie nichts fanden, verlachten sie die zwei, die vor mir davongelaufen waren. »Pfui, ihr feigen Tröpfe«, sagten sie, »schämt euch, daß ihr euch von einem einzigen Kerl habt verjagen und das Gewehr abnehmen lassen!«
Da schwur der eine, der Teufel solle ihn holen, wenn's nicht der Teufel selbst gewesen sei, er habe ja die Hörner und die rauhe Haut gefühlt und die Funken gesehen. Der andere aber tat ganz verzweifelt und rief: »Es mag der Teufel oder seine Mutter gewesen sein, wenn ich nur meinen Ranzen wieder hätte!«
Derjenige, den ich für den vornehmsten hielt, entgegnete ihm: «Was

meinst du wohl, was der Teufel mit dem Feuerrohr und dem Ranzen machen wollte? Ich wette meinen Hals, daß der Kerl, den ihr so schändlich habt laufenlassen, beides mitgenommen hat.«

Zuletzt, als sie lange genug gesucht und doch nichts gefunden hatten, zogen sie weiter. Ich aber machte den Ranzen auf, um zu frühstücken, und langte mit dem ersten Griff einen Säckel heraus, in welchem hundertsechzig und noch etliche Dukaten waren. Doch sosehr mich das schöne Gold freute, noch größer war meine Freude über den Proviant, mit dem ich den Ranzen vollgestopft fand.

Was die Dukaten angeht, die bei gemeinen Soldaten dünn gesät zu sein pflegen, so meine ich, der Kerl müsse sie auf jenem Streifzug heimlich erschnappt und geschwind zu sich in den Ranzen gesteckt haben, damit er sie nicht mit den andern zu teilen brauchte.

Ich speiste fröhlich zu Morgen und fand auch bald ein Brünnlein, bei welchem ich mich erquickte und meine schönen Dukaten zählte.

In welcher Gegend ich mich damals befand, ich könnt's nicht sagen, und wenn's mein Leben gälte.

Ich blieb anfangs so lang im Wald, als mein Proviant reichte. Als aber mein Ranzen leer geworden war, jagte mich der Hunger in die Bauernhäuser. Da kroch ich bei Nacht in Keller und Küche und nahm, was ich zu essen fand. Das schleppte ich mit mir in den Wald, wo er am allerwildesten war. Dort führte ich wieder ein einsiedlerisches Leben wie zuvor, nur daß ich sehr viel stahl und desto weniger betete; auch hatte ich keine ständige Wohnung, sondern schweifte bald hierhin, bald dorthin. Dabei kam mir wohl zustatten, daß es Anfang Sommer war; doch konnte ich auch mit meinem Rohr Feuer machen, wann ich wollte.

Wie Simplizius zu den Hexen auf den Tanz fuhr

Während meines Umherschweifens bin ich in den Wäldern hin und wieder Bauersleuten begegnet. Sie sind aber allezeit vor mir geflohen – sei es, weil sie durch den Krieg scheu gemacht waren oder weil die Schnapphähne ihr Abenteuer mit mir im Lande ausgesprengt hatten, so daß alle, die mich sahen, glaubten, der böse Feind wandere leibhaftig in der Gegend umher. Daher mußte ich fürchten, der Proviant möchte mir ausgehen und ich dadurch ins äußerste Verderben kommen, wollte ich nicht wieder Wurzeln und Kräuter essen, die ich nicht mehr gewohnt war.

Daher war ich hoch erfreut, als ich zwei Holzhauer hörte. Ich ging den Schlägen nach, und als ich die Männer erblickte, nahm ich eine Handvoll

Dukaten aus meinem Säckel, zeigte ihnen das schöne Geld und sagte: »Ihr Herrn, wenn Ihr Euch meiner annehmt, schenke ich Euch diese Handvoll Gold.« Doch kaum hatten sie mich gesehen, da gaben sie auch schon Fersengeld und ließen Schlegel und Keil samt Käs und Brotsack liegen. Da versorgte ich meinen Ranzen wieder, schlug mich in den Wald und gab schier alle Hoffnung auf, mein Lebtag wieder einmal zu Menschen zu kommen.

Nach langem Hinundhersinnen dachte ich: Wer weiß, wie's geht, du hast doch Geld, vielleicht kannst du noch einmal gut damit leben. Da fiel mir ein, ich sollt's einnähen. Deswegen machte ich aus meinen Eselsohren, die den Leuten solchen Schrecken einjagten, zwei Armbänder, gesellte meine hanauischen Dukaten zu denen der Schnapphähne, versteckte sie in den Armbändern und band diese oberhalb der Ellbogen um meine Arme.

Wie ich nun meinen Schatz auf diese Weise in Sicherheit hatte, stieg ich wieder bei den Bauern ein und holte mir, was ich brauchte und erschnappen konnte. Bei all meiner Einfalt war ich doch so schlau, daß ich nie an einen Ort zurückkehrte, wo ich schon einmal etwas geholt hatte. So hatte ich Glück und wurde niemals beim Mausen ertappt.

Einmal – es war Ende Mai –, als ich mich wieder einmal zu einem Bauernhof geschlichen hatte, kam ich in die Küche, merkte aber bald, daß noch Leute auf waren (übrigens, wo es Hunde gab, hielt ich mich wohlweislich fern); daher machte ich die eine Küchentür, die in den Hof ging, angelweit auf, damit ich, wenn's gefährlich würde, stracks ausreißen könnte. So blieb ich also mäuschenstill sitzen, bis sich die Leute niedergelegt hätten.

Indessen gewahrte ich an der anderen Tür, die in die Stube ging, einen Spalt. Ich schlich hinzu, um zu sehen, ob die Leute nicht bald schlafen gehen wollten. Aber damit war's nichts, denn sie hatten sich erst angezogen und schmierten bei einer schweflig blauen Flamme Stecken, Besen, Gabeln, Stühle und Bänke. Damit flogen sie nacheinander zum Fenster hinaus.

Ich wunderte mich und empfand großes Grausen. Weil ich aber noch Schrecklicheres gewohnt war und weil alles so still herging, dachte ich mir nicht viel, sondern begab mich, als alles davongefahren war, auch in die Stube. Dort überlegte ich, was ich mitnehmen sollte, und setzte mich dabei in Gedanken rittlings auf eine Bank. Ich war aber kaum aufgesessen, da fuhr die Bank mit mir zum Fenster hinaus. Ranzen und Feuerrohr, die ich abgelegt hatte, ließ ich, ob ich wollte oder nicht, als Schmierlohn zurück.

Aufsitzen, Davonfahren und Absteigen war fast eins. Mag sein, daß ich in meinem Schrecken nicht darauf achtete, wie lang ich auf meiner weiten Reise zubrachte; mir war's, als käme ich noch im gleichen Augenblick zu einer großen Schar Volks. Da tanzte man einen wunderlichen Tanz,

wie ich's mein Lebtag nicht gesehen hatte. Sie hatten sich bei den Händen gefaßt und viele Ringe gebildet, einer um den anderen; dabei kehrten sie einander die Rücken zu, wie man die Grazien abmalt, so daß die Gesichter nach auswärts sahen. Der innere Ring bestand aus sieben oder acht Personen, der zweite hatte wohl doppelt soviel, der dritte mehr als diese beiden und so fort, so daß sich in dem äußeren Ring über zweihundert Personen befanden. Weil die Ringe teils links-, teils rechtsherum tanzten, konnte ich nicht sehen, wieviel solche Kreise sie gemacht hatten; auch konnte ich nicht erkennen, was sie in der Mitte, um die sie tanzten, stehen hatten. Es sah ganz greulich seltsam aus, weil die Köpfe so possierlich durcheinanderhaspelten. So seltsam wie der Tanz war auch ihre Musik; auch sang, wie mir schien, ein jeder selbst zu seinem Tanz, was einen wunderlichen Zusammenklang ergab.

Meine Bank ließ sich bei den Spielleuten nieder, die außerhalb der Ringe um die Tanzenden herum standen. Davon hatten etliche anstatt der Flöten, Querpfeifen und Schalmeien nichts anderes als Nattern, Vipern und Blindschleichen, auf denen sie lustig daherpfiffen. Einige hatten Katzen, denen sie in den Hintern bliesen und auf dem Schwanz fingerten; das klang wie Sackpfeifen. Andere geigten auf Roßköpfen, und wieder andere schlugen auf einem Kuhgerippe, wie es auf dem Schindanger liegt, die Harfe. Da gab es auch einen, der hatte eine Hündin unterm Arm, der er am Schwanz leierte und an den Dutten fingerte. Dazu trompeteten die Teufel durch die Nase, daß es im ganzen Wald erschallte. Und wie dieser Tanz zu Ende ging, fing die ganze höllische Gesellschaft an zu rasen, zu rufen, zu rauschen, zu brausen, zu heulen, zu wüten und zu toben, als ob sie alle toll und töricht gewesen wären. Da kann jeder denken, in was für Schrecken und Furcht ich steckte.

In diesem Lärm kam ein Kerl auf mich zu, der hatte eine ungeheure Krott unterm Arm, gern so groß wie eine Heerpauke; der waren die Därm aus dem Hintern gezogen und wieder zum Maul hineingeschoppt, was so grausig aussah, daß mir das Kotzen kam. »Da schau, Simplizius«, sagte er, »ich weiß, daß du ein guter Lautenist bist. Laß uns doch ein feins Stücklein hören!«

Ich erschrak, daß ich schier umfiel, weil mich der Kerl beim Namen nannte; der mit der Krott aber, den ich steif ansah, zog seine Nase aus und ein wie ein Truthahn und stieß mich endlich vor die Brust, daß ich fast erstickte. Deswegen fing ich an, überlaut zu Gott zu rufen. Da verschwand das ganze Heer.

In einem Hui war es stockfinster und mir so fürchterlich ums Herz, daß ich zu Boden fiel und hundert Kreuze über mich schlug.

Da etliche, darunter auch vornehme, gelehrte Leute, nicht glauben wollen, daß es Hexen gibt und daß sie gar noch durch die Luft fahren, so zweifle ich nicht, es werden sich etliche finden, die sagen, Simplizius schneide mit dem großen Messer auf. Mit diesen begehre ich nicht zu fechten; denn weil Aufschneiden keine Kunst, sondern heutzutage fast das gemeinste Handwerk ist, kann ich nicht leugnen, daß ich's nicht auch könnte – ich müßte ja sonst ein armer Tropf sein.

Wer aber sagt, daß Hexen nicht durch die Luft fahren könnten, den erinnere ich nur an Simon den Zauberer, der vom Teufel in die Luft gehoben wurde und auf Sankt Petri Gebet wieder herunterfiel. Man erzählt von einem Knecht, der früh aufstand, seinen Wagen zu schmieren; weil er aber im Finstern die unrechte Büchse erwischte, hat sich sein Wagen in die Luft erhoben, so daß man ihn wieder herabziehen mußte. Wie Doktor Faust und andere mehr, die gleichwohl keine Zauberer waren, durch die Luft von einem Ort zum andern fuhren, ist genugsam bekannt. So habe ich auch selbst eine Frau und eine Magd gekannt; sie sind jetzt beide tot, doch der Vater der Magd ist noch am Leben. Diese Magd schmierte einstmals auf dem Herd beim Feuer ihrer Frau die Schuhe, und als sie mit einem fertig war und ihn beiseite setzte, den andern auch zu schmieren, fuhr der geschmierte unversehens zum Kamin hinaus; diese Geschichte ist aber vertuscht worden.

Das alles melde ich nur deshalb, damit man wisse, daß die Zauberinnen und Hexenmeister zuzeiten leibhaftig auf ihre Versammlungen fahren, und nicht deswegen, daß man mir glauben müsse, ich sei auch so dahingefahren; denn es gilt mir gleich, ob's einer glaubt oder nicht. Und wer's nicht glaubt, der mag einen anderen Weg ersinnen, auf welchem ich aus dem Stift Hirschfeld oder Fulda (denn ich weiß selbst nicht, wo ich in den Wäldern herumgeschweift bin) in so kurzer Zeit ins Erzstift Magdeburg marschiert bin.

Ich fange meine Geschichte wieder an und versichere dem Leser, daß ich auf dem Bauch liegenblieb, bis es heller Tag war, weil ich nicht das Herz hatte, mich aufzurichten; dabei zweifelte ich noch, ob mir alles geträumt hätte oder nicht. Obwohl ich in ziemlichen Ängsten stak, schlief ich doch ein, weil ich dachte, an einem ärgeren Ort als in einem wilden Wald könnte ich nicht liegen, und in einem solchen hatte ich ja die meiste Zeit, seit ich meinen Knan verließ, zugebracht.

Es mag neun Uhr vormittags gewesen sein, als etliche Furagierer kamen, die mich aufweckten. Da sah ich erst, daß ich mitten im freien Feld war.

Diese nahmen mich mit zu den Windmühlen, wo sie ihr Korn mahlten, und darauf in das Lager vor Magdeburg, wo ich einem Obristen des Fußvolks zugeteilt wurde.

Der fragte mich, wo ich herkäme und welchem Herrn ich zugehörte. Ich erzählte alles haarklein, und weil ich die Kroaten nicht benennen konnte, beschrieb ich ihre Kleidungen und ihre Sprache. Von meinen Dukaten schwieg ich still, und was ich von meiner Luftfahrt und dem Hexentanz erzählte, das hielt man für Narreteien, weil ich auch sonst alles durcheinanderwarf.

Indessen sammelte sich ein Haufen Volks um mich her (denn ein Narr macht tausend Narren); darunter war auch einer, der im vorigen Jahr als Gefangener in Hanau Dienst angenommen hatte, später aber wieder unter die Kaiserlichen kam. Dieser kannte mich und sagte gleich: »Hoho, dies ist das Kalb des Kommandanten zu Hanau!«

Der Obrist fragte ihn Einzelheiten über mich, der Kerl wußte aber nichts weiter, als daß ich gut die Laute schlagen könne, daß mich Kroaten vom Regiment des Obristen Corpes vor der Festung Hanau weggefangen hätten und daß mich der Kommandant ungern verlor, weil ich ein prächtiger Narr sei.

Hierauf schickte die Frau des Obristen um eine Laute, und als diese kam, wurde sie mir präsentiert, mit dem Befehl, ich sollte eins hören lassen. Ich aber hielt dafür, man sollte mir zuvor etwas zu essen geben, weil mein leerer Bauch und der dicke Bauch der Laute nicht zusammenstimmten.

Dies geschah, und nachdem ich meinen Kropf gefüllt und zugleich einen guten Trunk Zerbster Bier verschluckt hatte, ließ ich hören, was meine Laute und meine Stimme konnten. Nebenher redete ich allerlei durcheinander, wie mir's einfiel, so daß ich die Leute leicht dahin brachte, daß sie glaubten, ich sei von der Zunft, die meine Kleidung vorstellte.

Der Obrist fragte mich, wo ich weiter hinwollte, und als ich antwortete, das gelte mir gleich, wurden wir des Handels einig, daß ich als sein Hofjunker bei ihm bleiben sollte.

Er wollte auch wissen, wo meine Eselsohren hingekommen seien. »Ja«, sagte ich, »wenn du wüßtest, wo sie sind, würden sie dir nicht übel anstehen.«

Ich wurde in kurzer Zeit bei den meisten hohen Offizieren, sowohl im kursächsischen wie im kaiserlichen Lager, bekannt, besonders aber bei den Frauenzimmern, die mir die Kappe, die Ärmel und die gestutzten Ohren mit bunten Seidenbändern verzierten, so daß ich schier glaube, daß etliche Stutzer ihre jetzige Mode davon abgesehen haben. Was mir aber von den Offizieren an Geld geschenkt wurde, das teilte ich mildtätig wieder aus,

denn ich versoff alles mit guten Gesellen bei Hamburger und Zerbster Bier, obwohl ich allerorts, wo ich nur hinkam, genug zu schmarotzen hatte.
Als mir aber mein Obrist eine eigene Laute besorgte, denn er gedachte, mich ewig für sich zu haben, durfte ich nicht mehr zwischen den beiden Lagern so hin- und herschwärmen, sondern er bestellte mir einen Hofmeister, der mich beobachten und dem ich gehorsam sein sollte. Dieser war ein Mann nach meinem Herzen, denn er war still, verständig und wohlgelehrt. Bei Nacht mußte ich in seinem Zelt schlafen, und des Tags durfte ich ihm auch nicht aus den Augen. Er war eines vornehmen Fürsten Rat und Beamter und sehr reich gewesen, doch die Schweden hatten ihn bis auf den Grund ruiniert. Sein Weib hatte er durch den Tod verloren, und sein einziger Sohn, welcher der Armut wegen nicht studieren konnte, diente als Musterschreiber in der kursächsischen Armee. Nun versah er bei diesem Obristen das Amt des Stallmeisters, um abzuwarten, bis die gefährlichen Kriegsläufte am Elbstrom sich änderten und ihm die Sonne des Glücks wieder scheinen möchte.

Vom Würfeln und von anderen Sachen

Weil mein Hofmeister mehr alt als jung war, konnte er nicht die ganze Nacht hindurch schlafen. Das führte dazu, daß er mir schon in der ersten Woche hinter die Schliche kam und erkannte, daß ich kein solcher Narr war, wie ich mich stellte. Doch hatte er auch schon zuvor etwas gemerkt und sich aus meinem Angesicht ein Urteil gebildet, weil er sich auf die Physiognomie verstand.
Ich erwachte einmal um Mitternacht, machte mir über mein Leben allerlei Gedanken und stand auf und dankte meinem lieben Gott, der mich aus so viel Gefahren errettet hatte. Das hörte mein Hofmeister, er tat aber, als ob er fest schliefe. Dies wiederholte sich mehrere Nächte, so daß er gewiß sein konnte, daß ich mehr Verstand hätte als mancher Betagte, der sich viel einbildete; doch redete er nichts mit mir im Zelt davon, weil es zu dünne Wände hatte und er nicht wollte, daß jemand anders diese Geheimnisse wüßte.
Einmal ging ich hinter dem Lager spazieren, da fand er mich an einem einsamen Ort und sagte: »Lieber guter Freund, ich freue mich, daß ich hier allein mit dir reden kann. Ich weiß, daß du kein Narr bist, wie du dich stellst. Wenn du nun zu mir als einem ehrlichen Mann Vertrauen hast, so kannst du mir alle deine Sachen erzählen; ich aber will dir mit Rat und Tat helfen, wieder aus diesem Narrenkleid zu kommen.«

Da fiel ich ihm vor Freude um den Hals, und nachdem wir uns auf die Erde gesetzt hatten, erzählte ich ihm mein ganzes Leben. Als er darauf meine Hände beschaute, wollte er mir durchaus nicht raten, in Bälde mein Narrenkleid abzulegen, weil er, wie er sagte, in meinen Handlinien drohende Gefangenschaft und Lebensgefahr läse. Ich bedankte mich für seinen guten Rat und bat ihn, weil ich von aller Welt verlassen sei, mein treuer Freund und Vater zu sein.

Danach standen wir auf und kamen auf den Spielplatz, wo man mit Würfeln turnierte. Der Platz war ungefähr so groß wie der Alte Markt zu Köln, und überall waren Mäntel ausgebreitet und Tische aufgestellt, um die sich die Spieler drängten. Jeder Mantel oder Tisch hatte einen sogenannten Scholderer, dessen Amt es war, zuzusehen, daß keinem Unrecht geschah; diese liehen auch Mäntel, Tische und Würfel her und wußten ihre Gebühr so gut vom Gewinn einzunehmen, daß sie gewöhnlich das meiste Geld erschnappten. Doch tat's auch ihnen nicht gut, denn sie verspielten's gewöhnlich wieder, oder wenn's gut angelegt wurde, so bekam's der Marketender oder der Feldscher, weil an ihren Köpfen oft gewaltig zu flicken war.

An diesen närrischen Leuten sah man sein blaues Wunder, weil sie alle zu gewinnen hofften, was doch unmöglich geschehen konnte. Etliche trafen, etliche fehlten; einige betrogen, die anderen wurden besäbelt. Die Gewinner lachten, die Verspieler bissen die Zähne aufeinander; einige verkauften Kleider und was sie sonst lieb hatten, andere aber gewannen ihnen das Geld wieder ab. Da waren welche, die redliche Würfel begehrten, und solche, die unvermerkt falsche ins Spiel brachten. Unter den falschen Würfeln befanden sich Niederländer, welche man schleifend dahinrollen mußte, mit spitzen Rücken, auf welchen sie die Fünfer und Sechser trugen. Es gab aber auch Oberländer, die man hochwerfen mußte. Etliche Würfel waren mit Quecksilber oder Blei, andere aber mit zerschnittenen Haaren, Schwämmen oder Spreu gefüttert; einige hatten spitzige Ecken, an anderen waren diese ganz abgeschliffen. So gab es unter den Würfeln viele Gattungen, und alle waren auf nichts als auf Betrug verfertigt und taten das, wozu sie gemacht waren, man mochte sie hüpfen oder sanft schleichen lassen. Mit diesen beinernen Schelmen stahlen die Leute einander ihr Geld ab, welches sie vielleicht auch geraubt und oft unter Lebensgefahr erobert hatten.

Als ich nun so dastand und den Spielplatz betrachtete, fragte mich mein Hofmeister, wie mir das Würfeln gefalle. »Wisse«, sagte er, »daß dies der allerärgste Ort im ganzen Lager ist. Wenn einer nur einen Fuß hierhersetzt, um zu spielen, so hat er das zehnte Gebot schon übertreten, welches befiehlt: ›Du sollst deines Nächsten Gut nicht begehren!‹ Spielst du und gewinnst, vielleicht gar durch Betrug, so kann es kommen, daß du an demjenigen, dem du sein Geld abgenommen hast, zum Mörder wirst, wenn dieser nämlich in Not und Verzweiflung zugrunde geht. Verspielst du aber, so kannst du es vor Gott schwerlich verantworten, daß du dasjenige, was er dir und den Deinen zum Lebensunterhalt verliehen hat, so unnütz verschwendest. Ich sage dir dies, liebster Simplizius, damit du dich dein Leben lang vor dem Spielen hütest!«

Ich antwortete: »Liebster Herr, wenn das Spielen ein so schreckliches Ding ist, warum lassen's dann die Vorgesetzten zu?«

Mein Hofmeister antwortete mir: »Ich will nicht sagen, deswegen, weil manche Offiziere selbst mitmachen, sondern es geschieht, weil es die Soldaten nicht mehr lassen können. Wen der Spielteufel einmal gepackt hat, der kann aufs Spielen so wenig mehr verzichten wie auf den täglichen Schlaf. Das Spiel ist bereits verschiedene Male bei Todesstrafe verboten worden, aber es half alles nichts. Die Spieler kamen in heimlichen Winkeln und hinter den Hecken zusammen, gewannen einander das Geld ab, entzweiten sich dabei und brachen einander die Hälse. Solcher Totschläge wegen und weil mancher sein Gewehr und sein Pferd, ja sogar sein bißchen Kommißbrot verspielte, wurde das Spielen wieder öffentlich erlaubt und dieser Platz dafür bestimmt, damit die Hauptwacht, wenn Unheil droht, zur Hand ist; doch kann sie freilich nicht verhüten, daß nicht doch dann und wann einer auf dem Platz bleibt.«

Mein Hofmeister wurde mir täglich mehr gewogen und ich ihm auch, doch hielten wir unsere Vertraulichkeit sehr geheim.

Ich spielte zwar den Narren, brachte aber keine groben Possen vor. Mein Herr, der das Weidwerk liebte, nahm mich einmal mit, als er ausspazierte, um Rebhühner mit dem Netz zu fangen. Da der Vorstehhund so hitzig war, daß er einfiel, ehe man das Netz spannen konnte, gab ich dem Obristen den Rat, er solle die Hündin mit einem Falken oder Steinadler belegen lassen, damit die jungen Hunde Flügel bekämen, dann könnte man mit ihnen die Hühner in der Luft fangen. Und weil es mit der Eroberung der Stadt Magdeburg, die wir belagerten, so schläfrig herging, machte ich den Vorschlag, man sollte ein mächtig langes Seil, so dick wie ein Faß, verfertigen, dieses Seil um die Stadt ziehen und alle Menschen und Tiere in beiden Lagern daranspannen, dann könnte man die Stadt in einem Tag über den Haufen schleifen.

Solche närrische Grillen ersann ich täglich im Überfluß, weil es mein Handwerk war. Auch gab mir der Schreiber meines Herrn, der ein arger Gast und durchtriebener Schelm war, viel Stoff in die Hand. Dieser Spottvogel redete mir das närrischste Zeug ein; ich glaubte alles und gab es bei Gelegenheit an andere weiter.

Mein Hofmeister aber sprach mit mir, wenn wir allein waren, in einem ganz anderen Ton. Er machte mich auch mit seinem Sohn bekannt, der, wie bereits gemeldet, Musterschreiber bei der kursächsischen Armee war und ganz andere Qualitäten aufwies als der Schreiber meines Obristen. Daher mochte ihn auch mein Obrist gut leiden, ja er trachtete, ihn von seinem Kapitän loszuhandeln, um ihn zu seinem Regimentssekretär zu machen; auf diese Stelle spitzte aber auch sein Schreiber.
Mit diesem Musterschreiber, welcher auch, wie sein Vater, Ulrich Herzbruder hieß, schloß ich solche Freundschaft, daß wir ewige Brüderschaft schwuren und einander gelobten, in Glück und Unglück uns nimmermehr zu verlassen. Weil dies mit Wissen seines Vaters geschah, hielten wir den Bund um so fester. Danach hätten wir gerne mein Narrenkleid mit Ehren los gehabt, aber der alte Herzbruder sagte, wenn ich in kurzer Zeit meinen Stand ändere, drohe mir Gefängnis und große Lebensgefahr.
An den finsteren, neidischen Blicken, mit denen der Schreiber des Obristen meinen neuen Bruder ansah, konnte ich merken, daß er gesonnen war, ihm ein Bein zu stellen und ihn zu Fall zu bringen. Ich teilte meinem Bruder meinen Argwohn mit, damit er sich vor diesem Judasbruder ein wenig vorsehen sollte. Er aber nahm es auf die leichte Achsel, weil er dem Schreiber sowohl mit der Feder wie mit dem Degen genug überlegen war und dazu noch die große Gunst des Obristen hatte.

Eine böse Kunst

Weil es im Kriege Brauch ist, daß man alte, erfahrene Soldaten zu Profosen macht, so hatten wir auch einen solchen bei unserm Regiment, und zwar einen so abgefeimten Erzbösewicht, daß man wohl von ihm sagen konnte, er sei mehr als nötig erfahren gewesen. Er war ein rechter Schwarzkünstler und nicht allein selbst so fest wie Stahl, sondern auch imstande, andere unverwundbar zu machen. Auch verstand er, ganze Schwadronen Reiter ins Feld zu zaubern. Mit seinem wilden Barte glich er dem Gotte Saturn, wie ihn die Maler darzustellen pflegen.
Die armen gefangenen Soldaten, die ihm in seine unbarmherzigen Hände kamen, fühlten sich unglücklich genug. Und doch gab es Leute, die gern mit diesem üblen Gesellen umgingen, besonders Olivier, unser Schreiber. Je mehr sein Neid gegen den fröhlichen jungen Herzbruder wuchs, um so größer wurde die Vertraulichkeit zwischen ihm und dem Profosen.
Eben damals wurde die Frau des Obristen durch die Geburt eines Sohnes erfreut. Der junge Herzbruder wurde ersucht, bei der Taufsuppe, die fast

fürstlich dargereicht wurde, aufzuwarten, und er stellte sich aus Höflichkeit gern ein. Das gab dem Olivier die erwünschte Gelegenheit, sein lange geplantes Schelmenstück ins Werk zu setzen.
Als alles vorüber war, fehlte der große vergoldete Tischbecher meines Obristen. Dieser wollte ihn nicht so leichthin verloren geben, zumal er noch vorhanden gewesen war, als alle fremden Gäste schon weg waren. Der Page sagte zwar, er habe ihn zuletzt bei Olivier gesehen, aber dieser wollte den Becher nicht angerührt haben. Hierauf wurde der Profos geholt, um Rat zu schaffen. Doch sollte er es so einrichten, daß der Dieb niemand als dem Obristen kund würde. Es waren nämlich noch Offiziere von seinem Regiment zugegen, welche er, wenn sich vielleicht einer von ihnen vergriffen hätte, nicht in Schande bringen wollte.
Weil sich jeder unschuldig wußte, kamen wir alle lustig in das große Zelt des Obristen, wo der Zauberer die Sache vornahm. Als er nun etliche Worte gemurmelt hatte, sprangen dem einen hier, dem andern dort ein, zwei, drei und noch mehr junge Hündlein aus den Hosensäcken, Ärmeln, Stiefeln, Hosenschlitzen und wo sonst die Kleidung offen war. Diese wuselten behend im Zelt herum und waren alle überaus schön und jedes auf andere Art gezeichnet, so daß es ein recht lustiges Schauspiel war. Mir aber wurden meine engen kroatischen Kälberhosen so voll junger Hunde gegaukelt, daß ich sie ausziehen und, weil mir mein Hemd vordem im Wald am Leib verfault war, nackt dastehen mußte.
Zuletzt sprang eins dem jungen Herzbruder aus dem Schlitz. Das war das allerhurtigste und hatte ein goldenes Halsband an. Es verschlang alle anderen Hündchen, von denen noch so viele im Zelt herumkrabbelten, daß man keinen Fuß vor den andern setzen konnte. Wie es nun alle beseitigt hatte, wurde es selbst immer kleiner, sein Halsband aber größer und größer, bis es sich endlich gar in den Tischbecher des Obristen verwandelte.
Da mußten alle glauben, kein anderer als der junge Herzbruder habe den Becher gestohlen. Deswegen sagte der Obrist zu ihm: »Du undankbarer Gast, lohnst du mir so meine Wohltaten? Dieses Diebsstück hätte ich dir nimmermehr zugetraut! Schau, ich habe dich morgen zu meinem Sekretär machen wollen, aber nun hättest du verdient, daß ich dich heute noch aufhängen ließe. Und das würde auch unfehlbar geschehen, wenn mir dein ehrlicher alter Vater nicht leid täte. Pack dich geschwind aus meinem Lager, und laß dich dein Leben lang vor meinen Augen nicht mehr sehen!«
Herzbruder wollte sich entschuldigen, wurde aber nicht gehört, weil seine Tat so sonnenklar am Tag lag. Während er fortging, kam der alte Herz-

bruder fast von Sinnen, und der Obrist selbst mußte ihn trösten, indem er sagte, daß ein rechtschaffener Vater nicht für sein ungeratenes Kind büßen solle.

So erlangte Olivier durch die Hilfe des Teufels, was er auf ehrlichem Weg nicht erringen konnte.

Sobald der Hauptmann des jungen Herzbruders die Geschichte erfuhr, nahm er ihm auch die Musterschreiberstelle und lud ihm eine Pike auf. Von da an war Herzbruder bei jedermann so verachtet, daß ihn die Hunde hätten anpissen mögen, weshalb er sich oft den Tod wünschte.

Sein Vater aber bekümmerte sich so sehr darüber, daß er in eine schwere Krankheit fiel und sich auf das Sterben gefaßt machte. Und da er sich selbst schon für den 26. Juli, der vor der Tür stand, Leib- und Lebensgefahr prophezeit hatte, erlangte er beim Obristen die Erlaubnis, daß sein Sohn noch einmal zu ihm kommen durfte.

Ich wurde bei dieser Unterredung nicht ausgeschlossen. Da sah ich, daß der Sohn bei seinem Vater keiner Entschuldigung bedurfte, weil dieser seine gute Art kannte. Als weiser, erfahrener Mann verstand er unschwer, daß Olivier seinem Sohn durch den Profosen dieses Bad hatte zurichten lassen. Was aber vermochte er gegen einen Zauberer, von dem noch Ärgeres zu befürchten war, wollte man eine Rache wagen? Überdies erwartete er seinen Tod, ohne doch ruhig sterben zu können, weil er seinen Sohn in solcher Schande zurücklassen mußte. Dieser Sohn aber wünschte nichts mehr, als noch vor seinem Vater zu sterben. Mir selbst kamen die Tränen, als ich die beiden so in ihrem Jammer sah.

Zuletzt beschlossen sie, Gott ihre Sache in Geduld anheimzustellen, und der Sohn sollte auf Mittel und Wege sinnen, wie er von der Kompanie loskäme, damit er anderswo sein Glück suchen könnte. Doch als sie die Sache bei Licht besahen, da mangelte es an Geld, mit dem er sich von seinem Hauptmann hätte loskaufen können. Während sie nun ihre Armut bejammerten, da erinnerte ich mich erst meiner Dukaten, die ich noch in meinen Eselsohren vernäht hatte. Ich fragte, wieviel Geld sie denn haben müßten.

Der junge Herzbruder sagte: »Wenn einer käme und uns hundert Taler brächte, dann wäre ich aus aller Not.«

Ich antwortete: »Bruder, wenn dir damit geholfen ist, hab guten Mut, denn ich will dir hundert Dukaten geben.«

»Ach Bruder«, gab er zurück, »was soll das? Bist du ein ganzer Narr? Oder willst du uns in unserem Elend verlachen?«

Da streifte ich mein Wams ab, löste das eine Eselsohr von meinem Arm, öffnete es und ließ ihn hundert Dukaten daraus nehmen. Das übrige be-

hielt ich und sagte: »Damit will ich deinem kranken Vater aushelfen, wenn er es braucht.«
Da fielen sie mir um den Hals, küßten mich und wußten vor Freude nicht, was sie taten. Sie wollten mir eine Handschrift ausstellen, in der sie sich verpflichteten, mir, wenn ihnen Gott wieder zu dem Ihren verhülfe, die Summe samt den Zinsen zurückzuerstatten. Das wollte ich aber nicht annehmen und erbat mir nichts als ihre immerwährende Freundschaft.
Nun wollte der junge Herzbruder schwören, er werde sich an dem Olivier rächen, und gelte es den eigenen Tod. Aber sein Vater verbot ihm das, indem er ihm versicherte, daß derjenige, der den Olivier totschlüge, wieder von mir, dem Simplizius, den Rest kriegen werde. »Doch weiß ich gewiß«, sagte er, »daß ihr beide einander nicht umbringen werdet, weil keiner von euch beiden durch Waffen umkommen soll.« Danach ließ er uns zusammen einen Eid schwören, einander bis in den Tod zu lieben und in allen Nöten beizustehen.
Der junge Herzbruder aber kaufte sich mit dreißig Reichstalern frei, wofür ihm sein Hauptmann einen ehrlichen Abschied gab. Dann reiste er mit dem übrigen Geld nach Hamburg, rüstete sich dort mit zwei Pferden aus und diente in der schwedischen Armee als Freireiter.

Zwei Wahrsagungen werden auf einmal erfüllt

Keiner von den Leuten meines Obristen schickte sich besser, dem alten Herzbruder in seiner Krankheit aufzuwarten, als ich; und weil der Kranke wohl mit mir zufrieden war, wurde mir dieses Amt von der Frau des Obristen aufgetragen. Sie selbst erwies ihm viel Gutes, und da er auch wegen seines Sohnes beruhigt worden war, besserte es sich von Tag zu Tag mit ihm, so daß er noch vor dem 26. fast völlig wiederhergestellt war. Doch wollte er noch im Bett bleiben und sich krank stellen, bis dieser Tag, vor dem er sich sehr fürchtete, vorbei sei.
Inzwischen besuchten ihn allerhand Offiziere von beiden Armeen, die ihr künftiges Glück oder Unglück von ihm wissen wollten; denn weil er das Horoskop zu stellen und überdies aus der Hand und dem Gesicht zu lesen verstand, gingen seine Vorhersagen selten fehl. So verhieß er vielen einen gewaltsamen Tod für den Tag, an dem später die Schlacht von Wittstock stattfand. Der Frau des Obristen verkündete er, daß sie die Zeit ihres Kindsbetts noch im Lager verbringen könne, da Magdeburg noch nicht vor Ausgang der sechs Wochen an die Unsrigen übergehen würde.
Dem falschen Olivier, der sich bei ihm zutraulich zu machen suchte, ver-

sicherte er, daß er eines gewalttätigen Todes sterben müsse und daß ich seinen Tod, er geschehe, wann er wolle, rächen und seinen Mörder umbringen würde, weshalb mich Olivier in der Folge hochhielt.
Mir selbst erzählte er mein ganzes künftiges Leben, als wenn es schon vergangen und er allzeit bei mir gewesen wäre. Ich gab damals wenig darauf, erinnerte mich aber später bei vielen Begebenheiten, daß er sie mir vorhergesagt hatte.
Als nun der 26. Juli herangekommen war, ermahnte er mich und einen Furierschützen, den mir der Obrist auf sein Begehren für diesen Tag beigegeben hatte, wir sollten niemand zu ihm ins Zelt lassen. Er lag also allein darinnen und betete ohne Unterlaß.
Als es aber Nachmittag wurde, kam ein Leutnant aus dem Reiterlager dahergeritten und fragte nach dem Stallmeister des Obristen. Er wurde von uns abgewiesen, wollte sich aber nicht wegschicken lassen und bat den Furierschützen unter allerlei Versprechungen, ihn vor den Stallmeister zu führen. Weil das aber auch nicht helfen wollte, fing er an zu fluchen, stieg ab und knüpfte das Zelt selbst auf. Als ich ihn deswegen in die Hand biß, bekam ich dafür von ihm eine feste Maulschelle.
Sobald er meinen Alten sah, sagte er: »Der Herr möge mir meine Frechheit verzeihen, aber ich muß noch heute ein Wort mit Ihm reden.«
»Wohl«, antwortete der Stallmeister. »Was begehrt denn der Herr?«
»Nichts anderes«, sagte der Leutnant, »als daß der Herr die Freundlichkeit habe, mir mein Horoskop zu stellen.«
Der Stallmeister antwortete: »Hochgeehrter Herr, diese Arbeit erfordert viel Rechnen, ich bin aber krank und habe einen blöden Kopf. Wenn Er sich aber bis morgen zu gedulden beliebt, hoffe ich Ihn zufriedenstellen zu können.«
»Herr«, sprach der Leutnant, »so sage Er mir nur dieweil etwas aus der Hand.«
»Diese Kunst ist gar mißlich und unsicher«, entgegnete der alte Herzbruder. »Daher möge mich der Herr damit verschonen. Morgen aber will ich gern alles tun, was der Herr von mir begehrt.«
Doch der Leutnant wollte sich nicht abweisen lassen. Er trat meinem Vater vors Bett, streckte ihm die Hand hin und sagte: »Herr, ich bitte nur um ein paar Worte über das Ende meines Lebens. Sollte es etwas Böses sein, so verspreche ich, daß ich die Worte als eine Warnung von Gott annehmen will. Darum bitte ich um Gottes willen, der Herr möge mir die Wahrheit nicht verschweigen.«
Hierauf entgegnete ihm der redliche Alte kurz: »Nun wohlan, so sehe sich der Herr gut vor, daß er nicht in dieser Stunde noch gehenkt werde.«

»Was, du alter Schelm«, rief da der Leutnant, der eben hundsbesoffen war, »das wagst du einem Kavalier ins Gesicht zu sagen?« Zog damit vom Leder und stach meinen lieben alten Herzbruder im Bett zu Tod!
Ich und der Furierschütz schlugen sogleich Lärm und schrien Mordio, so daß alles zu den Waffen lief. Der Leutnant aber schwang sich schnell aufs Pferd und wäre auch ohne Zweifel entwischt, wenn nicht eben der Kurfürst von Sachsen mit vielen Pferden persönlich vorbeigeritten wäre und ihn hätte einholen lassen.
Als dieser den Hergang vernahm, wandte er sich zu dem von Hatzfeld, unserm General, und sagte nur: »Das wäre eine schlechte Disziplin in einem kaiserlichen Lager, wenn nicht einmal ein Kranker im Bett vor den Mördern sicher sein sollte!« Das war ein scharfer Spruch, und unser General ließ den Leutnant sogleich an seinem allerbesten Hals aufhängen.

Simplizius wird aus einem Jüngling in eine Jungfrau verwandelt

Diese wahre Geschichte zeigt, daß man nicht alle Wahrsagungen miteinander verwerfen soll, wie etliche Gecken tun, die gar nichts glauben können.
Auf die Frage, ob es dem Menschen nützlich sei, daß er sich wahrsagen lasse, antworte ich allein dies, daß mir der alte Herzbruder so viel gesagt hat, daß ich oft wünsche, er hätte geschwiegen. Denn die unglücklichen Fälle, die er mir anzeigte, habe ich niemals umgehen können, und diejenigen, die mir noch bevorstehen, machen mir nur vergeblich graue Haare. Was aber die Glücksfälle anbelangt, die einem geweissagt werden, so meine ich, daß sie öfter trügen. Was half mir's, daß mir der alte Herzbruder hoch und teuer schwur, ich wäre von edlen Eltern geboren, da ich doch von niemand anders wußte als von meinem Knan und meiner Meuder, die grobe Bauersleut im Spessart waren. Oder was half's dem Wallenstein, dem Herzog von Friedland, daß ihm prophezeit wurde, er werde gleichsam mit Saitenspiel zum König gekrönt werden? Weiß man nicht, wie er zu Eger eingewiegt wurde? Mögen darum andere ihre Köpfe über dieser Frage zerbrechen, ich komme wieder auf meine Geschichte.
Als ich meine beiden Herzbrüder verloren hatte, war mir das ganze Lager vor Magdeburg verleidet, welches ich ohnehin wegen seiner Zelte und Hütten nur eine leinene und strohene Stadt mit Mauern aus Lehm zu nennen pflegte. Auch war ich's müde, mich von jedermann foppen zu lassen, und trachtete, mein Narrenkleid loszuwerden, und sollte ich dabei Leib und Leben verlieren. Das setzte ich, da sich keine bessere Gelegenheit bot, auf folgende Weise leichtsinnig genug ins Werk.

Olivier, der Sekretär, welcher nach des alten Herzbruders Tod mein Hofmeister geworden war, erlaubte mir oft, mit den Knechten auf Furage zu reiten. Als wir nun einmal in ein großes Dorf kamen, in dem ein Teil des Reitertrosses logierte, gingen alle da und dort in die Häuser, zu suchen, was etwa mitzunehmen wäre. Da stahl ich mich auch hinweg und suchte nach einem alten Bauernkleid. Aber ich fand nicht, was ich wollte, sondern mußte mit einem Weiberkleid vorliebnehmen. Dies zog ich an, warf mein Narrenkleid in einen Abtritt und glaubte aus allen Nöten errettet zu sein.

In diesem Aufzug ging ich über die Gasse auf einige Offiziersweiber zu, mit so engen Schrittlein, wie sie Achill gemacht haben mag, als ihn seine Mutter zu Lycomedes brachte. Ich war aber kaum aus dem Haus, als mich schon etliche Furagierer sahen und besser springen lehrten. Denn als sie schrien: »Halt, halt!«, lief ich nur um so geschwinder, so daß ich noch vor ihnen zu den Offiziersfrauen kam. Vor diesen fiel ich auf die Knie nieder und bat sie, um aller Weiber Ehre und Tugend willen, meine Jungfernschaft vor diesen geilen Buben zu beschützen. Meine Bitte fand Erhörung, ja ich wurde sogar von einer Rittmeisterin als Magd aufgenommen. Bei ihr behalf ich mich, bis Magdeburg und auch die Werberschanze sowie Havelberg und Perleberg von den Unsern eingenommen wurden.

Diese Rittmeisterin war kein Kind mehr, wiewohl sie noch jung war, und vernarrte sich in mein glattes Gesicht und meinen geraden Leib; ich tat aber, als ob ich nichts merkte. Den Rittmeister und seinen Knecht plagte die gleiche Krankheit, weshalb er seinem Weib befahl, mich besser zu kleiden, damit sie sich nicht wegen meines garstigen Bauernkittels schämen müsse. Sie tat mehr, als ihr befohlen war, und putzte mich heraus wie eine französische Puppe, was das Feuer bei allen dreien noch mehr schürte.

Eines Nachts, als Herr und Frau schliefen, stand der Knecht vor dem Wagen, in welchem ich schlafen mußte, und klagte mir seine Liebe mit heißen Tränen. Ich aber erzeigte mich härter als ein Stein und gab ihm zu verstehen, daß ich meine Keuschheit bis in den Ehestand bewahren wolle. Als er mir nun die Ehe wohl tausendmal anbot und doch nur vernahm, daß es mir unmöglich sei, mich mit ihm zu verehelichen, verzweifelte er ganz und gar oder stellte sich doch wenigstens so, denn er zog seinen Degen, setzte die Spitze an die Brust und den Degenknopf an den Wagen und tat, als wollte er sich jetzt erstechen. Ich sprach ihm zu und vertröstete ihn auf den Morgen, da wolle ich ihm endgültig Bescheid geben; worauf er sich zufriedengab und schlafen ging.

Ich aber fand lange keinen Schlaf, weil ich meine seltsame Lage betrachtete. Meine Sache konnte nicht lange mehr guttun; denn die Rittmeisterin setzte mir immer mehr zu, der Rittmeister wurde immer verwegener und der Knecht immer verzweifelter, und ich wußte nicht, wie ich mir aus diesem Labyrinth helfen sollte. Ich mußte oft meiner Frau am hellichten Tag Flöhe fangen, damit ich ihre alabasterweißen Brüste sehen und ihren zarten Leib betasten sollte, was mir, weil ich auch Fleisch und Blut hatte, auf die Dauer schwer zu ertragen war. Ließ mich dann die Frau zufrieden, so quälte mich der Rittmeister; und hatte ich vor diesen beiden bei Nacht Ruhe, peinigte mich der Knecht, so daß mich das Weiberkleid viel saurer zu tragen ankam als meine Narrenkappe. Was sollte ich tun? Da beschloß ich endlich, mich am Morgen dem Knecht anzuvertrauen. Denn, so dachte ich, seine Liebesregungen werden sich alsdann legen, und wenn du ihm von deinen Dukaten spendierst, wird er dir wieder zu Mannskleidern und damit aus allen Nöten helfen. Das war gut ausgesonnen, wenn nur das Glück mitgemacht hätte.

Mein Hans ließ bald morgen sein, denn er kam gleich nach Mitternacht, das Jawort zu holen. Er fing an, am Wagen zu rappeln, als ich eben richtig eingeschlafen war, und rief etwas zu laut: »Sabina, Sabina, ach, mein Schatz, steht auf und haltet mir Euer Versprechen!«, so daß er den Rittmeister, der sein Zelt am Wagen stehen hatte, eher als mich damit aufweckte. Diesem wurde ohne Zweifel vor Eifersucht grün und gelb vor den Augen, doch kam er nicht heraus, um dazwischenzuhauen, sondern stand nur auf, um zu sehen, wie der Handel ablaufen würde. Als der Knecht mich endlich wach gekriegt hatte, verlangte er von mir, ich sollte entweder aus dem Wagen zu ihm kommen oder ihn zu mir einlassen. Ich aber schalt ihn aus und fragte ihn, ob er mich denn für eine Hur ansehe; vor der Ehe könne er mich nicht haben. Er antwortete, ich sollte dennoch aufstehen, weil es anfinge zu tagen, damit ich zeitig das Essen für das Gesinde fertig habe; er wolle für mich Holz und Wasser holen und auch das Feuer anmachen. Ich antwortete: »Wenn du das tust, dann kann ich um so länger schlafen. Geh nur, ich will bald nachkommen.«

Weil aber der Narr nicht ablassen wollte, stand ich auf, mehr um meine Arbeit zu verrichten, als um ihm schönzutun. Übrigens konnte ich ganz gut für eine Magd im Felde gelten, denn Kochen, Backen und Waschen hatte ich bei den Kroaten gelernt, und zu spinnen pflegen die Soldatenweiber im Feld ohnedies nicht; was ich aber an Frauenzimmerarbeit nicht konnte, wie Haarebürsten und Zöpfemachen, das sah mir meine Rittmeisterin gerne nach, weil sie wußte, daß ich's nicht gelernt hatte.

Wie ich nun mit meinen zurückgestreiften Ärmeln vom Wagen herabstieg, wurde mein Hans durch meine weißen Arme so heftig entflammt, daß er sich nicht zurückhalten konnte, mich zu küssen und weil ich mich

nicht sonderlich wehrte, vermochte es der Rittmeister, vor dessen Augen es geschah, nicht zu ertragen. Er sprang mit bloßem Degen aus dem Zelt, meinem armen Liebhaber den Fang zu geben, aber der ging durch und vergaß das Wiedersehen.
Der Rittmeister aber sagte zu mir: »Du Bluthur...« Mehr konnte er vor Zorn nicht sagen; dafür schlug er auf mich ein, als wenn er unsinnig geworden wäre. Ich fing an zu schreien, da mußte er aufhören, um keinen Alarm zu erregen. Denn die beiden Armeen, die sächsische und die kaiserliche, lagen damals beieinander, weil sich die schwedische unter General Banier näherte.

Wie er als Verräter und Zauberer gefangengehalten wurde

Als es nun Tag wurde, gab mich mein Herr den Reiterjungen preis, während die beiden Armeen eben im Aufbruch waren. Das war nun ein Schwarm von Lumpengesindel, und ich hatte eine schreckliche Hetze auszustehen. Die Teufelskinder eilten mit mir einem Busch zu, um ihre viehischen Begierden zu sättigen, und viele andere Burschen, die dem Spaß zusahen, folgten ihnen nach; unter diesen war auch mein Hans. Dieser ließ mich nicht aus den Augen, und als er sah, daß es mir gelten sollte, wollte er mich mit Gewalt erretten, und sollte es seinen Kopf kosten. Weil er sagte, daß ich seine versprochene Braut sei, fand er etliche, die ihm Hilfe versprachen; die Jungen wollten aber eine so gute Beute nicht aus den Händen lassen. Da fing man an, Stöße auszuteilen, und der Zulauf und der Lärm wurden immer größer, so daß es schier einem Turnier gleichsah, bei welchem jeder um seiner schönen Dame willen das Beste tut.
Ihr schreckliches Geschrei lockte den Rumormeister herzu, welcher eben ankam, als sie mir die Kleider vom Leib gerissen und gesehen hatten, daß ich kein Weibsbild war. Da war gleich alles stockstill, weil der Ordnungshüter in der Armee mehr gefürchtet wurde als der Teufel; auch verstoben alle diejenigen, die Hand aneinander gelegt hatten. Er informierte sich kurz, und während ich hoffte, er werde mich erretten, nahm er mich gefangen, weil ein Mannsbild, das sich in Weiberkleidern bei einer Armee aufhielt, eine recht verdächtige Sache war.
So wanderte er mit mir an den Regimentern entlang, welche alle marschbereit aufgestellt waren, um mich dem Generalauditor zu überliefern. Als wir aber bei meines Obristen Regiment vorbeiwollten, wurde ich erkannt und angesprochen, durch meinen Obristen notdürftig bekleidet und unserm alten Profosen überliefert, der mich an Händen und Füßen in Eisen schloß.

Es kam mich gewaltig sauer an, so in Ketten zu marschieren. Auch hätte mich der Hunger mächtig gequält, wenn mir der Sekretär Olivier nichts spendiert hätte; denn meine Dukaten durfte ich nicht ans Licht bringen, wenn ich nicht alle miteinander verlieren und mich in noch größere Gefahr bringen wollte.

Olivier verriet mir noch am selbigen Abend, warum ich so hart gefangengehalten wurde; und unser Regimentsschultheiß bekam gleich Befehl, mich zu examinieren, damit meine Aussage schnell dem Generalauditor zugestellt werden könnte. Man hielt mich nicht allein für einen Kundschafter und Spion, sondern auch für einen, der hexen konnte. Kurz nach meinem Weggang vom Obristen hatte man nämlich einige Zauberinnen verbrannt, die bekannten, sie hätten mich bei ihrer Generalzusammenkunft gesehen, als sie beieinander waren, die Elbe auszutrocknen, damit Magdeburg schneller eingenommen werden könnte.

Die Punkte, darauf ich Antwort geben sollte, waren diese:

Erstens, ob ich studiert hätte oder wenigstens schreiben und lesen könnte.

Zweitens, warum ich mich in der Gestalt eines Narren dem Lager vor Magdeburg näherte, während ich doch, wie sich im Dienst des Rittmeisters zeigte, Verstand genug besaß.

Drittens, warum ich mich als Weib verkleidet hätte.

Viertens, ob ich nicht auch mit anderen Unholden auf dem Hexentanz gewesen sei.

Wo, fünftens, mein Vaterland sei und wer meine Eltern gewesen seien.

Sechstens, wo ich mich aufgehalten habe, ehe ich in das Lager von Magdeburg kam.

Wo und zu welchem Zweck ich, siebentens, die Weiberarbeit, wie Waschen, Backen, Kochen und so weiter, lernte sowie auch das Lautenschlagen.

Hierauf wollte ich mein ganzes Leben erzählen, um alle meine seltsamen Begebnisse recht zu erläutern. Der Regimentsschultheiß war aber nicht so neugierig. Vom Marschieren müd und verdrossen, begehrte er nur eine kurze, runde Antwort auf das, was gefragt wurde. So antwortete ich auf folgende Art.

Auf die erste Frage: Ich hätte zwar nicht studiert, könne aber deutsch lesen und schreiben.

Auf die zweite: Weil ich kein anderes Kleid besaß, hätte ich im Narrenkleid daherkommen müssen.

Auf die dritte: Weil ich meines Narrenkleids müde war und keine Mannskleider haben konnte.

Auf die vierte: Ja, ich sei wider meinem Willen hingefahren, könne aber gleichwohl nicht zaubern.

Auf die fünfte: Mein Vaterland sei der Spessart, und meine Eltern seien Bauersleute.
Auf die sechste: Zu Hanau bei dem Gouverneur und bei einem Kroatenobristen, genannt Corpes.
Auf die siebente: Bei den Kroaten habe ich Waschen, Backen und Kochen lernen müssen, zu Hanau aber habe ich das Lautenschlagen gelernt, weil ich Lust dazu hatte.
Wie diese meine Aussage aufgeschrieben war, sagte der Regimentsschultheiß: »Wie kannst du leugnen, daß du studiert hast? Du hast doch, als man dich noch für einen Narren hielt, einem Priester während der Messe auf die Worte: ›Domine, non sum dignus‹ auch auf latein geantwortet, das brauche er nicht zu sagen, das wisse man längst!«
»Herr«, antwortete ich, »das haben mich damals andere Leute gelehrt und mir eingeredet, das sei ein Gebet, das man bei der Messe sprechen müsse, wenn unser Kaplan den Gottesdienst verrichte.«
»Ja, ja«, sagte der Regimentsschultheiß, »ich sehe dich für den Rechten an, dem man die Zunge mit der Folter lösen muß!«
Ich dachte: So helf Gott, wenn's deinem närrischen Kopf nach geht!
Am andern Morgen früh kam der Befehl vom Generalauditor an unsern Profosen, gut auf mich zu achten; denn er war gesinnt, sobald die Armeen stillägen, mich selbst zu examinieren, wobei ich ohne Zweifel auf die Folter gemußt hätte. Aber Gott fügte es anders.
In dieser Gefangenschaft dachte ich beständig an meinen Pfarrer zu Hanau und den verstorbenen alten Herzbruder, weil sie beide wahrgesagt hatten, wie mir's ergehen würde, wenn ich wieder aus meinem Narrenkleid käme.

Wie es dem Profosen in der Schlacht bei Wittstock erging

Denselben Abend, als wir uns kaum gelagert hatten, wurde ich zum Generalauditor geführt. Der hatte meine Aussage sowie ein Schreibzeug vor sich und fing an, mich besser zu examinieren. Ich erzählte, wie sich alles zugetragen hatte; es wurde mir aber nicht geglaubt, und der Generalauditor wußte nicht, ob er einen Narren oder einen ausgekochten Bösewicht vor sich hatte.
Er hieß mich eine Feder nehmen und schreiben, um zu sehen, was ich könnte und ob etwa meine Handschrift bekannt oder doch so beschaffen sei, daß sich etwas daraus entnehmen ließe. Ich ergriff Feder und Papier so geschickt wie einer, der sich täglich damit übt, und fragte, was ich

schreiben sollte. Der Generalauditor (welcher vielleicht unwillig war, weil sich mein Examen tief in die Nacht hineinzog) antwortete: »Hei, schreib: Deine Mutter, die Hur!« Ich setzte ihm diese Worte so hin und machte damit meinen Handel nur schlimmer; denn der Generalauditor sagte, jetzt glaube er erst, daß ich ein rechter Vogel sei.
Er fragte den Profosen, ob man mich visitiert und ob man nichts Schriftliches bei mir gefunden hätte. Der Profos antwortete: »Nein, was sollte man an ihm visitieren, der Rumormeister hat ihn ja fast nackt zu uns gebracht.«
Aber ach, es half nichts, der Profos mußte mich in Gegenwart aller durchsuchen; und während er das mit Sorgfalt verrichtet, findet er, o Unglück, meine beiden Eselsohren mit den Dukaten um meine Arme herumgewickelt.
Da hieß es: »Was brauchen wir weitere Beweise? Dieser Verräter hat ohne Zweifel ein großes Schelmenstück vor. Denn warum sonst sollte er sich erst als Narr und dann als Weib verkleiden, und wozu sonst sollte er mit so viel Geld versehen sein? Sagt er nicht selbst, er habe bei dem Gouverneur zu Hanau, dem allerverschlagensten Soldaten auf der Welt, das Lautenschlagen gelernt? Was meint ihr Herren wohl, was er bei diesen Spitzköpfen für listige Praktiken gelernt hat! Morgen auf die Folter und dann, weil man ihn ohnedies bei den Zauberern gefunden hat, ins Feuer mit ihm, etwas Besseres ist er nicht wert!«
Wie mir damals zumut gewesen ist, kann sich jeder leicht einbilden. Ich wußte mich zwar unschuldig und hatte ein starkes Vertrauen zu Gott; aber dennoch sah ich meine Gefahr und bejammerte den Verlust meiner schönen Dukaten, welche der Generalauditor zu sich steckte.
Aber ehe man dieses strenge Verfahren gegen mich ins Werk setzte, gerieten sich die Truppen Baniers und die unsrigen in die Haare. Gleich anfangs kämpften die Truppen um das schwere Geschütz, das die unsrigen stracks verloren. Unser Profos hielt sich zwar mit seinen Leuten und den Gefangenen ziemlich weit hinter den Kämpfenden, gleichwohl aber waren wir unserer Brigade so nahe, daß wir jeden von hinten an den Kleidern erkennen konnten; und als eine schwedische Eskadron auf die Unsrigen traf, waren wir so gut wie die Fechtenden selbst in Todesgefahr, denn plötzlich war die Luft über uns so voll singender Kugeln, daß es schien, als sei die Salve uns zu Gefallen abgegeben worden. Da duckten sich die Furchtsamen, als wollten sie sich in sich selbst verkriechen; diejenigen aber, die Courage hatten und schon öfter bei dergleichen Scherzen gewesen waren, ließen die Kugeln über sich hinstreichen, ohne blaß zu werden.

Das greuliche Schießen, das Geklapper der Harnische, das Krachen der Piken und das Geschrei der Verwundeten sowohl wie der Angreifer machten, zusammen mit den Trompeten, Trommeln und Pfeifen, eine schreckliche Musik. Da sah man nichts als dicken Rauch und Staub, der das Grauen der Verwundeten und Toten bedecken zu wollen schien, und darin hörte man das jämmerliche Wehklagen der Sterbenden und das lustige Geschrei derjenigen, die noch voller Mut staken. Die Pferde schienen zur Verteidigung ihrer Herren nur immer frischer zu werden, so hitzig erfüllten sie ihre Pflicht. Etliche sah man tot unter ihren Herren niederfallen; andere fielen auf ihre Reiter und hatten so im Tod die Ehre, von denjenigen getragen zu werden, welche sie während ihres Lebens hatten tragen müssen. Wieder andere verließen, als die Last, die sie kommandiert hatte, von ihrem Rücken gefallen war, in ihrer Wut und Raserei die Menschen, rissen aus und suchten im weiten Feld ihre Freiheit.
Die Erde, deren Gewohnheit es ist, die Toten zu bedecken, war damals selbst mit Toten übersät. Da lagen Köpfe, welche ihre Herren verloren hatten, und Leiber, denen die Köpfe fehlten. Manchen hing jämmerlich das Eingeweide heraus, anderen war der Kopf zerschmettert und das Hirn zerspritzt. Da sah man entseelte Leiber, ihres eigenen Blutes beraubt, und lebendige, die mit fremdem Blut übergossen waren. Da lagen abgeschossene Arme, an welchen sich die Finger noch regten, als ob sie wieder mit in das Gedränge wollten; hingegen rissen Kerle aus, die noch keinen Tropfen Blut vergossen hatten. Da sah man verstümmelte Soldaten um einen schnellen Tod, andere aber um Quartier und Schonung ihres Lebens bitten. Summa summarum, da war nichts als ein elender, jämmerlicher Anblick!
Die schwedischen Sieger trieben die Unsern von der Stelle, auf der sie so unglücklich gefochten hatten, und zerstreuten sie durch eine schnelle Verfolgung vollends. Bei dieser Lage ergriff mein Herr Profos mit seinen Gefangenen auch die Flucht, und während er uns mit dem Tod bedrohte und so nötigte, mit ihm durchzugehen, jagte der junge Herzbruder daher mit noch fünf Pferden und grüßte ihn mit seiner Pistole: »Nun sieh, du alter Hund«, sagte er, »ob's noch Zeit ist, junge Hündlein zu machen! Ich will dir deine Mühe bezahlen!«
Aber der Schuß beschädigte den Profosen so wenig wie einen stählernen Amboß. »Oho, bist du so einer?« rief Herzbruder, »ich will nicht umsonst deinetwegen hergekommen sein. Du mußt sterben, und wäre dir die Seele angewachsen!« Nötigte darauf einen Musketier, den der Profos als Wache bei sich hatte, daß er diesen, sofern er selbst Quartier haben wollte, mit einer Axt zu Tode schlug.

So bekam der Profos seinen Lohn, ich aber wurde von Herzbruder erkannt. Er befreite mich von meinen Ketten, gab mir ein Pferd und ließ mich durch seinen Knecht in Sicherheit führen.

Von einer großen Schlacht, bei welcher der Sieger gefangen wird

Während mich nun der Knecht aus aller Gefahr führte, ließ sich sein Herr durch seine Begierde nach Ehre und Beute erst recht hineintreiben, wobei er sich so weit vorhaute, daß er gefangen wurde.

Als die Sieger die Beute teilten und ihre Toten begruben, mein Herzbruder aber fehlte, erbte mich dessen Rittmeister mitsamt dem Knecht und den Pferden. Diesem Rittmeister mußte ich als Reiterjunge dienen, wofür ich nichts hatte als das Versprechen, daß er mich gut halten und, wenn ich ein wenig älter wäre, aufsetzen, das heißt zu einem Reiter machen wollte.

Gleich danach wurde mein Rittmeister zum Obristleutnant befördert, ich aber bekam das Amt bei ihm, welches David vor alten Zeiten bei König Saul versah: In den Quartieren schlug ich auf der Laute, und auf dem Marsch mußte ich ihm seinen Küraß auf dem Leibe nachtragen. Das war eine leidige Sache; denn obwohl diese Waffen erfunden waren, ihren Träger vor den Feinden zu schützen, so erfuhr ich das gerade Gegenteil, weil mich die Läuse, die ich darunter ausheckte, unter ihrem Schutz um so sicherer verfolgten. Da ich mit meinen Armen nicht unter den Harnisch konnte, hatten die Läuse darunter ihren freien Tummelplatz, so daß es aussah, als ob ich den Harnisch zu ihrem und nicht zu meinem Schutz trüge. Ich sann auf allerhand Kriegslisten, wie ich diese Armada vertilgen möchte; aber ich hatte weder Zeit noch Gelegenheit, sie durch Feuer oder Wasser noch durch Gift (die Wirkung des Quecksilbers kannte ich wohl) auszurotten. Wenn sie mich unter dem Harnisch nagten und plagten, zog ich oft eine Pistole, als wollte ich Kugeln mit ihnen wechseln; ich nahm aber nur den Ladestock und stieß sie von der Kost. Endlich erfand ich die Kunst, daß ich einen Pelzfleck um den Ladestock wickelte. Wenn ich dann mit dieser Lausangel unter den Harnisch fuhr, fischte ich sie dutzendweis aus ihrem Versteck; es wollte aber wenig nützen.

Einmal wurde mein Obristleutnant zu einem Streifzug nach Westfalen kommandiert, und wäre er damals so stark an Reitern gewesen wie ich an Läusen, so hätte er die ganze Welt erschreckt. Weil dem aber nicht so war, mußte er behutsam gehen und sich in der Gemmer Mark (so heißt ein Wald zwischen Hamm und Soest) heimlich halten. Damals war's mit den Läusen aufs höchste gekommen, sie quälten mich so hart, daß ich

fürchtete, sie möchten sich noch ganz zwischen Fell und Fleisch einlogieren. Kein Wunder ist's, daß die Brasilianer ihre Läuse aus Zorn und Rachgier fressen, weil sie einen so bedrängen!
Einmal, als von den Reitern einige fütterten, andere schliefen und etliche Schildwacht hielten, ging ich ein wenig abseits hinter einen Baum, meinen Feinden eine Schlacht zu liefern. Zu diesem Zweck zog ich meinen Harnisch aus, obwohl andere ihn anziehen, wenn sie fechten wollen, und fing ein solches Würgen und Morden an, daß mir gleich beide Schwerter an den Daumen von Blut trieften und voll toter Körper hingen. Wenn ich an dieses Gefecht denke, beißt mich die Haut heute noch allenthalben.
Ich dachte zwar, ich sollte nicht so gegen mein eigenes Blut wüten und gar gegen so treue Diener, die sich mit einem hängen und aufs Rad flechten lassen und auf denen ich oft im freien Feld auf harter Erde sanft gelegen war. Aber ich fuhr doch in meiner Tyrannei so unbarmherzig fort, daß ich gar nicht gewahr wurde, wie die Kaiserlichen meinen Obristleutnant überrumpelten, bis sie endlich auch an mich kamen, die armen Läuse entsetzten und mich selbst gefangennahmen. Sie hatten keine Scheu vor meinem Heldentum, mit dem ich kurz zuvor viele Tausende erlegt und den Ruhm des Schneiders – sieben auf einen Streich – übertroffen hatte.
Mich kriegte ein Dragoner, und die beste Beute, die er an mir hatte, war meines Obristleutnants Küraß, welchen er zu Soest, wo er im Quartier lag, dem Kommandanten ziemlich gut verkaufte.
So wurde der Dragoner, dessen Junge ich sein mußte, im Krieg mein sechster Herr.

Im Paradeis

Wenn unsere Wirtin nicht wollte, daß ich sie und ihr ganzes Haus mit meinen Völkern besetzte, so mußte sie mich auch davon befreien. Sie machte kurzen Prozeß, steckte meine Lumpen in den Backofen und brannte sie so sauber aus wie eine alte Tabakspfeife, so daß ich wieder wie in einem Rosengarten lebte. Ja, es kann sich niemand denken, wie wohl mir war, nachdem ich etliche Monate wie in einem Ameisenhaufen gesessen hatte.
Hingegen hatte ich gleich ein anderes Kreuz auf dem Hals. Mein Herr nämlich war einer von denjenigen Soldaten, die in den Himmel zu kommen hoffen; er ließ sich glatt an seinem Sold genügen und betrübte im übrigen kein Kind. Sein ganzer Wohlstand bestand in dem, was er mit Wachen verdiente und von seiner wöchentlichen Löhnung erkargte, und dies,

obwohl es wenig war, hob er höher auf als mancher die orientalischen Perlen. Jeden Silbertaler nähte er in seine Kleider, und damit er einigen Vorrat zusammenkriegte, mußten ich und sein armes Pferd sparen helfen. Davon kam's, daß ich den trockenen Pumpernickel beißen und mich mit Wasser oder, wenn's gut ging, mit dünnem Bier behelfen mußte. Meine Kehle wurde von dem schwarzen trockenen Brot ganz rauh und mein Leib ganz mager. Wollte ich besser fressen, so mochte ich stehlen, aber unter der ausdrücklichen Bedingung, daß mein Herr nichts davon inne würde. Seinethalben hätte man weder Galgen noch Henker noch Feldscher gebraucht, auch keine Marketender und keine Trommelschlager für den Zapfenstreich, denn sein ganzes Tun war fern von Fressen, Saufen, Spielen und allen Duellen. Wenn er aber irgendwohin mit einem Begleittrupp oder auf einen Streifzug kommandiert wurde, so schlenderte er mit wie ein altes Weib am Stecken. Hätte der gute Dragoner nicht solche heroischen Soldatentugenden besessen, so hätte er mich wohl schwerlich gefangen bekommen, denn dann wäre er ja meinem Obristleutnant nachgejagt. Ein neues Kleid konnte ich bei ihm nicht erhoffen, weil er selbst über und über zerflickt daherging, fast wie mein Einsiedel. Sein Sattel und Zaumzeug war kaum drei Batzen wert und das Pferd von Hunger so hinfällig, daß sich weder Schwed noch Heß vor einer langen Verfolgung zu fürchten hatten.

Dies alles bewegte seinen Hauptmann, ihn ins Paradeis, ein Frauenkloster, als Schutzwache zu legen – nicht als wäre er viel nutz dazu gewesen, sondern damit er sich hochfüttern und ausstaffieren könnte; besonders aber auch, weil die Nonnen um einen frommen, gewissenhaften und stillen Kerl gebeten hatten.

Also ritt er hin, und ich ging mit, weil er leider nur ein Pferd hatte. »Potz Glück, Simprecht« (denn er konnte den Namen Simplizius nicht behalten), sagte er unterwegs, »kommen wir in das Paradeis, wie wollen wir fressen!«

Ich antwortete: »Der Name ist ein gutes Omen, Gott geb, daß der Ort auch so beschaffen ist.«

»Freilich«, sagte er (denn er verstand mich nicht recht), »wenn wir alle Tag zwei Ohm von dem besten Bier saufen könnten, so würde es uns auch nicht abgeschlagen. Halt dich nur gut, ich will mir jetzt bald einen neuen Mantel machen lassen, alsdann kriegst du den alten, das gibt dir noch einen guten Rock.« Er nannte ihn mit Recht den alten, denn ich glaube, daß der sich noch an die Schlacht vor Pavia erinnerte, so wetterfärbig und abgeschabt sah er aus.

Das Paradeis fanden wir, wie wir's begehrten. Anstatt der Engel gab es schöne Jungfrauen darinnen, welche uns mit Speis und Trank so traktierten, daß ich in Kürze wieder einen glatten Balg bekam. Da setzte es das fetteste Bier, die besten westfälischen Schinken und Knackwürste und wohlschmekkendes, sehr delikates Rindfleisch, das man in Salzwasser kochte und kalt zu essen pflegte. Da lernte ich das schwarze Brot fingerdick mit gesalzener Butter schmieren und mit Käs belegen, damit es besser rutschte; und wenn ich so über eine Hammelkeule kam, die mit Knoblauch gespickt war, und eine gute Kanne Bier daneben stehen hatte, dann erquickte ich Leib und Seele und vergaß all mein ausgestandenes Leid. In Summa, dies Paradeis schlug mir so gut an, als ob es das rechte gewesen wäre, und mich bekümmerte nichts, als daß ich wußte, daß es nicht ewig währen würde, und als daß ich so zerlumpt dahergehen mußte.

Aber wie mich das Unglück haufenweise überfallen hatte, so schien jetzt das Glück gesonnen, alles wieder wettzumachen. Denn als mich mein Herr nach Soest schickte, seine Bagage vollends zu holen, fand ich unterwegs einen Pack und in diesem etliche Ellen scharlachroten Tuches zu einem Mantel, samt rotem Sammet zu Futter. Das nahm ich mit und vertauschte es zu Soest bei einem Tuchhändler gegen gewöhnliches grünes Wolltuch für ein Kleid, mit der Bedingung, daß er mir dieses Kleid auch machen lassen und noch dazu einen neuen Hut geben sollte. Und da mir nur noch ein Paar neue Schuhe und ein Hemd abgingen, gab ich dem Krämer auch die silbernen Knöpfe und Tressen, die zu dem Mantel gehörten, wofür er mir beschaffte, was ich noch brauchte.

So kehrte ich nagelneu herausgeputzt zu meinem Herrn ins Paradeis zurück. Der kollerte gewaltig, daß ich ihm den Fund nicht gebracht hatte; ja er sprach mir vom Prügeln, und es fehlte nicht viel (wenn er sich nicht geschämt und ihm das Kleid gepaßt hätte), dann hätte er mich ausgezogen und das Kleid selbst getragen. Ich aber bildete mir ein, gut gehandelt zu haben.

Indessen mußte sich der karge Filz schämen, daß sein Junge besser gekleidet war als er selbst. Deswegen ritt er nach Soest, borgte Geld von seinem Hauptmann und montierte sich damit aufs beste; das Geld versprach er von seinem wöchentlichen Wachtlohn zurückzuerstatten, was er dann auch gewissenhaft tat. Zwar hätte er selbst noch Mittel genug gehabt; er war aber viel zu schlau, sie anzugreifen. Denn hätte er's getan, so wäre ihm die Bärenhaut entgangen, auf welcher er diesen Winter im Paradeis liegen konnte, und es wäre ein anderer nackender Kerl an seine Statt gesetzt worden. So aber mußte ihn der Hauptmann wohl oder übel im Paradeis liegenlassen, wollte er sein ausgeliehenes Geld wiederhaben.

Von dieser Zeit an hatten wir das faulste Leben von der Welt, wobei

Kegeln unsere allergrößte Arbeit war. Wenn ich meines Dragoners Klepper gestriegelt, gefüttert und getränkt hatte, trieb ich das Junkerhandwerk und ging spazieren.
In das Kloster hatten auch die Hessen, unsere Gegner, von Lippstadt aus einen Musketier als Schutzwache gelegt. Dieser war seines Handwerks ein Kürschner und nicht allein ein Meistersänger, sondern auch ein trefflicher Fechter. Damit er seine Kunst nicht vergäße, übte er sich aus Langeweile täglich mit mir in allen Waffen, wovon ich so fix wurde, daß ich es jederzeit mit ihm aufnehmen konnte. Mein Herr aber kegelte, statt zu fechten, mit ihm, und zwar um nichts anderes, als wer bei Tisch das meiste Bier aussaufen mußte; so ging der Verlust eines jeden auf Rechnung des Klosters.
Das Stift besaß eine eigene Wildbahn und daher auch einen eigenen Jäger. Und weil ich auch grün gekleidet war, gesellte ich mich zu ihm und schaute ihm in diesem Herbst und Winter seine Künste ab, besonders was das kleine Weidwerk anlangt. Aus diesem Grund und weil der Name Simplizius von einfachen Leuten schwer zu behalten war, nannte mich jedermann »dat Jäjerken«. Durch meine Gänge mit dem Jäger wurden mir alle Wege und Stege bekannt, was ich mir später trefflich zunutze machte.
Wenn ich aber wegen schlechten Wetters nicht in Wäldern und Feldern herumstreifen konnte, las ich allerhand Bücher, die mir der Verwalter des Klosters lieh. Sobald die adeligen Klosterfrauen gewahr wurden, daß ich nicht nur gut singen, sondern auch die Laute und ein wenig das Klavichord schlagen konnte, hatten sie besser auf mich acht; und weil eine gute Gestalt und ein schönes Angesicht dazukamen, hielten sie mein ganzes Wesen und all mein Tun und Lassen für adelig. Da war ich unversehens ein beliebter Junker, bei dem man sich nur wunderte, daß er bei einem so liederlichen Dragoner Dienst tat.
Als ich so den Winter in aller Freude hingebracht hatte, wurde mein Herr abgelöst, was ihn nach dem guten Leben so traf, daß er erkrankte. Und weil ein starkes Fieber dazukam, auch die alten Mucken, die er Zeit seines Lebens im Krieg aufgefangen hatte, wieder auftraten, machte er's kurz, so daß ich drei Wochen später etwas zu begraben hatte. Ich machte ihm diese Grabschrift:

Der Schmalhans lieget hier, ein tapferer Soldat,
der all sein Lebetag kein Blut vergossen hat.

Von Rechts wegen hätte der Hauptmann Pferd und Gewehr, der Unteroffizier aber die übrige Verlassenschaft erben sollen. Weil ich aber ein frischer, aufgeschossener Jüngling war und Hoffnung gab, daß ich's mit der

Zeit mit jedem Gegner aufnehmen würde, wurde mir alles angeboten, wenn ich die Stelle meines verstorbenen Herrn übernehmen wollte. Ich nahm's um so lieber an, weil ich wußte, daß in den alten Hosen meines Herrn eine ziemliche Anzahl Dukaten eingenäht waren, die er sein Lebtag zusammengekratzt hatte.

Als ich aus diesem Anlaß meinen Namen, nämlich Simplizius Simplizissimus, angab, der Musterschreiber (welcher Cyriacus hieß) aber nicht wußte, wie er ihn orthographisch richtig schreiben sollte, sagte er: »Es ist kein Teufel in der Höll, der also heißt.« Und weil ich ihn hierauf geschwind fragte, ob denn einer in der Höll sei, der Cyriacus hieße — worauf er, so klug er sich dünkte, nichts zu antworten wußte —, gefiel das meinem Hauptmann so gut, daß er gleich am Anfang viel von mir hielt.

Wie der Jäger sich anließ, als er anfing, das Soldatenhandwerk zu treiben, einem jungen Soldaten zur Lehre

Weil dem Kommandanten in Soest ein Kerl wie ich im Stall fehlte, sah er nicht gern, daß ich Soldat geworden war. In der Hoffnung, mich doch noch zu bekommen, hielt er meinem Herrn meine Jugend vor und schickte auch nach mir und sagte: »Hör, Jäjerken, du sollst mein Diener werden.«

Ich fragte, was ich da zu verrichten hätte.

Er antwortete: »Du sollst helfen, meine Pferde zu warten.«

»Herr«, sagte ich, »wir sind nicht füreinander, ich hätte lieber einen Herrn, in dessen Dienst die Pferde auf mich warten; weil ich aber keinen solchen haben kann, will ich ein Soldat bleiben.«

Er sagte: »Dein Bart ist noch viel zu klein!«

»O nein«, sagte ich, »ich nehme es mit einem Mann auf, der achtzig Jahre alt ist. Der Bart macht noch keinen Mann, sonst stünden die Böcke in hohen Ehren.«

Er sagte: »Wenn die Courage so groß ist wie das Maulleder, so will ich dich noch passieren lassen.«

Ich antwortete: »Das kann bei nächster Gelegenheit probiert werden.«

Da ließ er mich bleiben, der ich war, und sagte, das Werk würde den Meister loben.

Hierauf machte ich mich hinter die alten Hosen meines Dragoners her, und nachdem ich dieselben anatomiert hatte, schaffte ich mir aus ihrem Eingeweide noch ein gutes Soldatenpferd und das beste Gewehr, das ich kriegen konnte, und alles mußte mir glänzen wie ein Spiegel.

Ich ließ mich von neuem grün kleiden, weil mir der Name Jäger sehr gefiel, mein altes Kleid aber gab ich meinem Jungen, weil mir's zu klein geworden war. So ritt ich mit Begleitung daher wie ein junger Edelmann und dünkte mich wahrhaftig keine Sau zu sein. Da ich überdies so kühn war, meinen Hut mit einem tollen Federbusch zu zieren wie ein Offizier, bekam ich bald Neider; zwischen diesen und mir setzte es spitze Worte und endlich gar Ohrfeigen. Ich hatte aber kaum dem einen oder andern gewiesen, was ich im Paradeis vom Kürschner gelernt hatte, da ließ mich jedermann zufrieden, ja, es suchte ein jeglicher meine Freundschaft.

Wenn's auf Streifzüge ging, und gar, wenn es mit dem Feind zu tun gab, war ich allzeit vorndran. Davon wurde ich bei Freunden und Feinden bekannt und so berühmt, daß beide Teile viel von mir hielten. Daher wurden mir die gefährlichsten Anschläge übertragen und das Kommando über ganze Trupps anvertraut. Da fing ich an, zuzugreifen wie ein Böhm, und wenn ich etwas Namhaftes erschnappte, gab ich meinen Offizieren so reichen Teil davon, daß ich dieses Handwerk auch an verbotenen Orten treiben durfte, weil mir überall durchgeholfen wurde.

Der General Graf von Götz hatte in Westfalen drei feindliche Garnisonen zurückgelassen, nämlich zu Dorsten, Lippstadt und Koesfeld; denen war ich gewaltig lästig, denn ich lag ihnen mit geringen Trupps bald hier, bald dort schier täglich vor den Toren und erhaschte manche gute Beute. Und weil ich überall glücklich durchkam, hielten die Leute von mir, ich könnte mich unsichtbar machen und wäre so fest wie Stahl; danach wurde ich gefürchtet wie die Pest, und dreißig Mann von der Gegenseite schämten sich nicht, vor mir durchzugehen, wenn sie mich mit fünfzehn in der Nähe wußten.

Zuletzt kam es dahin, daß ich überall hingeschickt wurde, wo Abgaben einzutreiben waren; davon wurde mein Beutel so groß wie mein Name. Meine Offiziere und Jäger liebten ihren Jäger, die besten Soldaten der Gegenseite fürchteten mich, und den Landmann hielt ich durch Furcht und Liebe auf meiner Seite; denn ich wußte meine Widersacher zu strafen und jene, die mir nur den geringsten Dienst taten, reichlich zu belohnen. Dabei verspendierte ich beinahe die Hälfte meiner Beute und legte sie auf Erkundigungen an. So verließ kein Streiftrupp und kein Konvoi die feindlichen Posten, ohne daß ich von dem Unternehmen erfuhr. Danach berechnete ich meine Anschläge und führte diese gewöhnlich unter dem Beistand des Glückes so gut durch, daß sich jedweder über meine Jugend verwunderte und mich auch viele Offiziere und brave Soldaten von der Gegenseite zu sehen wünschten. Gegen meine Gefangenen erzeigte ich mich überaus korrekt, so daß sie mich oft mehr kosteten, als meine Beute wert war, und wenn ich einem Gegner, besonders einem Offizier, ohne

Verletzung meiner Pflicht eine Höflichkeit erweisen konnte, unterließ ich's nicht.
Wenn es meine Jugend nicht verhindert hätte, wäre ich zeitlich zum Offizier befördert worden; doch wer in meinem Alter ein Fähnlein haben wollte, mußte von gutem Adel sein. Zudem konnte mich mein Hauptmann nicht befördern, weil bei seiner Kompanie keine Stelle frei war, und einem andern wollte er mich nicht gönnen, weil er an mir mehr als eine Milchkuh verloren hätte; doch wurde ich ein Gefreiter.
Diese Ehre, daß ich alten Offizieren vorgezogen wurde, und das Lob, das ich täglich vernahm, spornten mich zu höheren Dingen an. Ich spekulierte Tag und Nacht, wie ich noch Größeres anstellen könnte, und wünschte mir oft den Trojanischen Krieg oder eine Belagerung wie die zu Ostende, um meinen Mut zu beweisen, und ich Narr bedachte nicht, daß der Krug so lang zum Brunnen geht, bis er einmal zerbricht. Aber es geht nicht anders, wenn ein junger, unbesonnener Soldat Geld, Glück und Courage hat; da folgt Übermut und Hoffart. Und aus solcher Hoffart hielt ich statt eines Jungen zwei Knechte, die ich trefflich herausstaffierte und beritten machte, womit ich mir aller Offiziere Neid aufbürdete.

Wie der Teufel dem Pfaffen seinen Speck gestohlen hat

Ich muß eins der Stücklein erzählen, die mir bei den Dragonern begegnet sind.
Mein Hauptmann wurde mit fünfzig und etlichen Mann zu Fuß in Richtung Recklinghausen kommandiert, um einen Anschlag auszuführen, und weil wir dachten, daß wir uns zuerst etliche Tage versteckt halten müßten, nahm jeder für acht Tage Proviant mit sich. Als aber die reiche Karawane, der wir aufpaßten, nicht zur bestimmten Zeit ankam, ging uns das Brot aus. Wir durften uns aber keins rauben, sonst hätten wir uns selbst verraten; auch hatte ich in jener Gegend keine Kundschafter wie anderswo, die mir und den Meinigen etwas heimlich zugetragen hätten. Wir mußten daher bedacht sein, auf andere Weise zu Futter zu kommen, wenn wir nicht wieder leer heimziehen wollten.
Mein Kamerad, ein Student, der erst kürzlich der Schule entlaufen war, seufzte vergeblich nach den Gerstensuppen, die er bei den Eltern verschmäht hatte. »Ach, Bruder«, sagte er zu mir, »wär's nicht eine Schande, wenn ich mit allen Künsten, die ich studiert habe, nicht einmal mich selber füttern könnte? Bruder, ich weiß, wenn ich nur zum Pfaffen in jenes Dorf gehen könnte, daß es eine vorzügliche Mahlzeit setzte.«

Ich überdachte diese Worte ein wenig, machte einen Plan und trug ihn dem Hauptmann vor. Obwohl die Sache nicht ungefährlich war, so war doch des Hauptmanns Vertrauen zu mir so groß und unsere Lage so schlecht, daß er einwilligte.

Ich tauschte meine Kleider mit einem andern und zottelte mit meinem Studenten auf einem weiten Umweg dem Dorf zu. Dort konnten wir in dem Haus nächst der Kirche leicht den Pfarrhof erkennen, weil er städtisch gebaut war und auf allen Seiten eine Mauer um sich hatte.

Ich hatte meinen Kameraden schon instruiert, was er reden sollte, denn er hatte sein abgeschabtes Studentenkleid noch an. Ich aber gab mich für einen Malergesellen aus, denn ich dachte, ich würde diese Kunst im Dorf kaum zu üben brauchen, weil die Bauern nicht oft gemalte Häuser haben.

Der geistliche Herr war höflich. Als ihm mein Gesell eine tiefe lateinische Reverenz gemacht und einen Haufen dahergelogen hatte, wie ihn die Soldaten auf der Reise geplündert und ihm alle Zehrung geraubt hätten, bot er ihm Brot und Butter und einen Trunk Bier an. Ich aber stellte mich, als ob ich nicht zu ihm gehörte, und sagte, ich wollte im Wirtshaus etwas essen und ihn alsdann rufen, damit wir noch diesen Tag ein Stück Weg hinter uns bringen könnten.

So ging ich dem Wirtshaus zu, mehr um auszuspähen, was ich diese Nacht holen wollte, als um meinen Hunger zu stillen. Ich hatte auch das Glück, daß ich einen Bauern antraf, der seinen Backofen zuklebte, welcher voll großer Pumpernickel war, die vierundzwanzig Stunden da sitzen und ausbacken sollten. Ich machte es beim Wirt kurz, weil ich schon wußte, wo Brot zu bekommen war, und kaufte nur etliche Stuten (eine Art von Weißbrot), um sie meinem Hauptmann zu bringen. Als ich in den Pfarrhof kam, meinen Kameraden zu mahnen, hatte er sich schon gekröpft und dem Pfarrer gesagt, daß ich ein Maler sei und nach Holland wolle, um dort meine Kunst zu vervollkommnen.

Der Pfarrherr hieß mich willkommen und bat mich, mit ihm in die Kirche zu gehen, wo er mir etliche Bilder zeigen wollte, die zu reparieren seien. Um das Spiel nicht zu verderben, mußte ich folgen. Er führte uns durch die Küche, und als er das Nachtschloß an der starken eichenen Tür aufmachte, die auf den Kirchhof ging, o Wunder, da sah ich, daß der schwarze Himmel voller Lauten, Flöten und Geigen hing – ich meine aber die Schinken, Knackwürste und Speckseiten, die sich im Kamin befanden; diese blickte ich fröhlich an, weil sie mir zuzulachen schienen, und wünschte sie zu meinen Kameraden in den Wald. Doch wußte ich so leicht kein Mittel, wie ich sie dem Brot im Backofen zugesellen könnte, weil der Pfarrhof ummauert und alle Fenster mit eisernen Gittern gut verwahrt waren; auch lagen zwei ungeheuer große Hunde im Hof, welche bei Nacht gewiß nicht schlafen würden.

Wie wir nun in die Kirche kamen und mir der Pfarrer etliche von den Gemälden zum Ausbessern geben wollte, ich aber meine Wanderschaft vorschützte, sagte der Mesner oder Glöckner: »Du Kerl, ich sehe dich eher für einen entlaufenen Soldatenjungen als für einen Malergesellen an.« Ich war solche Reden nicht mehr gewohnt und sollte es doch schlucken. So schüttelte ich nur den Kopf ein wenig und antwortete ihm: »O du Kerl, gib mir nur geschwind Pinsel und Farben her, dann will ich dir im Hui einen Narren hinmalen, wie du einer bist!«

Der Pfarrer mußte lachen und sagte zu uns beiden, es gezieme sich nicht, an einem so heiligen Ort einander derart die Wahrheit ins Gesicht zu sagen; womit er zu verstehen gab, daß er uns beiden glaubte.

Der Pfarrer reichte mir und dem Studenten noch einen Trunk, dann ließ er uns ziehen. Ich aber ließ mein Herz bei den Knackwürsten.

Wir kamen noch vor Nacht zu unseren Gesellen, wo ich meine Kleider und mein Gewehr wieder nahm, dem Hauptmann Bericht erstattete und sechs gute Kerle auslas, die helfen sollten, das Brot heimzutragen.

Wir kamen um Mitternacht ins Dorf und holten in aller Stille das Brot aus dem Ofen, weil wir einen bei uns hatten, der die Hunde bannen konnte. Als wir darauf am Pfarrhof vorüber wollten, konnte ich's nicht übers Herz bringen, ohne Speck weiterzuwandern. Ich stand still und überlegte, ob denn gar nicht in des Pfaffen Küche zu kommen sei; doch sah ich keinen anderen Eingang als den Kamin, der für diesmal meine Tür sein mußte. Wir trugen das Brot und unsere Gewehre auf den Kirchhof ins Beinhaus, verschafften uns aus einer Scheune Leiter und Seil, und weil ich so gut wie ein Schornsteinfeger in den Kaminen auf- und absteigen konnte (denn als Junge war ich oft in hohlen Bäumen geklettert), stieg ich mit meinen Kameraden aufs Dach. Ich wickelte meine langen Haare über dem Kopf zu einem Büschel zusammen, ließ mich an einem Ende des Seils zu meinem geliebten Speck hinunter und band einen Schinken nach dem andern und eine Speckseite nach der andern an das Seil, welches einer auf dem Dach fein ordentlich zum Dach hinausfischte und den andern gab, die es ins Beinhaus trugen. Aber Potz Unstern! Als ich gerade Feierabend gemacht hatte und nach oben wollte, brach eine Stange – der arme Simplizius fiel hinunter, und der elende Jäger hatte sich selbst wie in einer Mausefalle gefangen.

Meine Kameraden auf dem Dach ließen das Seil herunter, mich wieder hinaufziehen, aber es zerriß, ehe sie mich vom Boden brachten. Ich dachte:

Nun, Jäger, jetzt mußt du eine Hatz ausstehen, bei der dir das Fell gewaltig geschoren werden wird! Denn der Pfarrer war von meinem Fall erwacht und befahl seiner Köchin, ein Licht anzuzünden.

Sie kam im Hemd zu mir in die Küche, hatte den Rock über der Achsel hängen und stand so nahe neben mir, daß sie mich damit berührte. Sie griff nach einem glühenden Holzstück, hielt das Licht daran und fing an zu blasen. Ich aber blies viel stärker, worüber das gute Mensch so erschrak, daß sie Feuer und Licht fallen ließ und sich zu ihrem Herrn verzog.

So bekam ich Luft, mir zu überlegen, wie ich mir davonhelfen könnte; es wollte mir aber nichts einfallen. Meine Kameraden gaben mir durch den Kamin herunter zu verstehen, daß sie ins Haus einbrechen und mich mit Gewalt herausholen wollten. Ich ließ es aber nicht zu, sondern befahl, sie sollten ihre Gewehre bereithalten, allein einen – nämlich den Springinsfeld – oben beim Kamin lassen und abwarten, ob ich ohne Lärm und Aufruhr davonkommen könnte. Wenn es aber nicht gelänge, sollten sie ihr Bestes tun.

Mittlerweile hatte der Geistliche selbst Licht geschlagen; seine Köchin aber erzählte ihm, daß ein greuliches Gespenst in der Küche sei, welches zwei Köpfe hätte (denn sie hatte vielleicht mein Haarbüschel auch für einen Kopf gehalten). Das hörte ich alles. Ich rieb daher Asche, Ruß und Kohlen in den Händen und machte mich im Gesicht und an den Händen so abscheulich, daß ich gewiß keinem Engel mehr (wie die Klosterfrauen im Paradeis sagten) gleichsah.

Ich fing an, in der Küche schrecklich zu poltern und allerlei Küchengeschirr durcheinanderzuwerfen. Der Kesselring geriet mir in die Finger, den hängte ich an den Hals, den Feuerhaken aber behielt ich in den Händen, um mich im Notfall damit zu wehren. Der Pfarrer ließ sich nicht beirren, sondern kam mit seiner Köchin gleichsam in Prozession daher. Sie trug zwei Wachslichter in den Händen und einen Weihwasserkessel am Arm, er selbst aber war mit Chorrock und Stola bewaffnet und hatte einen Weihwasserwedel in der einen und ein Buch in der anderen Hand. Aus diesem fing er an, mich zu exorzieren, und fragte, wer ich sei und was ich da zu schaffen hätte. Weil er mich nun also für den Teufel selbst hielt, dachte ich, es wäre billig, daß ich auch wie der Teufel täte und löge. Daher antwortete ich: »Ich bin der Teufel und will dir und deiner Köchin den Hals umdrehen!«

Er fuhr mit seinem Exorzismus fort, hielt mir vor, daß ich weder mit ihm noch mit seiner Köchin etwas zu schaffen hätte, und befahl mir im Namen des Allerhöchsten, wieder hinzufahren, wo ich hergekommen sei. Ich aber antwortete mit ganz fürchterlicher Stimme, daß solches unmöglich sei, wenn ich schon gerne wollte.

Indessen trieb Springinsfeld, der ein abgefeimter Erzvogel war, seine seltsamen Kunststücke auf dem Dach. Als er nämlich hörte, was in der Küche vor sich ging und daß ich mich für den Teufel ausgab, heulte er wie eine Eule, bellte wie ein Hund, wieherte wie ein Pferd, meckerte wie ein Geißbock, schrie wie ein Esel und ließ sich durch den Kamin herunter bald wie ein Haufen Katzen hören, bald wie eine Henne, die legen will; denn dieser Kerl konnte alle Tiere nachmachen und so natürlich heulen, als ob ein ganzes Rudel Wölfe beieinander gewesen wäre. Das ängstigte den Pfarrer und seine Köchin aufs höchste, ich aber machte mir ein Gewissen, daß ich mich als Teufel beschwören ließ; für diesen mußte mich der Pfarrer um so eher halten, weil er gelesen haben mochte, daß sich der Teufel gern in grünen Kleidern sehen lasse.

Mitten in allen Ängsten, die uns beiderseits umgaben, wurde ich zum Glück gewahr, daß an der Tür, die auf den Kirchhof ging, nur der Riegel vorgeschoben war. Ich schob diesen geschwind zurück, wischte zur Tür hinaus auf den Kirchhof (wo ich meine Gesellen mit gespannten Hähnen stehen fand) und ließ den Pfaffen Teufel beschwören, solang er immer wollte. Und nachdem Springinsfeld mir meinen Hut vom Dach gebracht und wir unseren Proviant aufgesackt hatten, gingen wir zu unseren Burschen, weil wir im Dorf nichts mehr zu verrichten hatten, außer daß wir die entliehene Leiter samt dem Seil hätten heimliefern sollen.

Die ganze Partei erquickte sich an dem, was wir gestohlen hatten, und es bekam doch kein einziger den Schluckauf davon: so gesegnete Leute waren wir! Auch hatten alle an meiner Fahrt genug zu lachen; nur dem Studenten wollte es nicht gefallen, daß ich den Pfaffen bestohlen hatte, der ihm das Maul so prächtig vollgestopft hatte; ja er schwur hoch und teuer, daß er ihm seinen Speck gern bezahlen würde, wenn er könnte, und fraß doch mit, als ob er dafür bezahlt würde.

Wir lagen noch zwei Tage an jenem Ort, bis diejenigen kamen, denen wir schon so lange aufgepaßt hatten. Wir verloren keinen einzigen Mann beim Angriff und bekamen doch über dreißig Gefangene und so herrliche Beute, wie ich sie nicht zu oft habe teilen helfen.

Ich erhielt doppelten Anteil, weil ich das Beste getan hatte: das waren drei schöne friesländische Hengste, mit Kaufmannswaren beladen, soviel sie in Eile davontragen konnten. Wenn wir Zeit gehabt hätten, die Beute recht zu durchsuchen und in Sicherheit zu bringen, so wäre jeder reich genug geworden; so aber mußten wir mehr stehenlassen, als wir davonbrachten, und uns tummeln, so schnell wir konnten. Wir zogen uns auf Rheine zurück, wo Leute von uns lagen, fütterten dort und teilten die Beute.

In Rheine gedachte ich wieder des Pfaffen, dem ich den Speck gestohlen hatte, nahm einen goldenen Ring mit einem Saphir, den ich auf diesem Streifzug erschnappt hatte, und schickte ihn durch einen treuen Boten meinem Pfarrer, mit folgendem Brieflein:

Wohlerwürdiger Herr, wenn ich dieser Tage im Wald noch zum Leben gehabt hätte, so hätte ich nicht nötig gehabt, E. Wohl-Ehrw. Ihren Speck zu stehlen, wobei Sie vermutlich sehr erschreckt wurden. Ich schwöre, daß Sie diese Angst ohne meine Absicht erlitten, und hoffe daher auf Ihre Vergebung. Was aber den Speck selbst anbelangt, so ist's billig, daß dieser bezahlt werde, schicke derohalben diesen Ring, den diejenigen hergeben, um welcher willen die Speisen ausgenommen werden mußten. Ich bitte E. Wohl-Ehrw., damit vorliebzunehmen, und versichere Ihnen im übrigen, daß Sie allezeit einen dienstfertigen und getreuen Diener haben an dem, den Ihr Mesner für keinen Maler hält und welcher sonst genannt wird

Der Jäger

Dem Bauern aber, welchem wir den Backofen ausgeleert hatten, schickten wir aus unserer Beute sechzehn Reichstaler. Denn ich hatte meine Leute gelehrt, daß man auf solche Art den Landmann auf unsere Seite bringen müsse, weil dieser einen Trupp oft aus allen Nöten erretten, aber auch verraten und zugrunde richten könne.
Von Rheine aus zogen wir nach Münster und von dort nach Hamm und sodann nach Soest in unser Quartier, wo ich nach wenigen Tagen eine Antwort von dem Pfaffen empfing, die also lautete:

Edler Jäger, wenn derjenige, dem Ihr den Speck gestohlen habt, gewußt hätte, daß Ihr ihm in teuflischer Gestalt erscheinen würdet, so hätte er sich nicht so oft gewünscht, den Jäger, von dem so viel im Land gesprochen wird, auch zu sehen. Weil aber das geborgte Fleisch und Brot viel zu teuer bezahlt wurde, ist der erlittene Schrecken leicht zu verschmerzen, und dem berühmten Jäger sei gern verziehen, mit der Bitte, er möge ein andermal ohne Scheu zusprechen bei dem, der sich nicht scheut, den Teufel zu beschwören. Vale.

Wie's der Jäger zu arg trieb

Ich war so auf Ehre und Ruhm versessen, daß ich manche Nacht nicht schlafen konnte, sondern wach lag und neue Listen ersann. Da hatte ich wunderliche Einfälle. So erfand ich eine Art von Schuhen, die man verkehrt anziehen konnte, so daß die Absätze unter den Zehen standen. Davon ließ ich auf meine Kosten an die dreißig verschiedene Paare machen. Wenn ich diese auf einem Streifzug unter meine Burschen austeilte, war's unmöglich, uns aufzuspüren, denn wir trugen bald diese und bald unsere rechten Schuhe an den Füßen, und wenn jemand an einen Ort kam, wo ich die Schuhe wechseln ließ, sah es den Spuren nach aus, als wenn da zwei Parteien zusammengekommen und gemeinsam verschwunden wären. Ich verstand ohnedies meine Spuren so verwirrt anzulegen, daß es unmöglich war, mir nachzujagen. So war ich oft ganz nahe bei den Gegnern, die auszogen, mich in der Ferne zu suchen, und noch öfters etliche Meilen Wegs von dem Busch, den sie umstellten und durchstreiften, um mich zu fangen.

Wenn ich zu Pferd war, ließ ich nicht selten an einem Kreuzweg halten und den Pferden die Eisen verkehrt aufschlagen. Daß ich alle Listen kannte, die man gebraucht, wenn eine schwache Partei für stark oder eine starke für schwach gehalten werden will, brauche ich nicht zu erzählen. Daneben erdachte ich ein Instrument, mit welchem ich in einer windstillen Nacht einen Trompeter auf drei Wegstunden blasen, ein Pferd auf zwei Stunden Wegs wiehern und auf eine Stunde die Menschen reden hören konnte – eine Kunst, die ich sehr geheimhielt und die mir ein ungeheures Ansehen gab. Bei Tag war mir dieses Instrument, das ich neben einem Fernrohr im Hosensack trug, meist nicht so viel nutz, weil man vom Rindvieh an bis zu dem kleinsten Vogel in der Luft und dem Frosch im Wasser alles hörte, was sich in der ganzen Gegend rührte und eine Stimme von sich gab, so daß sich alles zusammen anhörte wie auf einem Markt, wo man vor des einen Geschrei den andern nicht versteht. Ich weiß zwar, daß es bis auf diese Stunde Leute gibt, die mir dieses nicht glauben. Aber sie mögen es glauben oder nicht, es ist doch die Wahrheit: Ich will bei Nacht einen Menschen durch dieses Instrument an seiner gewöhnlichen Stimme erkennen, mag er gleich so weit von mir weg sein, als ihn einer durch ein gutes Fernrohr bei Tag an den Kleidern erkennt.

Ich kann es aber keinem verdenken, wenn er mir nicht glaubt, was ich jetzt schreibe; denn es wollte mir keiner von denen glauben, die es mit Augen sahen, als ich jenes Instrument gebrauchte und sagte: Ich höre Reiter, denn die Pferde sind beschlagen; ich höre Bauern kommen, denn die Pferde gehen barfuß; ich höre Fuhrleute, aber es sind nur Bauern, ich kenne sie an der Sprache; es kommen Musketiere, ungefähr soundso viel, denn ich höre es am Geklapper ihrer Bandeliere; es ist ein Dorf in dieser Richtung, ich höre die Hähne krähen und die Hunde bellen; dort geht eine Herde Vieh, ich höre die Schafe blöken, die Kühe schreien, die Schweine grunzen – und so fort. Meine Kameraden hielten anfangs diese Reden für

Aufschneiderei, und als sie fanden, daß ich jederzeit die Wahrheit sagte, mußte alles Zauberei und mir vom Teufel und seiner Mutter geoffenbart sein. Genau so, glaub ich, wird der Leser auch denken.
Wenn ich nicht auf einen Streifzug durfte, ging ich sonst aus, zu stehlen, und dann waren weder Pferde noch Kühe, weder Schweine noch Schafe in den Ställen vor mir sicher, auch wenn ich sie etliche Meilen weit holen mußte. Große fette Schweinspersonen, die ihrer Faulheit wegen bei Nacht nicht reisen mögen, wußte ich fortzubringen, wenn sie auch grunzten und nicht dranwollten. Ich machte ihnen aus Mehl und Wasser einen wohlgesalzenen Brei, tränkte damit einen Badeschwamm, an welchen ich einen starken Bindfaden gebunden hatte, ließ dann die Schweine den Schwamm voll Mus fressen und behielt den Bindfaden in der Hand, worauf sie ohne ferneren Wortwechsel mit mir gingen und mir die Zeche mit Schinken und Würsten bezahlten. Und wenn ich so etwas heimbrachte, teilte ich sowohl den Offizieren als auch meinen Kameraden getreulich mit; daher durfte ich ein andermal wieder hinaus. Und wenn mein Diebstahl verraten oder ausgekundschaftet wurde, halfen sie mir hübsch durch. Im übrigen dünkte ich mich viel zu gut, die Armen zu bestehlen und Hühner zu fangen und dergleichen geringe Sachen zu mausen.
Dabei fing ich an, nach und nach mit Fressen und Saufen ein epikureisches Leben zu führen, weil ich meines Einsiedlers Lehre vergessen und niemand hatte, der meine Jugend regierte und auf den ich schauen konnte; denn meine Offiziere machten selbst mit, wenn sie bei mir schmarotzten.

Der Jäger von Soest schafft den Jäger von Werle ab

Als ich nun so forthauste und eben im Begriff war, mir einige Teufelslarven und die dazugehörigen schrecklichen Kleidungen mit Roß- und Ochsenfüßen machen zu lassen, um damit die Feinde zu erschrecken, aber auch den Freunden unerkannt das Ihre zu nehmen, verbreitete sich eine leidige Kunde. Ich erfuhr, daß in Werle ein Kerl sich aufhalte, der sich grün kleide und weit und breit im Lande mit Weiberschänden und Plünderungen allerhand Untaten verübe, die man mir zuschrieb, so daß ich übel eingebüßt hätte. Das gedachte ich ihm nicht durchgehen zu lassen, daß er sich meines Namens bediente, unter meiner Gestalt Beute machte und mich dadurch so in Schande brachte.
Ich ließ ihn mit Wissen des Kommandanten in Soest auf Degen oder Pistolen ins freie Feld zu Gast laden. Nachdem er aber das Herz nicht hatte, zum Duell zu erscheinen, ließ ich verkünden, daß ich mich an ihm revan-

chieren wolle, und sollte es zu Werle vor den Augen des Kommandanten geschehen, der ihn nicht strafte. In meiner Wut ließ ich meine Larven liegen, mit denen ich Großes vorgehabt hatte, zerhackte mein ganzes grünes Kleid in kleine Stücke und verbrannte es in Soest öffentlich vor meinem Quartier, obwohl alle meine Kleider, ohne Federn und Pferdezeug, über hundert Dukaten wert waren. Dazu rief ich, daß jeder, der mich fortan Jäger nenne, entweder mich ermorden oder von meinen Händen sterben müsse! Ich wollte auch keine Streife mehr führen (wozu ich ohnedies nicht verpflichtet war, weil ich noch kein Offizier war), ehe ich mich nicht an meinem Widerpart zu Werle gerochen hätte.

So hielt ich mich daheim und tat nichts Soldatisches mehr, außer daß ich meine Wache versah; wurde ich aber einmal irgendwohin kommandiert, so verrichtete ich alles so schläfrig wie irgendein Bärenhäuter. Dies wurde bald in der Gegend bekannt, und die Streiftrupps der Gegenseite wurden so kühn und sicher, daß sie schier täglich vor unseren Schlagbäumen lagen, was ich auf die Länge auch nicht ertragen konnte. Ganz unleidlich aber war mir, daß der Jäger von Werle noch immerzu fortfuhr, sich für mich auszugeben und ziemliche Beute zu machen.

Während nun jedermann meinte, ich hätte mich auf eine Bärenhaut schlafen gelegt, forschte ich das Tun und Lassen meines Gegners aus und erfuhr, daß er mir nicht nur mit dem Namen und in den Kleidern nachäffte, sondern auch bei Nacht heimlich zu stehlen pflegte, wenn er etwas erhaschen konnte. Da erwachte ich unversehens wieder und machte meinen Anschlag.

Meine beiden Knechte hatte ich nach und nach so abgerichtet wie die Wachtelhunde, sie waren mir auch dermaßen treu, daß jeder von ihnen im Notfall für mich durchs Feuer gelaufen wäre. Von diesen schickte ich einen nach Werle zu meinem Gegner. Mein Knecht gab vor, er hätte nicht mehr bei mir bleiben mögen, weil ich, sein gewesener Herr, nunmehr anfinge zu leben wie irgendein feiger Schuft und geschworen hätte, nie mehr auf Streife zu gehen. Nun sei er gekommen, dem anderen zu dienen, weil er auch ein Jägerkleid trüge und als rechtschaffener Soldat gelte; er selbst wisse alle Wege und Stege und könne ihm manch gute Beute verraten.

Der einfältige Narr glaubte meinem Knecht, nahm ihn an und ließ sich überreden, in einer bestimmten Nacht mit seinem Kameraden und dem Knecht zu einer Schäferei zu gehen, um dort etliche fette Hammel zu holen. Dort paßten ich und Springinsfeld mit meinem anderen Knecht schon auf. Den Schäfer hatten wir bestochen, daß er seinen Hund anband und die Ankömmlinge ungehindert in die Scheune eindringen ließ.

Als sie nun ein Loch durch die Wand gemacht hatten, wollte der Jäger von

Werle, mein Knecht sollte gleich als erster hineinschliefen. Doch dieser sagte: »Nein, es möchte jemand drin aufpassen und mir eins vor den Kopf geben. Ich sehe wohl, daß ihr nicht recht mausen könnt; man muß zuerst visitieren!« Zog darauf seinen Degen, hängte seinen Hut an die Spitze, stieß ihn ein paarmal durchs Loch und sagte: »So muß man zuvor sehen, ob einer zu Hause ist!«

Jetzt war der Jäger von Werle selbst der erste, der hineinkroch; aber Springinsfeld packte ihn gleich bei dem Arm, mit dem er den Degen hielt, und fragte ihn, ob er Quartier wolle. Das hörte sein Geselle und wollte durchgehen; weil ich aber nicht wußte, welcher der Jäger war, eilte ich ihm nach und erwischte ihn nach wenigen Sprüngen.

Ich fragte ihn: »Wes Volks?«

Er antwortete: »Kaiserisch.«

Ich fragte: »Wes Regiments? Ich bin auch kaiserisch; ein Schelm, der seinen Herrn verleugnet!«

Der andere antwortete: »Wir sind von den Dragonern aus Soest und wollen ein paar Hammel holen. Bruder, ich hoffe, wenn ihr auch kaiserisch seid, ihr werdet uns passieren lassen.«

Ich fragte: »Wer seid ihr denn aus Soest?«

Jener antwortete: »Mein Kamerad im Stall ist der Jäger.«

»Schelme seid ihr!« sagte ich. »Warum plündert ihr in eurem eigenen Revier? Der Jäger von Soest ist kein solcher Narr, daß er sich in einem Schafstall fangen läßt!«

»Ach, von Werle, wollte ich sagen«, antwortete mir jener. Und während wir so disputierten, kamen mein Knecht und Springinsfeld mit meinem Gegner auch daher.

»Sieh da, du arger Vogel, kommen wir hier zusammen? Wenn ich die kaiserlichen Waffen, die du trägst, nicht respektierte, so wollte ich dir gleich eine Kugel durch den Kopf jagen! Ich bin der Jäger von Soest bisher gewesen, und dich halte ich für einen Schurken, wenn du nicht einen von diesen Degen hier nimmst und dich auf gute Soldatenmanier mit mir mißt!«

Indem legte mein Knecht (der sowohl wie Springinsfeld ein abscheuliches Teufelskleid mit großen Bockshörnern anhatte) uns zwei gleiche Degen vor die Füße, die ich aus Soest mitgenommen hatte, und gab dem Jäger von Werle die Wahl, einen davon zu nehmen. Darüber erschrak der arme Jäger so, daß es ihm erging wie mir zu Hanau, als ich den Tanz verdarb: er machte die Hose so voll, daß schier niemand bei ihm bleiben konnte.

Er und sein Kamerad zitterten wie die nassen Hunde, sie fielen nieder auf die Knie und baten um Gnade! Aber Springinsfeld kollerte wie aus einem hohlen Kessel heraus: »Du mußt nun einmal raufen, oder ich will dir den Hals brechen!«

»Ach, hochgeehrter Herr Teufel, ich bin nicht zum Raufen hierhergekommen, der Herr Teufel erlasse mir das; ich will dafür alles tun, was du willst.« Während er so daherstotterte, gab ihm mein Knecht den einen Degen in die Hand und mir den andern; der Jäger zitterte aber so sehr, daß er ihn nicht halten konnte.

Der Mond schien sehr hell, so daß der Schäfer und sein Gesind alles aus ihrer Hütte sehen und hören konnten. Ich rief den Schäfer herbei, damit ich einen Zeugen hätte. Dieser stellte sich, als ob er die zwei in den Teufelskleidern nicht sähe, und sagte, was ich mit diesen Kerlen lang in seiner Schäferei zanke. Wenn ich etwas mit ihnen hätte, sollte ich's an einem andern Ort ausmachen. Unsere Händel gingen ihn nichts an, er gebe monatlich seine Kontribution und hoffe darum, auf seiner Schäferei in Ruhe zu leben. Zu jenen zweien aber sagte er, warum sie sich nur so von mir foppen ließen und mich nicht niederschlügen.

Ich antwortete: »Du Flegel, sie haben dir deine Schafe stehlen wollen!«

Der Bauer antwortete: »So wollte ich, daß sie mich und meine Schafe am Hintern lecken müßten« und ging weg.

Hierauf drang ich wieder auf das Fechten. Mein armer Jäger aber konnte vor Furcht schier nicht mehr auf den Füßen stehen, so daß er mich dauerte; ja er und sein Kamerad brachten so bewegende Worte vor, daß ich ihm endlich alles verzieh und vergab. Aber Springinsfeld war damit nicht zufrieden. Er zwang den Jäger, daß er drei Schafe (denn so viel hatten sie stehlen wollen) auf den Hintern küßte, und zerkratzte ihm dazu noch so abscheulich das Gesicht, daß es aussah, als ob er mit den Katzen gefressen hätte.

Der Jäger verschwand bald aus Werle, weil er sich viel zu sehr schämte. Sein Kamerad aber sprengte überall aus, daß ich zwei leibhaftige Teufel in meinem Dienst hätte, weshalb ich noch mehr gefürchtet, dafür aber um so weniger geliebt wurde.

Der große Gott Jupiter wird gefangen

Das merkte ich bald; deshalb stellte ich mein gottloses Leben ganz ein. Ich ging zwar wie früher auf Partei, erzeigte mich aber gegen Freunde und Feinde so leutselig und redlich, daß alle, die mir in die Hände kamen, etwas anderes von mir glaubten, als sie gehört hatten.

Ich stellte auch alle überflüssige Verschwendung ein und sammelte mir viele schöne Dukaten und Kleinodien, welche ich da und dort in der Soester Börde in hohlen Bäumen versteckte. Das hatte mir die bekannte Wahrsagerin von Soest geraten, die sagte, daß ich mehr Feinde in dieser Stadt und unter meinem Regiment als außerhalb und in den feindlichen Garnisonen hätte, weil jene mir und meinem Geld nachstellten.

Und während allenthalben das Gerücht ging, der Jäger sei ausgerissen, saß ich denen, die sich darüber freuten, unversehens wieder auf der Haube; und ehe ein Ort recht erfuhr, daß ich an einem anderen Schaden getan hatte, spürte er selbst schon, daß ich noch vorhanden war. Denn ich fuhr herum wie eine Windsbraut und war bald hier, bald dort, so daß man mehr von mir zu sagen wußte als zuvor, als sich noch einer für mich ausgegeben hatte.

Ich saß einmal mit fünfundzwanzig Feuerrohren nicht weit von Dorsten und paßte einem Konvoi mit etlichen Fuhrleuten auf, der nach Dorsten kommen sollte, wobei ich meiner Gewohnheit nach selbst Schildwacht hielt, weil wir dem Feind nahe waren. Da kam ein einzelner, fein ehrbar gekleideter Mann daher, der redete mit sich selbst und fuchtelte dazu mit seinem Rohrstock seltsam herum. Ich konnte nur verstehen, daß er sagte: »Jawohl, ich will die Welt strafen, wenn mir's die Macht des Schicksals nicht verwehrt!« Daraus mutmaßte ich, es möchte etwa ein mächtiger Fürst sein, der so verkleidet umhergehe, um das Leben seiner Untertanen zu erkunden, und der sich nun vorgenommen hatte, sie zu strafen. Ich dachte: Ist dieser Mann vom Feind, so gibt's ein gutes Lösegeld; wo nicht, so willst du ihn höflich behandeln, und wenn du sein Herz gewinnst, kann's dir dein Lebtag wohl bekommen. Ich sprang deshalb hervor, präsentierte mein Gewehr mit aufgezogenem Hahn und sagte: »Der Herr sei so freundlich, vor mir her in den Busch zu gehen, wenn er nicht als Feind behandelt werden will.«

Er antwortete: »Solche Behandlung ist meinesgleichen nicht gewohnt.« Ich aber trieb ihn fort und sagte: »Für diesmal möge sich der Herr in die Zeit schicken.«

Als ich ihn in den Busch zu meinen Leuten gebracht und die Schildwacht wieder besetzt hatte, fragte ich ihn, wer er sei. Er antwortete gar großmütig, es würde mir wenig daran gelegen sein, wenn ich's schon wüßte, aber er sei der große Gott Jupiter. Da wurde ich inne, daß ich anstatt eines Fürsten einen Phantasten gefangen hatte.

Ich wünschte zwar, daß ich diesen Fang nicht getan hätte; weil ich den Narren aber hatte, mußte ich ihn behalten, bis wir weiterzogen. Und da mir ohnedies die Zeit ziemlich lang wurde, sagte ich zu ihm: »Nun denn, mein lieber Jupiter, wie kommt's, daß deine hohe Gottheit ihren himm-

lischen Thron verläßt und zu uns auf die Erde steigt? Vergib mir, o Jupiter, meine fürwitzige Frage, aber wir sind Waldgötter und den himmlischen Göttern auch verwandt.«
»Ich schwöre dir beim Styx«, antwortete Jupiter, »daß du davon nichts erfahren solltest, wenn du meinem Mundschenken Ganymed nicht so ähnlich sähest. Aber seinetwegen lasse ich dich wissen, daß ein großes Geschrei über die Laster der Welt zu mir durch die Wolken gedrungen ist, weshalb in aller Götter Rat beschlossen wurde, ich solle alles, was auf Erden wächst, wieder mit Wasser austilgen. Weil ich aber dem menschlichen Geschlecht besonders gewogen bin, streife ich jetzt herum, der Menschen Tun und Lassen zu erkunden; und obwohl ich alles ärger finde, als ich mir's vorstellte, so bin ich doch nicht gesinnt, alle Menschen zugleich und ohne Unterschied auszurotten, sondern nur diejenigen zu strafen, die zu strafen sind.«
Ich verbiß mein Lachen, so gut ich konnte, und sagte: »Ach, Jupiter, deine Mühe wird wohl umsonst sein. Denn schickst du einen Krieg, so laufen alle bösen, verwegenen Buben mit, welche die friedliebenden, guten Menschen nur quälen werden. Schickst du eine Teuerung, so freuen sich die Wucherer, weil alsdann ihr Korn viel gilt. Schickst du aber ein Sterben, so haben die Geizhälse und alle übrigen Menschen ein gewonnenes Spiel, indem sie hernach viel erben. Du wirst deshalb die ganze Welt mit Butzen und Stiel ausrotten müssen, wenn du strafen willst.«
Jupiter antwortete: »Du redest wie einer, der nicht weiß, was uns Göttern möglich ist. Ich will einen deutschen Helden erwecken, der soll alles mit seinem Schwert vollenden. Er wird alle verruchten Menschen umbringen, die guten aber schonen und erhöhen. Dieses Schwert wird aus dem Material verfertigt sein, aus dem meine Donnerkeile sind, und wenn mein Held nur einen Streich damit in die Luft tut, kann er damit einem ganzen Heer – und wenn es eine Meile weit hinter dem Berg stünde – auf einmal die Köpfe herunterhauen. Nachdem mein Held der Welt den Universalfrieden wieder verschafft hat, werde ich oftmals mit dem ganzen Chor der Götter herunter zu den Deutschen steigen, um mich unter ihren Weinstöcken und Feigenbäumen zu ergötzen. Ich werde Deutschland höher segnen als das glückselige Arabien, Mesopotamien und die Gegend um Damaskus, auch will ich den Deutschen endlich, wie vordem den Römern, die Herrschaft über die ganze Welt zukommen lassen.«
Springinsfeld, der uns zuhörte, hätte den Jupiter schier unwillig gemacht, indem er sagte: »Und alsdann wird's in Deutschland hergehen wie im Schlaraffenland, wo es lauter Muskateller regnet und die Pasteten über Nacht wie die Pfifferlinge wachsen! Da werde ich mit beiden Backen

fressen müssen wie ein Drescher und Malvasier saufen, daß mir die Augen übergehen.«
»Ja freilich«, antwortete Jupiter, »vornehmlich, wenn ich dir die Strafe des ewigen Heißhungers anhängen werde, weil du meine Hoheit verspottest!« Zu mir aber sagte er: »Ich habe gemeint, ich sei unter lauter Waldgöttern, aber jetzt sehe ich wohl, wen ich angetroffen habe. Soll man solchen Verrätern das, was der Himmel beschlossen hat, anvertrauen? Soll man so edle Perlen vor die Säue werfen? Ja freilich, auf den Buckel geschissen anstatt eines Halstuches!«

Der Jäger erjagt abermals Ehre und Beute

Wir durften nicht rechtschaffen lachen, weil wir uns stillhalten mußten und weil's der Phantast nicht gern hatte, so daß Springinsfeld fast zersprungen wäre.
Gerade jetzt meldete unser hoher Wachtposten, den wir auf einem Baum hatten, daß er in der Ferne etwas kommen sehe. Ich stieg auch hinauf und sah durch mein Fernrohr, daß es zwar die Fuhrleute sein müßten, denen wir aufpaßten, daß sie aber niemand zu Fuß, sondern über dreißig Reiter als Geleitschutz bei sich hatten. Da konnte ich mir die Rechnung leicht machen, daß sie nicht oben durch den Wald, wo wir lagen, ziehen würden, sondern daß sie ihren Weg übers freie Feld nehmen würden, wo ich ihnen nichts anhaben konnte. Ich wollte ungern so lange umsonst dort gelegen und nichts als einen Narren erbeutet haben. Deshalb machte ich geschwind einen andern Anschlag, der mir auch glückte.
Von unserer Lagerstelle ging eine Klamm, die bequem zu reiten war, zum Feld hinunter; deren Ausgang besetzte ich mit zwanzig Mann und nahm auch selbst meinen Stand bei ihnen. Den Springinsfeld ließ ich an dem Ort, wo wir zuvor gelegen hatten, in einem Versteck. Ich befahl meinen Burschen, daß jeder, wenn der Konvoi herankomme, seinen Mann genau aufs Korn nehmen sollte, und sagte auch jedem, wer Feuer geben und wer seinen Schuß auf Vorrat im Rohr behalten sollte. Etliche alte Kerle sagten, was ich dächte? Und ob ich wohl meinte, daß der Konvoi an diesen Ort kommen würde, wo sie nichts zu tun hätten und wohin wohl seit hundert Jahren kein Bauer gekommen sei? Andere aber, die glaubten, ich könne zaubern, dachten, ich würde den Feind bannen. Aber ich brauchte dazu keine Teufelskunst, sondern nur den Springinsfeld. Denn als der Konvoi gerade uns gegenüber vorbeipassieren wollte, fing Springinsfeld an zu brüllen wie ein Ochs und zu wiehern wie ein Pferd, daß der Wald widerhallte.

Sobald die Reiter des Geleitschutzes das hörten, gedachten sie Beute zu machen und an diesem Ort etwas zu erschnappen, was es in der ganzen Gegend nicht mehr zu finden gab, weil das Land ziemlich verödet war. Sie ritten so geschwind und unordentlich in unseren Hinterhalt, als wollte jeder der erste sein, sich die ärgste Schlappe zu holen; so kam es, daß gleich beim ersten Willkomm, den wir ihnen gaben, dreizehn Sättel geleert wurden. Hierauf lief Springinsfeld auf sie zu die Klamm herunter und schrie: »Jäger, hierher!« Wodurch die Kerle noch mehr erschreckt und so irr wurden, daß sie weder vorwärts noch rückwärts oder seitwärts zu reiten wußten, absprangen und sich zu Fuß davonmachen wollten. Aber ich bekam sie alle siebzehn, samt dem Leutnant, der sie kommandierte, gefangen. Darauf ging ich auf die Wagen los, spannte vierundzwanzig Pferde aus, bekam aber nur wenig Seidenware und holländisches Tuch – denn ich durfte mir nicht so viel Zeit nehmen, die Toten zu plündern, geschweige die Wagen recht zu durchsuchen; darum nämlich, weil sich die Fuhrleute zu Pferd gleich aus dem Staub gemacht hatten, als die Aktion anfing, so daß ich zu Dorsten verraten und unterwegs abgefangen werden konnte.

Als wir nun aufgepackt hatten, lief Jupiter auch aus dem Wald und rief, ob ihn denn sein Ganymed verlassen wolle. Ich mußte lachen, und weil ich ohnedies ledige Pferde hatte, ließ ich ihn aufsitzen; da er aber nicht besser reiten konnte als eine Nuß, mußte ich ihn aufs Pferd binden lassen.

Wie nun alles vorüber war und wir mit unseren Gefangenen davonjagten wie die Post, fiel es dem gefangenen Leutnant erst aufs Herz, was er für einen groben Fehler begangen hatte, daß er nämlich einen so schönen Trupp Reiter dem Feind so unvorsichtig in die Hände geführt und dreizehn so brave Kerle auf die Schlachtbank geliefert hatte. Er fing daher an, desperat zu werden, und kündigte mir das Quartier wieder auf, das ich ihm gegeben hatte; ja er wollte mich zwingen, ihn totschießen zu lassen. Denn er bedachte, daß ihm sein Versehen nicht nur große Schande bringen, sondern auch seine weitere Beförderung verhindern würde, wofern es nicht gar dazu käme, daß er den Schaden mit dem Kopf bezahlen müßte. Ich aber sprach ihm zu und hielt ihm vor, daß das unbeständige Glück schon manchem rechtschaffenen Soldaten seine Tücken gezeigt habe; ich hätte aber noch keinen gesehen, der deswegen ganz verzweifelt sei. Tapfere Soldaten gedächten, empfangene Schäden ein andermal wieder einzubringen. Mich würde er nimmermehr dahin bringen, daß ich das Kartell verletzte und eine so schändliche Tat gegen alle Gewohnheit löblicher Soldaten beginge. Da er nun sah, daß ich nicht dranwollte, fing er an,

mich zu schmähen, um mich in Zorn zu bringen. Er sagte, ich hätte nicht redlich mit ihm gefochten, sondern wie ein Schurke aus dem Hinterhalt gemordet. Da erschraken seine eigenen Burschen, die wir gefangen hatten, gewaltig; die meinigen aber ergrimmten so sehr, daß sie ihn wie ein Sieb durchlöchert hätten, wenn ich nicht mit aller Macht abgewehrt hätte.
Ich aber nahm Freund und Feind zum Zeugen dessen, was geschah, und ließ den Leutnant als einen Unsinnigen binden. Dabei versprach ich ihm, ihn in unserer Stellung mit einem guten Pferd und meinen besten Waffen auszustaffieren und, wenn es meine Offiziere erlaubten, in einem öffentlichen Duell mit ihm auszutragen, ob es Soldatenrecht sei, im Krieg gegen seinen Feind Betrug zu üben. Warum sei er nicht bei seinen Wagen geblieben, für die er bestellt war? Und wenn er ja hätte sehen wollen, was im Walde steckte, warum habe er nicht zuvor rechtschaffen rekognoszieren lassen? Das hätte ihm besser angestanden, als jetzt solche Narrenpossen anzufangen.
Da gaben mir beide, Freund und Feind, recht. Sie sagten, sie hätten unter hundert Parteigängern nicht einen angetroffen, der auf solche Schmähworte nicht nur den Leutnant totgeschossen, sondern auch alle Gefangenen mit der Leich geschickt hätte.
Am andern Morgen brachte ich meine Beute und die Gefangenen glücklich nach Soest und bekam mehr Ehre und Ruhm von diesem Streifzug als je zuvor. Jeder sagte: »Dies gibt wieder einen jungen Johann de Werd!«, was mich gewaltig kitzelte.
Mit dem Leutnant Kugeln zu wechseln oder zu raufen wollte der Kommandant aber nicht zugeben, denn er sagte, ich hätte ihn schon zweimal überwunden.

Wie er im Trog den Teufel fand, Springinsfeld aber schöne Pferde erwischte

Meinen Jupiter konnte ich nicht loswerden, denn der Kommandant begehrte ihn nicht — weil nichts an ihm zu rupfen war —, sondern schenkte ihn mir. Und so bekam ich einen eigenen Narren, nachdem ich noch das Jahr zuvor selbst einen solchen hatte abgeben müssen. So wunderlich ist das Glück, und so veränderlich ist die Zeit! Vor einem halben Jahr diente ich einem armseligen Dragoner als Junge, nun aber besaß ich zwei Knechte, die mich Herr hießen. So wurde ich beizeiten gewahr, daß nichts Beständigeres in der Welt ist als die Unbeständigkeit, und mußte fürchten, daß mir das Glück, wenn es einmal seine Mucken an mir ausließe, meine jetzige Hoffart gewaltig eintränken würde.

Damals zog der Graf von der Wahl, als Gouverneur des westfälischen Kreises, aus allen Garnisonen einige Truppen zusammen, um einen Streifzug durch das Stift Münster zu tun und dabei vor allem zwei Kompanien hessischer Reiter auszuheben, welche zwei Meilen von Padeborn lagen und den Unsrigen viel Dampf machten. Ich wurde unter unsern Dragonern mitkommandiert, und während sich die Truppen bei Hamm sammelten, rückten wir schnell vor und berannten das schlechtverwahrte Städtchen, in dem die Reiter Quartier genommen hatten. Sie versuchten auszubrechen, wir jagten sie aber wieder zurück in ihr Nest. Es wurde ihnen angeboten, sie ohne Pferd und Gewehr, jedoch mit dem, was der Gürtel umschließe, passieren zu lassen. Aber sie gingen nicht darauf ein, sondern wollten sich mit ihren Karabinern und Musketen wehren. So kam's dazu, daß ich noch dieselbe Nacht mein Glück im Stürmen probieren mußte. Es gelang mir so gut, daß ich mit Springinsfeld bei den ersten war, die ins Städtlein kamen.

Wir leerten die Gassen bald, weil niedergemacht wurde, was Waffen trug, und die Bürger sich nicht hatten wehren wollen. So ging's über die Häuser her.

Springinsfeld sagte, wir müßten uns ein Haus mit einem großen Misthaufen vornehmen, weil in diesen die reichsten Käuze zu sitzen pflegten, bei denen man gewöhnlich die Offiziere einlogierte. Darauf wählten wir ein solches aus. Springinsfeld wollte den Stall, ich aber das Haus visitieren, wobei wir uns absprachen, daß jeder dasjenige, was er bekäme, mit dem andern teilen sollte.

Und so zündete jeder seinen Wachsstock an.

Ich rief nach dem Vater im Haus, kriegte aber keine Antwort, weil sich jedermann versteckt hatte. In einer Kammer, in die ich geriet, fand ich nichts als ein leeres Bett und eine verschlossene Truhe. Die hämmerte ich auf, in der Hoffnung, etwas Kostbares zu finden. Aber als sich der Deckel auftat, erhob sich vor mir ein kohlschwarzes Ding, das ich für Luzifer selbst ansah: Ich kann darauf schwören, daß ich mein Lebtag noch nicht so erschrocken bin wie damals, als ich diesen schwarzen Teufel so unversehens erblickte.

»Daß dich dieser und jener erschlag!« sagte ich in meinem Schrecken und zückte die Axt, mit der ich die Truhe aufgemacht hatte, und hatte doch das Herz nicht, sie ihm in den Kopf zu hauen. Er aber kniete nieder, hob die Hände auf und sagte: »Min leve Herr, ick bitte ju doer Gott, schinckt mi min Levent!«

Da hörte ich erst, daß es kein Teufel war, weil er von Gott redete und um sein Leben bat. So sagte ich denn, er solle machen, daß er aus der Truhe komme. Er gehorchte und ging mit mir, so nackend, wie ihn Gott erschaffen hatte. Ich schnitt ein Stück von meinem Wachs und gab's ihm, mir zu leuchten. Das tat er und führte mich in ein Stüblein, wo ich den Hausvater fand, der samt seinem Gesind dies lustige Schauspiel ansah und mit Zittern um Gnade bat. Die erhielt er leicht, weil wir den Bürgern ohnedies nichts tun durften und er mir des Rittmeisters Bagage aushändigte, unter der ein ziemlich wohlgespicktes, verschlossenes Felleisen war. Dabei berichtete er, daß der Rittmeister mit seinen Leuten – bis auf einen Knecht und den Mohren – sich zu wehren auf Posten gegangen sei.

Inzwischen hatte Springinsfeld den Knecht mit sechs gesattelten schönen Pferden im Stall erwischt. Diese stellten wir ins Haus und verriegelten es. Der Mohr durfte sich anziehen, den Wirt aber ließen wir auftragen, was er für den Rittmeister hatte zurichten müssen. Als aber die Tore geöffnet, die Posten besetzt und unser Generalfeldzeugmeister, Herr Graf von der Wahl, eingelassen wurde, nahm er sein Logis in ebendemselben Haus, darin wir uns befanden. Darum mußten wir bei finsterer Nacht wieder ein anderes Quartier suchen.

Das fanden wir bei unseren Kameraden, die mit uns das Städtchen gestürmt hatten. Bei denen ließen wir's uns wohl sein und brachten den übrigen Teil der Nacht mit Fressen und Saufen zu, nachdem ich und Springinsfeld miteinander unsere Beute geteilt hatten. Ich für mein Teil bekam den Mohren und die zwei besten Pferde, unter denen ein spanisches war, mit dem ich später nicht wenig prangte. Aus dem Felleisen aber kriegte ich verschiedene kostbare Ringe sowie, in einer goldenen, mit Rubinen besetzten Kapsel, ein Bildnis des Prinzen von Oranien; alles übrige ließ ich dem Springinsfeld. Dabei kam ich, wenn ich alles halb verschenkt hätte, mit den Pferden und allem über die zweihundert Dukaten. Für den Mohren aber, der mich am allersauersten angekommen war und den ich dem Generalfeldzeugmeister zum Präsent machte, wurden mir von diesem nicht mehr als zwei Dutzend Taler verehrt.

Von da zogen wir schnell an die Ems, richteten aber wenig aus; und weil sich's eben traf, daß wir auch in die Nähe von Recklinghausen kamen, nahm ich mir die Erlaubnis, meinen Pfaffen aufzusuchen, dem ich zuvor den Speck gestohlen hatte. Mit diesem machte ich mich lustig und erzählte ihm, daß mir der Schrecken, den er und seine Köchin neulich erlitten, von dem Mohren wieder eingetränkt worden sei. Auch verehrte ich ihm zum Abschied eine schöne schlagende Halsbanduhr, die ich in dem Felleisen des Rittmeisters gefunden hatte. Auf solche Weise pflegte ich allerorten diejenigen zu Freunden zu machen, die sonst Ursache gehabt hätten, mich zu hassen.

Ein ungleicher Kampf, bei welchem der Schwächere siegt und der Sieger gefangen wird

Meine Hoffart vermehrte sich mit meinem Glück, was am Ende zu meinem Fall führen mußte.

Wir kampierten ungefähr eine halbe Stunde von Rehnen, als ich mit meinen besten Kameraden die Erlaubnis erbat, in das Städtlein zu gehen, um etwas an unseren Gewehren flicken zu lassen.

Weil wir uns aber einmal rechtschaffen miteinander lustig machen wollten, kehrten wir im besten Wirtshaus ein und ließen Spielleute kommen, die uns Wein und Bier hinuntergeigen mußten. Da ging's hoch her, und es wurde nichts unterlassen, was dem Geld weh tun konnte; ja ich lud Burschen von andern Regimentern zu Gast und stellte mich nicht anders als wie ein junger Prinz, der Land und Leute besitzt und alle Jahr ein großes Geld zu verzehren hat.

Daher wurde uns auch besser aufgewartet als einer Gesellschaft Reiter, die gleichfalls dort zehrte, weil's jene nicht so toll hergehen ließen. Das verdroß sie, und sie fingen an, gegen uns zu sticheln. »Woher kommt's«, sagten sie untereinander, »daß diese Zaunhupfer so mit ihren Hellern protzen?« Sie hielten uns nämlich für Musketiere, zumal kein Tier in der Welt ist, das einem Musketier ähnlicher sieht als ein Dragoner, und wenn ein Dragoner vom Pferd fällt, so steht ein Musketier wieder auf. Einer antwortete: »Jener Säugling ist gewiß ein Strohjunker, dem seine Mutter etliche Milchpfennige geschickt hat, die er jetzt seinen Kameraden spendiert, damit sie ihn später irgendwo aus dem Dreck ziehen oder über einen Graben tragen.« Mit diesen Worten zielten sie auf mich, denn sie hielten mich für einen jungen Edelmann.

Das wurde mir durch die Kellnerin hinterbracht. Weil ich's aber nicht selbst gehört hatte, konnte ich nichts anderes dazu tun, als daß ich ein großes Bierglas voll Wein schenken und dieses unter einem solchen Lärm herumgehen ließ, daß keiner sein eigenes Wort hören konnte.

Das verdroß sie noch mehr, deswegen sagten sie laut: »Was, Teufel, haben doch die Zaunhüpfer für ein Leben!«

Springinsfeld antwortete: »Was geht's die Stiefelschmierer an?« Das ging ihm hin, denn er sah so gräßlich drein und machte so grausame und bedrohliche Mienen, daß sich keiner an ihm zu reiben wagte.

Doch stieß es ihnen wieder auf, und einer, ein ansehnlicher Kerl, sagte: »Und wenn sich die Mauerscheißer auf ihrem Mist nicht so breitmachen dürften, wo wollten sie sich dann sehen lassen? Man weiß doch, daß wir sie, wie der Stoßfalk die Tauben, in offener Feldschlacht allesamt kriegen!«

Ich antwortete ihm: »Wir müssen Städte und Festungen einnehmen, und diese werden uns auch zur Verwahrung anvertraut, während ihr Reiter auch vor dem geringsten Rattennest keinen Hund hinterm Ofen hervorlocken könnt.«

Der Reiter antwortete: »Wer Meister im Feld ist, dem folgen die Festungen. Daß wir aber die Feldschlachten gewinnen müssen, folgt aus dem, daß ich drei Kinder, wie du eins bist, mitsamt ihren Musketen an den Hut stecken möchte. Und säße ich nur bei dir«, sagte er höhnisch, »so wollte ich dem Junker zur Bestätigung der Wahrheit ein paar Dachteln geben!«

Ich antwortete ihm: »Obwohl ich kein Reiter, sondern nur ein Zwitter zwischen einem solchen und einem Musketier bin, schau, so hat doch ein Kind das Herz, mit seiner Muskete allein einem Prahler zu Pferd, wie du einer bist, mit all seinen Waffen im freien Feld zu Fuß gegenüberzutreten.«

»Ich halte dich für einen Schelm«, sagte der Kerl, »wenn du nicht alsbald wie ein Redlicher von Adel zu deinen Worten stehst.«

Da warf ich ihm einen Handschuh zu und sagte: »Siehe da, wenn ich diesen nicht im freien Feld durch meine Muskete zu Fuß wieder von dir hole, so magst du mich für das ausschreien, was du mich in deiner Vermessenheit gescholten hast.«

Hierauf zahlten wir dem Wirt, und der Reiter machte seinen Karabiner und seine Pistolen, ich aber meine Muskete fertig. Während er mit seinen Kameraden zu dem bestimmten Ort ritt, sagte er zu meinem Springinsfeld, er solle mir nur gleich das Grab bestellen; worauf ihm Springinsfeld zur Antwort gab, eben dieses möge er für sich seinen eigenen Kameraden befehlen. Mir aber verwies er meine Frechheit und sagte unverhohlen, er fürchte, ich pfeife auf dem letzten Loch.

Ich hingegen lachte, weil ich mir schon längst zurechtgelegt hatte, wie ich einem wohlgerüsteten Reiter begegnen müßte, wenn mich einmal einer im weiten Feld feindlich angreifen sollte. Als wir nun an den Ort kamen, wo der Betteltanz angehen sollte, hatte ich meine Muskete bereits mit zwei Kugeln geladen und frisches Zündkraut aufgeschüttet.

Ehe wir nun aufeinandergingen, stellten unsere Kameraden die Bedingungen fest. Wir sollten, der eine von Osten, der andere von Westen, in ein umzäuntes Feld eintreten, und dann möge jeder sein Bestes tun, wie ein Soldat, der seinen Feind vor Augen kriegt. Auch sollte sich keine der beiden Parteien unterstehen, ihrem Kameraden während des Kampfes zu helfen oder nachher dessen Tod oder Verletzung zu rächen. Als sie dies einander mit Mund und Hand versprochen hatten, gaben ich und mein Gegner einander auch die Hände, und es verzieh einer dem andern seinen Tod. Und

bei dieser allerunsinnigsten Torheit, welche ein vernünftiger Mensch ersinnen kann, hoffte ein jeder, seiner Waffengattung den Preis zu erringen, als ob deren Ehre und Ansehen von dem Ausgang unseres teuflischen Beginnens abgehangen hätte.
Als ich nun an dem mir bestimmten Ende mit brennender Lunte in das Feld trat und meinen Gegner vor Augen sah, stellte ich mich, als ob ich das alte Zündkraut abschüttete; ich tat's aber nicht, sondern schüttete Zündpulver nur auf den Deckel meiner Zündpfanne, und ehe ich das Weiße in den Augen meines Gegners sehen konnte, schlug ich auf ihn an und brannte mein falsches Zündkraut auf dem Deckel der Pfanne blind weg. Mein Gegner meinte, die Muskete hätte mir versagt und das Zündloch wäre mir verstopft, und sprengte daher mit einer Pistole in der Hand geradewegs auf mich los, um mir meinen Frevel zu bezahlen. Aber ehe er sich's versah, hatte ich die Pfanne offen und hieß ihn dergestalt willkommen, daß Knall und Fall eins war.
Ich zog mich hierauf zu meinen Kameraden zurück, die mich am liebsten geküßt hätten. Die seinigen lösten ihn aus seinem Stegreif. Gegen uns aber handelten sie wie redliche Kerle und schickten mir auch meinen Handschuh mit großem Lob wieder zu.
Aber als ich meine Ehre am größten glaubte, kamen fünfundzwanzig Musketiere aus Rehnen, welche mich und meine Kameraden gefangennahmen. Ich für mein Teil wurde alsbald in Ketten geschlossen und der Generalität überschickt, weil alle Duelle bei Leib- und Lebensstrafe verboten waren.

Der Generalfeldzeugmeister schenkt dem Jäger das Leben

Da unser Generalfeldzeugmeister strenge Kriegsdisziplin zu halten pflegte, fürchtete ich, meinen Kopf zu verlieren; doch hatte ich noch Hoffnung davonzukommen, weil ich mir bereits in so blühender Jugend den Ruf großer Tapferkeit erworben hatte. Aber diese Hoffnung war schon deshalb äußerst unsicher, weil der täglichen Händel halber ein Exempel statuiert werden sollte.
Die Unsrigen hatten eben damals ein festes Nest berannt und zur Übergabe auffordern lassen, aber eine abschlägige Antwort bekommen, weil der Feind wußte, daß wir kein grobes Geschütz führten. Deshalb rückte unser Graf von der Wahl mit dem ganzen Korps vor den Ort, verlangte durch einen Trompeter abermals die Übergabe und drohte zu stürmen. Es erfolgte aber nichts als dieses Schreiben:

Hochwohlgeborener Graf, aus dem durch Eure Gräfl. Exzellenz an mich Abgesandten habe ich vernommen, was Sie im Namen der Röm. Kais. Majestät von mir wünschen. Nun wissen aber Euer Hoch-Gräfliche Exzellenz, wie übel es einem Soldaten anstehen würde, wenn er einen solchen Ort dem Gegner ohne besondere Not einhändigte. Weswegen Sie mir hoffentlich nicht verdenken werden, wenn ich verharre, bis die Waffen Euer Exzellenz dem Ort zusprechen. Kann aber meine Wenigkeit E. Exzellenz außerhalb meiner Dienstpflicht in irgend etwas gehorsamen, so werde ich sein

E. Exzell.

Allerdienstwilligster Diener
N. N.

Hierauf wurde in unserm Lager unterschiedlich über den Ort diskutiert. Ihn liegenzulassen war gar nicht ratsam; zu stürmen ohne eine Bresche hätte viel Blut gekostet und wäre auch eine unsichere Sache gewesen. Hätte man aber erst die Geschütze und alles, was dazugehörte, von Münster oder Hamm herholen lassen, so hätte das viel Mühe, Zeit und Unkosten verursacht.

Während nun so von den Großen und Kleinen beratschlagt wurde, fiel mir ein, ich sollte mir diese Gelegenheit zunutze machen. Also nahm ich meinen Witz zusammen und überlegte, wie man den Feind betrügen könnte. Und weil mir gleich etwas einfiel, ließ ich meinen Obristleutnant wissen, daß ich einen Plan hätte, wie der Ort ohne Mühe und Kosten zu bekommen wäre, wenn ich nur Pardon erhielte.

Etliche alte Soldaten lachten darüber und sagten: »Der gute Gesell gedenkt sich vom Strick loszuschwätzen!« Aber der Obristleutnant selbst und andere, die mich kannten, nahmen meine Rede an wie einen Glaubensartikel.

Der Obristleutnant ging selbst zum Generalfeldzeugmeister und teilte ihm mein Anerbieten mit, wobei er allerlei Dinge, die er über mich wußte, erzählte. Weil nun der Graf auch zuvor schon von mir gehört hatte, ließ er mich vor sich bringen und solange meiner Bande entledigen.

Der Graf hielt eben Tafel, als ich hinkam. Mein Obristleutnant erzählte ihm, wie im letzten Frühling, als ich eben an der Sankt-Jakobs-Pforte zu Soest die erste Stunde Schildwacht stand, unversehens ein starker Platzregen mit Donner und Sturmwind gekommen sei, weshalb sich jedermann aus dem Feld und den Gärten in die Stadt rettete; und weil das Gedränge der Laufenden und Reitenden ziemlich dick wurde, hätte ich gleich den Verstand gehabt, die Wache zu den Waffen zu rufen, weil bei einem solchen Auflauf eine Stadt am besten einzunehmen sei. »Zuletzt«, sagte der Obristleutnant, »kam ein altes Weib ganz tropfnaß daher, das sagte, als es eben beim Jäger vorbeizog: ›Ja, ich hab dies Wetter schon vierzehn Tag in meinem Rucken stecken gehabt!‹ Als der Jäger dies hörte, klopfte er ihr mit einem Stecken, den er eben in der Hand hielt, auf den Buckel und sagte: ›Du alte Hex, hast du's nicht eher herauslassen können? Hast du warten müssen, bis ich anfing, Schildwacht zu stehen?‹«

Darüber mußte der Generalfeldzeugmeister, der sonst ein ernsthafter Mann war, herzlich lachen. Ich aber dachte: Erzählt der Obristleutnant dem Grafen solche Narrenpossen, so hat er ihm gewiß auch nicht verschwiegen, was ich sonst angestellt habe.

Ich wurde vorgelassen, und der Generalfeldzeugmeister fragte mich, was ich vorzubringen hätte. Ich antwortete: »Gnädiger Herr, obzwar mein Verbrechen und das Gebot Euer Exzellenz, mir das Leben abzusprechen, gewiß ist, so heißt mich doch meine alleruntertänigste Treue gegen die Kaiserliche Majestät, dem Feind Abbruch zu tun.«

Der Graf fiel mir in die Rede und sagte: »Hast du mir nicht neulich den Mohren gebracht?«

Ich antwortete: »Ja, gnädiger Herr!«

Da sagte er: »Wohl, dein Fleiß und deine Treue mögen vielleicht dafür sprechen, dir das Leben zu schenken. Was hast du aber für einen Plan, den Feind ohne besonderen Verlust an Zeit und Mannschaft aus diesem Ort zu bringen?«

Ich antwortete: »Weil der Ort vor grobem Geschütz nicht bestehen kann, so hält meine Wenigkeit dafür, der Feind würde bald beigeben, wenn er nur glaubte, daß wir Stücke bei uns haben.«

»Das hätte mir jeder Narr gesagt«, antwortete der Graf. »Wer wird sie aber dazu bringen, das zu glauben?«

Ich antwortete: »Ihre eigenen Augen. Ich habe ihre Hochwacht mit meinem Fernrohr gesehen: die kann man betrügen. Wenn man nur etliche Baumstämme, in der Art der Brunnenrohre, auf Wagen lädt und mit starkem Gespann ins Feld führt, dann werden sie schon glauben, es seien große Geschütze; besonders wenn Euer Gräfliche Exzellenz Erde aufwerfen läßt, als wollte man die Geschütze dort aufpflanzen.«

»Mein liebes Bürschlein«, antwortete der Graf, »es sind keine Kinder, sie werden diesem Spiegelfechten nicht glauben, sondern die Stücke auch hören wollen. Und wenn dann der Possen nicht gelingt«, sagte er zu den umstehenden Offizieren, »so werden wir vor aller Welt verspottet.«

Ich antwortete: »Gnädiger Herr, ich will schon Geschütze in ihren Ohren klingen lassen, wenn man nur ein paar Doppelbüchsen und ein ziemlich großes Faß haben kann. Und sollte man wider Erwarten nur Spott damit ernten, so werde ich, der Erfinder, weil ich ohnedies sterben muß, diesen Spott mit mir dahinnehmen.«

Der Graf wollte nicht daran, doch mein Obristleutnant versicherte ihm, daß ich in dergleichen Sachen so viel Glück habe, daß er nicht im geringsten am Gelingen zweifle. Da befahl ihm der Graf, die Sache ins Werk zu setzen.

Also wurden drei vortreffliche Baumstämme beschafft und vor jeden vierundzwanzig Pferde gespannt, obwohl zwei genug gewesen wären; diese führten wir gegen Abend dem Feind vors Gesicht. Indessen hatte ich auch drei Doppelbüchsen und ein Pulverfaß, das wir von einem Schloß bekamen, hergerichtet. Den Doppelbüchsen gab ich doppelte Ladung und ließ sie, als es Nacht geworden war, durch das Faß, dessen vorderer Boden entfernt worden war, losgehen. Das donnerte dermaßen, daß jedermann Stein und Bein geschworen hätte, es wären schwere Geschütze gewesen.

Unser Generalfeldzeugmeister mußte über das Gaukelspiel lachen und ließ dem Feind abermals den Abzug anbieten; wenn sie sich aber — so fügte er hinzu — nicht noch diesen Abend bequemen würden, dann sollte es ihnen morgen nicht mehr so gut ergehen. Darauf wurden alsbald von beiden Seiten Geiseln geschickt, das Abkommen wurde geschlossen und uns noch in der Nacht ein Tor der Stadt übergeben.

Das kam mir trefflich zugute. Der Graf schenkte mir nicht allein das Leben, sondern ließ mich noch in dieser Nacht auf freien Fuß stellen und befahl dem Obristleutnant in meiner Gegenwart, daß er mir das erste Fähnlein, das frei würde, geben sollte.

Das Glück macht dem Jäger ein fürstliches Geschenk

Es begegnete mir auf diesem Marsch nichts Merkwürdiges mehr. Als ich aber wieder nach Soest kam, hatten mir die lippstädtischen Hessen meinen Knecht, den ich bei meiner Bagage im Quartier gelassen hatte, samt einem Pferd auf der Heide weggefangen. Von meinem Knecht erkundeten sie mein Tun und Lassen, und als sie erfuhren, daß ich nicht zaubern könne, hielten sie noch mehr von mir als zuvor. Er erzählte ihnen auch, daß er einer von den Teufeln gewesen sei, die den Jäger von Werle so erschreckt hatten. Als jener Jäger davon erfuhr, schämte er sich so sehr, daß er abermals Reißaus nahm und von Lippstadt zu den Holländern lief.

Ich hielt mich jetzt besser als früher, weil ich die stolze Hoffnung hatte, bald ein Fähnlein zu haben. Ich gesellte mich immer mehr zu den Offi-

zieren und den jungen Edelleuten, die auf dasselbe spannten, was ich in Bälde zu kriegen mir einbildete; diese waren deswegen meine ärgsten Feinde und stellten sich doch als meine besten Freunde.
Der Obristleutnant war mir nicht grün, weil er Befehl hatte, mich vor seinen Verwandten zu befördern, deren er genug hatte. Mein Hauptmann war mir darum abhold, weil ich mit Pferden, Kleidern und Waffen viel prächtiger ausgerüstet war als er. Und mein Leutnant haßte mich eines einzigen unbedachten Wortes wegen. Das fügte sich so. Wir waren bei dem letzten Unternehmen auf eine gefährliche Wache kommandiert. Als nun das Schildwachthalten an mir war (was liegend geschehen mußte, obwohl es stockfinstere Nacht war), kroch der Leutnant wie eine Schlange auf dem Bauch zu mir und fragte: »Schildwacht, merkst du was?« Ich antwortete: »Ja, Herr Leutnant.« – »Was da? Was da?« sagte er. Ich antwortete: »Ich merke, daß der Herr sich fürchtet.« Von dieser Zeit an hatte ich keine Gunst mehr bei ihm, und wo es am ungeheuerlichsten war, wurde ich zuerst hingeschickt. Was aber die gemeinen Soldaten anging, die fingen auch an, in ihrer Freundschaft unsicher zu werden, weil es das Ansehen hatte, als ob ich sie verachtete, indem ich mich mehr zu den großen Hansen gesellte.
Ich aber lebte dahin wie ein Blinder, weil keiner mir sagte, wie jedermann gegen mich gesinnt war, und wurde immer hoffärtiger. Obzwar ich schon wußte, daß es manchen verdroß, scheute ich mich doch nicht, ein Koller von sechzig Reichstalern, scharlachfarbene Hosen und weiße atlassene Ärmel, überall mit Gold und Silber verbrämt, zu tragen, welches damals eine Tracht der höchsten Offiziere war. Auch putzte ich mein Pferd mit Sattel, Zaumzeug und Waffen dermaßen heraus, daß ich wie der Ritter Sankt Georg daherkam.
Wiewohl ich damals noch nichts nach dem Weibervolk fragte, so ging ich doch gleichwohl mit denen vom Adel, wenn sie irgendwo Jungfrauen besuchten; denn es gefiel mir, mich sehen zu lassen und mit meinen schönen Haaren, Kleidern und Federbüschen zu prangen.
Ich hatte zwei schöne Pferde, die waren meine größte Freude. Mit denen ritt ich alle Tage auf die Reitschule oder, wenn ich sonst nichts zu tun hatte, spazieren, damit die Leute sehen sollten, daß die schönen Kreaturen mir gehörten. Wenn ich dann so durch eine Gasse daherstolzierte oder vielmehr das Pferd mit mir dahintanzte, sagte das alberne Volk zueinander: »Seht, das ist der Jäger! Ach, welch ein schönes Pferd! Ach, welch schöner Federbusch!« oder: »Min God, wat vor en prave Kerl is mi dat!«
Meine Gewohnheit war, wenn ich herumstreifte, daß ich alle Wege und Stege, alle Gräben, Moraste, Büsche und Hügel beritt und sie meinem

Gedächtnis einprägte, damit ich mir, wenn es einmal zu Scharmützel mit dem Feind kommen würde, die Gegebenheiten der Gegend zunutze machen könnte.

Zu diesem Zweck ritt ich einmal unweit der Stadt an einem alten Gemäuer vorüber, auf dem vorzeiten ein Haus gestanden hatte. Dies schien mir ein gelegener Ort, darin aufzupassen oder auch, wenn wir Dragoner von Reitern gejagt werden sollten, dorthin zu flüchten. Ich ritt in den Hof, dessen Gemäuer ziemlich verfallen war, um zu sehen, ob man sich im Notfall zu Pferd dorthin zurückziehen und wie man sich zu Fuß wehren könnte.

Als ich nun alles genau besichtigte, kam ich auch zu dem Keller, dessen Gemäuer noch rundherum aufrecht stand. Doch indem ich vorüberreiten wollte, konnte ich mein Pferd, das sonst niemals vor irgend etwas scheute, weder mit Liebe noch mit Gewalt hinbringen, wo ich's hinhaben wollte. Ich spornte es, daß es mich dauerte, aber es half nichts. Ich führte es die verfallene Kellerstiege hinunter, um ein andermal Bescheid zu wissen, aber es sperrte sich, so gut es immer konnte; doch brachte ich's endlich mit guten Worten und Schlägen hinunter. Und während ich's schlug und liebkoste, wurde ich gewahr, daß es vor Angst schwitzte und die Augen stets in eine Ecke des Kellers richtete, wo ich selbst nicht das geringste sah. Als ich nun so mit Verwunderung dastand und dem Pferd zusah, wie es vor Furcht zitterte, kam mich auch ein solches Grausen an, daß mir war, als ob man mich bei den Haaren in die Höhe zöge und einen Kübel voll kaltem Wasser über mich gösse. Es war mir, als wäre ich mitsamt dem Pferd verzaubert und müßte in diesem Keller mein Ende nehmen. Ich wollte wieder zurück, aber mein Pferd folgte mir nicht. Daher wurde ich noch ängstlicher und so verwirrt, daß ich schier nicht mehr wußte, was ich tat.

Zuletzt band ich das Pferd an einen starken Holderbusch und nahm eine Pistole in die Hand, in der Absicht, aus dem Keller zu gehen und Leute in der Nähe zu suchen, die meinem Pferd wieder heraufhülfen. Da fiel mir ein, es könnte vielleicht in diesem alten Gemäuer ein Schatz verborgen liegen und deshalb hier nicht geheuer sein. Ich sah mich genauer um, besonders in dem Eck, wohin das Pferd so gar nicht wollte. Da gewahrte ich ein Stück Mauer, ungefähr so groß wie ein gewöhnlicher Fensterladen, das dem anderen Gemäuer an Farbe und Gestalt nicht ganz glich. Als ich aber hingehen wollte, wurde mir abermals wie zuvor, nämlich als ob mir alle Haare zu Berge stünden.

Hundertmal lieber hätte ich Kugeln gewechselt, als in solcher Angst zu stecken. Ich nahm auch die andere Pistole vom Pferd und wollte damit durchgehen und das Pferd stehenlassen, vermochte aber die Stiege nicht hinaufzukommen, weil mich, wie mich deuchte, ein starker Luftzug aufhielt. Da lief mir erst die Katze den Buckel hinauf! Zuletzt fiel mir ein, ich sollte meine Pistolen abdrücken, damit die Bauern, die in der Nähe auf dem Feld arbeiteten, herbeiliefen und mir mit Rat und Tat zu Hilfe kämen.

Ich war so erzürnt oder vielmehr so desperat (denn ich weiß selber nicht mehr, wie mir gewesen ist), daß ich im Losschießen meine Pistolen gerade auf die Stelle richtete, wo ich die Ursache meines Abenteuers vermutete. Ich traf das Mauerstück so stark, daß es ein Loch gab, in das man zwei Fäuste hätte stecken können. Als der Schuß fiel, wieherte mein Pferd und spitzte die Ohren. Ich weiß nicht, ist damals das Gespenst verschwunden — oder hat sich das arme Tier über das Schießen gefreut.

Wie dem auch war, ich faßte wieder Mut und ging ungehindert und ohne alle Furcht zu dem Loch. Da fing ich an, die Mauer vollends einzubrechen, und fand einen so reichen Schatz an Silber, Gold und Edelsteinen, daß ich noch heute gut davon leben könnte, wenn ich ihn nur recht zu verwahren und anzulegen gewußt hätte. Es waren sechs Dutzend altfränkische silberne Tischbecher, ein großer goldener Pokal, etliche Doppelbecher, ein goldenes Salzfaß und vier silberne, eine altfränkische goldene Kette, verschiedene Diamanten, Rubine, Saphire und Smaragde, sowohl in Ringe als auch in andere Kleinodien gefaßt; dazu auch ein ganzes Kästlein voll großer Perlen, aber alle verdorben und abgestanden; und dann, in einem verschimmelten ledernen Sack, achtzig von den ältesten Joachimstalern aus feinem Silber; sodann 893 Goldstücke mit dem französischen Wappen und einem Adler — Münzen, die niemand kennen wollte, weil man, wie sie sagten, die Schrift nicht lesen konnte. Die Münzen, die Ringe und Kleinodien steckte ich in meine Hosensäcke, Stiefel, Hosen und Pistolenhalfter; und weil ich keinen Sack bei mir trug, schnitt ich meine Schabracke vom Sattel und packte in diese (weil sie gefüttert war und mir gut als Sack dienen konnte) das Silberzeug, hängte die goldene Kette um den Hals, setzte mich fröhlich aufs Pferd und ritt meinem Quartier zu.

Wie ich aber aus dem Hof kam, wurde ich zweier Bauern gewahr, welche davonlaufen wollten, sobald sie mich sahen. Ich holte sie leicht ein, weil ich sechs Beine und ebenes Feld hatte, und fragte sie, warum sie ausreißen wollten. Da erzählten sie mir, daß sie gemeint hätten, ich wäre das Gespenst, das in diesem öden Edelhof wohne und das die Leute, wenn man ihm zu nahe käme, elendiglich traktiere. Als ich weiter nachfragte, sagten sie mir, daß aus Furcht vor dem Ungeheuer oft viele Jahre lang kein Mensch an diesen Ort komme, es sei denn ein Fremder, der sich

zufällig dorthin verirre. Im ganzen Land ginge die Sage, es wäre ein eiserner Trog voller Geld darin, den ein schwarzer Hund zusammen mit einer verfluchten Jungfrau hüte. Wie die Sage weiter berichte, die sie selbst von ihren Großeltern gehört hätten, so sollte ein fremder Edelmann, der weder seinen Vater noch seine Mutter kenne, ins Land kommen, die Jungfrau erlösen, den eisernen Trog mit einem feurigen Schlüssel aufschließen und das verborgene Geld davontragen.
Hernach fragte ich die Bauern, was sie beide denn da gewollt hätten, da sie doch ohnehin nicht in das Gemäuer konnten. Sie antworteten, sie hätten einen Schuß sowie einen lauten Schrei gehört, da seien sie hingelaufen, um zu sehen, was da zu tun sei. Hierauf wollten sie von mir wissen, ob ich die Jungfrau und den schwarzen Hund auf dem eisernen Trog nicht gesehen hätte. Da hätte ich ihnen, wenn ich hätte aufschneiden wollen, seltsame Bären aufbinden können. Aber ich sagte ihnen nichts, auch nicht von dem kostbaren Schatz, sondern ritt meines Wegs in mein Quartier und betrachtete meinen herrlichen Fund.

Wie der Jäger gefangen wird

Diejenigen, die wissen, was das Geld gilt, und es daher für ihren Gott halten, haben dazu nicht geringen Grund. Ist jemand auf der Welt, der Geldes Macht erfahren hat, so bin ich's. Ich weiß, wie einem zumut ist, der einen ziemlichen Vorrat davon hat; doch ich habe auch mehr als einmal erfahren, wie dem ums Herz ist, der keinen einzigen Heller besitzt.
Was den Schatz betrifft, den ich damals fand, so machte er mich noch hoffärtiger und dazu so geizig, daß mir jedermann hätte feind werden mögen. Ich lag manche Nacht wach und spekulierte, wie ich meinen Reichtum anlegen sollte. Da bekam ich seltsame Grillen ins Hirn. Einmal dachte ich, ich sollte den Krieg quittieren, mich irgendwohin setzen und mit einem fettigen Maul zum Fenster hinaussehen. Aber geschwind reute mich's wieder, weil mir einfiel, was für ein freies Leben ich führte und was für Hoffnung ich hatte, ein großer Hans zu werden. Da dachte ich dann: Hui, Simplizius, laß dich adeln und wirb dem Kaiser eine eigene Kompanie Dragoner aus deinem Säckel, so bist du schon ein gemachter junger Herr, der mit der Zeit noch hochsteigen kann. Sobald ich mir aber zu Gemüt führte, daß meine Hoheit bei einem einzigen unglücklichen Treffen fallen oder etwa durch einen Friedensschluß mitsamt dem Krieg ein geschwindes Ende nehmen könnte, gefiel mir dieser Plan auch nicht mehr. Gern hätte ich eine schöne, junge reiche Frau genommen, mir irgendwo

einen adeligen Sitz gekauft und ein ruhiges Leben geführt; da hätte ich mich auf die Viehzucht gelegt und mein ehrliches Auskommen gehabt. Aber dazu war ich zu jung. Solche und ähnliche Einfälle hatte ich viel; bis ich endlich beschloß, meine besten Sachen in eine wohlbefestigte Stadt einem begüterten Mann in Verwahrung zu geben und abzuwarten, was das Glück weiter mit mir vorhaben würde.

Diesen Vorsatz führte ich aus. Als ich mit hundert anderen Dragonern etliche Kaufleute und mit Gütern beladene Wagen von Münster nach Köln geleiten mußte, packte ich meinen Schatz zusammen, nahm ihn mit und übergab ihn einem der vornehmsten Kaufleute in der Stadt gegen Aushändigung einer besonderen Handschrift.

Meinen Jupiter brachte ich auch dahin, weil er in Köln Verwandte hatte, die er gern einmal besuchen wollte.

Auf dem Rückweg machte ich mir allerhand Gedanken, wie ich mich künftig verhalten wollte. Ich bedachte, daß ich mir durch meine Hoffart und durch meinen Geiz viele Feinde gemacht hatte. Daher hielt ich es für nötig, mich wieder demütig zu stellen, wieder mehr mit den gemeinen Kerlen umzugehen, vor den Höheren aber den Hut in den Händen zu tragen und meine Kleiderpracht etwas zu beschränken.

Ich machte aber die Zeche ohne den Wirt. Denn als wir durch das Bergische Land ziehen wollten, paßten uns an einem geeigneten Ort achtzig Musketiere und fünfzig Reiter auf. Ich war mit einem Korporal und vier andern vorausgeschickt worden, um die Straße zu rekognoszieren. Der Feind hielt sich still, als wir in seinen Hinterhalt kamen, und ließ uns passieren, schickte uns aber einen Kornett mit acht Reitern nach, die uns im Gesicht behielten. Als der Haupttrupp unsern Konvoi angriff und wir umkehrten, gingen jene auf uns los und fragten, ob wir Quartier wollten.

Ich hatte mein bestes Pferd unter mir, wollte aber gleichwohl nicht ausreißen, sondern schwang mich herum auf eine kleine Ebene, um zu sehen, ob da Ehre einzulegen sei. Indessen hörte ich an der Salve, welche die Unsrigen empfingen, was die Glocke geschlagen hatte, und trachtete daher nach der Flucht. Aber der Kornett hatte alles vorbedacht und uns den Weg schon abgeschnitten, und als ich mich durchschlagen wollte, bot er mir, weil er mich für einen Offizier ansah, nochmals Quartier an.

Ich fragte, ob er mir das Quartier halten wolle wie ein redlicher Soldat. Er antwortete: »Ja, rechtschaffen!« Also präsentierte ich ihm meinen Degen und gab mich gefangen. Er fragte mich gleich, was ich für einer sei, denn er sah mich für einen Edelmann und also auch für einen Offizier an. Als ich ihm antwortete, ich würde der Jäger von Soest genannt, sagte er: »So hat Er Glück, daß Er uns nicht vor vier Wochen in die Hände geraten ist.

Zu dieser Zeit hätte ich Ihm kein Quartier geben dürfen, weil man Ihn damals bei uns noch für einen Zauberer gehalten hat.«

Dieser Kornett war ein tapferer junger Kavalier und nur zwei Jahre älter als ich. Er freute sich mächtig über die Ehre, den berühmten Jäger von Soest gefangen zu haben. Deswegen hielt er auch das versprochene Quartier sehr ehrlich und auf holländisch (unter den Holländern nämlich ist es Sitte, ihren gefangenen spanischen Feinden nichts von demjenigen, was der Gürtel umschließt, zu nehmen); ja, er ließ mich nicht einmal visitieren. Ich aber war höflich genug, das Geld selbst aus meinen Säcken zu tun und ihnen zu geben, als es ans Teilen ging. Dem Kornett sagte ich heimlich, er solle sehen, daß ihm mein Pferd samt dem Sattel und dem Zaumzeug zuteil würde, weil er im Sattel dreißig Dukaten finden würde und auch das Pferd schwerlich seinesgleichen hätte. Deswegen wurde mir der Kornett so zugetan, als ob ich sein Bruder wäre. Er setzte sich gleich auf mein Pferd und ließ mich auf dem seinigen reiten.

Als nach der Beute auch die Gefangenen geteilt wurden, bekam der Kornett mich, den Korporal und noch drei Dragoner, weil er uns gefangen hatte. Er brachte uns in eine Festung, die nur zwei Meilen von unserer Garnison lag. Und weil ich zuvor diesem Ort viel Dampf gemacht hatte, war mein Name daselbst wohlbekannt. Sobald wir die Stadt vor Augen bekamen, schickte der Kornett einen Reiter voran, dem Kommandanten seine Ankunft zu verkünden und zu melden, wie alles abgelaufen war und wer die Gefangenen seien. Da entstand ein Laufen in der Stadt, daß es nicht zu sagen war, weil jeder den Jäger gern sehen wollte, so daß man hätte glauben können, ein großer Potentat hielte seinen Einzug.

Wir Gefangenen wurden stracks zum Kommandanten geführt, der sich sehr über meine Jugend verwunderte. Er fragte mich, ob ich nie auf schwedischer Seite gedient hätte und was ich für ein Landsmann sei. Als ich ihm nun die Wahrheit sagte, wollte er wissen, ob ich nicht Lust hätte, wieder auf ihrer Seite zu bleiben. Ich antwortete ihm, das gelte mir sonst gleich, weil ich aber dem Römischen Kaiser einen Eid geschworen hätte, so dünke mich, ich müßte ihn auch halten. Darauf ließ er uns zum Büttel führen, erlaubte aber dem Kornett, uns zu bewirten, weil ich zuvor meine Gefangenen (unter denen sich sein Bruder befand) auch so behandelt hätte. Wie nun der Abend kam, fanden sich verschiedene Offiziere beim Kornett ein, der mich und den Korporal auch holen ließ. Da wurde ich überaus höflich behandelt. Ich machte mich so lustig, als ob ich nichts verloren hätte, und sprach so offen, als ob ich nicht beim Feind gefangen, sondern bei meinen allerbesten Freunden wäre. Dabei hielt ich mich bescheiden, weil ich mir leicht einbilden konnte, daß dem Kommandanten mein Verhalten mitgeteilt würde.

Den andern Tag wurden wir Gefangenen, einer nach dem andern, vor den Regimentsschulzen geführt, welcher uns examinierte. Sobald ich in den Saal trat, verwunderte er sich über meine Jugend und sagte, um sie mir vorzuhalten: »Mein Kind, was hat dir der Schwed getan, daß du wider ihn Krieg führst?« Das verdroß mich, zumal ich ebenso junge Soldaten bei ihnen gesehen hatte, und antwortete deshalb: »Die schwedischen Krieger haben mir meine Murmeln genommen, die wollte ich gern wieder holen.« Als ich ihm nun dergestalt heimzahlte, schämten sich die beisitzenden Offiziere, und einer sagte auf lateinisch, er solle von ernsthaften Dingen mit mir reden.

Wie Simplizius ein freier Herr wird

Indessen erfuhr man zu Soest, wie alles abgelaufen war. Deshalb kam gleich am andern Tag ein Trommelschläger, uns abzuholen; dem wurden der Korporal und die drei anderen ausgefolgt. Auch wurde ihnen ein Schreiben folgenden Inhalts mitgegeben, das mir der Kommandant zu lesen gab:

Monsieur, durch diesen Tambour ist mir Ihr Schreiben eingehändigt worden. Ich schicke hiermit gegen empfangenes Lösegeld den Korporal samt den übrigen drei Gefangenen. Was aber Simplizius, den Jäger, anbelangt, so kann selbiger, weil er hiebevor auf dieser Seite gedient, nicht wieder hinübergelassen werden. Kann ich aber dem Herrn im übrigen außerhalb meiner Pflicht in etwas dienen, so hat derselbe an mir einen willigen Diener, als der ich soweit bin und verbleibe

Des Herrn
Dienst-bereitwilliger
N. de S. A.

Dieses Schreiben gefiel mir nicht halb. Ich begehrte, mit dem Kommandanten zu reden, bekam aber die Antwort, daß er schon selbst nach mir schicken würde, wenn er den Trommelschläger abgefertigt hätte, was morgen früh geschehen sollte.
Der Kommandant schickte nach mir, als eben Essenszeit war. Da widerfuhr mir das erste Mal die Ehre, bei ihm an seiner Tafel zu sitzen. Solange man aß, ließ er mir mit dem Trunk zusprechen und erwähnte mit keiner Silbe, was er mit mir vorhatte. Als man aber gegessen und ich schon einen ziemlichen Dusel hatte, sagte er: »Lieber Jäger, Ihr habt aus meinem Schreiben vernommen, aus welchem Grund ich Euch hierbehalte. Dabei habe ich nichts Unrechtmäßiges vor, denn Ihr habt selbst gestanden, daß Ihr zuvor

bei unserer Hauptarmee gedient habt. Entschließt Euch also, bei meinem Regiment Dienst anzunehmen, dann will ich Euch mit der Zeit, wenn Ihr Euch gut haltet, besser emporhelfen, als Ihr es bei den Kaiserlichen je hättet erhoffen dürfen.«

Ich antwortete: »Hochgeehrter Herr Obrist, ich war der Krone Schwedens niemals durch einen Eid verpflichtet, sondern nur ein Pferdejunge, und kann den Eid nicht brechen, den ich dem Römischen Kaiser geschworen habe.«

»Was«, sagte der Obrist, »verachtet Ihr schwedische Dienste? Ihr müßt wissen, daß Ihr mein Gefangener seid, und ehe ich Euch wieder nach Soest lasse, der Gegenseite zu dienen, eher will ich Euch einen anderen Prozeß machen oder Euch im Gefängnis verderben lassen.«

Darauf wurde ich wieder ins Stockhaus geführt.

Den folgenden Tag ließ er mich wieder zu sich kommen und fragte, ob ich mich eines anderen besonnen hätte. Ich antwortete: »Dies, Herr Obrist, ist mein Entschluß, daß ich eher sterben als meineidig werden will! Wenn aber mein hochgeehrter Herr Obrist mich auf freien Fuß stellen und mit keinen Kriegsdiensten belegen will, so will ich dem Herrn Obristen mit Herz, Mund und Hand versprechen, sechs Monate lang keine Waffen gegen die Schwedischen und Hessischen zu gebrauchen.«

Das ließ sich der Obrist gleich gefallen, er bot mir die Hand darauf und befahl dem Sekretär, einen Revers in doppelter Ausfertigung aufzusetzen, den wir beide unterschrieben. Darin versprach er mir seinen Schutz und alle Freiheit, solange ich in der ihm anvertrauten Festung verbliebe. Ich aber versprach, daß ich während dieser Zeit nichts Nachteiliges gegen diese Festung und ihren Kommandanten unternehmen und im Falle eines feindlichen Angriffs bei der Verteidigung des Ortes mithelfen wollte.

Hierauf behielt er mich wieder bei dem Mittagsimbiß und tat mir mehr Ehre an, als ich von den Kaiserlichen mein Lebtag hätte erhoffen können.

Wenn ein Ding sein soll, so schickt sich alles dazu. Ich meinte, das Glück hätte mich zur Ehe genommen, als ich an des Kommandanten Tafel saß und vernahm, daß mein Knecht mit meinen zwei schönen Pferden von Soest zu mir gekommen sei. Dieser Knecht, den ich den Schweden weggefangen hatte, war mir überaus treu, weil ich ihm viel Gutes tat. Er hatte meine Pferde gesattelt und war dem Trommelschläger, der mich abholen sollte, ein gut Stück Wegs von Soest aus entgegengeritten, damit ich nicht so weit gehen und auch nicht halbnackt oder zerlumpt (denn er meinte, ich sei ausgezogen worden) nach Soest kommen müßte. Als er aber vernahm, daß ich von der Gegenseite zurückgehalten werde, gab er den Pferden die Sporen und sagte: »Adieu, Tambour, und Ihr, Korporal — wo mein Herr ist,

da will ich auch sein!« Ging also durch und kam zu mir, als mich der Kommandant eben für frei erklärt hatte.
Dieser ließ meine Pferde in einem Wirtshaus unterstellen, bis ich mir selbst eine Wohnung ausgesucht hätte, und pries mich glücklich wegen meines treuen Knechts. Er wunderte sich, daß ich als gemeiner Dragoner und noch so junger Kerl so schöne Pferde halten konnte, und lobte, als ich mich verabschiedete, das eine Pferd so überschwenglich, daß ich merkte, daß er mir's gern abgekauft hätte. Er scheute sich aber, mir ein Angebot zu machen; und als ich sagte, daß es mir eine Ehre wäre, wenn er es behielte, schlug er mir's rundweg ab, wohl, weil ich einen ziemlichen Rausch hatte und er die Nachrede nicht haben wollte, daß er einem Trunkenen etwas abgeschwätzt hätte.
In der Nacht überdachte ich alles und beschloß, die sechs Monate zu bleiben, wo ich war, und den Winter, der vor der Tür stand, in Ruhe zu verbringen. In dieser Zeit, so dachte ich, wächst du vollends heran und kannst dich dann im Frühjahr um so tapferer mit der kaiserlichen Armee ins Feld begeben.
Des Morgens früh anatomierte ich meinen Sattel, der weit besser gespickt war als derjenige, den der Kornett von mir bekommen hatte. Danach ließ ich mein bestes Pferd dem Obristen vors Quartier bringen und sagte zu ihm: Da ich mich entschlossen habe, die sechs Monate, die ich nicht kämpfen durfte, unter seinem Schutz allhier ruhig zuzubringen, so seien mir meine Pferde zu nichts nutz; und da es zu schad wäre, sie verderben zu lassen, wolle ich ihn bitten, diesem Soldatenklepper einen Platz unter seinen Pferden zu gönnen und ihn als Zeichen der Dankbarkeit anzunehmen.
Der Obrist bedankte sich mit großer Höflichkeit und schickte mir noch diesen Nachmittag seinen Hofmeister, welcher mir einen gemästeten lebendigen Ochsen, zwei fette Schweine, eine Tonne Wein, vier Tonnen Bier und zwölf Fuder Brennholz vor meine neue Wohnung brachte, die ich eben für ein halbes Jahr gemietet hatte. Dazu ließ er mir sagen: Weil er sehe, daß ich bei ihm hausen wolle, und da er sich leicht vorstellen könne, daß es am Anfang mit meinem Vorrat schlecht bestellt sei, so schicke er mir einen Trunk sowie ein Stück Fleisch samt dem Holz, um jenes zu kochen. Ich bedankte mich, so höflich ich konnte, und verehrte dem Hofmeister zwei Dukaten.
Da ich sah, daß ich meiner Freigebigkeit halber beim Obristen so hoch geehrt wurde, gedachte ich mir auch beim gemeinen Mann ein gutes Lob zu machen und ließ daher in Gegenwart meines Hauswirts meinen Knecht vor mich kommen. Zu diesem sagte ich: »Lieber Niklas, du hast mir mehr Treu erwiesen, als ein Herr seinem Knecht zumuten darf. Nun aber, da ich ein

stilles Leben zu führen gedenke und nichts mehr erobern kann, dich zu belohnen, gebe ich dir hiermit das andere Pferd samt Sattel, Zaumzeug und Pistolen als Lohn.«

Hierauf küßte er mir die Hände und konnte vor Weinen schier nicht reden; er wollte auch das Pferd durchaus nicht nehmen. Zuletzt überredete ich ihn doch, daß er's annahm, nachdem ich ihm versprochen hatte, ihn wieder in Dienst zu nehmen, sobald ich jemand brauchte.

Über diesem Abschied gingen auch meinem Hausvater die Augen über, und wie mein Knecht mich bei der Soldateska pries, so lobte mich mein Hausvater unter der Bürgerschaft über alles.

Wie der Jäger in Lippstadt sich die Zeit vertrieb

Ich glaube, es hat jeder Mensch einen Narren in seiner Brust. Ich ließ den meinen nur allzu weit heraus. Denn als ich mein eigener Herr war und noch dazu Geld hatte, stellte ich einen eigenen Jungen an, den ich als Edelpagen kleidete, und zwar in die närrischsten Farben, nämlich in eine violenbraune Livree mit gelben Aufschlägen. Dieser mußte mir aufwarten, als ob ich ein Freiherr und nicht kurz zuvor ein Dragoner und vor einem halben Jahr ein Roßbub gewesen wäre.

Ich verdingte mich und meinen Jungen bei dem Hausvater in die Kost und gab ihm als Abschlagszahlung, was mir der Kommandant an Fleisch und Holz verehrt hatte. Zum Getränk aber bekam mein Junge den Schlüssel, weil ich denen, die mich besuchten, gern davon ausschenkte. Da ich weder Bürger noch Bauer war, hielt ich mich zu beiden Teilen und bekam daher täglich Kameraden genug, die ich nicht durstig bei mir sitzen ließ.

Unter den Bürgern wurde ich am besten mit dem Organisten bekannt, weil ich die Musik liebte und eine gute Stimme hatte. Dieser unterwies mich im Komponieren und lehrte mich das Klavichord und die Harfe schlagen, und da ich auf der Laute ohnedies Meister war, schaffte ich mir eine eigene an und hatte fast täglich meinen Spaß damit. Hatte ich genug musiziert, ließ ich den Kürschner kommen, der mich im Paradeis in allen Waffen unterwiesen hatte; mit diesem übte ich mich, um mich noch perfekter zu machen. Auch erlaubte mir der Kommandant, bei einem seiner Konstabler gegen Gebühr die Geschützmeisterkunst und etwas von der Feuerwerkerei zu erlernen. Im übrigen hielt ich mich sehr still und zurückgezogen, so daß sich die Leute wunderten, daß ich über den Büchern saß wie ein Student, da ich doch Rauben und Blutvergießen gewohnt war.

Mein Hausvater war des Kommandanten Spürhund, und ich merkte, daß er

all mein Tun und Lassen demselben hinterbrachte. Ich aber richtete mich danach und gedachte des Kriegswesens kein einziges Mal. Ich wünschte zwar, daß meine sechs Monate bald um wären; es konnte aber niemand erraten, welchem Teil ich alsdann dienen wollte. Sooft ich dem Obristen aufwartete, behielt er mich auch an seiner Tafel. Einmal sagte er zu mir: »Wie steht's, Jäger? Wollt Ihr noch nicht schwedisch werden? Gestern ist mir ein Fähnrich gestorben.« Ich antwortete: »Hochgeehrter Herr Obrist, es steht einem Weib gut an, wenn es nach seines Mannes Tod nicht gleich wieder heiratet; warum mich da nicht auch sechs Monate gedulden?«
Dergestalt entschlüpfte ich allemal und kriegte doch des Obristen Gunst immer mehr, so daß er mir sowohl innerhalb wie außerhalb der Festung herumzuspazieren erlaubte; ja, ich durfte endlich sogar den Hasen, Feldhühnern und Vögeln nachstellen, was seinen eigenen Soldaten nicht erlaubt war. Ich fischte auch in der Lippe und hatte so viel Glück dabei, daß es aussah, als ob ich Fische und Krebse aus dem Wasser bannen könnte. Daher ließ ich mir ein schlichtes Jägerkleid machen. In diesem strich ich bei Nacht — ich wußte alle Wege und Stege — in die Soester Börde, holte meine verborgenen Schätze wieder zusammen, schleppte sie in die Festung und stellte mich an, als ob ich ewig bei den Schweden wohnen wollte.
Auf einem solchen Weg begegnete mir die Wahrsagerin von Soest. Die sagte: »Schau, mein Sohn, habe ich dir nicht gut geraten, daß du dein Geld außerhalb der Stadt Soest verbergen solltest? Ich versichere dir, daß es dein größtes Glück war, daß du gefangen worden bist; denn wärest du heimgekommen, so hätten dich einige Kerle, die auf dich eifersüchtig waren, auf der Jagd umgebracht.«
Ich antwortete ihr, wenn sie so viel wüßte, wie sie vorgebe, so sollte sie mir doch sagen, wie es mit meinen Eltern stünde; sie sollte aber nicht so dunkel sprechen, sondern fein deutsch mit der Sprache herausrücken. Darauf sagte sie, ich sollte dann nach meinen Eltern fragen, wenn mir unversehens mein Pflegevater begegne und meiner Säugamme Tochter am Strick daherführe — worauf sie laut anfing zu lachen. Danach machte sie sich, weil ich sie zu foppen begann, geschwind davon, nachdem ich ihr etliche Taler verehrt hatte, weil ich doch schwer am Silbergeld zu tragen hatte.
Ich hatte damals ein schönes Stück Geld und köstliche Ringe und Kleinodien beisammen. Das schrie mich immerzu an, es wollte gern wieder unter die Leute; ich folgte auch gern, denn weil ich ziemlich hoffärtig war, prangte ich mit meinem Gut. Die Leute aber wunderten sich, wo ich doch alles hergebracht haben möchte. Denn es hatte sich herumgesprochen, daß ich meinen Schatz zu Köln liegen hatte, weil der Kornett des Kaufmanns Handschrift gelesen hatte, als er mich gefangennahm.

Wie der Jäger anfing, den Mägdlein schönzutun

Mein Vorsatz, die Geschützmeister- und Fechtkunst in diesen sechs Monaten gründlich zu erlernen, war gut, und ich begriff's auch. Aber es war nicht genug, mich vor dem Müßiggang zu behüten. Ich saß emsig über allerhand Büchern, aus denen ich viel Gutes lernte; es kamen mir aber auch etliche unter die Hände, die mir so schlecht bekamen wie dem Hund das Gras. Von den wahren Historien zog's mich zu den Liebesbüchern und Heldengedichten, und wenn ich eins davon erwischte, saß ich Tag und Nacht darüber, bis ich's ausgelesen hatte.

Um diese Zeit feierte man Martini, da fängt bei uns Deutschen das Fressen und Saufen an, und das währte oft bis in die Fastnacht. Da wurde ich sowohl von Offizieren wie von Bürgern eingeladen, die Martinsgans verzehren zu helfen; dabei setzte es dann zuzeiten so etwas, weil ich bei diesen Gelegenheiten mit den Frauenzimmern bekannt wurde. Meine Laute und mein Gesang zwangen eine jede, mich anzuschauen; und wenn sie mich so betrachteten, wußte ich meine neuen Liebeslieder, die ich selber gemacht hatte, mit so anmutigen Blicken vorzutragen, daß sich manches hübsche Mägdlein in mich vernarrte. Und damit ich nicht für einen Hungerleider gehalten würde, stellte ich auch zwei Gastereien an — eine für die Offiziere, die andere für die vornehmsten Bürgersleute —, wodurch ich mir beider Teile Gunst erwarb, weil ich kostbar auftragen ließ. Es war mir aber alles nur um die lieben Jungfrauen zu tun.

Ich hatte genau sechs, die mich liebten und die ich auch liebte; doch hatte keine mein Herz ganz. An der einen gefielen mir die schwarzen Augen, an der andern die goldgelben Haare, an der dritten die liebliche Holdseligkeit und an den übrigen auch so etwas, was die anderen nicht hatten. Mein Junge, der ein Erzschelm war, hatte genug zu tun, Liebesbriefe dahin und dorthin zu tragen; dabei wußte er meine Händel so geheimzuhalten, daß jede meinte, sie sei die einzige, die sich meiner erfreute.

Damals glaubte ich nicht, daß mir ein Unglück widerfahren könnte. Der Kommandant war mir wohlgesinnt. Mit denjenigen, die etwas mehr als ich waren, soff ich Brüderschaft; die gemeinen Bürger und Soldaten aber waren mir deswegen hold, weil ich mit jedem sprach. »Ach, was für ein freundlicher Mensch ist doch der Jäger«, sagten sie oft zueinander, »er redet ja mit dem Kind auf der Gasse und erzürnt keinen Menschen!«

Ich ging oft zum ältesten Pfarrer der Stadt, der mir aus seiner Bibliothek viele Bücher lieh. Und wenn ich eins wiederbrachte, so diskutierte er über allerhand Sachen mit mir, denn wir hatten einer den andern gern. Als nun nicht nur die Martinsgänse und die Metzelsuppen, sondern auch die heiligen Weihnachtsfeiertage vorbei waren, verehrte ich ihm eine Flasche voll Straßburger Branntwein zum neuen Jahr, welchen er, nach westfälischem Brauch, gern mit Kandiszucker trank. Da kam ich zu ihm, als er eben in meinem Roman »Der keusche Joseph« las, den ihm mein Wirt ohne mein Wissen geliehen hatte.

Ich entfärbte mich, als ich meine Arbeit in den Händen eines so gelehrten Mannes sah, er aber hieß mich zu ihm setzen. Er lobte zwar meine Erfindung, schalt aber, daß ich mich zu lange mit Potiphars Weib und ihren Liebeshändeln aufgehalten hätte. »Wessen das Herz voll ist, gehet der Mund über«, sagte er. »Wenn der Herr nicht wüßte, wie einem Buhler ums Herz ist, so hätte er dieses Weibes Leidenschaften nicht so vor Augen stellen können.« Ich antwortete, was ich geschrieben hätte, das wäre meine eigene Erfindung nicht, sondern ich hätte es aus andern Büchern zusammengetragen, um mich etwas im Schreiben zu üben.

»Ja, ja«, antwortete er. »Das glaube ich Ihm gern. Aber ich versichere Ihm, daß ich mehr von Ihm weiß, als Er sich einbildet. – Der Herr ist frisch und jung. Er ist müßig und schön, Er lebt ohne Sorge und, wie ich vernehme, in allem Überfluß. Darum bitte und ermahne ich Ihn im Herrn, daß Er bedenke, in welcher Gefahr Er sich befinde. Er hüte sich vor dem Tier, das Zöpfe hat. Der Herr mag zwar denken: Was geht's den Pfaffen an (ich dachte: Du hast's erraten), oder was hat er mir zu befehlen? Es ist wahr, ich bin ein Seelsorger! Aber, Herr, seid versichert, daß mir Euer Wohlergehen so hoch angelegen ist, als ob Ihr mein eigener Sohn wäret. Immer schad ist's, wenn Ihr Euer edles Talent, das ich aus dieser Schrift erkenne, verderben laßt. Mein getreuer Rat wäre, Ihr legtet Eure Mittel, die Ihr hier so unnütz verschwendet, zum Studieren an und ließet das Kriegswesen sein, wie es ist, ehe Ihr eine Schlappe davontragt und am eigenen Leib die Wahrheit des Sprichworts erfahrt, welches heißt: Junge Soldaten, alte Bettler.«

Ich hörte diese Predigt mit großer Ungeduld an, weil ich dergleichen zu vernehmen nicht gewohnt war; doch zeigte ich's nicht, um meinen Ruf als feiner Mensch nicht zu verlieren. »Ja«, sagte ich, »wenn nur der Winter bald vorüber oder das Wetter so gut wäre, daß ich fortreisen könnte.« Und bat ihn, mir zu raten, auf welche Akademie ich mich begeben sollte.

Er antwortete, was ihn anbelangt, so hätte er zu Leyden studiert, mir aber wolle er nach Genf raten, weil ich der Aussprache nach ein Hochdeutscher sei.

»Jesus Maria!« sagte ich, »Genf ist weiter von meiner Heimat als Leyden.«

»Was vernehme ich?« rief er da mit großer Bestürzung. »Ich höre wohl, der Herr ist ein Papist. O mein Gott, wie finde ich mich betrogen!«

»Wieso, wieso, Herr Pfarrer«, sagte ich. »Muß ich darum ein Papist sein, weil ich nicht nach Genf will?«
»O nein«, sagte er, »sondern daran höre ich's, weil Ihr die Maria anruft.«
Ich sagte: »Soll es denn einem Christen nicht erlaubt sein, die Mutter seines Erlösers zu nennen?«
»Das wohl«, antwortete er, »aber ich ermahne und bitte Ihn, Er wolle Gott die Ehre geben und mir gestehen, welcher Religion Er angehört. Denn ich zweifle sehr, daß Er dem Evangelium glaube (ob ich Ihn zwar alle Sonntag in meiner Kirche sehe), weil Er kürzlich am Fest der Geburt Christi weder bei uns noch bei den Lutherischen zum Tisch des Herrn ging.«
Ich antwortete: »Der Herr Pfarrer hört ja wohl, daß ich ein Christ bin, und wenn ich keiner wäre, so würde ich mich nicht so oft in der Predigt einfinden. Im übrigen aber gestehe ich, daß ich weder Petrisch noch Paulisch bin, sondern nur einfach glaube, was die zwölf Artikel des allgemeinen christlichen Glaubens enthalten. Ich werde mich auch keinem Teil völlig verpflichten, ehe mich nicht der eine oder der andere durch Beweise völlig überzeugte, daß er die rechte, wahre und allein seligmachende Religion hat.«
»Jetzt«, sagte er, »glaube ich erst, daß Er ein tapferes Soldatenherz hat, weil Er gleichsam ohne Religion dahinlebt und so freventlich Seine Seligkeit in die Schanze schlägt. Er sage mir doch, warum Er nicht der reinen christlichen Religion nachfolgt, die so sonnenklar sowohl auf die Natur wie auf die Heilige Schrift gegründet ist, daß sie in Ewigkeit weder ein Papist noch ein Lutheraner wird umstoßen können.«
Ich antwortete: »Herr Pfarrer, das sagen auch alle anderen von ihrer Religion. Welchem soll ich aber glauben? Meint der Herr wohl, es sei ein geringes, wenn ich einem Teil, welchen zwei lästern und einer falschen Lehre bezichtigen, meine Seligkeit anvertraue? Zu welchem Teil soll ich mich tun, wenn eins vom andern schreit, es sei kein gutes Haar an ihm? Soll ich hineinplumpen wie die Fliege in den heißen Brei? Es muß notwendig eine Religion recht haben und die beiden andern unrecht. Würde ich mich nun ohne reiflichen Vorbedacht zu einer bekennen, so könnte ich ebensoleicht eine unrechte wie die rechte erwischen, was mich hernach in Ewigkeit reuen würde. Zudem gibt es noch mehr Religionen als nur die in Europa, so die der Armenier, Abessinier, Griechen, Georgianer und so fort; und Gott geb, was für eine davon ich annehme – muß ich doch mit meinen Religionsgenossen den andern allen widersprechen. Kann mich nun der Herr Pfarrer von der Wahrheit seiner eigenen Religion überzeugen, so will ich ihm mit großer Dankbarkeit folgen.«
Darauf sagte er: »Der Herr steckt in großem Irrtum, aber ich hoffe, Gott

wird Ihn erleuchten und Ihm aus dem Schlamm helfen. Dazu will ich Ihm in der kommenden Zeit unsere Religion so überzeugend aus der Heiligen Schrift beweisen, daß sie auch gegen die Hölle bestehen kann.«
Ich antwortete, darauf warte ich mit großem Verlangen, dachte aber bei mir selbst: Wenn du mir nur nichts mehr von meinen Liebsten vorhältst, so bin ich mit deinem Glauben wohl zufrieden; und bis du mit deinen Beweisen fertig bist, bin ich vielleicht, wo der Pfeffer wächst.

Wie der Jäger unversehens zum Ehemann wird

Meinem Quartier gegenüber wohnte ein reformierter Obristleutnant, der hatte eine überaus schöne Tochter, die sich ganz adelig trug. Ich hätte längst gern Bekanntschaft mit ihr gemacht, obwohl sie mir anfänglich nicht so beschaffen zu sein schien, daß ich sie hätte allein lieben und auf ewig haben wollen. Ich schenkte ihr manchen Gang und noch mehr verliebte Blicke, sie wurde aber so gut behütet, daß ich kein einziges Mal mit ihr zu reden kam. Auch durfte ich nicht so unverschämt hineinplatzen, weil ich mit ihren Eltern keinen Umgang hatte und weil mir der Ort für einen Kerl von so geringer Herkunft wie mich viel zu hoch vorkam. Am allernächsten gelangte ich zu ihr, wenn wir in die Kirche gingen oder die Kirche verließen. Da nutzte ich fleißig die Gelegenheit, mich ihr zu nähern und ein paar Seufzer anzubringen, was ich meisterlich konnte, obzwar sie aus falschem Herzen kamen. Sie aber blieb so gleichgültig, daß ich mir einbilden mußte, daß sie sich nicht so leicht wie eines einfachen Bürgers Tochter verführen lassen würde; und während ich dachte, sie würde mir schwerlich zuteil, wurden meine Begierden nach ihr nur um so heftiger.
Der Stern, der mich das erste Mal zu ihr führte, war derjenige, den die Schüler um diese Jahreszeit herumtragen – zum ewigen Gedächtnis jenes Sterns, der die Weisen nach Bethlehem leitete –, so daß ich es für ein gutes Omen hielt, als mir ein solcher in ihre Wohnung leuchtete. Ihr Vater hatte selbst nach mir geschickt. »Monsieur«, sagte er zu mir, »Seine Neutralität, die Er zwischen Bürgern und Soldaten hält, ist die Ursache, daß ich ihn zu mir bitten lasse, weil ich eines unparteiischen Zeugen bedarf.«
Ich meinte, er hätte was Wundergroßes im Sinn, weil Schreibzeug und Papier auf dem Tisch war, und bot ihm daher unter schönen Komplimenten meine bereitwilligsten Dienste an. Es sollte aber nur, weil es der Abend der Heiligen Drei Könige war, ein Königreich gemacht werden, wie es an vielen

Orten der Brauch ist. Dabei sollte ich zusehen, daß es recht zuginge und die Ämter ohne Ansehen der Person durch das Los ausgeteilt würden. Zu diesem Geschäft, bei welchem der Sekretär des Hauses auch mitmachte, ließ der Obristleutnant Wein und Konfekt reichen, weil er ein trefflicher Zechbruder und es ohnedies nach dem Nachtessen war.

Der Sekretär schrieb, ich las die Namen, und die Jungfer zog die Zettel, ihre Eltern aber sahen zu. So machten wir die erste Bekanntschaft. Und indem sie über die langen Winternächte klagten, gaben sie mir zu verstehen, daß ich gern zu ihnen kommen dürfe, um ihnen die Abende verkürzen zu helfen. Dies war nun genau das, was ich mir längst gewünscht hatte.

Von diesem Abend ab begann ich aufs neue, am Narrenseil zu ziehen, so daß sich sowohl die Jungfer wie die Eltern einbilden mußten, ich hätte die Angel geschluckt, obwohl mir's nicht halber Ernst war. Ich putzte mich, wenn ich zu ihr wollte, erst gegen Nacht, wie die Hexen; den Tag über hatte ich mit den Liebesbüchern zu tun. Auch schrieb ich Brieflein an meine Liebste, als hätte sie hundert Meilen von mir gewohnt und als möchte ich in vielen Jahren nicht zu ihr kommen.

Zuletzt machte ich mich ganz zutraulich, weil mir von den Eltern nicht sonderlich gewehrt wurde. Sie trugen mir sogar auf, ihre Tochter das Lautenschlagen zu lehren. Da hatte ich auch bei Tag freien Zutritt, so daß ich meinen gewohnten Vers

Ich und eine Fledermaus
Fliegen nur zur Nachtzeit aus

änderte und ein Liedlein machte, in welchem ich mein Glück lobte, weil es mir auf so manchen guten Abend auch so freudenreiche Tage verlieh, an denen ich durch die Gegenwart meiner Liebsten Augen und Herz erquicken konnte. Doch klagte ich in diesem Lied auch über mein Unglück, das es mir nämlich nicht gönnte, auch die Nächte mit lieblicher Ergötzung hinzubringen. Obwohl dies etwas frei klang, so sang ich's doch meiner Liebsten mit andächtigen Seufzern vor. Aber ich bekam eine ziemlich abschlägige Antwort, denn die Jungfer war klug und wußte mir gut zu parieren. Bei allem, was ich vorbrachte, hütete ich mich wohl, von der Verehelichung zu sprechen, und wenn das Gespräch darauf kam, suchte ich geschickt abzulenken. Das merkte die Schwester meiner Jungfer, die schon verheiratet war, bald, weshalb sie mir und meinem lieben Mägdlein alle Wege verlegte, damit wir nicht so oft allein beisammen sein sollten; denn sie sah wohl, daß mich ihre Schwester von Herzen liebte und daß die Sache auf die Länge nicht guttun würde.

Es ist unnötig, alle Torheiten meiner Buhlerei umständlich zu erzählen, weil von dergleichen Possen ohnedies alle Liebesschriften voll sind. Genug ist's, wenn der Leser weiß, daß es zuletzt dahin kam, daß ich meine Schöne küßte und mir endlich auch andere Narrenpossen erlauben durfte. Nun ruhte ich nicht, bis ich bei Nacht von meiner Liebsten eingelassen wurde, worauf ich mich so hübsch zu ihr ins Bett fügte, als wenn ich zu ihr gehört hätte. Weil jedermann weiß, wie es bei einer solchen Kirchweih herzugehen pflegt, so mag sich wohl der Leser einbilden, ich hätte etwas Ungebührliches begangen. Weit gefehlt! Ich fand einen solchen Widerstand, wie ich ihn nimmermehr erwartet hatte, weil ihr ganzes Trachten nur auf Ehre und den Ehestand gerichtet war. Und obgleich ich ihr diesen mit den allergrausamsten Flüchen versprach, so wollte sie vor der ehelichen Verbindung kurzum nichts geschehen lassen. Doch gönnte sie mir, auf ihrem Bett neben ihr liegenzubleiben, auf welchem ich auch ganz ermüdet vor Unmut sanft einschlummerte.

Ich wurde aber gar ungestüm aufgeweckt, denn morgens um vier stand der Obristleutnant vorm Bett, mit einer Pistole in der einen und einer Fackel in der andern Hand. »Krabat«, schrie er überlaut seinem Diener zu, der mit einem bloßen Säbel hinter ihm stand, »geschwind, Krabat, hole den Pfaffen!« Wovon ich erwachte und sah, in was für einer Gefahr ich mich befand. O weh, dachte ich, du sollst gewiß zuvor beichten, ehe er dir den Rest gibt!

Es wurde mir ganz grün und gelb vor den Augen, und ich wußte nicht, ob ich sie recht auftun sollte oder nicht. »Du leichtfertiger Gesell«, sagte der Obristleutnant zu mir, »muß ich dich finden, wie du mein Haus schändest? Tät ich dir unrecht, wenn ich dir und dieser Vettel, die deine Hur geworden ist, den Hals bräche? Du Bestie, wie kann ich mich nur zurückhalten, daß ich dir nicht das Herz aus dem Leib herausreiße und, zu kleinen Stücken zerhackt, den Hunden vorwerfe?« Dabei biß er die Zähne aufeinander und verdrehte die Augen wie ein unsinniges Tier.

Ich wußte nicht, was ich sollte, und meine Bettgenossin konnte nichts als weinen. Endlich, als ich mich ein wenig erholt hatte, wollte ich etwas zu unserer Unschuld vorbringen. Er aber hieß mich das Maul halten und warf mir vor, daß ich ihm sein Vertrauen mit der allergrößten Undankbarkeit von der Welt gedankt hätte.

Indessen kam seine Frau auch dazu, die fing eine nagelneue Predigt an, so daß ich wünschte, ich läge irgendwo in einer Dornenhecke. Ich glaube auch, sie hätte in zwei Stunden nicht aufgehört, wenn nicht der Krabat mit dem Pfarrer gekommen wäre.

Ehe dieser ankam, wollte ich etliche Male aufstehen. Aber der Obrist-

leutnant hieß mich mit drohender Miene liegenbleiben, so daß ich erfahren mußte, wie gar keine Courage ein Kerl hat, der auf einer bösen Tat ertappt wird, und wie einem Dieb zumut ist, den man erwischt, ehe er noch gestohlen hat. Wäre mir zu besserer Zeit der Obristleutnant mit zwei solchen Kroaten auf den Leib gerückt, so hätte ich mich getraut, sie alle drei in die Flucht zu jagen; jetzt aber lag ich da und hatte nicht das Herz, auch nur das Maul, geschweige die Faust recht aufzutun.

»Seht, Herr Pfarrer«, sagte er, »das schöne Spektakel, zu welchem ich Euch als Zeugen meiner Schande rufen muß!« Und kaum hatte er diese Worte ordentlich vorgebracht, so fing er wieder an zu wüten und das Hundertste ins Tausendste zu werfen, daß ich nur noch von Halsbrechen und Hände-in-Blut-Waschen verstehen konnte. Er schäumte ums Maul wie ein Eber und stellte sich, als ob er ganz von Sinnen gekommen sei, so daß ich jeden Augenblick dachte: Jetzt jagt er dir eine Kugel durch den Kopf!

Der Pfarrer aber wehrte mit Händen und Füßen, daß eine Bluttat geschähe, die ihn hernach reuen möchte. »Was?« sagte er, »Herr Obristleutnant, bedenkt das Sprichwort, daß man zu geschehenen Dingen das Beste reden soll. Dieses schöne Paar, das seinesgleichen schwerlich im Land hat, ist nicht das erste und auch nicht das letzte, das sich von den unüberwindlichen Kräften der Liebe überwinden ließ. Zwar lob ich's nicht, sich auf diese Art zu verehelichen, aber gleichwohl hat dieses junge Paar hierdurch weder Galgen noch Rad verdient. Auch hat der Herr Obristleutnant keine Schande davon zu erwarten, wenn er nur diesen Fehler, wenn es einer ist, geheimhält, seine Einwilligung zu der ehelichen Verbindung gibt und diese Ehe durch den üblichen Kirchgang öffentlich bestätigen läßt.«

»Was?« antwortete der Obristleutnant. »Sollte ich sie anstatt der verdienten Strafe auch noch hofieren und ihnen große Ehre antun? Lieber wollte ich sie morgen zusammenbinden und in der Lippe ertränken lassen! Ihr müßt sie mir in diesem Augenblick zusammentun, denn deswegen habe ich Euch holen lassen, oder ich will sie alle beide erwürgen wie Hühner!«

Ich dachte: Was willst du tun? Es heißt: Friß, Vogel, oder stirb! Zudem ist es eine Jungfer, deren du dich nicht zu schämen brauchst; ja, wenn du dein Herkommen bedenkst, so bist du kaum wert, dich hinzusetzen, wo sie ihre Schuhe hinstellt!

Als ich hoch und teuer schwur, daß wir nichts Unehrliches miteinander zu schaffen gehabt hätten, wurde mir geantwortet, wir hätten uns halten sollen, daß man nichts Böses von uns argwöhnen konnte; so aber würden wir niemand den Verdacht nehmen.

Hierauf wurden wir von dem Pfarrer zusammengegeben und, nachdem dies geschehen war, genötigt, aufzustehen und aus dem Haus zu gehen.

Unter der Tür sagte der Obristleutnant zu mir und seiner Tochter, wir sollten uns in Ewigkeit vor seinen Augen nicht mehr sehen lassen.
Ich aber, als ich mich erholt und den Degen wieder an der Seite hatte, antwortete wie im Scherz: »Ich weiß nicht, Herr Schwiegervater, warum Er sich so widersinnig anstellt. Wenn andere neue Eheleute getraut werden, so führen sie die nächsten Verwandten ins Haus. Ihr aber jagt uns fort. Wahrlich, wenn dieser Brauch aufkommen sollte, so würden die Verehelichungen wenig Freundschaft mehr in der Welt stiften.«

Wie es bei der Hochzeit ablief

Die Leute in meinem Haus wunderten sich alle, als ich die Jungfer mit mir heimbrachte, und noch viel mehr, als sie sahen, daß sie so ungescheut mit mir schlafen ging.
Nun hatte ich zwar meine Liebste im Arm, dafür aber tausenderlei Gedanken im Kopf. Bald dachte ich: Es ist dir recht geschehen. Und bald meinte ich, es sei mir der größte Schimpf von der Welt widerfahren, den ich nicht ohne Rache verschmerzen könnte. Als ich aber bedachte, daß sich diese Rache gegen meinen Schwiegervater und also auch gegen meine unschuldige Liebste richten müßte, ließ ich alle Rachepläne sein. Ich schämte mich so sehr, daß ich mir vornahm, mich vor keinem Menschen mehr sehen zu lassen, fand aber, daß ich dann erst die allergrößte Torheit begehen würde. Am Ende war mein Entschluß, meines Schwiegervaters Freundschaft wiederzugewinnen und mich im übrigen gegen jedermann so zu stellen, als ob mir nichts Böses widerfahren wäre. Ich sagte zu mir selber: Weil alles sich so seltsam geschickt hat, mußt du es auch auf eine solche Weise zu Ende führen. Sollten die Leute erfahren, daß du Verdruß an deiner Heirat hattest und wider deinen Willen getraut wurdest wie eine arme Jungfer mit einem alten Ehekrüppel, so hättest du nur Spott davon.
Ich ließ daher früh Tag sein, wiewohl ich lieber länger im Bett verblieben wäre. Zuallererst schickte ich nach meinem Schwager, der meines Weibs Schwester hatte. Ich berichtete ihm kurz, wie nahe ich mit ihm verwandt geworden, und ersuchte ihn, seine Frau kommen zu lassen, damit ich den Leuten bei meiner Hochzeit zu essen geben könnte. Ihn selbst aber bat ich, unseren Schwiegervater zu begütigen, während ich Gäste bitten wollte, die den Frieden zwischen uns völlig herstellen sollten. Das nahm er auf sich; ich aber begab mich zum Kommandanten.
Dem erzählte ich auf eine kurzweilige Manier, was ich und mein Schwieger-

vater für eine neue Mode angefangen hätten, Hochzeit zu machen, wobei es so schnell zugehe, daß in einer Stunde Verlobung, Kirchgang und Hochzeit vollzogen würden. Weil nun mein Schwiegervater die Morgensuppe gespart hätte, wäre ich bedacht, redlichen Leuten dafür eine Specksuppe vorzusetzen, zu welcher ich ihn untertänig einladen wolle. Der Kommandant mußte bei meinem lustigen Vortrag lachen, daß er schier zersprungen wäre. Er fragte mich, wie es denn mit unserm Heiratsabkommen beschaffen sei und wieviel Geldfüchse mir mein Schwiegervater, von denen der alte Geizkragen eine Menge hätte, zum Heiratsgut gäbe. Ich antwortete, daß unser Heiratsabkommen nur in einem Punkt bestünde, welcher laute, daß ich und seine Tochter uns in Ewigkeit nicht mehr vor seinen Augen sehen lassen sollten. Doch seien weder Notar noch Zeugen dabei gewesen, so daß ich hoffe, es sollte widerrufen werden, zumal doch alle Heirat zur Fortpflanzung guter Freundschaft gestiftet würde.

Mit solchen Schwänken, die man an jenem Ort sonst nicht von mir gewohnt war, erreichte ich, daß der Kommandant samt meinem Schwiegervater, den er dazu überreden wollte, bei meiner Specksuppe zu erscheinen versprach. Er schickte auch gleich ein Faß Wein und einen Hirsch in meine Küche. Ich aber ließ zurichten, als hätte ich Fürsten zu bewirten gehabt. Ich brachte auch eine ansehnliche Gesellschaft zuwege, die meinen Schwiegervater und meine Schwiegermutter mit mir und meinem Weib versöhnten, so daß sie uns mehr Glück wünschten, als sie uns die vorige Nacht geflucht hatten.

Den andern Tag bewirtete mein Schwiegervater meine Hochzeitsgäste, aber bei weitem nicht so gut wie ich, denn er war karg. Da wurde ich erst gefragt, was ich für eine Hantierung treibe und wie ich die Haushaltung anstellen wolle. Jetzt merkte ich erst, daß ich meine edle Freiheit verloren hatte und unter einer Botmäßigkeit leben sollte.

Als ich darauf bescheiden meinen lieben Schwiegervater um seinen getreuen Rat bat, welchem ich gern folgen wolle, lobte der Kommandant meine Antwort und sagte: »Dieweil er ein junger, frischer Soldat ist, so wäre es eine große Torheit, wenn er mitten in diesen jetzigen Kriegsläuften ein anderes als das Soldatenhandwerk ergriffe. Es ist weit besser, sein Pferd in eines andern Stall zu stellen, als das eines andern in dem seinigen zu füttern. Was mich betrifft, so will ich ihm ein Fähnlein geben, wenn er will.«

Mein Schwiegervater und ich bedankten uns, und ich schlug's nicht mehr aus wie zuvor, wies jedoch dem Kommandanten die Handschrift des Kaufmanns, der meinen Schatz zu Köln in Verwahrung hatte. »Dieses«, sagte ich, »muß ich zuvor holen, ehe ich schwedische Dienste annehme. Denn

sollte man erfahren, daß ich dem Gegner diene, werden die zu Köln mich auslachen und das Meinige behalten, was sich so leicht nicht am Weg finden läßt.«
Sie gaben mir beide recht, und so wurde zwischen uns dreien beschlossen, daß ich mich in wenigen Tagen nach Köln begeben, meinen Schatz dort abholen und nach meiner Rückkehr in die Festung ein Fähnlein erhalten sollte.

Der Jäger fängt einen Hasen mitten in der Stadt Köln

Kaum hatte ich acht Tage mit meinem lieben Weib im Ehestand zugebracht, als ich in meinem Jägerkleid, mit einem Feuerrohr auf der Achsel, von ihr und ihren Freunden Abschied nahm. Ich schlich mich glücklich durch, weil mir alle Wege bekannt waren, so daß mich kein Mensch sah, bis ich nach Deutz, das Köln gegenüber diesseits des Rheins liegt, gelangte.
Als ich nun nach Köln kam, kehrte ich bei meinem Jupiter ein, der damals ganz klug war. Als ich ihm anvertraute, warum ich da sei, sagte er gleich, daß ich leider leeres Stroh dreschen würde, weil der Kaufmann, dem ich das Meinige aufzuheben gegeben hatte, Bankrott gespielt habe und ausgerissen sei. Zwar seien meine Sachen obrigkeitlich versiegelt und der Kaufmann selbst aufgefordert worden, sich wieder einzustellen; aber man zweifle sehr an seiner Rückkehr, weil er das Beste, was er fortbringen konnte, mit sich genommen hätte. Bis nun die Sache zur Verhandlung käme, könne viel Wasser den Rhein hinunterlaufen.
Wie angenehm mir diese Botschaft war, kann jeder leicht ermessen. Ich fluchte ärger als ein Fuhrmann, aber was half's, ich hatte drum meine Sachen nicht wieder. Auch hatte ich nicht mehr als zehn Taler Zehrgeld mit mir genommen, so daß ich mich nicht so lange aufhalten konnte, wie es nötig gewesen wäre. Überdies war es nicht ohne Gefahr, länger da zu bleiben, denn sollte herauskommen, daß ich einer feindlichen Garnison angehörte, mußte ich nicht nur den Verlust meines Gutes, sondern noch größere Ungelegenheiten fürchten.
Sollte ich nun unverrichtetersache wieder zurück und das Meinige mutwillig dahinter lassen? Das schien mir auch nicht ratsam. Zuletzt beschloß ich, in Köln zu warten, bis die Sache verhandelt würde, und meiner Liebsten über den Grund meines Ausbleibens Nachricht zu geben.
Ich begab mich daher zu einem Anwalt, der Notar war, bat ihn um Rat und Hilfe und versprach ihm, wenn er die Sache beschleunigte, zum

Honorar ein großes Geschenk. Da er nun hoffte, es würde an mir etwas zu fischen sein, übernahm er den Auftrag, auch nahm er mich selbst in Kost. Am andern Tag ging er mit mir zu den Herren, welche die Konkurssachen zu behandeln hatten, reichte eine beglaubigte Abschrift von des Kaufmanns Handschrift ein und legte auch das Original vor; worauf wir zur Antwort bekamen, daß wir uns bis zur Hauptverhandlung gedulden müßten, weil die aufgeführten Sachen nicht alle vorhanden seien.

So hatte ich eine Zeit des Müßiggangs vor mir, in der ich sehen konnte, wie es in großen Städten hergeht. Mein Kostherr war, wie gesagt, ein Anwalt und Notar, daneben hatte er etwa ein halbes Dutzend Kostgänger und hielt stets acht Pferde auf der Streu, welche er den Reisenden gegen Geld auszuleihen pflegte; dazu hatte er einen deutschen und einen welschen Knecht, die fahren, reiten und die Pferde pflegen mußten. So hatte er ein drei- und vierfaches Einkommen.

Da er Geld zusammenkratzte, wie er nur konnte, mußten alle im Haus dem Schindhund sparen helfen. Ich aß anfangs nicht mit seinen Kostgängern, sondern mit seinen Kindern und dem Gesinde, weil ich nicht viel Geld bei mir hatte. Da gab es schmale Bißlein, die meinem Magen, der an gutes westfälisches Futter gewöhnt war, ganz spanisch vorkamen. Kein gutes Stück Fleisch kriegten wir auf den Tisch, sondern nur, was acht Tage zuvor von der Studenten Tafel getragen, von diesen überall benagt und nunmehr vor Alter so grau wie Methusalem geworden war; darüber machte dann die Hausfrau (welche die Küche selbst versehen mußte, denn ihr Mann hielt ihr keine Magd) eine schwarze saure Brüh und überteufelte es mit Pfeffer. Da wurden die Knochen dann so sauber abgeschleckt, daß man Schachsteine draus hätte drehen können; und doch waren sie alsdann noch nicht recht ausgenutzt, denn sie kamen in einen eigenen Behälter, und wenn unser Geizhals genug beisammen hatte, wurden sie erst kleingehackt und das letzte Fett herausgesotten. An den Fasttagen, deren es mehr als genug gab und die alle gewissenhaft gehalten wurden, mußten wir uns mit stinkenden Bücklingen, versalzenen Dörrfischen und faulen Stockfischen herumbeißen, denn er ließ sich die Mühe nicht dauern, selbst auf den Fischmarkt zu gehen und anzupacken, was die Fischer eben wegzuschmeißen im Sinn hatten. Unser Brot war gewöhnlich schwarz und altbacken, der Trank aber ein dünnes, saures Bier, das mir die Därme hätte zerschneiden mögen.

Dazu vernahm ich von dem deutschen Knecht, daß es zur Sommerzeit noch schlimmer hergehe, denn da sei das Brot schimmelig, das Fleisch voller Würmer, und ihre besten Speisen seien zu Mittag ein paar Rettiche und auf den Abend eine Handvoll Salat. Ich fragte ihn, warum er dann bei dem Filz bleibe. Da antwortete er mir, daß er die meiste Zeit auf Reisen sei und deshalb mehr von den Trinkgeldern der Reisenden als von seinem Geizkragen lebe. Dieser Geldwolf lasse nicht einmal sein Weib in den Keller. Einmal brachte er sechs Pfund Rinderkutteln heim; die tat er in seinen Speisekeller. Und weil zu seiner Kinder großem Glück ein Oberlicht offenstand, banden sie eine Eßgabel an einen Stecken und angelten alle Kuttelflecke heraus, welche sie halb gekocht in großer Eile verschlangen, worauf sie vorgaben, die Katz hätte es getan. Aber der Erbsenzähler wollte es nicht glauben, fing deshalb die Katz, wog sie und fand, daß sie mit Haut und Haaren nicht so schwer war wie seine Kutteln.

Weil er nun gar so unverschämt handelte, wollte ich nicht mehr am Tisch seiner Leute, sondern, es koste, was es wolle, an der Tafel der Studenten essen. Hier ging es zwar etwas herrlicher her, mir aber wurde damit wenig geholfen, denn alle Speisen, die man uns vorsetzte, waren nur halb gar, was unserm Kostherrn doppelten Nutzen brachte; erstens, weil er Holz sparte, und zweitens, weil wir nicht so viel verdauen konnten. Der Wein war gewässert, der Käs steinhart und die holländische Butter dermaßen versalzen, daß keiner mehr als ein Lot bei einem Imbiß verzehren konnte.

Einmal brachte ihm einer von seinen Klienten einen Hasen als Geschenk. Den sah ich in der Speisekammer hangen und dachte, wir würden einmal Wildbret essen dürfen. Aber der deutsche Knecht sagte mir, daß wir uns an diesem Hasen keinen Zahn ausbeißen würden; ich sollte nur nachmittags auf den alten Markt gehen und sehen, ob ich nicht dort seinen Herrn mit dem Hasen finden würde.

Darauf schnitt ich dem Hasen ein Stücklein vom Ohr, und als wir beim Mittagsimbiß saßen, besprach ich mit meinen Tischgenossen, die dem Geizhals längst gern einen Schabernack angetan hätten, wie wir ihm den Hasen abjagen könnten. Am Nachmittag ging ich mit ihnen an den Ort, wo unser Kostherr zu stehen pflegte, wenn er etwas verkaufen ließ; denn er selbst kam nur, um aufzupassen, was der Verkäufer einnahm, damit er nicht etwa um einen Pfennig betrogen würde. Wir sahen ihn bei vornehmen Leuten, mit denen er diskutierte. Ich hatte einen Kerl angestellt, der ging zu dem Händler, der den Hasen verkaufen sollte, und sagte: »Landsmann, der Has ist mein. Er ist mir heute nacht von meinem Fenster weggefischt worden, und gibst du ihn nicht gutwillig heraus, so gehe ich auf deine Gefahr und Prozeßkosten mit dir hin, wo du willst.« Der Verkäufer antwortete, dort stünde der vornehme Herr, der ihm den Hasen zu verkaufen gegeben hätte und der den Hasen sicherlich nicht gestohlen habe.

Während die beiden so stritten, sammelte sich gleich eine Menge Leute

um sie, worauf unser Geizhals seinem Mittelsmann bedeutete, den Hasen herauszugeben, weil er seiner vielen Kostgänger wegen das Gerede fürchtete. Mein Kerl aber, den ich dazu angestellt hatte, wußte den Umstehenden geschickt das Stück vom Ohr zu zeigen und in den Riß zu passen, so daß ihm jedermann recht gab.

Indessen näherte ich mich auch mit meiner Gesellschaft dem Kerl, der den Hasen hatte, und fing an, mit ihm darum zu markten. Nachdem wir uns handelseins geworden waren, übergab ich den Hasen meinem Kostherrn mit der Bitte, diesen mit sich heimzunehmen und für unsern Tisch zurichten zu lassen. Dem Kerl aber, den ich dafür bestellt hatte, gab ich anstelle der Bezahlung ein Trinkgeld für zwei Kannen Bier.

So mußte uns unser Geizhals den Hasen wider seinen Willen zukommen lassen; und wäre ich länger in seinem Haus verblieben, so hätte ich ihm noch manches derartige Stücklein spielen wollen.

Wie der Jäger nach Frankreich praktiziert wurde

Allzuscharf macht schartig, und wenn man den Bogen überspannt, dann zerbricht er. Der Possen, den ich meinem Kostherrn mit dem Hasen riß, war mir nicht genug. Um seinen unersättlichen Geiz noch mehr zu strafen, lehrte ich seine Kostgänger, die versalzene Butter zu wässern, um so das überflüssige Salz herauszuziehen; den harten Parmesaner Käs aber hieß ich sie schaben und mit Wein anfeuchten. Das waren dem Geizhals lauter Stiche ins Herz. Auch machte ich ein Lied, worin ich den Geizigen mit einer Sau verglich, von der man nichts Gutes erwartet, bis sie der Metzger tot auf dem Schragen hat. Das alles zahlte er mir brav heim, weil er mich nicht, um solche Sachen zu treiben, in sein Haus bestellt hatte.

Unter seinen Kostgängern waren zwei junge Adelige. Diese bekamen von ihren Eltern einen Wechsel mit dem Befehl, sich nach Frankreich zu begeben, um die Sprache zu erlernen. Damals war der deutsche Knecht unseres Kostherrn eben anderwärts auf der Reise, und dem welschen, so sagte unser Kostherr, wolle er die Pferde nicht anvertrauen, weil er ihn noch nicht recht kenne und er das Wiederkommen vergessen könnte. Deswegen bat er mich, ihm den großen Dienst zu tun und die beiden Edelleute mit seinen Pferden nach Paris zu führen. Er selbst wolle indessen, wenn ich ihm alle Vollmacht gäbe, meine Geschäfte so getreulich fördern, als wenn ich anwesend wäre. Die adeligen Herren baten mich auch, und weil mich die Neugier auf Frankreich lockte, machte ich mich mit diesen Edelleuten auf den Weg, auf dem mir nichts Besonderes widerfuhr.

Als wir aber mit unsern Pferden nach Paris kamen und bei dem Korrespondenten unseres Kostherrn einkehrten, wurde ich mit den Pferden arrestiert. Und ein Mann, der vorgab, mein Kostherr wäre ihm eine Geldsumme schuldig, griff mit Gutheißung des Kommissars zu und versilberte die Pferde, ich mochte Gott weiß was dazu sagen. So saß ich da wie Matz von Dresden und wußte mir nicht zu helfen und schon gar nicht zu raten, wie ich einen so weiten und damals sehr unsichern Weg wieder zurückkommen sollte.

Die Edelleute zeigten großes Mitleid mit mir. Sie bescherten mir ein um so reicheres Trinkgeld und wollten mich nicht eher von sich lassen, als bis ich entweder einen guten Herrn oder eine günstige Gelegenheit hätte, wieder nach Deutschland zu kommen. Sie mieteten sich eine Wohnung, und ich hielt mich etliche Tage bei ihnen auf, um dem einen, der wegen der ungewohnten weiten Reise etwas unpäßlich geworden war, aufzuwarten. Und da ich mich so fein anließ, schenkte er mir sein Kleid, das er ablegte, weil er sich nach der neuen Mode kleiden ließ. Ihr Rat war, ich solle nur getrost ein paar Tage in Paris bleiben und die Sprache lernen; was ich zu Köln zu holen hätte, würde mir nicht davonlaufen.

Als ich nun so vor der Wahl stand und nicht wußte, was ich tun sollte, hörte mich einmal der Medikus, der alle Tage zu uns kam, meinen kranken Junker zu kurieren, auf der Laute schlagen und ein deutsches Liedlein dazu singen. Das gefiel ihm so wohl, daß er mir eine gute Anstellung bei freier Kost anbot, wenn ich mich zu ihm begeben und seine zwei Söhne unterrichten wollte. Da wurden wir bald handelseins, weil auch die beiden Edelleute das Beste dazu redeten. Ich verdingte mich aber nicht länger als von einem Vierteljahr zum andern.

Dieser Doktor redete Deutsch so gut wie ich und Italienisch wie seine Muttersprache; deshalb ging ich um so lieber zu ihm. Als ich nun mit meinen Edelleuten beim Abschiedsessen saß, war er auch dabei, und als ich an mein junges Weib, an mein Fähnlein und meinen Schatz zu Köln denken mußte, sagte ich traurig bei Tisch: »Wer weiß, ob mich nicht vielleicht mein Kostherr mit Fleiß hierherpraktiziert hat, damit er meinen Schatz einstecken kann.«

Darauf antwortete der Doktor: »Das mag wohl sein. Doch laßt Euch nicht beirren, ich will Euch schon wieder mit guter Gelegenheit nach Deutschland verhelfen. Ich habe auch den Verdacht, daß alles eine abgekartete Sache war, weil derjenige, der sich als Gläubiger ausgab, ein sehr guter Freund Eures Kostherrn und seines hiesigen Korrespondenten ist. Und ich will glauben, daß Ihr die Obligation, kraft deren er die Pferde beschlagnahmt und verkauft hat, jetzt erst mit Euch gebracht habt.«

Simplizius bekommt einen besseren Kostherrn, als er zuvor einen hatte

Monsieur Canard, so hieß mein neuer Herr, erbot sich, mir mit Rat und Tat behilflich zu sein. Und als ich ihm sagte, ich wolle Briefe schreiben, versprach er mir, für die Beförderung zu sorgen, und sollten sie nach Mexiko oder China gerichtet sein.

Danach verfertigte ich ein Schreiben an den Kommandanten in Lippstadt, berichtete ihm, wie ich hierhergeraten war, und bat ihn, sich meines Eigentums anzunehmen und dieses, bis ich wieder Gelegenheit hätte, zum Regiment zu kommen, meinen Freunden zuzustellen. Dieses Schreiben, dem ich Briefe an meine Liebste und an meinen Schwiegervater beifügte, übergab ich Herrn Canard. Eine Abschrift der Briefe gab ich auf die Post, damit, wenn eine Sendung verlorenginge, doch die andere ans Ziel käme.

Nun wurde ich wieder fröhlich und unterrichtete die zwei Söhne meines Herrn um so leichter. Die wurden wie Prinzen erzogen, denn weil Monsieur Canard sehr reich war, war er auch überaus hoffärtig und wollte sich sehen lassen. Diese Krankheit hatte er von den großen Herren angenommen, mit denen er täglich umging. Sein Haus glich der Hofhaltung eines Grafen, nur daß man ihn nicht auch einen gnädigen Herrn nannte. Seine Einbildung war so groß, daß er auch einen Marquis, der ihn aufsuchte, nicht anders als seinesgleichen empfing. Er half zwar auch geringen Leuten, nahm aber kein geringeres Geld, sondern schenkte ihnen eher ihre Schuldigkeit, um einen großen Namen zu haben. Weil ich ziemlich wißbegierig war und er gern mit mir prangte, wenn ich ihm mit andern Dienern auf seinen Krankenbesuchen folgte, so half ich ihm auch oft in seinem Laboratorium, wo er die Arzneien zubereitete. Dadurch wurde ich ziemlich vertraut mit ihm.

Einmal fragte ich ihn, warum er sich nicht nach seinem adeligen Sitz nenne, den er neulich nahe Paris um zwanzigtausend Kronen gekauft habe. Und warum er gelehrte Doctores aus seinen Söhnen zu machen gedenke und sie so streng studieren lasse, statt ihnen, da er doch den Adel schon hätte, wie andere Kavaliere Ämter zu kaufen, um sie so ganz in den adeligen Stand treten zu lassen.

»Nein«, antwortete er, »wenn ich zu einem Fürsten komme, so heißt's: Herr Doktor, Er setze sich nieder! Zum Edelmann aber wird gesagt: Wart auf!«

Ich sagte: »Weiß aber der Herr Doktor nicht, daß ein Arzt dreierlei Angesichter hat: das eines Engels, wenn der Kranke seiner ansichtig wird; das eines Gottes, wenn er hilft; und drittens das eines Teufels, wenn man gesund ist und ihn wieder fortschickt? So währt die Ehre nur so lange, als dem Kranken der Wind im Leib herumgeht; wenn er aber hinaus ist und das Rumpeln aufhört, hat die Ehre ein End, und es heißt: Doktor, vor der Tür ist dein Platz. Demnach hat der Edelmann mehr Ehre von seinem Stehen als ein Doktor von seinem Sitzen. Der Herr Doktor hat neulich etwas von einem Fürsten in den Mund genommen, um den Geschmack festzustellen. Ich wollte lieber zehn Jahre stehen und aufwarten, ehe ich eines andern Kot versuchte, und wenn man mich auf lauter Rosen setzen würde.«

Er antwortete: »Das mußte ich nicht tun. Aber ich tat's, damit meine Belohnung um so größer würde, wenn der Fürst sähe, wie sauer mich's ankommt, seinen Zustand recht zu erkunden. Und warum sollte ich nicht dessen Kot versuchen, der mir etliche hundert Pistolen dafür zum Lohn gibt? Ihr redet von der Sache wie ein Deutscher. Wäret Ihr von einer anderen Nation, so wollte ich sagen, Ihr redet wie ein Narr!«

Das steckte ich ein, weil ich sah, daß er sich erzürnen wollte. Und damit er wieder zu guter Laune käme, brachte ich etwas Angenehmeres auf die Bahn.

Wie er als Komödiant auftritt und einen neuen Namen bekommt

Monsieur Canard hatte mehr Wildbret wegzuwerfen, als mancher, der eine eigene Wildbahn besitzt, zu fressen hat, und dazu wurde ihm noch mehr Zahmes verehrt, als er und die Seinigen verzehren konnten; deshalb hatte er täglich viele Schmarotzer, so daß es bei ihm aussah, als ob er eine freie Tafel hielte.

Einstmals besuchten ihn des Königs Zeremonienmeister und andere vornehme Personen vom Hof, die er fürstlich bewirtete, weil er wohl wußte, wen er zum Freund behalten mußte. Um nun seinen Gästen ein besonderes Vergnügen zu bereiten, bat er mich, ein deutsches Liedlein zur Laute hören zu lassen. Ich folgte gern, weil ich gerade bei Laune war, und entzückte die Anwesenden so, daß der Zeremonienmeister sagte, es sei ewig schad, daß ich die französische Sprache nicht könne, er wollte mich sonst beim König und der Königin anbringen. Mein Herr, der mich nicht gern verlieren wollte, sagte, daß ich von Adel sei und nicht lang in Frankreich zu bleiben gedächte, so daß ich schwerlich als Musikant dienen wollte. Darauf sagte der Zeremonienmeister, daß er sein Lebtag nicht eine so seltene Schönheit, eine so klare Stimme und eine solche Kunst im Lautenspiel in einer Person vereint gefunden habe. Es sollte demnächst im Louvre vor dem König eine Komödie gespielt werden; wenn er mich dabei verwenden könnte, so hoffte er große Ehre mit mir einzulegen.

Das teilte Monsieur Canard mir mit. Ich antwortete ihm, wenn man mir sagte, was ich vorstellen und singen sollte, so könnte ich ja die Melodien wie die Lieder auswendig lernen und diese zur Laute singen, wenn sie auch in französischer Sprache seien. Als mich der Zeremonienmeister so willig sah, mußte ich ihm versprechen, am andern Tag zu einer Probe in den Louvre zu kommen.

Also stellte ich mich zur festgesetzten Zeit ein. Die Melodien der verschiedenen Lieder schlug ich gleich perfekt auf dem Instrument, weil ich das Tabulaturbuch vor mir hatte. Danach lernte ich die französischen Lieder auswendig. Das kam mich gar nicht schwer an, so daß ich's konnte, ehe man sich's versah, und Monsieur Canard mir das Lob gab, daß der Hundertste geschworen hätte, ich wäre ein geborener Franzos.

Und als wir das erstemal zusammenkamen, die Komödie zu proben, wußte ich so ergreifend um meine Eurydike zu wehklagen, daß alle glaubten, ich hätte den Orpheus, den ich damals vorzustellen hatte, schon öfters gespielt.

Ich habe mein Lebtag keinen so angenehmen Tag gehabt wie den, an welchem diese Komödie gespielt wurde. Monsieur Canard gab mir etwas ein, meine Stimme noch klarer zu machen. Als er mich aber schminken und mein halbkrauses Haar, das von Schwärze glitzerte, pudern wollte, fand er, daß er mich dadurch nur entstellt hätte. Ich wurde mit einem Lorbeerkranz bekrönt und mit einem antiken meergrünen Gewand bekleidet, in dem man meinen Hals, den oberen Teil der Brust, die Arme bis über die Ellenbogen und die Knie von den halben Schenkeln an bis auf die halben Waden nackend und bloß sehen konnte. Darüber trug ich einen fleischfarbenen Taftmantel. In diesem Kleid schmachtete ich um meine Eurydike, rief die Venus mit einem schönen Lied um Beistand an und brachte endlich meine Liebste davon. Nachdem ich aber meine Eurydike verloren hatte, zog ich einen ganz schwarzen Habit an, aus welchem meine weiße Haut hervorschien wie der Schnee. In diesem Aufzug beklagte ich meine verlorene Gemahlin und stellte mir die Sache so lebhaft vor, daß mir mitten unter meinen traurigen Liedern die Tränen hervorsprangen und ich vor Weinen fast nicht mehr singen konnte. Als ich vor Pluto und Proserpina in die Hölle kam, stellte ich ihnen in einem ergreifenden Lied ihre Liebe, die sie zueinander trügen, vor Augen, bat sie, daraus auf die Schmerzen zu schließen, unter denen ich und Eurydike voneinander geschieden seien, und flehte sie an, mir diese zurückzugeben. Da ich das Jawort erhalten hatte, bedankte ich mich mit einem Lied und wußte dabei mein Angesicht, meine Gebärden und meine Stimme zu solcher Fröhlichkeit zu verändern, daß sich alle Zuschauer darüber ver-

wunderten. Als ich aber meine Eurydike unversehens wieder verlor, stellte ich mir die größte Gefahr vor, in die ein Mensch geraten könnte, und wurde davon so bleich, als ob ich ohnmächtig werden wollte. Und weil ich damals allein auf der Bühne war und alle Zuschauer auf mich sahen, nahm ich mich um so mehr zusammen und bekam davon die Ehre, daß ich am besten gespielt hätte. Danach setzte ich mich auf einen Felsen und fing an, den Verlust meiner Liebsten mit einer traurigen Melodie zu beklagen und alle Kreaturen um Mitleid anzurufen.
Von dieser Komödie bekam ich außer dem Lob, das mir jedermann gab, nicht allein eine große Belohnung, sondern auch einen neuen Namen, indem mich die Franzosen nicht anders als Beau Allemand, den schönen Deutschen, nannten.

Beau Allemand wird wider seinen Willen in den Venusberg geführt

So wurde ich bei hohen Personen bekannt, und es schien, als ob mir das Glück aufs neue hätte leuchten wollen; denn mir wurden gar des Königs Dienste angeboten, was manchem großen Hans nicht widerfährt.
Da kam einmal ein Lakai, der sprach meinen Monsieur Canard an und brachte ihm ein Brieflein, als ich eben in seinem Laboratorium am Schmelztiegel saß (denn ich hatte aus Lust schon unzählig viel von den alchemistischen Künsten gelernt, mit denen er seine Arzneien zurichtete).
»Monsieur Beau Allemand«, sagte mein Herr zu mir, »dies Schreiben betrifft Euch. Es schickt ein vornehmer Herr nach Euch. Er möchte von Euch vernehmen, ob Ihr nicht seinen Sohn auf der Laute unterrichten wollt, und verspricht, Euch Eure Mühe mit freundlicher Dankbarkeit zu lohnen.«
Ich antwortete, wenn ich ihm zuliebe jemand dienen könnte, so würde ich keine Anstrengung sparen. Darauf sagte er, ich sollte mich nur anders anziehen; bis ich fertig sei, wollte er mir etwas zu essen fertigmachen lassen, denn ich hätte einen ziemlich weiten Weg zu gehen, so daß ich kaum vor Abend ans Ziel kommen würde. Also putzte ich mich heraus und verschluckte in Eile etwas von dem Imbiß, besonders aber ein Paar kleiner delikater Würstchen, welche, wie mich deuchte, ziemlich stark apothekerten.
Ich ging danach mit dem Lakaien auf seltsamen Umwegen eine Stunde lang, bis wir gegen Abend vor eine Gartentür kamen, die nur angelehnt war. Diese stieß der Lakai vollends auf, und nachdem er sie hinter uns wieder geschlossen hatte, führte er mich in das Lusthaus, das in einer Ecke des

Gartens stand. Dort passierten wir einen ziemlich langen Gang. Danach klopfte er an eine Tür, die von einer alten adeligen Dame stracks aufgemacht wurde.
Die Dame hieß mich in deutscher Sprache sehr höflich willkommen und forderte mich auf, vollends einzutreten. Der Lakai aber, der kein Deutsch konnte, nahm mit einer tiefen Reverenz seinen Abschied.
Die Alte führte mich in das Zimmer, das rundum mit den köstlichsten Tapeten behangen und sonst auch schön verziert war. Sie hieß mich niedersitzen, damit ich verschnaufen und vernehmen könnte, warum ich an diesen Ort geholt worden sei. Ich folgte gern und setzte mich auf einen Sessel, den sie zu einem Feuer stellte, das in dem Saal brannte. Sie aber setzte sich neben mich auf einen andern Sessel und sagte: »Monsieur, wenn Er etwas von den Kräften der Liebe weiß, welche die allertapfersten, stärksten und klügsten Männer überwältigt, so wird er sich nicht wundern, wenn sie auch ein schwaches Weibsbild meistert. Er ist nicht seiner Laute halber, sondern seiner unübertrefflichen Schönheit wegen von der allervortrefflichsten Dame in Paris hierherberufen worden, die sterben zu müssen glaubt, wenn sie nicht bald das Glück hat, des Herrn überirdische Gestalt zu beschauen. Deswegen hat sie mir befohlen, dem Herrn, als meinem Landsmann, dies anzuzeigen und ihn zu bitten, daß er sich diesen Abend bei ihr einfinden möge, was er ihr als einer vornehmen Dame hoffentlich nicht abschlagen wird.«
Ich antwortete: »Madame, ich weiß nicht, was ich darauf sagen soll. Ich meine nicht so beschaffen zu sein, daß eine Dame von so hoher Qualität nach meiner Wenigkeit verlangen sollte. Und wenn die Dame, die mich zu sehen begehrt, so vortrefflich und vornehm ist, warum hat sie nicht zu früherer Tageszeit nach mir geschickt, statt mich so spät am Abend hierher an diesen einsamen Ort zu rufen? Warum hat sie nicht befohlen, ich solle stracks zu ihr kommen? Was habe ich in diesem Garten zu tun? Meine hochgeehrte Frau Landsmännin vergebe mir, wenn ich als ein verlassener Fremder zu fürchten beginne, man wolle mich hintergehen, zumal ich schon getäuscht wurde, als man mir sagte, ich solle zu einem Herrn kommen. Sollte ich merken, daß man mir heimtückisch ans Leben will, würde ich vor meinem Tod meinen Degen noch zu gebrauchen wissen!«
»Sachte, sachte, mein hochgeehrter Herr Landsmann«, antwortete sie mir, »die Weibsbilder sind seltsam und gehen vorsichtig zu Werke. Wenn diejenige, die Ihn über alles liebt, gern hätte, daß Er etwas über ihre Person wüßte, so hätte sie Ihn freilich nicht erst hierher, sondern auf dem geraden Wege zu sich kommen lassen. Dort liegt eine Kappe, die muß der Herr

aufsetzen, wenn Er von hier aus zu ihr geführt wird, weil sie so ganz und gar nicht will, daß Er wisse, wo und bei wem Er steckte. Ich bitte daher den Herrn, Er erzeige sich gegen diese Dame, wie es Ihre Hoheit verdient, wenn Er nicht erfahren will, daß sie mächtig genug ist, Seinen Hochmut im Augenblick zu strafen. Wird Er sich aber nach Gebühr verhalten, so wird Ihm auch der kleinste Tritt, den Er ihretwegen getan, nicht unbelohnt bleiben.«

Es wurde allmählich finster, und ich hatte allerhand furchtsame Gedanken, so daß ich dasaß wie ein geschnitztes Bild. Und da ich mir einbilden konnte, daß ich von diesem Ort so leicht nicht würde entrinnen können, willigte ich in alles ein.

Wie die Alte meine Einwilligung hatte, rief sie »Jean!« und »Pierre!« Diese traten alsbald, jeder in vollem blankem Küraß, vom Scheitel bis zur Fußsohle bewaffnet, Hellebarde und Pistole in der Hand, hinter einer Tapete hervor, wovon ich dermaßen erschrak, daß ich mich ganz entfärbte.

Die Alte sagte lächelnd: »Man muß sich nicht so fürchten, wenn man zu einem Frauenzimmer geht.« Darauf befahl sie den beiden, sie sollten ihren Harnisch ablegen, die Laterne nehmen und nur mit ihren Pistolen mitgehen. Dann streifte sie mir die Kappe, die von schwarzem Samt war, über den Kopf, nahm meinen Hut unter den Arm und führte mich über seltsame Wege an der Hand. Ich spürte wohl, daß ich durch viele Türen und auch über einen gepflasterten Weg ging. Endlich mußte ich, nach etwa einer halben Viertelstunde, eine kleine steinerne Stiege steigen; oben tat sich ein kleines Türlein auf, danach kam ich über einen Gang, mußte eine Wendeltreppe hinauf und danach etliche Stufen wieder hinab, worauf sich sechs Schritt weiter eine Tür öffnete.

Als mir nun die Alte die Kappe wieder herunterzog, da befand ich mich in einem Saal, der überaus reizend ausgeschmückt war. Die Wände waren mit schönen Gemälden, die Kredenz mit Silbergeschirr und das Bett, das auch darin stand, mit goldenen Vorhängen geziert. In der Mitte stand ein prächtig gedeckter Tisch, und beim Feuer befand sich eine Badwanne, die meinem Bedünken nach ganz und gar nicht in den Saal paßte.

Die Alte sagte zu mir: »Nun willkommen, Herr Landsmann! Kann Er noch sagen, daß man Ihn heimtückisch hintergehe? Er wird hier eine schönere Eurydike finden, als Er neulich auf dem Theater eine verlor!«

Eine adelige Jungfer, die das Feuer versorgte, zog mir Schuh und Strümpfe aus, die ich im Finstern ziemlich besudelt hatte, wie denn Paris überhaupt eine sehr kotige Stadt ist. Gleich hierauf kam Befehl, daß man mich noch vor dem Essen baden sollte. Das Jungfräulein brachte das Badezeug, das nach Bisam und wohlriechenden Seifen roch. Ich wollte mich schämen und

mich vor der Alten nicht nackend sehen lassen, aber es half nichts, ich mußte dran und mich von ihr abreiben lassen; das Jungferchen aber mußte eine Weile abtreten. Nach dem Bad wurde mir ein zartes Hemd gegeben und ein köstlicher Schlafrock von veilchenblauem Taft angelegt, dazu erhielt ich ein Paar seidener Strümpfe von gleicher Farbe, und die Schlafhaube sowie die Pantoffeln waren mit Gold und Perlen bestickt, so daß ich nach dem Bad dort saß und protzte wie der Herzkönig.
Während mir nun meine Alte das Haar trocknete und kämmte, trug das Fräulein die Speisen auf. Als der Tisch gedeckt war, traten drei heroische junge Damen in den Saal, welche ihre alabasterweißen Brüste zwar ziemlich weit entblößt trugen, dafür aber ihre Angesichter ganz vermaskiert hatten. Sie dünkten mich alle drei wunderschön zu sein, aber doch war eine viel schöner als die andern. Ich machte ihnen stillschweigend einen tiefen Bückling, und sie bedankten sich bei mir mit gleichen Zeremonien, so daß es ganz so aussah, als wären Stumme beieinander gewesen. Da sie sich alle drei zugleich niedersetzten, konnte ich nicht erraten, welche die vornehmste unter ihnen war und welcher ich zu dienen da war. Die erste fragte mich, ob ich nicht Französisch könnte. Meine Landsmännin sagte: »Nein.« Hierauf befahl ihr die zweite, sie solle mir sagen, ich möge so freundlich sein und mich setzen. Als dies geschehen war, befahl die dritte meiner Dolmetscherin, sie sollte sich auch setzen.
Ich saß neben der Alten diesen drei Damen gerade gegenüber, und neben einem so alten Gerippe strahlte meine Schönheit ohne Zweifel um so mehr. Sie blickten mich alle drei sehr andächtig an, und ich möchte schwören, daß sie viele hundert Seufzer fahren ließen. Ihre Augen konnte ich nicht funkeln sehen wegen der Masken, die sie trugen. Meine Alte fragte mich (sonst konnte niemand mit mir reden), welche unter diesen dreien ich für die schönste hielte. Ich antwortete, daß ich unmöglich eine Wahl treffen könnte. Darüber fing sie an zu lachen, daß man alle vier Zähne sah, die sie noch im Maul hatte, und fragte: »Warum das?« Ich antwortete, weil ich sie nicht recht sehen könnte; doch soviel ich sähe, seien sie alle drei nicht häßlich.
Die Damen wollten wissen, was die Alte gefragt und was ich geantwortet hätte. Meine Alte verdolmetschte es und log noch dazu, ich hätte gesagt, einer jeden Mund wäre hunderttausendmal küssenswert; ich konnte nämlich ihre Mäuler unter den Masken wohl sehen, besonders bei der, die mir gerade gegenüber saß. Durch diese Schmeichelei bewirkte die Alte, daß ich diese Dame für die vornehmste hielt und sie noch eifriger betrachtete. Dies war all unser Diskurs bei Tisch, und ich stellte mich, als ob ich kein Wort Französisch verstünde.

Weil es nun so still herging, machten wir bald Feierabend. Darauf wünschten mir die Damen eine gute Nacht und gingen ihres Wegs, wobei ich ihnen das Geleit nicht weiter als bis an die Türe geben durfte, welche die Alte gleich hinter ihnen zuriegelte. Als ich das sah, fragte ich, wo ich denn schlafen sollte. Sie antwortete, ich müßte bei ihr in dem Bett hier vorliebnehmen.

Indem wir so plauderten, hörten wir auf einmal aus dem Bett eine Stimme. Eine schöne Dame lag darin, die jetzt den Umhang etwas zurückzog und zu der Alten sagte, sie sollte aufhören zu schwätzen und schlafen gehen! Darauf nahm ich der Alten das Licht und wollte sehen, wer im Bett läge. Die Alte aber löschte es aus und sagte: »Herr, wenn Ihm sein Kopf lieb ist, dann unterstehe Er sich nicht, diese Dame wider ihren Willen sehen zu wollen!« Damit verschwand sie. Die Jungfer aber, die das Feuer versorgt hatte, löschte dieses vollends aus und ging durch eine verborgene Tür auch hinweg.

Hierauf sagte die Dame, die im Bett lag: »Allez, Monsieur Beau Allemand, gee schlaff, mein Herz, gom, rick su mir!« So viel hatte ihr die Alte Deutsch beigebracht. Ich begab mich zum Bett, zu sehen, wie es weitergehen sollte, und sobald ich hinzukam, fiel sie mir um den Hals, bewillkommnete mich mit vielen Küssen und biß mir vor hitziger Begierde schier die Unterlippe ab; ja, sie fing an, meinen Schlafrock aufzuknöpfen und das Hemd schier zu zerreißen. Sie konnte nicht mehr Deutsch als »Rick su mir, mein Herz!« Das übrige gab sie auf andere Art zu verstehen. Ich dachte zwar heim an meine Liebste, aber was half's, ich war leider ein Mensch und fand eine so wohlproportionierte Kreatur, und zwar von solcher Lieblichkeit, daß ich wohl ein Klotz hätte sein müssen, wenn ich keusch hätte davonkommen wollen.

So brachte ich acht Tage und Nächte an diesem Ort zu, und ich glaube, daß die andern drei Damen auch bei mir gelegen haben, denn sie redeten nicht alle wie die erste und stellten sich auch nicht so närrisch. Wiewohl ich nun acht ganze Tage bei diesen vier Damen war, so kann ich doch nicht sagen, daß mir gestattet wurde, das Angesicht einer einzigen, außer bei Dunkelheit, ohne Florhaube zu beschauen.

Als die acht Tage um waren, setzte man mich im Hof, mit verbundenen Augen, in eine verhängte Kutsche zu meiner Alten, die mir unterwegs die Augen wieder aufband, und führte mich in meines Herrn Hof. Alsdann fuhr die Kutsche schnell hinweg. Als Verehrung hatte ich zweihundert Pistolen erhalten.

Danach bekam ich noch mehr dergleichen Kunden, welche mir's so grob machten, daß ich endlich der Narrenpossen ganz überdrüssig wurde.

Simplizius macht sich heimlich weg

Auf solche Weise brachte ich mit Geschenken so viel an Geld und anderen Sachen zusammen, daß mir angst dabei wurde. Da ging ich in mich, nicht zwar aus Gottseligkeit oder weil mich mein Gewissen getrieben hätte, sondern aus Sorge, daß ich einmal auf so einer Kirchweih ertappt und nach Verdienst bezahlt würde.

Daher trachtete ich, wieder nach Deutschland zu kommen; und das um so mehr, weil der Kommandant zu Lippstadt mir geschrieben hatte, daß er etliche kölnische Kaufleute am Kragen erwischt hätte, die er nicht wieder aus der Hand ließe, ehe ihm nicht meine Sachen ausgehändigt würden. Das Fähnlein versprach er mir noch bis zum Frühling freizuhalten, dann freilich müßte er, wenn ich nicht käme, die Stelle mit einem andern besetzen. Es hatte mir auch mein Weib ein Brieflein mitgeschickt, in dem von lauter Liebe und Sehnsucht zu lesen war; hätte sie aber gewußt, wie gar ehrbar ich lebte, so hätte sie mir wohl einen anderen Gruß aufs Papier gesetzt.

Monsieur Canard hätte schwerlich seine Zustimmung zu meiner Abreise gegeben, daher dachte ich heimlich durchzugehen, sobald ich dazu Gelegenheit hätte. Eine solche fand sich zu meinem Unglück bald, denn als ich etliche Offiziere von der weimarischen Armee traf, gab ich mich ihnen zu erkennen und bat sie, mich als Reisegefährten mitzunehmen. Da sie mich willig in ihre Gesellschaft aufnahmen, kaufte ich mir einen Klepper, rüstete mich, so heimlich ich konnte, für die Reise aus, packte mein Geld zusammen (das waren ungefähr fünfhundert Duplonen, die ich alle den gottlosen Weibsbildern abverdient hatte) und machte mich damit fort.

Im zweiten Nachtlager hinter Paris wurde mir ganz so, als bekäme ich den Rotlauf, und mein Kopf tat mir so grausam weh, daß ich nicht aufstehen konnte. Es war in einem ganz armseligen Dorf, in dem ich keinen Arzt kriegen konnte, und das Ärgste war, daß ich nicht einmal jemand hatte, der mich gepflegt hätte. Denn die Offiziere reisten am Morgen weiter, dem Elsaß zu, und ließen mich wie einen, der sie nichts anging, todkrank liegen; doch empfahlen sie bei ihrem Abschied mich und mein Pferd dem Wirt.

Da lag ich nun ein paar Tage, ohne etwas von mir selbst zu wissen, und phantasierte wie ein Hirnschelliger. Man brachte den Pfaffen, der konnte aber nichts Vernünftiges aus mir herauskriegen. Und weil er sah, daß er mir die Seele nicht arzneien konnte, versuchte er dem Leib zu Hilfe zu kommen. Er ließ mir eine Ader öffnen, einen Schweißtrank eingeben und

mich zum Schwitzen in ein warmes Bett legen; das bekam mir so wohl, daß ich mich noch in dieser Nacht wieder besann, wo ich war.
Am folgenden Abend kam der Pfaffe wieder und fand mich ganz desperat, weil mir nicht nur all mein Geld entführt worden war, sondern ich mir auch einbildete, ich hätte die liebe Franzosenkrankheit, die ich mir freilich eher als so viel Goldstücke verdient gehabt hätte. Ich war am ganzen Leib über und über voller Flecken wie ein Tiger und konnte weder gehen, stehen, sitzen noch liegen. Weil mich der Schuh gleich an zwei Orten so heftig drückte, gebärdete ich mich so verzweifelt, daß der gute Pfarrer seine Not hatte, mich zu trösten. »Mein Freund«, sagte er, »zeigt Euch doch als vernünftiger Mensch, wenn Ihr schon Euer Kreuz nicht zu tragen versteht wie ein frommer Christ. Wollt Ihr denn zu Eurem Geld auch noch das Leben und, was mehr ist, auch die ewige Seligkeit verlieren?«
Ich antwortete: »Nach dem Geld fragte ich nichts, wenn ich nur diese abscheuliche verfluchte Krankheit nicht am Hals hätte oder doch an einem Ort wäre, wo ich wieder kuriert werden könnte.«
»Ihr müßt Euch gedulden«, antwortete der Geistliche. »Müssen's nicht auch die armen kleinen Kinder tun, von denen in diesem Dorf über fünfzig krank daran liegen?«
Wie ich hörte, daß auch Kinder damit behaftet seien, war ich gleich beherzter, denn ich konnte ja leicht denken, daß sie diese garstige Seuche nicht kriegen würden. Ich nahm daher mein Felleisen zur Hand und suchte, was es etwa noch hergeben möchte; aber da fand sich außer der Wäsche nichts Wertvolles mehr, bis auf eine Kapsel mit dem Konterfei einer Dame, rundherum mit Rubinen besetzt, das mir eine zu Paris verehrt hatte. Ich nahm das Bild heraus und übergab das übrige dem Geistlichen, mit der Bitte, es in der nächsten Stadt zu versilbern, damit ich etwas zu verzehren hätte.
Was ich dafür kriegte, war kaum der dritte Teil des Wertes, und weil es nicht lange vorhielt, mußte auch mein Klepper fort. Damit kam ich kläglich durch, bis die Pockengeschwüre anfingen einzutrocknen und mir wieder besser wurde.

Wie Simplizius, als ihm das Wasser ans Maul ging, schwimmen lernte

Womit einer sündigt, damit pflegt er gestraft zu werden. Diese Kindsblattern richteten mich dergestalt zu, daß ich hinfort vor den Weibsbildern gute Ruhe hatte. Ich kriegte Gruben im Gesicht, daß ich aussah wie eine Tenne, auf der man Erbsen gedroschen hatte; ja, ich wurde so häßlich, daß sich meine schönen krausen Haare, in welche sich so manches Weibsbild verstrickt hatte, meiner schämten und ihre Heimat verließen; an ihrer Statt bekam ich andere, die den Sauborsten gleichsahen, so daß ich eine Perücke tragen mußte. Und wie außen die Haut alle Schönheit verlor, so ging meine liebliche Stimme auch dahin, denn ich hatte den Hals voller Blattern gehabt. Meine Augen, an deren Liebesfeuer sich gar manche Schöne entzündet hatte, sahen jetzt so rot und triefend aus wie die eines achtzigjährigen Weibes, das den Star hat. Und zu alledem war ich in fremden Landen, kannte keinen, der's treulich mit mir meinte, verstand die Sprache nicht und war ganz ohne Geld.

Vor vier Wochen war ich ein Kerl gewesen, der die Fürsten zur Bewunderung bewegte und der dem Volk als ein Wunderwerk der Natur, ja wie ein Engel vorkam; jetzt aber war ich so unwert, daß mich die Hunde anpißten. Ich machte mir tausend Gedanken, was ich anfangen sollte, denn der Wirt stieß mich aus dem Haus, weil ich nichts mehr bezahlen konnte. Kein Werber wollte mich als Soldaten annehmen, weil ich wie ein grindiger Kuckuck aussah. Arbeiten konnte ich nicht, denn ich war noch zu matt. Mein einziger Trost war, daß es auf den Sommer zuging und ich mich nachts zur Not hinter einer Hecke behelfen konnte.

Ich hatte mein stattliches Kleid noch, das ich mir für die Reise hatte machen lassen, samt einem Felleisen voll kostbarem Leinenzeug, das mir aber niemand abkaufen wollte, weil jeder sorgte, ich würde ihm damit auch eine Krankheit an den Hals hängen.

Das Felleisen nahm ich auf den Buckel, den Degen in die Hand, und so machte ich mich auf den Weg, der mich in ein Städtlein trug, das zwar klein war, in dem es aber doch eine eigene Apotheke gab. In diese ging ich und ließ mir eine Salbe zurichten, die mir die Blatternnarben im Gesicht vertreiben sollte. Und weil ich kein Geld hatte, gab ich dem Apothekergesellen, der nicht so heikel war wie andere Narren, ein feines Hemd dafür. Ich dachte, wenn du nur die schändlichen Flecken los wirst, so wird sich's schon auch wieder mit deinem Elend bessern. Und weil mich der Apotheker tröstete, man würde mir über acht Tag, außer den tiefen Narben, die mir die Purpeln in die Haut gefressen hatten, wenig mehr ansehen, war ich schon beherzter.

Es war eben Markt in der Stadt, und auf diesem befand sich ein Zahnbrecher, der eine Menge Geld einstrich, obwohl er dafür liederliches Zeug den Leuten anhängte.

»Narr«, sagte ich da zu mir selbst, »warum machst du nicht auch so einen Kram auf? Bist du so lange bei Monsieur Canard gewesen und kannst nicht einmal einen einfältigen Bauern betrügen?«

Wie er ein landfahrender Leutebetrüger wurde

Ich konnte damals fressen wie ein Drescher, hatte aber nichts mehr im Vorrat als einen goldenen Ring mit einem Diamanten, der etwa zwanzig Kronen wert war. Den versilberte ich um zwölf, und da ich mir leicht vorstellen konnte, daß die bald aussein würden, beschloß ich, Arzt zu werden.

Ich verfertigte aus allerlei Bestandteilen einen Theriak gegen Vergiftungen. Darauf machte ich aus Kräutern, Wurzeln, Butter und Öl eine grüne Wundsalbe, bereitete aus Zinkerz, Kieselsteinen, Krebsaugen und Schmirgel ein Mittel, die Zähne weiß zu machen, und mischte aus Lauge, Salmiak und Kampfer ein blaues Wasser gegen Scharbock, Mundfäule, Zahn- und Augenweh. Dazu schaffte ich mir einen Haufen blecherne und hölzerne Büchslein und Gläslein an, um dahinein meine Ware zu schmieren und zu gießen. Und damit es auch nach etwas aussähe, ließ ich mir einen französischen Zettel aufsetzen und drucken, auf dem zu lesen stand, wozu das eine und das andere gut sei.

In drei Tagen war ich mit meiner Arbeit fertig, und als ich die Stadt verließ, hatte ich in der Apotheke und für die Gefäße kaum drei Kronen ausgegeben.

So belud ich mich mit meinen Packen und nahm mir vor, von einem Dorf zum andern ins Elsaß hineinzuwandern und meine Ware unterwegs an den Mann zu bringen. Zu Straßburg, als einer neutralen Stadt, wollte ich mich auf den Rhein setzen und mit Kaufleuten nach Köln fahren, um von dort aus mein Weib aufzusuchen. Das Vorhaben war gut, aber die Ausführung fehlte weit!

Als ich das erstemal meine Quacksalberei vor einer Kirche feilbot, war der Erlös gar schlecht, weil ich zu blöd war und mir weder die Sprache noch die Aufschneiderei vonstatten gehen wollte. Da sah ich gleich, daß ich's anders angreifen müßte.

Ich ging mit meinem Kram ins Wirtshaus. Dort vernahm ich vom Wirt, daß am Nachmittag allerhand Leute unter der Linde vor seinem Haus zusammenkommen würden, da könnte ich wohl so einiges verkaufen, wenn ich gute Ware hätte; doch es gäbe so viel Betrüger im Land, daß die Leute gewaltig mit dem Geld zurückhielten, wenn sie keine sichere Probe vor Augen hätten, daß der Theriak ausbündig gut sei. Als ich hörte, woran es mangelte, ließ ich mir ein halbes Trinkgläslein voll guten Straßburger Branntwein geben und fing eine Art Krotten, die man Reling oder Möhmlein nennt und die im Frühling und Sommer in den unsauberen Pfützen sitzen und singen; unten am Bauch sind sie goldgelb oder fast rotgelb und schwarz gescheckt. Eine solche Krott setzte ich also in ein Schoppenglas mit Wasser und stellte das neben meine Ware auf einen Tisch unter der Linde.

Wie nun die Leute sich zu sammeln anfingen und um mich herumstanden, meinten etliche, ich würde mit der Zange, die ich mir von der Wirtin aus ihrer Küche entlehnt hatte, die Zähne ausbrechen. Ich aber fing an: »Ihr Herrn und gueti Freund (denn ich konnte erst wenig Französisch reden), bin ich kein Brech-dir-die-Zahn-Aus, allein hab ich gut Wasser vor die Aug, es mach all die Flüß aus die rode Aug.«

»Ja«, antwortete einer, »das sieht man an Euren eigenen Augen, die sehen ja aus wie zwei Irrwisch.«

Ich sagte: »Das ist wahr, wann ich aber der Wasser vor mich nicht hab, so wär ich wohl gar blind werd. Ich verkauf sonst der Wasser nit; der Theriak und der Pulver vor die weiße Zähn und das Wundsalb will ich verkauf, und der Wasser noch darzu schenk. Ich bin kein Schreier oder Bescheiß-dir-die-Leut; wann ich hab probiert mein Theriak und sie dir nit gefallt, so darfst du sie mir nit kauf ab.«

Indem ließ ich einen von den Umstehenden eins von meinen Theriakbuchslein auswählen, daraus tat ich ein Stücklein, etwa eine Erbse groß, in meinen Branntwein, den die Leute für Wasser ansahen, und zerrührte ihn darin. Darauf holte ich mit der Zange das Möhmlein aus dem Glas mit Wasser und sagte: »Secht, ihr gueti Freund, wann dies giftig Wurm kann mein Theriak trink und stirbt nit, so ist der Ding nit nutz, dann kauf ihr mir nit ab.« Hierauf steckte ich die arme Krott, welche im Wasser geboren und aufgewachsen war, in meinen Branntwein und hielt das Glas mit einem Papier zu, daß sie nicht herausspringen konnte. Da fing sie an darin zu wüten und zu zappeln und viel ärger zu tun, als wenn ich sie auf glühende Kohlen geworfen hätte, weil ihr der Branntwein viel zu stark war, und nachdem sie es eine kleine Weile so getrieben hatte, verreckte sie und streckte alle viere von sich.

Die Bauern sperrten Maul und Beutel auf, als sie diese sichere Probe mit eigenen Augen gesehen hatten; da war nach ihrer Meinung kein besserer Theriak in der Welt als der meinige, und ich hatte genug zu tun, den Plunder in die Zettel zu wickeln und Geld dafür einzunehmen. Es waren etliche unter ihnen, die kauften's wohl drei-, vier-, fünf- und sechsfach, um ja im Notfall mit diesem köstlichen Mittel gegen alles Gift versehen zu sein; ja sie kauften auch für ihre Freunde und Verwandten, die an anderen Orten wohnten, so daß ich auf diese Narrenweise, obwohl kein Markttag war, an diesem Abend zehn Kronen löste und doch noch mehr als die Hälfte meiner Ware übrigbehielt.

Ich machte mich noch in dieser Nacht in ein anderes Dorf, weil ich fürchtete, es möchte etwa ein Bauer so neugierig sein und auch eine Krott ins Wasser setzen, meinen Theriak zu probieren, und mir dann, wenn es mißlänge, den Buckel vollhauen.
Ich erfand noch mehr dergleichen Stücklein, durch welche ich die Bauern dazu brachte, daß sie ihre Beutel zogen. Das bekam nicht nur meinem hungrigen Magen gut, sondern ich machte mich auch wieder beritten, ersparte mir noch dazu viel Geld auf die Reise und kam glücklich an die deutsche Grenze. Darum, ihr lieben Bauern, glaubt den fremden Marktschreiern so leicht nicht, denn was sie suchen, ist nicht eure Gesundheit, sondern euer Geld.

Simplizius übersteht ein unlustiges Bad im Rhein

Als ich durch Lothringen zog, ging mir meine Ware aus, und weil ich die Garnisonen scheute, hatte ich keine Gelegenheit, neuen Theriak zuzurichten; deshalb mußte ich wohl was anderes anfangen.
Ich kaufte mir zwei Maß Branntwein, färbte ihn mit Safran, füllte ihn in Gläslein und verkaufte ihn den Leuten als köstliches Goldwasser, das gut fürs Fieber sei. Als mir die kleinen Gläslein ausgingen und ich von einer Glashütte hörte, die in dem fleckensteinischen Gebiet im Wasgau läge, begab ich mich darauf zu, wurde aber unterwegs von einem Streiftrupp aus Philippsburg gefangen und kam so um all das, was ich den Leuten durch meine Betrügerei abgezwackt hatte.
Zu Philippsburg wurde ich examiniert. Ich scheute mich nicht, zu sagen, wer ich war, und schwor, daß ich unter die kaiserlichen Dragoner zu Soest gehöre. Aber es hieß, der Kaiser brauche in Philippsburg so gut wie in Soest Soldaten; man würde mir hier Aufenthalt geben, bis ich mit guter Gelegenheit zu meinem Regiment kommen könnte. Wenn mir aber dieser Vorschlag nicht schmeckte, so möchte ich eben hierorts im Stockhaus vorliebnehmen.
So kam ich vom Pferd auf den Esel und mußte wider meinen Willen ein Musketier werden. Das kam mich blutsauer an, weil der Schmalhans dort herrschte und das Kommißbrot schrecklich klein war; ich sage schrecklich klein, denn ich erschrak alle Morgen, wenn ich's empfing, weil ich wußte, daß ich mich diesen ganzen Tag damit behelfen mußte, obwohl ich ohne Mühe auf einmal damit fertiggeworden wäre.
Zuletzt war anderer Unglück mein Glück. Denn nachdem ich etliche Gelbsüchtige und ein paar Fieberkranke kuriert hatte, wurde mir erlaubt,

vor die Festung zu gehen, um Wurzeln und Kräuter zu meinen Arzneien zu sammeln. Da legte ich den Hasen Schlingen und hatte das Glück, daß ich die erste Nacht zwei bekam. Diese beiden brachte ich dem Obristen und erhielt dafür nicht nur einen Taler zum Geschenk, sondern auch die Erlaubnis, daß ich hinausdurfte, den Hasen nachzustellen, wenn ich die Wache nicht hatte. Weil nun das Land recht verödet war und niemand da war, der diese Tiere fing, hatten sie sich ziemlich vermehrt, und es sah aus, als ob es Hasen schneite.

Als die Offiziere sahen, daß man mir trauen durfte, wurde ich auch mit andern hinaus auf Partei gelassen. Da zogen unser neunzehn einmal los, oberhalb Straßburg einem Baseler Schiff aufzupassen, auf dem sich heimlich weimarische Offiziere und Güter befinden sollten.

Wir bekamen oberhalb Ottenheim einen Fischernachen und wollten uns damit nach einem Werder übersetzen, der als Hinterhalt geeignet war. Zehn von uns wurden durch den Fischer hinübergebracht. Als aber einer von uns, der sonst gut fahren konnte, die übrigen neun, unter denen ich mich befand, auch holte, schlug der Nachen unversehens um, so daß wir urplötzlich miteinander im Rhein lagen.

Ich sah mich nicht viel nach den andern um, sondern dachte an mich selbst. Ob ich nun zwar mit allen Kräften schwamm, so spielte dennoch der Strom mit mir wie mit einem Ball. Ich hielt mich so ritterlich, daß ich oft emporkam, Atem zu schöpfen; wäre es aber etwas kälter gewesen, so wäre ich nimmermehr lebendig aus dem Strom gekommen. Ich versuchte oft, ans Ufer zu gelangen, aber die Wirbel ließen es nicht zu. Als ich die Gegend bei dem Dorf Goldscheuer passiert hatte und mich bereits darein ergab, ich würde entweder tot oder lebendig meinen Weg durch die Straßburger Rheinbrücke nehmen müssen, wurde ich einen großen Baum gewahr, dessen Äste aus dem Wasser herausragten. Der Strom schoß geradewegs darauf zu, deshalb strengte ich meine letzten Kräfte an, diesen Baum zu erreichen. Es glückte mir, daß ich auf dem größten Ast zu sitzen kam. Dieser wurde aber von den Wirbeln und Wellen dermaßen auf- und niedergerissen, daß ich Lunge und Leber hätte ausspeien mögen. Ich konnte mich kümmerlich darauf halten, weil mir ganz seltsam vor Augen wurde; ich hätte mich gern wieder ins Wasser gelassen, spürte aber, daß ich nicht Manns genug war, nur den hundertsten Teil dessen auszustehen, was ich schon durchgestanden hatte.

Ich mußte deswegen bleiben und hoffen, daß Gott mir eine Erlösung schicken würde. Da fing ich an, andächtig zu beten. Ich schwor dem Soldatenleben und Parteigehen auf ewig ab, schmiß meine Patronentasche und meinen Ranzen von mir und tat ganz so, als wollte ich dem barm-

herzigen Gott, wenn er mich rettete, bis an mein Ende als Einsiedel danken.

Als ich dergestalt auf dem Ast zwei oder drei Stunden zugebracht hatte, kam das Schiff, dem ich hätte aufpassen helfen sollen, den Rhein herunter. Ich fing erbärmlich an zu schreien und um Gottes und des Jüngsten Gerichtes willen um Hilfe zu rufen. Und da sie nah an mir vorbeifahren mußten und mich daher in meinem Elend sahen, wurde jeder im Schiff zur Barmherzigkeit bewegt, weshalb sie gleich ans Land fuhren, sich zu unterreden, wie mir zu helfen sei.

Weil wegen der vielen Wirbel, die es rund um mich herum gab, ohne Lebensgefahr nicht zu mir zu gelangen war, erforderte meine Errettung lange Bedenkzeit. Zuletzt schickten sie zwei Kerle mit einem Nachen oberhalb von mir in den Fluß, die mir ein Seil zuschwimmen ließen, von dem sie das eine Ende bei sich behielten. Das andere Ende aber brachte ich mit großer Mühe in meine Hände und band es um meinen Leib, so gut ich konnte, worauf ich wie ein Fisch an einer Angelschnur in den Nachen gezogen und auf das Schiff gebracht wurde.

Da ich nun dem Tod entronnen war, hätte ich billig am Ufer auf die Knie fallen und den Anfang zu einem besseren Leben machen sollen. Ja, weit gefehlt! Denn als man mich fragte, wer ich sei, fing ich an, diesen Burschen vorzulügen, daß der Himmel hätte schwarz werden wollen; denn ich dachte, wenn du ihnen sagst, daß du sie hast plündern helfen wollen, so schmeißen sie dich alsbald wieder in den Rhein. Ich gab mich also für einen vertriebenen Organisten aus und sagte, ich hätte mir überm Rhein einen Dienst suchen wollen, sei aber unterwegs von einem Streiftrupp ergriffen, ausgeplündert und in den Rhein geworfen worden. Da ich meine Lügen gut auszuschmücken verstand, wurde mir geglaubt und mit Speis und Trank alles Gute erwiesen.

Beim Zoll zu Straßburg stiegen die meisten ans Land und ich mit ihnen. Da gewahrte ich unter ihnen einen jungen Kaufmann, der mir nach Gesicht, Gang und Gebärden bekannt vorkam. Erst konnte ich mich nicht besinnen, wo ich ihn schon gesehen haben könnte, doch dann vernahm ich an der Sprache, daß es jener Kornett war, der mich gefangen bekommen hatte. Ich konnte mir aber nicht vorstellen, wie aus einem braven jungen Soldaten ein Kaufmann geworden sein sollte, besonders weil er doch von Adel war.

Die Begierde zu wissen, ob mich meine Augen und Ohren betrögen oder nicht, trieb mich zu ihm. Ich sagte: »Monsieur Schönstein, ist Er's, oder ist Er's nicht?«

Er antwortete: »Ich bin keiner von Schönstein, sondern ein Kaufmann.«

Da sagte ich: »Dann bin ich auch kein Jäger von Soest nit, sondern ein Organist.«
»O Bruder«, sagte er da, »was, Teufels, machst du, wo ziehst du herum?« Hierauf nahmen wir einander in die Arme als zwei getreue Freunde. Ich mußte bei ihm einkehren und alles erzählen, wie mir's ergangen. Hierauf vertraute er mir an, daß er von der hessischen Generalität zu Herzog Bernhard, dem Fürsten von Weimar, geschickt worden sei, um wegen wichtiger Kriegsdinge zu berichten und künftiger Feldzüge halber zu konferieren; das habe er verrichtet, und nunmehr sei er in der Gestalt eines Kaufmanns auf der Rückreise.
Daneben erzählte er mir auch, daß meine Liebste bei seiner Abreise großen Leibes und mit ihren Eltern und Verwandten noch in gutem Wohlstand gewesen sei und daß mir der Obrist das Fähnlein noch freihalte. Danach machten wir miteinander aus, daß ich mit ihm nach Lippstadt zurückkehren sollte; und weil ich nichts als Lumpen an mir hatte, streckte er mir etwas Geld vor, womit ich mich wie ein Ladendiener montierte.
Man sagt aber, wenn ein Ding nicht sein soll, so geschieht's nicht. Das erfuhr ich auch; denn als wir den Rhein hinunterfuhren und das Schiff zu Rheinhausen visitiert wurde, erkannten mich die Philippsburger, welche mich wieder packten und nach Philippsburg führten, wo ich wie zuvor einen Musketier abgeben mußte. Das verdroß meinen guten Kornett so sehr wie mich selbst. Doch durfte er sich meiner nicht groß annehmen, denn er hatte mit sich selbst zu tun, sich durchzubringen.

Simplizius wird unverhofft von der Muskete erlöst

So hat nun der Leser vernommen, in was für einer Lebensgefahr ich gesteckt; was aber die Gefahr meiner Seele betrifft, so ist zu wissen, daß ich unter meiner Muskete ein recht wilder Mensch war, der sich um Gott nichts kümmerte. Keine Bosheit war mir zuviel; da waren alle Gnaden und Wohltaten, die ich von Gott jemals empfangen, ganz und gar vergessen, und ich lebte in den Tag hinein wie ein Vieh. Wo ich nur jemand betrügen konnte, unterließ ich's nicht. Davon bekam ich oft Stöße und noch öfter den Esel zu reiten, ja man bedrohte mich mit Galgen und Wippe. Aber es half alles nichts, ich trieb meine gottlose Weise fort.
Unser Regimentskaplan, der ein rechter frommer Seeleneiferer war, schickte auf die österliche Zeit nach mir und fragte, warum ich mich nicht bei der Beichte und Kommunion eingestellt hätte. Als der gute Herr sah, daß bei mir alle Ermahnungen verloren waren, sagte er zum Schluß: »Ach du elen-

der Mensch! Ich habe gemeint, du irrest aus Unwissenheit, aber nun merke ich, daß du vorsätzlich und aus lauter Bosheit zu sündigen fortfährst. Wisse aber, daß ich deinen Leib, wenn ihn deine arme Seele in so verdammtem Zustand verläßt, an keinem geweihten Ort bei andern verstorbenen Christen begraben will, sondern auf den Schindwasen zu den Kadavern des verreckten Viehs oder dorthin schleppen lasse, wo man andere Gottvergessene und Verzweifelte hintut!«

Mit seinem heiligen Seeleneifer erreichte der Geistliche nichts, als daß ich ihm einmal einen Hasen abschlug, den er inständig von mir begehrte, indem ich vorgab, daß dem Hasen, der sich selbst an einer Schlinge erhängt hatte, nicht gebühre, daß er in einem geweihten Erdreich begraben werde.

So wurde ich je länger je ärger. Der Obrist sagte einmal zu mir, er wolle mich, wenn ich kein gut tun würde, mit Schande davonjagen; doch tat er's nicht, weil er wohl wußte, daß ich es nicht als Strafe, sondern als Wohltat ansehen würde, wenn er mich laufenließe.

So mußte ich wider meines Herzens Willen ein Musketier bleiben und Hunger leiden bis in den Sommer hinein. Je mehr sich aber der Graf von Götz mit seiner Armee näherte, um so mehr näherte sich meine Erlösung. Denn als der Graf zu Bruchsal das Hauptquartier hatte, wurde mein Herzbruder, dem ich im Lager vor Magdeburg mit meinem Gelde getreulich geholfen hatte, von der Generalität mit etlichen Aufträgen in die Festung geschickt, wo man ihm höchste Ehre antat.

Ich stand eben vor des Obristen Quartier Schildwacht, und obzwar er einen schwarzen samtenen Rock trug, so erkannte ich ihn doch gleich beim ersten Anblick, hatte aber das Herz nicht, ihn sogleich anzusprechen; denn ich hatte Sorgen, er würde sich, wie es der Lauf der Welt ist, meiner schämen, weil er den Kleidern nach in einem hohen Stand, ich aber nur ein lausiger Musketier war. Nachdem ich aber abgelöst wurde, erkundigte ich mich bei seinen Dienern nach seinem Stand und Namen, damit ich nicht vielleicht doch einen andern für ihn anspräche; und hatte doch das Herz nicht, ihn anzureden, sondern schrieb dieses Brieflein, das ich ihm am Morgen durch seinen Kammerdiener einhändigen ließ:

Monsieur, wenn meinem Hochgeborenen Herrn beliebte, denjenigen, den er hiebevor durch seine Tapferkeit in der Schlacht bei Wittstock aus Eisen und Banden errettete, auch jetzo aus dem allerarmseligsten Stand von der Welt zu erlösen, so würde Ihm das zu ewiger Dankbarkeit verpflichten Seinen ohnedies getreu-verbundenen, anjetzo aber allerelendesten

S. Simplizissimus.

Sobald er dies gelesen, ließ er mich zu sich hineinkommen und sagte: »Landsmann, wo ist der Kerl, der Euch dies Schreiben gegeben hat?« Ich antwortete: »Herr, er liegt in hiesiger Festung gefangen.« – »Wohl«, sagte er, »so gehet zu ihm und sagt, ich wolle ihm heraushelfen, und sollte er schon den Strick um den Hals kriegen.« Ich sagte: »Herr, ich bin der arme Simplizius selbst.« Da umarmte er mich, und ehe er mich noch fragte, wie ich in diese Festung und in solche Dienstbarkeit geraten sei, schickte er seinen Diener zum Juden, Pferde und Kleider für mich zu kaufen. Indessen erzählte ich ihm, wie mir's ergangen, seit sein Vater vor Magdeburg gestorben war.

Und als er vernahm, daß ich der Jäger von Soest – von dem er so manches Stücklein gehört hatte – gewesen, beklagte er, daß er das nicht eher gewußt hätte, da er mir damals gar wohl zu einer Kompanie hätte verhelfen können.

Als nun der Jud mit einer ganzen Taglöhnerlast von allerhand Soldatenkleidern daherkam, las mir mein Freund das Beste heraus, ließ mich's anziehen und nahm mich mit sich zum Obristen; zu dem sagte er: »Herr, ich habe in Seiner Garnison diesen Kerl angetroffen, dem ich so hoch verpflichtet bin, daß ich ihn nicht in diesem niedrigen Stande lassen kann. Ich bitte also den Herrn Obristen, ihm eine bessere Stelle zu geben oder zuzulassen, daß ich ihn mit mir fortnehme, um ihm bei der Armee ein wenig emporzuhelfen, wozu vielleicht der Herr Obrist hier keine Gelegenheit hat.«

Der Obrist bekreuzigte sich vor Verwunderung, daß er mich einmal loben hörte, und sagte: »Mein hochverehrter Herr, Er wird mich zu allem, womit ich Ihm dienen kann, willfährig finden. Was aber diesen Kerl anbelangt, so gehört dieser nicht eigentlich mir zu, sondern einem Regiment Dragoner; im übrigen aber ist er ein solch schlimmer Gast, daß er meinem Profosen, seit er hier ist, mehr Arbeit gegeben hat als sonst eine ganze Kompanie, so daß ich von ihm glauben muß, er könne in keinem Wasser ersaufen.« Darauf erzählte er lachend einige von meinen Stücklein und wünschte mir Glück ins Feld.

Mein Herzbruder aber erzählte dem Obristen, was er in Westfalen von dem Grafen von der Wahl und dem Kommandanten von Soest über mich gehört hatte, und strich das dergestalt heraus, daß alle Zuhörer mich für einen guten Soldaten halten mußten.

Nach dem Imbiß hatte der Jud kein Pferd, das meinem Herzbruder für mich gefallen wollte. Da verehrte ihm der Obrist, der seine Gunst schwerlich entbehren konnte, eins mit Sattel und Zaumzeug aus seinem Stall. Auf dieses setzte sich Herr Simplizius und ritt mit seinem Herzbruder zur Festung hinaus, wobei ihm von seinen Kameraden einige nachriefen: »Glück zu, Bruder, Glück zu!« Andere aber aus Neid: »Je größer der Schalk, je größer das Glück!«

Von dem Orden der Merodebrüder

Unterwegs redete Herzbruder mit mir und riet mir, daß ich mich für seinen Vetter ausgeben sollte, damit ich um so mehr geehrt würde. Er versprach, mir noch ein Pferd samt einem Knecht zu verschaffen und mich zum Neuneckischen Regiment zu tun, bei dem ich mich als Freireiter aufhalten sollte, bis eine Offizierstelle bei der Armee frei würde, zu der er mir verhelfen könnte.

Also wurde ich in Eil wieder ein Kerl, der einem braven Soldaten gleichsah. Ich tat aber diesen Sommer wenig Taten, außer daß ich im Schwarzwald hin und wieder etliche Kühe stehlen half und mir den Breisgau und das Elsaß ziemlich bekannt machte. Im übrigen hatte ich abermals wenig Glück, denn nachdem mir mein Knecht samt dem Pferd bei Kenzingen von den Weimarischen gefangen wurde, mußte ich das andere um so härter strapazieren und endlich ganz zuschanden reiten, so daß ich mich in den Orden der Merodebrüder begeben mußte. Mein Herzbruder hätte mich zwar gern wieder montiert, weil ich aber so schnell mit den ersten zwei Pferden fertig geworden war, hielt er zurück und gedachte mich zappeln zu lassen, bis ich mich besser vorzusehen lernte. Doch ich begehrte dies auch nicht, denn ich fand an meinen Genossen eine so angenehme Gesellschaft, daß ich mir bis zum Winterquartier keinen besseren Handel wünschte.

Ich muß nun ein wenig erzählen, was die Merodebrüder für Leute sind. Ihren Namen haben sie von dem Grafen von Merode. Als dieser einstmals ein neugeworbenes Regiment zur Armee brachte, waren diese Kerle von so schwacher, baufälliger Natur, daß sie das Marschieren und andere Strapazen, wie sie ein Soldat im Feld ausstehen muß, nicht ertragen konnten, weswegen ihre Brigade so schwach wurde, daß sie kaum die Fähnlein mehr bedecken konnte; und wo man Kranke oder Lahme auf dem Markt, in Häusern und hinter den Zäunen und Hecken antraf und fragte: »Wes Regiments?«, da war gemeiniglich die Antwort: »Von Merode!« Daher kam's, daß man am Ende alle, die, krank oder gesund, verwundet oder nicht, außerhalb der Zugordnung daherzottelten, Merodebrüder nannte. Sie sind wie die Drohnen im Bienenkorb, die nicht arbeiten, sondern nur fressen. Man sieht sie haufenweis beieinander — wie die

Feldhühner im Winter – hinter den Hecken um ein Feuer herumliegen, Tabak rauchen und faulenzen, während anderwärts ein rechtschaffener Soldat beim Fähnlein Hitze, Durst, Hunger, Frost und allerhand Elend übersteht. Sie mausen vor, neben und hinter der Armee alles, was sie antreffen, und was sie nicht genießen können, verderben sie, so daß die Regimenter, wenn sie in die Quartiere oder ins Lager kommen, oft nicht einen guten Trunk Wasser finden. Wenn sie allen Ernstes angehalten werden, bei der Bagage zu bleiben, so wird man sie oft beinahe stärker finden als die Armee. Wenn sie aber rudelweise marschieren und kampieren, so haben sie keinen Wachtmeister, der sie kommandiert, und keinen Feldwebel, der ihnen das Wams ausklopft, sondern sie leben wie die Freiherrn. Sie wachen nicht, sie schanzen nicht, sie stürmen nicht, und sie ernähren sich doch! Was aber der Landmann und die Armee selbst, bei der sich viel solches Gesindel befindet, für Schaden haben, ist nicht zu beschreiben.
Ein solch ehrbarer Bruder war ich damals auch und verblieb's bis zum Tag vor der Wittenweirer Schlacht. Denn als ich damals mit meinen Kameraden in das Geroldseckische ging, Kühe oder Ochsen zu stehlen, wurde ich von den Weimarischen gefangen, die uns besser anzupacken wußten; sie luden uns Musketen auf und stecken uns da und dort unter die Regimenter.
Ich für meinen Teil kam unter das Hattsteinische.

Ein gefährlicher Zweikampf, bei welchem doch jeder dem Tod entrinnt

Weil ich nunmehr weimarisch war, so war es mir auch bestimmt, Breisach belagern zu helfen, weil diese Belagerung gleich nach der Wittenweirer Schlacht ins Werk gesetzt wurde. Da mußte ich denn wie andere Musketiere Tag und Nacht wachen und schanzen helfen und hatte nichts davon, als daß ich lernte, wie man mit Laufgräben einer Festung zusetzen muß, worauf ich vor Magdeburg wenig achtgegeben hatte. Im übrigen aber war es lausig bei mir bestellt; der Beutel war leer, Wein, Bier und Fleisch waren eine Rarität, und Äpfel und ein halbes Brot waren mein bestes Wildbret.
Das war mir sauer zu ertragen, besonders wenn ich an die ägyptischen Fleischtöpfe, das heißt an die westfälischen Schinken und Knackwürste zu Lippstadt dachte. Zuletzt schrieb ich nach Lippstadt; darauf erreichten der Obrist de St. Andree und mein Schwiegervater durch ein Schreiben an den Fürsten von Weimar, daß mich mein Kapitän mit einem Paß laufenlassen mußte.

Ungefähr vier Wochen vor Weihnachten marschierte ich mit einem guten Feuerrohr vom Lager ab, den Breisgau hinunter, um auf der Weihnachtsmesse zu Straßburg zwanzig von meinem Schwiegervater übersandte Taler zu empfangen und mich dann mit Kaufleuten den Rhein hinabzubegeben.
Als ich aber hinter Endingen an einem einsamen Haus vorbeikam, wurde auf mich geschossen, wobei die Kugel meinen Hut am Rande verletzte. Gleich darauf sprang ein starker vierschrötiger Kerl auf mich los, der schrie, ich sollte das Gewehr ablegen.
Ich antwortete: »Bei Gott, Landsmann, dir zu Gefallen nicht!« und spannte den Hahn. Er aber riß ein Ding aus der Scheide, das mehr einem Henkersschwert als einem Degen gleichsah, und rannte damit auf mich los. Wie ich nun seinen Ernst merkte, drückte ich ab und traf ihn an die Stirn, so daß er herumtaumelte und endlich zu Boden fiel. Dies machte ich mir zunutze, indem ich ihm geschwind sein Schwert aus der Faust rang; ich wollte es ihm in den Leib stoßen, es wollte aber nicht durchgehen. Da sprang er unversehens wieder auf die Füße, erwischte mich beim Haar und ich ihn auch; sein Schwert hatte ich schon weggeworfen. Darauf fingen wir ein ernstliches Spiel miteinander an, bei dem jeder des andern erbitterte Stärke zu spüren bekam und doch keiner Meister werden konnte. Bald lag ich oben, bald er, und im Hui waren wir abwechselnd wieder auf den Füßen. Das Blut, das mir zu Nase und Mund herauslief, spie ich meinem Feind ins Gesicht; das war gut für mich, denn es hinderte ihn am Sehen. So zogen wir einander anderthalb Stunden im Schnee herum.
Als wir beide fast zu Tode erschöpft waren, sagte mein Feind endlich: »Bruder, hör auf, ich ergebe mich dir!« Ich sagte: »Du hättest mich gleich gehen lassen sollen!« — »Was hast du davon«, sagte jener, »wenn ich auch sterbe?« — »Und was hättest du gehabt«, sagte ich, »wenn du mich niedergeschossen hättest, da ich keinen Heller bei mir hab!«
Darauf bat er um Verzeihung, worauf ich mich erweichen und ihn aufstehen ließ, nachdem er mir geschworen hatte, daß er nicht nur Frieden halten, sondern auch mein treuer Freund und Diener sein wollte.
Als wir nun beide auf waren, gaben wir einander die Hände, daß alles, was geschehen war, vergessen sein sollte, und ein jeder wunderte sich, daß er seinen Meister gefunden hatte. Jener meinte nämlich, ich sei auch mit einer solchen unverwundbaren Haut überzogen wie er. Ich ließ ihn bei diesem Glauben, damit er, wenn er seine Waffen hätte, sich nicht noch einmal an mir zu reiben wagte. Er hatte von meinem Schuß eine große Beule an der Stirn, und ich hatte viel Blut verloren; doch klagten wir am meisten über unsere Hälse, die wir einander so zugerichtet hatten, daß keiner den Kopf aufrecht tragen konnte.

Weil es schon gegen Abend war und mir mein Gegner erzählte, daß ich bis an die Kinzig weder Hund noch Katz, viel weniger einen Menschen antreffen würde, er aber unweit der Straße in einem angelegenen Häuslein ein gutes Stück Fleisch und einen Trunk bereit hätte, ließ ich mich überreden und ging mit ihm.

Ein seltsames Wiedertreffen

Ein resoluter Soldat, der sich darein ergeben hat, sein Leben zu wagen und geringzuachten, ist wohl ein dummes Vieh! Wer anders hätte wohl das Herz gehabt, mit einem, der ihm eben erst nach dem Leben getrachtet hat, an einen unbekannten Ort zu Gast zu gehen?
Ich fragte den Kerl, wes Volks er sei. Da sagte er, er hätte für diesmal keinen Herrn, sondern führe seinen eigenen Krieg.
Als er mich darauf fragte, wes Volks ich denn sei, sagte ich, daß ich weimarisch gewesen, nunmehr aber meinen Abschied genommen hätte und auf dem Weg nach Hause sei. Und als er fragte, wie ich hieße, und ich antwortete: »Simplizius«, kehrte er sich um (denn ich ließ ihn vorangehen, weil ich ihm nicht traute) und sah mir starr ins Gesicht: »Heißt du nicht auch Simplizissimus?«
»Ja«, antwortete ich, »der ist ein Schelm, der seinen Namen verleugnet. Wie heißt aber du?«
»Ach, Bruder«, antwortete er, »so bin ich Olivier, den du wohl vor Magdeburg wirst gekannt haben.« Damit warf er sein Rohr von sich, fiel auf die Knie nieder und bat mich um Verzeihung, daß er es so böse auf mich abgesehen hatte, obwohl er doch keinen besseren Freund in der Welt bekommen könnte als mich, weil ich nach des alten Herzbruders Prophezeiung seinen Tod so tapfer rächen sollte.
Ich wollte mich über eine so seltsame Zusammenkunft verwundern, er aber sagte: »Das ist nichts Neues, Berg und Tal kommen nicht zusammen, aber die Menschen. Das ist mir aber seltsam, daß wir beide uns so verändert haben, denn ich bin aus einem Sekretarius ein Waldfischer, du aber bist aus einem Narren ein tapferer Soldat geworden. Sei versichert, Bruder, wenn unser zehntausend wären, daß wir noch morgen Breisach entsetzen und uns endlich zu Herren der ganzen Welt machen wollten.«
Als es Nacht wurde, erreichten wir ein kleines abgelegenes Taglöhnerhäuslein, in welchem ein Bauer eben die Stube einheizte. Zu dem sagte Olivier: »Hast du etwas gekocht?« – »Nein«, sagte der Bauer, »ich habe ja den gebratenen Kalbsschlegel noch, den ich heute von Waldkirch

brachte.« – »Nun dann«, sagte Olivier, »so geh und lang her, was du hast, und bring auch das Fäßlein Wein mit!«

Als der Bauer fort war, sagte ich zu Olivier: »Bruder, du hast einen willigen Wirt!«

»Das mag dem Schelm der Teufel danken«, sagte er. »Ich ernähre ihn ja mit Weib und Kind, und er macht noch dazu für sich selbst gute Beute. Ich lasse ihm überdies alle Kleider, die ich erobere.«

Ich fragte, wo jener denn Weib und Kind hätte. Da sagte Olivier, die habe er nach Freiburg in Sicherheit gebracht; dort besuche er sie jede Woche zweimal, und von dort bringe er ihm sowohl die Lebensmittel als auch Pulver und Blei mit.

Olivier berichtete mir, daß er diese Freibeuterei schon lange triebe und daß er auch nicht aufzuhören gedächte, bis er seinen Beutel rechtschaffen gespickt hätte.

Ich sagte: »Bruder, wenn du über einer solchen Räuberei ergriffen würdest, wie meinst du wohl, daß man mit dir umginge?«

»Ha«, sagte er, »du weißt, daß die Herren von Nürnberg keinen henken lassen, sie haben ihn denn.«

Ich antwortete: »Gesetzt aber, Bruder, du wirst nicht ertappt, so ist doch ein Leben, wie du es führst, das allerschändlichste von der Welt.«

»Was?« sagte er da. »Das schändlichste? Mein tapferer Simplizius, ich versichere dir, daß die Räuberei das alleradeligste Handwerk ist, das man zu dieser Zeit auf der Welt haben kann. Sag mir, wieviel Königreiche und Fürstentümer sind nicht mit Gewalt zusammengeraubt worden? Du wirst mir vorhalten wollen, daß viele Menschen wegen Mordens, Raubens und Stehlens gerädert, gehängt und geköpft worden sind. Gewiß, das befehlen die Gesetze. Du wirst aber immer gesehen haben, daß nur arme und geringe Diebe gehängt werden, wie es auch billig ist, weil sie sich an Dinge gewagt haben, die nur herzhaften Gemütern vorbehalten sind. Mein lieber Simplizius, du hast den Macchiavelli noch nicht gelesen. Ich bin ein aufrichtiges Gemüt und treibe diese Manier zu leben auf gut altteutsch, offen und ohne alle Scheu. Ich wage mein Leben dabei wie die alten Helden, und was man auf eigene Gefahr tut, das ist erlaubt.«

Hierauf antwortete ich: »Gesetzt, Rauben und Stehlen sei dir erlaubt, so ist es doch gegen das Gesetz der Natur, das verbietet, daß einer dem andern etwas antut, wovon er nicht will, daß es ihm selbst geschieht.«

»Es ist, wie ich sagte«, antwortete Olivier, »du bist noch der alte Simplizius, der den Macchiavelli nicht gelesen hat. Denn könnte ich auf diese Art eine Monarchie aufrichten, so wollte ich den sehen, der alsdann viel dawider predigte.«

Wir hätten noch mehr miteinander disputiert, weil aber der Bauer mit dem Essen und Trinken kam, saßen wir zusammen und stillten unsere Mägen, was ich gewaltig vonnöten hatte.
Unser Essen war weißes Brot und ein gebratener kalter Kalbsschlegel; dazu hatten wir einen guten Trunk Wein und eine warme Stube. »Gelt, Simplizius«, sagte Olivier, »hier ist's besser als vor Breisach in den Laufgräben?«
Ich sagte: »Das wohl, wenn man dieses Leben nur in Sicherheit und Ehren genießen könnte.«
Darüber fing er schrecklich an zu lachen und sagte: »Sind denn die armen Teufel in den Laufgräben, die alle Augenblicke einen Ausfall fürchten müssen, sicherer als wir? Mein lieber Simplizius, ich sehe wohl, daß du deine Narrenkappe abgelegt, aber deinen närrischen Kopf noch behalten hast. Wenn du nicht eben jener Simplizius wärst, der meinen Tod rächen soll, so wollte ich dir wohl beibringen, daß ich ein edleres Leben führe als ein Freiherr.«
Ich dachte, was soll das werden, du mußt andere Worte hervorsuchen; sonst möchte dich dieser Unmensch, der jetzt den Bauern zu Hilfe hat, erst noch kaputtmachen. Und sagte deshalb: »Wann je hat ein Lehrjunge das Handwerk besser verstanden als der Lehrmeister? Bruder, wenn du wirklich ein so edles, glückseliges Leben führst, dann laß mich daran teilhaben, denn ich kann Glück gut brauchen.«
Darauf antwortete Olivier: »Bruder, wenn du bei mir bleiben willst, so werde ich für dich sorgen wie für mich selbst. Hast du aber dazu keine Lust, so will ich dir ein gutes Stück Geld geben und dich begleiten, wohin du willst. Damit du aber glaubst, daß mir diese Worte von Herzen gehen, will ich dir sagen, warum ich dich so hochhalte. Du weißt, wie genau es der alte Herzbruder mit seinen Prophezeiungen getroffen hat. Schau, derselbe hat mir vor Magdeburg folgendes geweissagt: ›Olivier, sieh unsern Narren an, wie du willst, er wird dich dennoch durch seine Tapferkeit erschrecken und dir den größten Possen deines Lebens antun, weil du ihn herausforderst — zu einer Zeit, wo ihr beide einander nicht erkennt. Doch wird er dir nicht nur das Leben schenken, das in seinen Händen liegt, sondern er wird später auch, wenn du erschlagen wirst, deinen Tod rächen.‹ Dieser Weissagung halber, liebster Simplizius, bin ich bereit, mit dir das Herz im Leib zu teilen. Denn ein Teil der Prophezeiung hat sich schon erfüllt, indem du mich als ein tapferer Soldat vor den Kopf geschossen, mir — was noch keiner getan hat — mein Schwert weggenommen und mir auch, als ich unter dir lag, das Leben gelassen hast. Daher zweifle ich nicht, daß auch das andere nicht fehlschlagen wird. Aus der Tatsache nun, daß du meinen Tod rächen wirst, muß ich schließen, daß du mein getreuer

Freund bist; denn wenn du es nicht wärest, so würdest du diese Rache nicht auf dich nehmen. Nun weißt du, wie ich gesinnt bin; jetzt sag mir auch, was du zu tun gedenkst.«
Ich dachte: Trau dir der Teufel, ich nicht! Nehme ich Geld von dir, so machst du mich vielleicht erst nieder. Bleibe ich aber bei dir, so muß ich fürchten, mit dir gevierteilt zu werden.
Ich sagte daher, ich wollte mich etliche Tage bei ihm aufhalten, um zu sehen, ob ich mich an diese Art zu leben gewöhnen könnte. Gefiele mir's, so sollte er einen getreuen Freund und einen guten Soldaten an mir haben; gefiele mir's nicht, so könnten wir ja immer voneinander scheiden. Darauf trank er mir zu, ich stellte mich aber voll, ehe ich's war, um zu sehen, ob er vielleicht an mich wollte, wenn ich mich nicht mehr wehren könnte.
Indessen plagten mich die Müllerflöhe entsetzlich, von denen ich eine Menge von Breisach mitgebracht hatte. Einige aber wollten sich in der Wärme nicht mehr in meinen Lumpen behelfen, sondern spazierten heraus, sich auch lustig zu machen. Olivier, der dies gewahrte, fragte, ob ich Läuse hätte. Ich sagte: »Ja freilich, mehr, als ich mein Lebtag Dukaten bekommen werde.« — »So mußt du nicht reden«, sagte Olivier, »wenn du bei mir bleibst, so kannst du leicht mehr Dukaten kriegen, als du jetzt Läuse hast.« Ich antwortete: »Das ist so unmöglich, wie es mir jetzt unmöglich ist, meine Läuse loszuwerden.«
»O ja«, sagte er, »es ist beides möglich« und befahl gleich dem Bauern, mir Kleider zu holen, die unfern vom Haus in einem hohlen Baum staken. Das waren ein grauer Hut, ein Koller von Hirschleder, ein Paar scharlachroter Hosen und ein grauer Rock. Strümpfe und Schuhe wollte er mir morgen geben. Als ich ihn so freigebig sah, traute ich ihm schon etwas Besseres zu und ging fröhlich schlafen.

Olivier erzählt

Am Morgen sagte Olivier: »Auf, Simplizius, wir wollen in Gottes Namen hinaus und sehen, ob etwas zu bekommen ist!«
Ach Gott, dachte ich, soll's nun in deinem hochheiligen Namen auf Raub gehen? Ich folgte Olivier in ein Dorf, in dem keine lebendige Kreatur war. Da stiegen wir der weiten Aussicht wegen auf den Kirchturm. Auf diesem hatte Olivier die Schuhe und Strümpfe verborgen, die er mir gestern abend versprochen hatte, dazu zwei Laib Brot, etliche Stücke gedörrtes Fleisch und ein Fäßlein halb voll Wein, womit er sich allein gern acht Tage hätte behelfen können.

Indem ich nun meine neuen Sachen anzog, erzählte er mir, daß er an diesem Ort aufzupassen pflege, wenn er eine gute Beute zu holen gedächte, weswegen er sich so gut verproviantiert hätte; es gebe übrigens noch etliche solcher Orte, die mit Speis und Trank versehen seien.

Olivier forderte mich auf, zu erzählen, wie mir's ergangen war, seit wir vor Wittstock auseinanderkamen. Weil mir aber der Hals weh tat, bat ich ihn, zuerst seinen eigenen Lebenslauf zu erzählen.

Da fing Olivier an, sein ruchloses Leben auszumalen. »Mein Vater«, sagte er, »ist unweit der Stadt Aachen von geringen Leuten geboren worden und diente in seiner Jugend bei einem reichen Kaufmann, der mit dem Kupferhandel schacherte. Bei diesem hielt er sich so fein, daß ihn der Kaufmann über seinen ganzen Handel setzte; dies bekam beiden Teilen gut, denn der Kaufmann wurde durch den Fleiß meines Vaters immer reicher, mein Vater selbst aber so stolz, daß er sich sogar seiner Eltern schämte. Wie nun mein Vater das fünfundzwanzigste Jahr erreichte, starb der Kaufmann; da heiratete mein Vater dessen einzige Tochter und wurde dadurch unversehens ein reicher Mann. Mich, seinen ältesten Sohn, ließ er in Kleidung, Essen und aller Pflege wie einen Edelmann aufziehen.

Als ich sieben war, zeigte sich schon, was aus mir werden wollte; denn was eine Nessel werden soll, brennt beizeiten. Kein Schelmenstück war mir zuviel, und wo ich einem einen Possen antun konnte, unterließ ich's nicht, weil mich weder Vater noch Mutter dafür straften. Ich streifte mit anderen bösen Buben auf der Gasse herum und hatte schon das Herz, mit Stärkeren zu raufen. Kriegte ich dann Stöße, so sagten meine Eltern: ›Was ist das, soll so ein großer Flegel mit einem Kind raufen?‹ Siegte ich (denn ich kratzte und biß), so sagten sie: ›Unser Olivierchen wird ein braver Kerl werden!‹ Davon wuchs mir der Mut. Zum Beten war ich noch zu klein, wenn ich aber fluchte wie ein Fuhrmann, so hieß es, ich verstünde es nicht. Also wurde ich immer ärger, bis man mich zur Schule schickte; was hier andere böse Buben ersannen und nicht auszuführen wagten, das setzte ich ins Werk. Wenn ich meine Bücher verkleckste oder zerriß, so verschaffte mir die Mutter wieder andere, damit mein geiziger Vater sich nicht erzürnte. Meinem Schulmeister tat ich großen Dampf an, denn er durfte mich nicht hart halten, weil er ziemliche Geschenke von meinen Eltern bekam. Im Sommer fing ich Grillen und setzte sie fein heimlich in die Schule, wo sie uns einen lieblichen Gesang machten. Im Winter aber stahl ich Nieswurz und stäubte sie an den Ort, wo man die Knaben züchtigte; wenn sich dann ein Halsstarriger wehrte, so stob mein Pulver herum und machte alle niesen. Später aber dünkte ich mich für so gewöhnliche Schelmenstücklein viel zu gut und dachte mir anderes aus. Ich stahl oft dem einen etwas und steckte es einem andern, dem ich Schläge bestellen wollte, in den Sack, und bei diesen Griffen konnte ich so behutsam umgehen, daß ich fast niemals dabei ertappt wurde.

Weil sich meines Vaters Reichtum täglich mehrte, bekam er viele Schmarotzer, die meinen guten Kopf zum Studieren trefflich lobten, meine Untugenden aber verschwiegen oder wenigstens entschuldigten; deswegen hatten meine Eltern über ihren Sohn eine größere Freude als die Grasmücke, die einen Kuckuck aufzieht. Sie bestellten mir einen eigenen Hauslehrer und schickten mich mit demselben nach Lüttich, mehr daß ich dort Welsch lernen, denn daß ich studieren sollte, weil sie keinen Theologen, sondern einen Handelsmann aus mir machen wollten. Dieser Hauslehrer hatte Befehl, mich beileibe nicht streng zu halten, daß ich kein furchtsames Gemüt bekäme; er sollte mich fein unter die Burschen lassen, damit ich nicht leutscheu würde, und bedenken, daß sie keinen Mönch, sondern einen Weltmann aus mir machen wollten, der wissen müsse, was Schwarz und Weiß sei.

Mein Hauslehrer aber brauchte solche Instruktionen nicht, denn er war schon selbst zu aller Büberei geneigt. Er liebte am meisten das Buhlen und Saufen, ich aber das Balgen und Schlagen; daher strich ich auch zur Nacht mit ihm und seinesgleichen durch die Gassen und lernte ihm in Kürze mehr Untugenden als Latein ab. Mein Gewissen war bereits so weit, daß ein großer Heuwagen hätte hindurchfahren können. Daneben dünkte ich mich keine Sau zu sein, sondern hielt mich recht stutzerisch. Alle Tage war für mich ein Martinsabend oder Fastnacht, und weil ich mich aufführte wie ein gemachter Herr, lockten uns auch die Frauenzimmer. Bei diesen lernte ich buhlen und spielen; balgen und schlagen konnte ich schon, und mein Hauslehrer wehrte mir das Fressen und Saufen auch nicht, weil er selbst gern mitmachte. Dies herrliche Leben währte anderthalb Jahre, bis es mein Vater erfuhr, weil ihm sein Geschäftspartner zu Lüttich, bei dem wir anfänglich auch zur Kost gingen, davon berichtete. Der bekam gleich Befehl, den Hauslehrer wegzuschicken und mir den Zügel fürderhin nicht mehr so lang zu lassen. Das verdroß uns alle beide, und obschon der Hauslehrer beurlaubt war, so staken wir doch Tag und Nacht beieinander. Weil wir aber nicht mehr wie zuvor spendieren konnten, gesellten wir uns zu Burschen, die den Leuten des Nachts auf der Gasse die Mäntel abzwackten oder sie gar in der Maas ersäuften. Was wir dann solcherart unter höchster Gefahr eroberten, verschlemmten wir mit unseren Huren.

Als wir nun wieder einmal des Nachts herumschlingelten, wurden wir überwältigt; mein Hauslehrer wurde erstochen und ich neben fünf andern, die rechte Spitzbuben waren, gefangen. Als ich nun am andern Tag examiniert wurde und ich den Geschäftsführer meines Vaters, der ein angesehener Mann war, nannte, wurde er herbeigeholt und ich auf seine Bürgschaft freigelassen; doch sollte ich bis auf weiteren Bescheid in seinem Haus in Arrest bleiben. Indessen wurde mein Hauslehrer begraben, und jene fünf erhielten als Räuber und Mörder ihre Strafe. Mein Vater aber, dem alles berichtet worden war, kam eiligst selbst nach Lüttich, bereinigte meine Sache mit Geld und hielt mir eine scharfe Predigt, in der er auch sagte, daß er mich, wenn ich mich nicht besserte, enterben und zum Teufel jagen wollte. Ich versprach Besserung und ritt mit ihm nach Hause; und so hatte mein Studieren ein Ende.

Als mich mein Vater heimbrachte, fand er, daß ich bis in den Grund verdorben war. Ich war kein ehrbarer Herr geworden, wie er gehofft hatte, sondern ein Disputierer und Angeber, der sich einbildete, er verstehe ungeheuer viel. Ich war kaum ein wenig erwärmt, als er zu mir sagte: ›Höre, Olivier, ich sehe deine Eselsohren immer länger werden. Du bist eine unnütze Last der Erde, ein Schlingel, der zu nichts mehr taugt! Ach, was habe ich doch mit den großen Kosten, die ich auf dich verwendet habe, ausgerichtet! Ich habe gehofft, Freude an dir zu erleben und dich zum Mann zu machen, statt dessen habe ich dich jetzt aus des Henkers Händen loskaufen müssen, pfui der Schand!‹

Solche und ähnliche Lektionen mußte ich täglich hören, bis ich zuletzt auch ungeduldig wurde und zu meinem Vater sagte, nicht ich sei an allem schuld, sondern er und mein Hauslehrer, der mich verführt hätte. Und daß er nicht viel Freude an mir hätte, wäre nur billig, weil seine Eltern, die er halb verhungern lasse, auch keine Freude an ihm hätten. Da packte er einen Prügel und wollte mir meine Offenheit lohnen, hoch und teuer sich verschwörend, er wollte mich nach Amsterdam ins Zuchthaus tun. Da ging ich durch. Ich schlich mich in der Nacht auf seinen unlängst gekauften Meierhof, stahl dem Meier den besten Hengst aus dem Stall und ritt damit nach Köln.

Dort versilberte ich das Pferd und kam abermals in eine Gesellschaft von Spitzbuben und Dieben; wir erkannten uns gleich am Spielen, weil wir's beiderseits so gut konnten. Ich verfügte mich in ihre Zunft und half bei Nacht einfahren. Aber kurz danach wurde einer von uns ertappt, als er einer vornehmen Frau auf dem Alten Markt ihren schweren Beutel abspenstig machen wollte. Und als ich sah, wie der Kerl mit einem eisernen Halskragen am Pranger stehen mußte, wie ihm ein Ohr abgeschnitten wurde und wie er mit Ruten ausgehauen wurde, da war mir das Handwerk verleidet. Ich ließ mich als Soldat anwerben, weil eben damals unser Obrist, bei dem wir vor Magdeburg waren, sein Regiment verstärkte.

Nicht lange danach starb meinem Obristen der Schreiber, und ich erhielt, wie du weißt, seine Stelle. Damals fing ich an, mir große Gedanken zu machen, in der Hoffnung, von einer Staffel zur andern höherzusteigen und endlich gar General zu werden. Mein Vorsatz, groß zu werden, verursachte, daß ich mich ehrbar und reputierlich verhielt. Es wollte aber gleichwohl nichts draus werden, bis unser Sekretarius starb; da dachte ich, du mußt sehen, daß du dessen Stelle bekommst. Weil aber der junge Herzbruder meinem Obristen gar zu sehr ans Herz gewachsen war und mir vorgezogen wurde, trachtete ich, ihn aus dem Weg zu räumen. In meiner Ungeduld ließ ich mich von unserm Profosen so fest wie Stahl machen, in der Absicht, mich mit dem Herzbruder zu duellieren und ihn durch die Klinge hinzurichten. Aber ich konnte niemals auf gute Art an ihn kommen; überdies riet mir auch unser Profos ab, indem er sagte, es würde mir mehr schaden als nützen, wenn ich des Obristen liebsten Diener ermordete. Dafür gab er mir den Rat, etwas in Gegenwart des jungen Herzbruders zu stehlen und ihm zuzustecken. Ich folgte, nahm bei der Kindstauf des Obristen vergoldeten Becher und gab ihn dem Profosen, der dann damit den jungen Herzbruder zu Fall brachte. Du wirst dich wohl noch selbst gut erinnern, wie er dir im großen Zelt des Obristen die Kleider auch voll junger Hündlein gegaukelt hat.«

Wie das ist, wenn es einem katzenübel geht

Es wurde mir grün und gelb vor den Augen, als ich aus Oliviers eigenem Mund hören mußte, wie er mit meinem liebsten Freund umgegangen war, und gleichwohl keine Rache nehmen durfte. Damit er nicht merkte, wie mir zumute war, sagte ich, er sollte mir auch erzählen, wie es ihm nach der Schlacht vor Wittstock ergangen sei.

Darauf fuhr Olivier fort: »In diesem Treffen hielt ich mich nicht wie ein Federspitzer, sondern wie ein rechtschaffener Soldat, denn ich war wohlberitten und so fest wie Eisen und überdies in keine Schwadron eingeschlossen. Als einer, der durch den Degen hochzukommen oder zu sterben gedenkt, jagte ich um unsre Brigade herum wie eine Windsbraut, den Unsern zu zeigen, daß ich besser zu den Waffen als zu der Feder tauge. Aber es half nichts, das Glück war mit den Schweden, und ich mußte das Unglück der Unsern teilen und Quartier nehmen, obwohl ich es kurz zuvor keinem geben wollte.

So wurde ich nun wie andere Gefangene unter ein Regiment zu Fuß gesteckt, welches, sich wieder zu erholen, nach Pommern gelegt wurde, und weil ich Courage zeigte, wurde ich zum Korporal gemacht. Aber ich gedachte da nicht lange Mist zu führen, sondern bald wieder unter die Kaiserlichen zu kommen, deren Partei mir besser gefiel.

Mein Ausreißen setzte ich folgendermaßen ins Werk. Ich wurde mit sieben Musketieren ausgeschickt, in unsern abgelegenen Quartieren die ausständige Kontribution zu erpressen. Als ich nun über achthundert Gulden zuwege brachte, zeigte ich meinen Burschen das Geld und machte ihre Augen danach lüstern, so daß wir einig wurden, es zu teilen und damit durchzugehen. Als dies geschehen war, überredete ich ihrer drei, daß sie mir halfen, die andern vier totzuschießen; danach teilten wir das Geld, nämlich jedem zweihundert Gulden, und marschierten gegen Westfalen. Unterwegs brachte ich noch einen von diesen dreien dazu, daß er mir half, auch die zwei übrigen niederzuschießen, und als wir das Geld wiederum teilen sollten, brachte ich den letzten auch um. Mit dem Geld kam ich glücklich nach Werle, wo ich mich anwerben ließ und mit dem Geld ziemlich lustig lebte.

Als dieses zur Neige ging und ich viel von einem jungen Soldaten von Soest rühmen hörte, der große Beute machte, wollte ich es ihm nachtun. Man nannte ihn wegen seines grünen Kleides den Jäger; daher ließ ich mir auch eins machen und stahl auf seinen Namen in seinen und unsern eigenen Quartieren, wobei ich auch sonst allerlei Unwesen trieb. Als jener daheimblieb, mauste ich noch immerfort in seinem Namen, weshalb er mich auch herausfordern ließ. Aber der Teufel hätte mit ihm fechten mögen, den er auch, wie mir gesagt wurde, in den Haaren sitzen hatte.

Ich konnte seiner List nicht entgehen, denn er praktizierte mich mit Hilfe seines Knechts in eine Schäferei und wollte mich zwingen, im Mondenschein und in Gegenwart zweier leibhaftiger Teufel mit ihm zu raufen. Weil ich's aber nicht tun wollte, zwangen sie mich zu der spöttischsten Sache von der Welt. Mein Kamerad, der bei mir war, brachte das unter die Leute, worüber ich mich dermaßen schämte, daß ich von dort nach Lippstadt lief und bei den Hessen Dienst nahm. Ich blieb aber auch dort nicht zu lange, weil man mir nicht traute, sondern trabte weiter in holländische Dienste, wo ich zwar gute Bezahlung, aber einen langweiligen Krieg fand, denn da wurden wir gehalten wie die Mönche und sollten züchtig leben wie die Nonnen.

Weil ich mich nun weder unter den Kaiserlichen noch den Schwedischen und Hessischen mehr sehen lassen durfte, nachdem ich bei allen dreien ausgerissen war, bei den Holländern aber nicht länger bleiben konnte, weil ich ein Mägdlein mit Gewalt entehrt hatte, gedachte ich bei den Spanischen meine Zuflucht zu nehmen. Doch als ich dies ins Werk setzen wollte, geriet ich unversehens unter die Bayrischen. Mit diesen marschierte ich unter den Merodebrüdern aus Westfalen bis in den Breisgau und ernährte mich mit Spielen und Stehlen. Damit brachte ich mich durch bis zum Treffen von Wittenweier, in welchem ich gefangen und zu einem weimarischen Soldaten gemacht wurde. Es wollte mir aber im Lager vor Breisach nicht gefallen, darum verdrückte ich mich beizeiten und ging davon, für mich selbst Krieg zu führen, wie du ja siehst, daß ich tue. Und sei versichert, Bruder, daß ich seither manchen stolzen Kerl niedergelegt und ein herrliches Stück Geld gewonnen habe; ich gedenke auch nicht aufzuhören, bis daß ich sehe, daß ich nichts mehr bekommen kann. Doch jetzt wird's an dir sein, daß du mir auch deinen Lebenslauf erzählst.«

Ich konnte mich nicht genug über Gottes Vorsehung wundern. Nun sah ich erst, was mit dem Possen, den der alte Herzbruder prophezeit hatte, gemeint war. Hätte diese Bestie gewußt, daß ich der Jäger von Soest war, so hätte er mir gewiß wieder eingetränkt, was ich ihm auf der Schäferei angetan hatte. Dabei gedachte ich bei mir selbst, daß es gar seltsam hergehen müßte — obzwar die Prophezeiungen des alten Herzbruders unfehlbar einzutreffen pflegten —, wenn ich den Tod eines solchen Unmenschen rächen sollte.

Während ich meinem Glück dankte, daß ich Olivier meinen Lebenslauf nicht zuerst erzählt hatte, wurde ich in seinem Gesicht etliche Narben gewahr, von denen ich mir einbildete, es könnten noch die Wahrzeichen des Springinsfeld sein, als er ihm in Gestalt eines Teufels das Gesicht zerkratzte. Ich fragte ihn daher, woher er diese Narben hätte und ob er mir nicht den besten Teil seines Lebenslaufs noch verschweige.

»Ach, Bruder«, antwortete er, »wenn ich dir alle meine Bubenstücke erzählen sollte, so würde wohl dir und mir die Zeit lang werden. Damit du aber siehst, daß ich dir nichts verhehle, so will ich dir auch hiervon die Wahrheit sagen.

Ich glaube, daß ich vom Mutterleib an zu einem gezeichneten Antlitz prädestiniert bin, denn gleich in meiner Jugend wurde ich von anderen Schuljungen oft zerkratzt, wenn ich mit ihnen raufte. Auch einer von den Teufeln, die dem Jäger von Soest aufwarteten, spielte mir so grausam mit, daß man seine Klauen sechs Wochen in meinem Gesicht sah. Das alles heilte ich sauber wieder hinweg. Die Striemen aber, die du jetzt noch in meinem Gesicht siehst, haben einen anderen Ursprung.

Als ich noch unter den Schweden in Pommern im Quartier lag und eine schöne Mätresse hatte, mußte mein Wirt aus seinem Bett weichen und uns hineinliegen lassen. Seine Katze, die auch in demselbigen Bett zu schlafen gewohnt war, kam alle Nacht und machte uns große Ungelegen-

heit. Das verdroß meine Mätresse (die ohnedies keine Katz leiden konnte) so sehr, daß sie sich hoch verschwor, sie wollte mir auf keinen Fall mehr Liebes erweisen, ehe ich die Katze nicht beseitigt hätte. Um ihr zu willfahren und mich zugleich an der Katze zu rächen, steckte ich diese in einen Sack und ging mit ihr und den beiden starken Bauernhunden meines Wirts auf eine weite, freie Wiese. Dort, wo kein Baum in der Nähe war, auf den sich die Katze hätte flüchten können, dachte ich meinen Spaß zu haben, wenn die Katze wie ein Hase eine Weile hin und her gehetzt würde.

Aber potz Stern! Es ging mir nicht allein hundsübel, wie man zu sagen pflegt, sondern auch katzenübel (welches Übel wenige erfahren zu haben scheinen, sonst hätte man ohne Zweifel längst auch ein Sprichwort daraus gemacht). Denn als die Katze, sobald ich den Sack auftat, nur ein weites Feld und auf demselben ihre zwei Feinde sah, begab sie sich, weil sie sich nicht das Fell zerreißen lassen wollte und sonst keinen hohen Ort wußte, auf meinen eigenen Kopf. Je mehr ich sie nun herunterzuzerren trachtete, je mehr schlug sie ihre Krallen ein, sich zu halten. Diesem unserm Gefecht konnten die beiden Hunde nicht lange zusehen. Sie mengten sich auch mit ins Spiel und sprangen mit offenem Rachen von vorn, von hinten, von der Seite nach der Katze, die sich auf meinem Kopf und meinem Gesicht hielt, so gut sie konnte; tat sie aber mit ihren Dornhandschuhen einen Fehlstreich nach den Hunden, so traf sie gewiß mich. Weil sie aber auch bisweilen die Hunde auf die Nase schlug, sprangen diese um so wütender nach ihr und fuhren mir dabei mit ihren Pratzen ins Gesicht. Wollte ich aber die Katze selbst mit meinen Händen herunterreißen, so biß und kratzte sie, was sie nur konnte. So wurde ich von den Hunden und von der Katze zugleich zerkratzt und so schrecklich zugerichtet, daß ich schwerlich mehr einem Menschen gleichsah. Kragen und Koller waren blutüberströmt, und zu allem andern hin mußte ich noch fürchten, daß die Hunde, wenn sie nach der Katze schnappten, mir die Nase oder ein Ohr abbissen.

Am Ende ließ ich mich auf die Erde niederfallen, damit die beiden Hunde die Katze erwischen könnten. Da brachten zwar die Hunde die Katze um, ich hatte aber bei weitem keinen so herrlichen Spaß dabei, wie ich gehofft hatte, sondern erntete nur Spott und ein solches Angesicht, wie du es noch vor Augen siehst. Darüber wurde ich so ergrimmt, daß ich beide Hunde totschoß und meine Mätresse, die mir zu dieser Torheit Anlaß gegeben hatte, dergestalt verprügelte, daß sie hätte Öl geben mögen und vor mir weglief, weil sie ohne Zweifel keine so abscheuliche Larve länger lieben konnte.«

Ein Beispiel des Handwerks, in dem Olivier Meister war

Ich hätte über diese Erzählung Oliviers gern gelacht und mußte mich doch mitleidig zeigen. Und als ich eben auch anfing, meinen Lebenslauf zu erzählen, sahen wir eine Kutsche samt zwei Reitern kommen. Deswegen stiegen wir vom Kirchturm und setzten uns in ein Haus, das an der Straße lag und sehr bequem war, die Vorüberreisenden anzugreifen.

Mein Rohr mußte ich auf Vorrat geladen halten, Olivier aber legte mit seinem Schuß gleich den einen Reiter um, ehe sie unser gewahr wurden, worauf der andere durchging. Als ich mit gespanntem Hahn den Kutscher abzusteigen zwang, sprang Olivier auf ihn los und spaltete ihm mit seinem breiten Schwert den Kopf bis auf die Zähne hinunter. Er wollte auch gleich darauf die Frauenzimmer und die Kinder metzgen, die in der Kutsche saßen und bereits mehr den Toten als den Lebenden gleichsahen; ich aber sagte, ehe er solches ins Werk setzte, müßte er zuvor mich erschlagen.

»Ach«, sagte er, »du närrischer Simplizius, ich hätte nicht gemeint, daß du so ein heilloser Kerl bist!«

Ich antwortete: »Bruder, was haben dir die unschuldigen Kinder getan? Wenn's Kerle wären, die sich wehren können, so wär's etwas anderes.«

»Was?« antwortete er. »Eier in die Pfanne, so werden keine Jungen draus! Ich kenne diese jungen Blutsauger wohl. Ihr Vater, der Major, ist ein rechter Schindhund und der ärgste Wamsklopfer von der Welt!«

Und mit diesen Worten wollte er immer weitermorden, doch hielt ich ihn so lange zurück, bis er sich endlich erweichen ließ. Es waren eines Majors Weib, ihre Mägde und drei schöne Kinder, die mich im Herzen dauerten. Diese sperrten wir in einen Keller, auf daß sie uns nicht so bald verraten sollten; sie hatten da sonst nichts als Obst und weiße Rüben zu beißen, bis sie vielleicht von jemand erlöst würden. Danach plünderten wir die Kutsche und ritten mit sieben schönen Pferden in den dichten Wald.

Als wir die Pferde angebunden hatten und ich mich ein wenig umschaute, sah ich unweit von uns einen Kerl stockstill an einem Baum stehen; den zeigte ich Olivier, weil ich meinte, wir müßten uns vorsehen.

»Ha, Narr!« antwortete er. »Es ist ein Jud, den hab ich hingebunden, der Schelm ist aber längst erfroren und verreckt!« Damit ging er zu ihm, klopfte ihm mit der Hand unters Kinn und sagte »Ha, du Hund hast mir auch viele schöne Dukaten gebracht!« Und als er ihm so das Kinn bewegte, rollten dem armen Schelm etliche Duplonen zum Maul heraus, welche er bis in den Tod gerettet hatte. Olivier griff ihm darauf in das Maul und brachte zwölf Duplonen und einen köstlichen Rubin zusammen. »Diese Beute«, sagte Olivier, »hab ich dir, Simplizius, zu danken«, und schenkte

mir den Rubin. Darauf steckte er das Geld zu sich und ging, seinen Bauern zu holen. Ich sollte indessen bei den Pferden bleiben, aber gut achtgeben, daß mich der tote Jud nicht beiße, womit er mir unter die Nase rieb, daß ich keine solche Courage hätte wie er.
Als er fort war, machte ich mir besorgte Gedanken über meine gefährliche Lage. Ich nahm mir vor, mich auf ein Pferd zu setzen und durchzugehen, fürchtete aber, von Olivier niedergeschossen zu werden, der mich vielleicht nur auf die Probe stellte und irgendwo stand, um mir aufzupassen. Nimmst du aber, dachte ich, alle Pferde mit dir, damit Olivier kein Mittel hat, dir nachzujagen, und wirst von den Weimarischen erwischt, so wirst du als überführter Mörder aufs Rad gelegt. So wußte ich kein sicheres Mittel zu meiner Flucht zu ersinnen, zumal ich mich in einem wilden Wald befand und weder Weg noch Steg wußte.
Indem ich mich selbst so marterte und mich doch zu nichts entschließen konnte, kam Olivier mit unserm Bauern daher; der führte uns mit den Pferden auf einen Hof, wo wir fütterten und einer um den andern ein paar Stunden schliefen. Nach Mitternacht ritten wir weiter und kamen gegen Mittag an die Schweizer Grenze, wo Olivier wohlbekannt war und uns stattlich auftragen ließ; und dieweil wir uns lustig machten, schickte der Wirt nach zwei Juden, die uns die Pferde ums halbe Geld abhandelten. Das lief alles so nett und fein ab, daß ich mich über so viel Vertraulichkeit nur wunderte. Der Händler größte Frage war, ob die Pferde kaiserisch oder schwedisch gewesen, und als sie vernahmen, daß sie von den Weimarischen kämen, sagte sie: »So müssen wir sie nicht nach Basel, sondern in das Schwabenland zu den Bayrischen reiten.«
Wir bankettierten edelmännisch, und ich ließ mir die guten Waldforellen und die köstlichen Krebse wohl schmecken. Wie es nun Abend wurde, beluden wir unsern Bauern mit Gebratenem und andern Viktualien wie einen Esel und machten uns wieder auf den Weg. Am andern Tag kamen wir auf einen einzelnen Bauernhof, wo wir freundlich aufgenommen wurden und uns wegen des ungestümen Wetters ein paar Tage aufhielten. Danach kamen wir durch lauter Wald auf Seitenwegen wieder zu dem Häuslein, in das mich Olivier zu Anfang geführt hatte.

Olivier beißt ins Gras und nimmt noch ihrer sechs mit sich

Wie wir nun so dasaßen, unsere Leiber zu pflegen und auszuruhen, schickte Olivier den Bauern aus, Mundvorrat, Pulver und Blei einzukaufen. Sobald wir allein waren, zog Olivier seinen Rock aus und sagte zu mir:

»Bruder, ich mag das Teufelsgeld nicht mehr allein so herumschleppen!« Danach band er ein paar Wülste, die er auf dem bloßen Leib trug, herunter, warf sie auf den Tisch und sagte: »Du wirst dich damit bemühen müssen, bis ich einmal Feierabend mache und wir beide genug haben; das Donnersgeld hat mir Beulen gedrückt!« Ich antwortete: »Bruder, hättest du so wenig wie ich, so würde es dich nicht drücken.« – »Was?« fiel er mir in die Rede, »was mein ist, das ist auch dein, und was wir ferner erobern, soll halbpart gelten.«

Ich ergriff die beiden Wülste und fand sie mächtig schwer, weil es lauter Goldsorten waren. Ich sagte, das sei alles gar unbequem gepackt; wenn es ihm gefiele, wollte ich's so einnähen, daß einem das Tragen nicht halb so sauer ankäme. Darauf brachte er mir aus einem hohlen Eichbaum Schere, Nadeln und Faden. Ich nähte uns aus einem Paar Hosen Skapuliere oder Schulterkleider, in welche ich manchen roten Batzen versteppte, und als wir sie unter den Hemden anzogen, war's nicht anders, als wenn wir vorne und hinten mit Gold gepanzert gewesen wären. Als ich mich wunderte und ihn fragte, warum er kein Silbergeld hätte, bekam ich zur Antwort, daß er mehr als tausend Taler in einem Baum liegen hätte, womit er den Bauern nach Belieben hausen ließe, weil er solchen Schafmist nicht hochachte.

Als das Geld verpackt war, gingen wir in unsere Wohnung, wo wir die Nacht über kochten und uns am Ofen wärmten. Doch nachdem es eine Stunde Tag war, kamen, als wir uns dessen am wenigsten versahen, sechs Musketiere samt einem Korporal mit fertigem Gewehr ins Häuslein, stießen die Stubentür auf und schrien, wir sollten uns ergeben! Aber Olivier – der wie ich jederzeit eine geladene Muskete neben sich liegen und sein scharfes Schwert allzeit an der Seite hatte – antwortete ihnen mit ein paar Kugeln, durch welche er gleich zwei zu Boden fällte; ich aber erlegte den dritten und verletzte durch einen weiteren Schuß den vierten. Darauf riß Olivier sein notfestes Schwert, welches Haare schor, vom Leder und hieb den fünften von der Achsel bis auf den Bauch hinunter, daß ihm das Eingeweide herausfiel. Indessen schlug ich dem sechsten mit meinem Gewehrkolben auf den Kopf, daß er alle viere von sich streckte. Einen solchen Streich kriegte Olivier von dem siebenten, und zwar mit solcher Gewalt, daß ihm das Hirn herausspritzte; ich aber traf denjenigen, der's ihm getan, wiederum dermaßen, daß er wie seine Kameraden im Totenreigen Gesellschaft leisten mußte. Als der Verletzte, welchen ich anfänglich durch meinen Schuß getroffen hatte, dieses Dreinschlagen gewahrte und sah, daß ich ihm mit geschwungenem Gewehrkolben auch ans Leder wollte, warf er sein Gewehr weg und fing an zu laufen, als ob ihn der Teufel selbst

gejagt hätte. Und dieses Gefecht, in welchem sieben tapfere Soldaten ins Gras bissen, dauerte nur eines Vaterunsers Länge.
Als ich nun solcherart allein Meister auf dem Platz blieb, beschaute ich den Olivier, ob noch ein lebendiger Atem in ihm sei. Als ich ihn aber ganz entseelt fand, dünkte es mich ungereimt, einem Toten so viel Geld zu lassen, das er nicht mehr brauchte, zog ihm deswegen das goldene Fell ab, das ich erst gestern gemacht hatte, und hängte es auch an den Hals zu dem andern. Und da ich mein Rohr zerschlagen hatte, nahm ich Oliviers Muskete zu mir, versah mich auch auf alle Notfälle mit seinem Schwert und machte mich aus dem Staub, und zwar auf dem Weg, auf dem unser Bauer daherkommen mußte. Ich setzte mich abseits, um ihn zu erwarten und mich zu bedenken, was ich ferner anfangen wollte.

Simplizius kommt reich davon, hingegen tritt Herzbruder sehr elend auf

Ich saß kaum eine halbe Stunde in meinen Gedanken, da kam unser Bauer dahergelaufen. Er schnaubte wie ein alter Bär und wurde mich erst gewahr, als ich ihm auf den Leib kam. »Warum so schnell?« sagte ich. »Was Neues?«
Er antwortete: »Geschwind, macht Euch davon! Es kommt ein Korporal mit sechs Musketieren, die sollen Euch und den Olivier ausheben und tot oder lebendig nach Liechteneck liefern. Sie haben mich gefangen gehabt, ich bin ihnen aber glücklich entronnen.«
Ich dachte: O du Schelm, du hast uns verraten, um Oliviers Geld, das im Baum liegt, einzustecken; ließ mir aber nichts merken, weil ich ihn als Wegweiser brauchte, und sagte ihm, daß Olivier samt denen, die ihn hätten fangen sollen, tot sei. Als der Bauer das nicht glauben wollte, ging ich mit ihm hin und zeigte ihm die sieben Körper in ihrem Elend. »Den siebenten von denen, die uns fangen sollten«, sagte ich, »habe ich laufenlassen, und wollte Gott, ich könnte auch diese wieder lebendig machen!«
Der Bauer erstaunte vor Schrecken und fragte: »Was nun?«
Ich antwortete: »Das ist schon beschlossen. Unter drei Dingen gebe ich dir die Wahl. Entweder führe mich auf sicheren Nebenwegen über den Wald hinaus nach Villingen; oder zeige mir Oliviers Geld, das im Baum liegt; oder stirb hier und leiste diesen Toten Gesellschaft!«
Der Bauer wäre gerne davongelaufen, aber er fürchtete die Muskete, fiel deshalb auf die Knie nieder und erbot sich, mich durch den Wald zu führen. So wanderten wir eilends fort, gingen diesen ganzen Tag und die folgende Nacht ohne Essen, Trinken und ohne eine Rast immerzu, bis wir gegen

Tag die Stadt Villingen vor uns liegen sahen, worauf ich meinen Bauern wieder fortließ.
Ich hielt es für ein glückliches Omen, daß man eben die Pforte öffnete, als ich vor Villingen kam. Der Offizier von der Wacht examinierte mich, und als er hörte, daß ich mich für einen Freireiter ausgab, von demjenigen Regiment, zu dem mich Herzbruder getan hatte, gab er mir einen Musketier an die Seite, der mich zum Kommandanten führte.
Dem Kommandanten, der mich vielerlei fragte, erzählte ich alles, was er wissen wollte. Nur davon, daß ich zwei so wohlgefütterte Hinter- und Vorderstücke anhatte, schwieg ich stockstill, denn was ging's ihn an? Daß ich und Olivier sollten sieben Mann niedergemacht haben, wollte er fast nicht glauben. Bei diesem Gespräch gab's Gelegenheit, von Oliviers Schwert zu reden, das ich an der Seite hatte. Das gefiel ihm so gut, daß ich's ihm, wenn ich auf gute Art von ihm kommen und einen Paß erhalten wollte, gegen einen anderen Degen, den er mir gab, überlassen mußte. Das Schwert war aber in Wahrheit gut und schön; es war ein ganzer immerwährender Kalender darauf geätzt, und ich kann es nur den Wunderschwertern vergleichen, von denen in den Heldensagen berichtet wird.
Nachdem mich der Kommandant entlassen hatte, ging ich auf dem nächsten Wege ins Wirtshaus und wußte nicht, ob ich zuerst schlafen oder essen sollte. Doch wollte ich zuvor meinen Magen stillen, ließ mir deshalb etwas zu essen und trinken geben und machte mir Gedanken, wie ich mit meinem Geld sicher nach Lippstadt zu meinem Weib kommen möchte.
Indem ich nun so spekulierte, hinkte ein Kerl an einem Stecken in die Stube, der hatte einen verbundenen Kopf, einen Arm in der Schlinge und so elende Kleider an, daß ich ihm keinen Heller dafür gegeben hätte. Sobald ihn der Hausknecht sah, wollte er ihn hinausjagen, weil er übel stank und so viel Läuse auf ihm herumkrochen, daß man die ganze Schwabenheide damit hätte besetzen können. Er bat, man wollte ihm doch, um Gottes willen, erlauben, sich ein wenig aufzuwärmen, was aber nichts half; erst als ich mich seiner erbarmte und für ihn bat, wurde er mit Not zum Ofen gelassen.
Er sah mir, wie mich dünkte, mit begierigem Appetit und großer Andacht zu, wie ich einhieb, und als der Hausknecht ging, mir ein Stück Gebratenes zu holen, kam er zu mir an den Tisch und hielt mir ein irdenes Häfelein hin. Weil ich mir wohl einbilden konnte, warum er kam, nahm ich die Kanne und goß ihm sein Häfelein voll, ehe er darum bat. »Ach, Freund«, sagte er, »um Herzbruders willen gebt mir auch zu essen!«
Als er dieses sagte, ging mir's durchs Herz, denn ich sah, daß es Herz-

bruder selber war. Ich wäre fast in Ohnmacht gesunken, als ich ihn in so elendem Zustand sah. Doch faßte ich mich, fiel ihm um den Hals und setzte ihn zu mir, worauf uns beiden, mir aus Mitleid und ihm aus Freude, die Augen übergingen.

Wie Herzbruder Breisach entsetzen wollte und im Rhein schwamm

Unser unverhofftes Wiedersehen setzte uns so zu, daß wir kaum essen und trinken konnten und einer nur den andern fragte, wie es ihm ergangen sei, seit wir das letztemal beisammen waren. Weil aber der Wirt und der Hausknecht beständig kamen und gingen, konnten wir einander nichts Vertrauliches erzählen. Der Wirt wunderte sich, daß ich einen so lausigen Kerl bei mir litt, ich aber sagte, solches sei im Krieg unter rechtschaffenen Soldaten, die Kameraden seien, der Brauch.

Da ich hörte, daß sich Herzbruder, dessen Wunden liederlich verbunden waren, bisher im Spital aufgehalten und von Almosen ernährt hätte, mietete ich beim Wirt ein besonderes Stüblein; dort legte ich Herzbruder ins Bett und ließ ihm den besten Wundarzt kommen, den ich haben konnte, dazu auch einen Schneider und eine Näherin, ihn zu kleiden und den Läusen aus den Zähnen zu ziehen.

Ich hatte eben die Duplonen, die Olivier dem toten Juden aus dem Maul genommen hatte, bei mir im Säckel; die schlug ich auf den Tisch und sagte, daß der Wirt es hörte, zu Herzbruder: »Schau, Bruder, das ist mein Geld, das will ich für dich aufwenden und mit dir verzehren!« Worauf der Wirt uns brav aufwartete. Dem Barbier aber zeigte ich den Rubin, der auch dem Juden gehört hatte und ungefähr zwanzig Taler wert war, und sagte, diesen Ring wollte ich ihm geben, wenn er meinen Kameraden von Grund auf kurierte; worauf er seinen besten Fleiß zur Kur aufwendete.

So pflegte ich Herzbruder wie mein zweites Ich und ließ ihm ein schlichtes Kleid aus grauem Tuch machen. Zuvor aber ging ich zum Kommandanten wegen des Passes und zeigte ihm an, daß ich einen schwerbeschädigten Kameraden angetroffen hätte; auf den wollte ich warten, bis er vollends ausgeheilt sei, denn ihn zurückzulassen, wagte ich bei meinem Regiment nicht zu verantworten. Der Kommandant lobte mein Vorhaben, erlaubte mir zu bleiben, solange ich wollte, und versprach mir, daß er uns beide, wenn mir mein Kamerad folgen könnte, mit guten Pässen versehen wollte.

Als ich nun wieder zu Herzbruder kam und allein neben seinem Bett bei ihm saß, bat ich ihn, mir offen zu erzählen, wie er in diesen armseligen Zustand geraten sei; denn ich bildete mir ein, er möchte vielleicht eines

Versehens wegen mit Schande aus seiner früheren Ehrenstellung verstoßen worden sein.

Er aber sagte: »Bruder, du weißt, daß ich des Grafen von Götz Faktotum und allerliebster Bruder war; doch ist dir auch genugsam bekannt, welch unglückseliges Ende die letzte Kampagne unter seinem Generalat und Kommando nahm, indem wir nicht allein die Schlacht bei Wittenweiler verloren, sondern noch dazu das belagerte Breisach nicht zu entsetzen vermochten. Weil nun darüber sehr verschieden in der Welt geredet wird und der Graf, sich zu verantworten, nach Wien zitiert wurde, lebe ich aus Scham und Furcht freiwillig in dieser Niedrigkeit und wünsche mir oft, entweder in diesem Elend zu sterben oder mich wenigstens so lange verborgen zu halten, bis der Graf seine Unschuld an den Tag gebracht hat. Denn soviel ich weiß, ist der Graf von Götz dem Römischen Kaiser allezeit treu gewesen.

Als wir vor Breisach standen und ich sah, daß es auf unserer Seite so schläfrig herging, faßte ich mir selbst ein Herz und griff auf der Schiffbrücke mit an, als ob ich allein hätte Breisach entsetzen wollen, obwohl es doch damals weder mein Amt noch meine Schuldigkeit war; ich tat's aber den andern zum Exempel. Weil ich unter den ersten Angreifern war, so war ich auch unter den ersten, die auf der Brücke das Weiße in den Augen des Feindes sahen; und wie ich im Angriff der erste war, so wurde ich, als wir dem ungestümen Gegenschlag der Franzosen nicht mehr standhielten, der allerletzte und kam dem Feind am ersten in die Hände. Ich empfing zugleich einen Schuß in meinen rechten Arm und einen in den Schenkel, so daß ich weder ausreißen noch meinen Degen mehr gebrauchen konnte. Und weil die Enge des Orts und der große Ernst nicht zuließen, viel vom Quartiergeben und -nehmen zu parlamentieren, kriegte ich einen Hieb in den Kopf, daß ich zu Boden fiel; und da ich fein gekleidet war, wurde ich im allgemeinen Wüten ausgezogen und als tot in den Rhein geworfen. In meiner Not schrie ich zu Gott, und während ich mehrere Gelübde tat, spürte ich auch seine Hilfe. Der Rhein warf mich ans Land, wo ich meine Wunden mit Moos verstopfte; und obzwar ich beinahe erfror, so verspürte ich doch eine besondere Kraft, davonzukriechen. Gott half mir, zu einem Haufen von Merodebrüdern und Soldatenweibern zu kommen, die Mitleid mit mir hatten, obwohl sie mich nicht kannten. Sie erquickten und bekleideten mich bei ihrem Feuer, und ehe ich ein wenig die Wunden verband, mußte ich sehen, daß sich die Unsrigen zu einem schmählichen Abzug rüsteten und die Sache für verloren gaben, was mich in der Seele schmerzte. Daher beschloß ich bei mir selbst, mich niemand zu erkennen zu geben, um nicht auch mit in den Spott gezogen zu werden.

Ich gesellte mich zu etlichen Verwundeten von unsrer Armee, welche einen eigenen Feldscher bei sich hatten; dem gab ich ein goldenes Kreuzlein, das ich noch am Hals davongebracht hatte, wofür er mir meine Wunden verband. In solchem Elend nun, lieber Simplizissimus, habe ich mich bisher beholfen, und ich gedenke mich auch keinem Menschen zu offenbaren, bis ich sehe, welchen Ausgang die Sache des Grafen von Götz nimmt. Und weil ich deine Gutherzigkeit und Treue sehe, fühle ich, daß der liebe Gott mich noch nicht verlassen hat. Als ich dich heute morgen, als ich aus der Frühmesse kam, zum Quartier des Kommandanten gehen sah, war mir nicht anders, als hätte dich Gott anstatt eines Engels zu mir geschickt.«

Ich tröstete Herzbruder, so gut ich konnte, und vertraute ihm an, daß ich noch mehr Geld hätte, welches alles zu seinen Diensten stünde. Dabei erzählte ich ihm auch Oliviers Untergang, was sein Gemüt dermaßen erquickte, daß es auch seinem Leib zustatten kam und sich seine Wunden täglich besserten.

Wie Simplizius mit Herzbruder wallfahrten geht

Nachdem Herzbruder wieder ganz geheilt und bei Kräften war, vertraute er mir an, daß er in seiner höchsten Not eine Wallfahrt nach Einsiedeln gelobt habe; weil er jetzt ohnedies so nahe am Schweizerland sei, wolle er diese verrichten, und sollte er sich dorthin durchbetteln müssen. Das war mir sehr angenehm zu hören, deshalb bot ich ihm Geld und meine Gesellschaft an und wollte gleich zwei Klepper kaufen; nicht zwar, als hätte mich die Andacht dazu getrieben, sondern um die Eidgenossenschaft als das einzige Land, darin der liebe Friede noch grünte, zu besehen. Dazu freute es mich nicht wenig, daß ich Gelegenheit hatte, Herzbruder, den ich fast mehr als mich selbst liebte, auf dieser Reise zu dienen.

Er aber schlug meine Hilfe und meine Gesellschaft aus, indem er sagte, eine Wallfahrt müßte zu Fuß und dazu auf Erbsen geschehen; wollte ich ihn begleiten, so würde ich ihn nicht nur in seiner Andacht hindern, sondern hätte auch selbst wegen seines langsamen, mühseligen Ganges große Ungelegenheit. Das sagte er aber, weil er sich ein Gewissen machte, auf einer so heiligen Reise von dem Geld zu zehren, das mit Morden und Rauben erobert worden war; überdies wollte er mich auch nicht in allzu große Unkosten bringen und erklärte unverhohlen, daß ich bereits mehr für ihn getan hätte, als ich schuldig gewesen und er je erwidern könnte. Da ich ihn durch nichts bewegen konnte, mich als Reisegefährten anzunehmen, mußte ich endlich meine Zuflucht zu Lügen nehmen. Ich versicherte ihm, daß mich mein Vorsatz, mich zu bekehren, nach Einsiedeln triebe; sollte er mich nun von einem so guten Werk abhalten und ich darüber sterben, so würde er's schwerlich verantworten können. Hierdurch brachte ich ihn dahin, daß er zuließ, daß ich den heiligen Ort mit ihm besuchte; besonders weil ich (wiewohl alles erlogen war) eine große Reue über mein böses Leben an den Tag legte und ihm einredete, ich hätte mir selbst als Buße auferlegt, gleich ihm auf Erbsen nach Einsiedeln zu gehen.

Dieser Zank war kaum vorbei, da gerieten wir schon in einen andern, denn Herzbruder war gar zu gewissenhaft. Er wollte kaum zugeben, daß ich einen Paß vom Kommandanten nahm, der nach meinem Regiment lautete. »Was«, sagte er, »haben wir nicht im Sinn, unser Leben zu bessern und nach Einsiedeln zu gehen? Und nun magst du, um Gottes willen, den Anfang mit Betrug machen und den Leuten mit Falschheit die Augen verkleben? Wer mich vor der Welt verleugnet, den will ich auch vor meinem himmlischen Vater verleugnen, sagt Christus! Was sind wir für verzagte Maulaffen! Wenn alle Märtyrer und Bekenner so getan hätten, so wären wenig Heilige im Himmel! Laß uns in Gottes Namen gehen, wohin uns unser heiliger Vorsatz hintreibt, so wird uns Gott schon hinführen, wo unsere Seelen Ruhe finden.« Ich aber hielt ihm vor, man müßte Gott nicht versuchen, sondern sich in die Zeit schicken und die Mittel gebrauchen, die wir nicht entbehren könnten; vornehmlich, weil das Wallfahrten bei der Soldateska ein ungewöhnliches Ding sei, so daß wir, wenn wir entdeckt würden, eher für Ausreißer als für Pilger gehalten würden, was uns in große Gefahr bringen könnte. Da ließ er es endlich zu, daß ich einen Paß bekam, mein Regiment aufzusuchen.

Danach gingen wir abends mit einem getreuen Wegweiser aus der Stadt, als wollten wir nach Rottweil. Wir bogen aber bald auf Seitenwege ab, gelangten noch in der Nacht über die schweizerische Grenze und kamen am Morgen in ein Dorf, wo wir uns mit schwarzen langen Röcken, Pilgerstäben und Rosenkränzen montierten und den Boten mit einer guten Bezahlung wieder zurückschickten.

Das Land kam mir gegen andere deutsche Länder so fremd vor, als wäre ich in Brasilien oder in China gewesen. Da sah ich die Leute in Frieden handeln und wandeln, die Ställe standen voll Vieh, auf allen Bauernhöfen liefen Hühner, Gänse und Enten, die Wirtshäuser saßen voll Leute, die sich lustig machten. Da gab es keine Furcht vor dem Feind und keine Sorge vor Plünderung. Ein jeder lebte sicher unter seinem Weinstock und Feigenbaum, und zwar, im Vergleich mit anderen deutschen Ländern, in lauter Wollust und Freude, so daß mir dieses Land wie ein irdisches

Paradies vorkam, wiewohl es von Natur rauh genug zu sein schien. So kam es, daß ich auf dem ganzen Weg nur hin und her gaffte, wofür ich von Herzbruder, der an einem Stück Rosenkranz betete, manchen Verweis bekam.

Zu Zürich kam er mir recht hinter die Schliche, weshalb er mir auch ganz trocken die Wahrheit sagte. Als mir zu Schaffhausen, wo wir die letzte Nacht herbergten, die Füße von den Erbsen sehr weh taten und ich mich fürchtete, am anderen Tag wieder darauf zu gehen, ließ ich sie kochen, ehe ich sie wieder in die Schuhe tat. So kam ich gut nach Zürich. Herzbruder aber, der Übles auszustehen hatte, sagte zu mir: »Bruder, du hast große Gnade vor Gott, daß du trotz der Erbsen in den Schuhen so gut vorankommen kannst.«

»Ja«, sagte ich, »liebster Herzbruder, ich hab sie gekocht, sonst hätte ich so weit nicht darauf gehen können.«

»Ach, daß Gott erbarm«, antwortete er, »was hast du getan? Hättest du sie lieber ganz aus den Schuhen gelassen, statt dein Gespött damit zu treiben! Ich muß fürchten, daß Gott dich und mich zugleich strafe. Halte mir nichts für ungut, Bruder, wenn ich dir aus brüderlicher Liebe deutsch heraussage, wie mir's ums Herz ist, daß ich nämlich fürchte, es stehe deine Seligkeit in höchster Gefahr. Ich versichere dir, daß ich keinen Menschen mehr liebe als dich, leugne aber auch nicht, daß ich mir, wenn du dich nicht besserst, ernsthaft ein Gewissen daraus machen muß, diese Liebe fortzusetzen.«

Von dieser Zeit an folgte ich ihm traurig nach wie einer, den man zum Galgen führt, und mein Gewissen fing an, mich zu drücken, indem ich mir alle Bubenstücke, die ich mein Lebtag begangen hatte, vor Augen stellte.

Simplizius wird vom Teufel erschreckt und bekehrt sich

So langten wir zu Einsiedeln an und kamen eben in die Kirche, als ein Priester einen Besessenen exorzierte. Das war mir nun auch etwas Neues und Seltsames, deswegen ließ ich Herzbruder knien und beten, solange er mochte, und ging hin, diesem Schauspiel zuzusehen. Aber ich hatte mich kaum ein wenig genähert, da schrie der böse Geist aus dem armen Menschen: »Oho, du Kerl, schlägt dich der Hagel auch her? Ich habe gemeint, dich bei meiner Heimkehr bei dem Olivier in unserer höllischen Wohnung anzutreffen. Jetzt muß ich dich hier finden, du ehebrecherischer, mörderischer Hurenjäger! Bildest du dir ein, du kannst uns entrinnen? O ihr Pfaffen, nehmt ihn nur nicht an, er ist ein ärgerer Lügner als ich

und foppt euch nur!« Der Exorzist befahl dem Geist zu schweigen, weil man ihm als Erzlügner ohnedies nicht glaube.
»Ja, ja«, antwortete der Geist, »fragt den Reisegesellen dieses entsprungenen Mönchs, der wird euch wohl erzählen können, daß dieser Atheist sich nicht gescheut hat, die Erbsen zu kochen, auf welchen er hierherzugehen gelobt hat.«
Ich wußte nicht, ob ich auf dem Kopf oder dem Fuß stand, als ich dies alles hörte und mich jedermann ansah. Indessen kam Herzbruder auch herzu, als ich vor Angst mehr einem Toten als einem Lebendigen gleichsah und nicht mehr wußte, was ich tun sollte. Herzbruder versicherte den Umstehenden, und besonders den Patres, daß ich mein Lebtag nie ein Mönch, wohl aber ein Soldat gewesen sei, der vielleicht mehr Böses als Gutes getan habe; im übrigen wäre der Teufel ein Lügner, wie er auch das von den Erbsen viel ärger gemacht hätte, als es an sich sei. Ich aber war in meinem Gemüt dermaßen verwirrt, daß mir nicht anders war, als wenn ich bereits die höllische Pein selbst empfände. Sie ermahnten mich zur Beichte und Kommunion, aber der Geist schrie aus dem Besessenen: »Ja, ja, er wird fein beichten, er weiß nicht einmal, was Beichten ist. Was wollt ihr mit ihm machen? Er ist ein Ketzer und gehört uns, seine Eltern sind mehr wiedertäuferisch als kalvinisch gewesen«, und so weiter.
Der Exorzist befahl dem Geist abermals stillzuschweigen und sagte zu ihm:
»So wird dich's desto mehr verdrießen, wenn dir das arme verlorene Schäflein wieder aus dem Rachen gezogen und der Herde Christi einverleibt wird!« Darauf fing der Geist so grausam an zu brüllen, daß es schrecklich zu hören war.
Wiewohl mir mein Lebtag nicht in den Sinn gekommen war zu beichten, so empfand ich doch in diesem Augenblick in mir eine solche Reue über meine Sünden und eine solche Begierde, mein Leben zu bessern, daß ich alsbald einen Beichtvater begehrte. Danach bekannte ich mich öffentlich zur katholischen Kirche, ging zur Beichte und kommunizierte nach empfangener Absolution; worauf mir dann so leicht und wohl ums Herz wurde, daß ich's nicht aussprechen kann.
Wir verblieben vierzehn ganze Tage an diesem gnadenreichen Ort, wo ich Gott für meine Bekehrung dankte und die Wunder, die allda geschehen waren, betrachtete. Doch weil ich allmählich den Schrecken vergaß, den mir der böse Feind eingejagt hatte, wurde ich nach und nach wieder ganz lau und träg; und nachdem wir die Reliquien der Heiligen, die Ornate und andere sehenswürdige Sachen des Gotteshauses genugsam beschaut hatten, begaben wir uns nach Baden, um dort vollends zu überwintern.

Wie die beiden Freunde den Winter hinbringen

Ich mietete eine lustige Stube und Kammer für uns, wie sie zur Sommerzeit die Badegäste zu nehmen pflegen, welche gewöhnlich reiche Schweizer sind, die mehr herziehen, um sich zu vergnügen und zu prangen, als um irgendwelche Gebrechen zu kurieren. Ich verdingte uns zugleich auch in die Kost, und als Herzbruder sah, daß ich's so herrlich angriff, ermahnte er mich zur Sparsamkeit und erinnerte mich an den langen rauhen Winter, den wir noch vor uns hätten; ich würde meinen Vorrat im Frühling, wenn wir wieder von hinnen wollten, gut brauchen; Geld stäube hinaus wie der Rauch und komme niemals wieder.

Auf diese Ermahnungen konnte ich Herzbruder nicht länger verbergen, wie reich mein Säckel war, und da ich mich in aller Sicherheit wußte, zog ich meine beiden Skapuliere ab, trennte die Dukaten und Pistolen heraus und sagte zu Herzbruder, er möge nun mit diesem Geld nach seinem Belieben disponieren und es anlegen und austeilen, wie er meinte, daß es uns beiden am nützlichsten sei.

Als er so viel Geld sah, mit welchem ich auch ohne ihn ein ziemlicher Herr hätte sein können, sagte er: »Bruder, du tust nichts, seit ich dich kenne, als mir deine Liebe und Treue zu beweisen. Aber sage mir, womit werde ich dir das jemals vergelten können? O ehrlicher Simplizius, dem in diesen gottlosen Zeiten, in welchen die Welt voll Untreue steckt, nicht in den Sinn kommt, der arme Herzbruder möchte mit einem so ansehnlichen Stück Geld fortgehen. Sei versichert, Bruder, dieser Beweis deiner Freundschaft verbindet mich mehr mit dir, als alles Geld es vermöchte. Bleib selbst Herr über dein Geld, mir ist's genug, daß du mein Freund bist!«

In dieser müßigen Zeit erzählte er mir seinen Lebenslauf und wie er das Vertrauen des Grafen von Götz erlangt hatte, worauf ich ihm auch erzählte, wie mir's ergangen war. Und als er hörte, daß ich ein junges Weib zu Lippstadt hatte, tadelte er mich, weil ich nicht zu ihr, wie es meine Schuldigkeit gewesen wäre, sondern mit ihm ins Schweizerland gegangen war. Er überredete mich auch, meinem Weib unverzüglich zu schreiben, wo ich mich befände, und ihr zu versprechen, so bald wie möglich zu ihr zu kommen.

Weil Herzbruder aus den Zeitungen erfuhr, daß es um den Grafen von Götz wohl stünde und er wieder das Kommando über eine Armee kriegen würde, berichtete er diesem über seinen Aufenthalt nach Wien. Er schrieb auch an die kurbayrische Armee wegen der Bagage, die er noch dort hatte, und fing an zu hoffen, daß ihm sein Glück wieder grünen würde. Deshalb

beschlossen wir, im Frühling voneinander zu scheiden, indem er sich zu seinem Grafen, ich mich aber zu meinem Weib begeben wollte.
Damit wir aber diesen Winter nicht müßig zubrächten, lernten wir von einem Ingenieur Befestigungswerke auf dem Papier aufzuführen, und lieferten davon mehr, als die Könige von Spanien und Frankreich ins Werk setzen könnten. Daneben wurde ich mit Alchemisten bekannt, die wollten mich, weil sie Geld hinter mir merkten, Gold machen lehren. Ich glaube, sie hätten mich überredet, wenn ihnen Herzbruder nicht den Abschied gegeben hätte, indem er sagte, wer diese Kunst könnte, würde nicht so bettelhaft dahergehen und andere um Geld ansprechen.
Während nun Herzbruder von dem Grafen eine angenehme Antwort und gute Versprechungen aus Wien erhielt, bekam ich aus Lippstadt keinen einzigen Buchstaben, obwohl ich an verschiedenen Posttagen die Briefe doppelt abschickte. Das machte mich unwillig, so daß ich im Frühling meinen Weg nicht nach Westfalen antrat, sondern mit Herzbruder nach Wien zog.
Wir montierten uns mit Kleidung, Pferden, Dienern und Waffen wie zwei Kavaliere, reisten über Konstanz nach Ulm, setzten uns dort auf die Donau und langten nach acht Tagen glücklich zu Wien an.

Wie Herzbruder und Simplizius abermals in den Krieg kommen

Der Graf von der Wahl, unter dessen Kommando ich mir in Westfalen einen Namen gemacht hatte, war eben auch zu Wien, als ich mit Herzbruder hinkam. Der Graf erinnerte sich bei einem Bankett, zu dem sich außer dem Grafen von Götz verschiedene kaiserliche Kriegsräte und andere eingefunden hatten, des Jägers von Soest und erzählte von diesem etliche rühmliche Stücklein; das führte dahin, daß sich alle über einen so jungen Kerl verwunderten und bedauerten, daß der listige hessische Obristleutnant de St. Andree ihm ein Weib angehängt hatte, damit er entweder den Degen beiseite legen oder doch schwedische Waffen tragen sollte. Herzbruder, der eben dort stand, bat um Erlaubnis zu reden und sagte, daß er den Jäger von Soest besser kenne als sonst ein Mensch in der Welt. Er sei nicht allein ein guter Soldat, der Pulver riechen könne, sondern auch ein tüchtiger Reiter, ein perfekter Fechter, ein vorzüglicher Büchsenmeister und Feuerwerker und überdies einer, der einem Ingenieur in nichts nachstünde; auch hätte er alles, was er zu Lippstadt besessen, zurückgelassen und sei mit ihm selbst nach Wien gekommen, um abermals wider die Feinde der Römischen Kaiserlichen Majestät zu kämpfen, doch nur unter

Bedingungen, die ihm angemessen seien, denn als gemeiner Knecht begehre er nicht mehr zu dienen.

Diese ansehnliche Gesellschaft war durch den lieben Trunk schon dermaßen begeistert, daß sie ihre Begierde, den Jäger zu sehen, befriedigt haben wollten, weshalb Herzbruder geschickt wurde, mich in einer Kutsche zu holen. Herzbruder instruierte mich unterwegs, wie ich mich bei diesen vornehmen Leuten benehmen sollte, weil mein zukünftiges Glück davon abhinge. Ich antwortete deshalb, als ich hinkam, auf alles sehr kurz und wohlgesetzt, so daß sie sich alle über meine Klugheit wunderten, doch kriegte ich allmählich einen Rausch, und ich glaube wohl, daß ich alsdann durchscheinen ließ, wie wenig ich bei Hof gewesen war. Endlich kam es dahin, daß mir ein Obrist zu Fuß eine Kompanie unter seinem Regiment versprach, was ich gar nicht ausschlug, denn ich dachte: Ein Hauptmann zu sein ist fürwahr kein Kinderspiel!

Aber Herzbruder verwies mir den andern Tag meine Leichtfertigkeit und sagte, wenn ich nur noch länger durchgehalten hätte, so wäre ich wohl noch höher angekommen.

So wurde ich einer Kompanie als Hauptmann vorgestellt, die aber nicht mehr als sieben Soldaten hatte und deren Unteroffiziere zumeist alte Krachwedel waren, weshalb ich mich hinter den Ohren kratzte. Da waren wir schnell zusammengeschlagen, als es bald danach zu einem scharfen Treffen kam, in welchem der Graf von Götz das Leben, Herzbruder aber seine Hoden einbüßte, die er durch einen Schuß verlor. Ich bekam meinen Teil in einen Schenkel, doch war's nur eine geringe Wunde.

Danach begaben wir uns nach Wien, um uns kurieren zu lassen, weil wir ohnedies unser Vermögen dort hatten. Außer der Wunde, die bald heilte, zeigte sich bei Herzbruder ein anderer gefährlicher Zustand, den die Ärzte anfänglich nicht gleich erkennen konnten, denn er wurde lahm an allen vieren; schließlich rieten sie ihm zu einer Sauerbrunnenkur, wofür sie ihm Grießbach im Schwarzwald vorschlugen.

So veränderte sich das Glück unversehens. Herzbruder hatte kurz zuvor den Willen gehabt, sich mit einem vornehmen Fräulein zu verheiraten und zu diesem Zweck sich zu einem Freiherrn, mich aber zu einem Edelmann machen zu lassen; nunmehr aber mußte er andere Gedanken fassen. An eine Hochzeit war nicht mehr zu denken, und weil er von seiner Lähmung mit einer langwierigen Krankheit bedroht wurde, in der er gute Freunde vonnöten hatte, machte er sein Testament und setzte mich zum einzigen Erben aller seiner Hinterlassenschaften ein; vornehmlich weil er sah, daß ich seinetwegen mein Glück in den Wind schlug und meine Kompanie quittierte, damit ich ihn im Sauerbrunnen pflegen könnte.

Wie Simplizius als Bote lief

Sobald Herzbruder wieder reiten konnte, montierten wir uns mit Pferden und Dienern und begaben uns die Donau hinauf nach Ulm und von dort in den genannten Sauerbrunnen.

Daselbst mieteten wir uns eine Wohnung, ich aber ritt nach Straßburg, um mich nach erfahrenen Ärzten umzusehen. Dieselben kamen mit mir und fanden, daß Herzbruder Gift gegeben worden war; weil dieses aber nicht stark genug gewesen war, ihn gleich umzubringen, hatte es sich auf die Glieder geschlagen, aus denen es nun durch Heilmittel und Schwitzbäder wieder hinausgetrieben werden mußte. Da erinnerte sich Herzbruder gleich, wer ihn vergiftet hatte, nämlich diejenigen, die gern seine Stelle im Krieg gehabt hätten.

Weil mich Herzbruder während der Kur nicht sonderlich benötigte, eröffnete ich ihm mein Verlangen, mein Weib wieder einmal zu sehen. Er lobte meinen Plan und gab mir auch etliche kostbare Kleinodien, die ich ihr in seinem Namen verehren sollte, weil er die Ursache war, daß ich sie nicht eher besuchte. Also ritt ich nach Straßburg und erkundigte mich, wie ich meine Reise am sichersten anstellen könnte, erfuhr aber, daß es unmöglich sei, sie allein zu Pferd durchzuführen, weil es zwischen den vielen Garnisonen der beiden kriegführenden Parteien ziemlich unsicher sei. Daher ließ ich einen Paß für einen Straßburger Botenläufer ausstellen und verfertigte etliche Schreiben an mein Weib, ihre Schwester und ihre Eltern, danach verkleidete ich mich in eine weiß-rote Livree und fuhr so in einem Schiff nach Köln, das damals neutral war.

Von Köln ging ich auf Seitenwegen, die mir alle wohlbekannt waren, nach Lippstadt und fragte dort wie ein fremder Bote nach meinem Schwiegervater. Da erfuhr ich gleich, daß er bereits vor einem halben Jahr samt meiner Schwiegermutter diese Welt gesegnet habe und daß auch meine Liebste sofort nach der Geburt eines Sohnes, den ihre Schwester aufgenommen hätte, gestorben sei.

Darauf lieferte ich bei meinem Schwager die Schreiben ab, die ich selbst an meinen Schwiegervater, an meine Liebste und an ihn, meinen Schwager, geschrieben hatte. Da diskutierte meine Schwägerin lange mit mir über mich selbst, und ich redete auch von mir, was ich nur Löbliches von mir wußte, denn die Pockennarben hatten mich dergestalt verändert, daß mich kein Mensch mehr erkannte.

Als ich nun lang und breit erzählte, daß Herr Simplizius viele schöne Pferde und Diener hätte und in einer schwarzen, ganz mit Gold verbrämten Mütze aufzöge, sagte sie: »Ja, ich habe mir schon immer eingebildet, daß er nicht so geringen Herkommens sei, wie er vorgab. Der hiesige Kommandant hatte meine Eltern selig mit großen Verheißungen überredet, daß sie ihm meine Schwester, die gewiß eine fromme Jungfer war, auf geschickte Weise aufsattelten, so daß ich nie ein gutes Ende davon erhoffte. Weil nunmehr mein Vater und meine Mutter tot sind, ich und mein Mann aber keine Kinder miteinander erwarten können, haben wir meiner Schwester Kind als einzigen Erben angenommen. Auch haben wir mit Hilfe des Kommandanten das Gut seines Vaters zu Köln erhoben, das sich auf ungefähr dreitausend Gulden belaufen mag, so daß sich dieser Knabe, wenn er einmal zu seinen Jahren kommt, nicht zu den Armen rechnen muß. Ich und mein Mann lieben das Kind auch so sehr, daß wir's seinem Vater nicht ließen, auch wenn er selbst käme und es abholen wollte.«

Aus diesen und anderen Worten, die meine Schwägerin vorbrachte, konnte ich leicht ihre Liebe gegen meinen Sohn spüren, der dort in seinen ersten Hosen herumlief und mich im Herzen erfreute. Daher suchte ich die Kleinode hervor, die mir Herzbruder für mein Weib gegeben hatte, und sagte, dieselben hätte mir Herr Simplizius, seiner Liebsten zum Gruß, mitgegeben; weil aber dieselbe tot sei, schiene es mir billig, daß ich sie seinem Sohn hinterließe. Beim Abschied bat ich, im Namen des Simplizius den jungen Simplizius küssen zu dürfen, damit ich dies als ein Wahrzeichen seinem Vater erzählen könnte. Als ich es nun mit Erlaubnis meiner Schwägerin tat, fing uns beiden, mir und dem Kind, die Nase zu bluten an, worüber mir das Herz hätte brechen mögen. Doch verbarg ich meine Rührung, und damit man nicht Zeit hätte, der Ursache dieser Sympathie nachzudenken, machte ich mich stracks aus dem Staub und kam vierzehn Tage später nach viel Mühe und Gefahr als Bettler im Sauerbrunnen wieder an, weil ich unterwegs ausgeplündert worden war.

Herzbruder stirbt, und Simplizius wird wieder Ehemann

Nach meiner Ankunft wurde ich gewahr, daß es sich mit Herzbruder mehr gebösert als gebessert hatte, wiewohl ihn die Doctores und Apotheker ärger als eine fette Gans rupften. Überdies kam er mir auch ganz kindisch vor und konnte nur kümmerlich mehr gehen. Ich ermunterte ihn zwar, so gut ich konnte, aber es war schlecht bestellt. Er selbst merkte, daß es nicht lange mehr dauern würde; sein größter Trost war, daß ich bei ihm sein würde, wenn er die Augen zutäte.

Ich dagegen vergnügte mich und suchte meine Freude, wo ich sie zu finden meinte, doch so, daß meinem Herzbruder an seiner Pflege nichts mangelte. Ich machte mit den Lustigsten Bekanntschaft, die in den Sauerbrunnen kamen, und fing an, galante Reden und Komplimente zu lernen, auf die ich sonst nie geachtet hatte. Weil mich meine Leute Herr Hauptmann nannten und ein Nichtadeliger in meinem Alter nicht leicht eine solche Stelle erreichte, wurde ich für einen Edelmann gehalten, und die reichen Stutzer suchten meine Bekanntschaft. Da wurde Brüderschaft geschlossen, gespielt, gefressen und gesoffen, was manchen schönen Dukaten wegnahm, ohne daß ich's sonderlich achtete, denn mein Säckel war von dem Olivierschen Erbgut noch trefflich schwer.

Und weil ich Witwer war, reizten mich die guten Tage wiederum zur Buhlerei, der ich eifrig nachging. Es befand sich im Sauerbrunnen eine schöne Dame, die sich für eine von Adel ausgab und meines Erachtens doch mehr mobilis als nobilis war. Weil sie mir ziemlich willfährig zu sein schien, fing ich an, um sie herumzustreichen, und erhielt auch in kurzer Zeit freien Zutritt und alle Vergnügungen bei ihr, die ich nur wünschen konnte. Aber ich bekam bald eine Abscheu vor ihrer Leichtfertigkeit und trachtete deshalb, sie mit Manier wieder loszuwerden. Denn wie mich dünkte, ging sie mehr darauf aus, meinen Säckel zu scheren, als mich zur Ehe zu bekommen; zudem übertrieb sie es mit ihren Zärtlichkeiten und feurigen Liebesblicken, wo ich ging und stand, daß ich mich für mich und für sie schämen mußte.

Unterdessen wurde es mit Herzbruder immer ärger, so daß er endlich die Schuld der Natur bezahlte. Zuvor hatte er noch einmal sein Testament bestätigt und mich zum Erben über alles gemacht, was er von der Hinterlassenschaft seines Vaters zu empfangen hatte. Ich aber ließ ihn ganz herrlich begraben und schickte seine Diener mit Trauerkleidern und einem ordentlichen Stück Geld ihres Wegs.

Sein Abschied schmerzte mich tief, besonders weil er vergiftet worden war, und ob ich's zwar nicht ändern konnte, so änderte es doch mich; ich floh alle Gesellschaft und suchte nur die Einsamkeit, meinen betrübten Gedanken Audienz zu geben. Dazu verbarg ich mich in irgendeinem Gebüsch, dachte an meinen verlorenen Freund und überlegte, wie ich mein künftiges Leben anstellen sollte. Bald wollte ich wieder in den Krieg, und dann dachte ich wieder, es hätten's die geringsten Bauern in dieser Gegend besser als ein Obrist, denn diese gebirgige Gegend wurde von keinen Truppen heimgesucht, die Bauernhöfe standen hier noch wie zu Friedenszeiten, und alle Ställe waren voll Vieh.

Während ich mich einmal an dem lieblichen Gesang einer Nachtigall ergötzte, näherte sich jenseits des Baches, an dem ich saß, eine Schönheit dem

Wasser, die mich, obwohl sie nur das Gewand einer Bauerndirne trug, mehr bewegte, als eine stattliche Demoiselle es hätte tun können. Das Mädchen hob einen Korb vom Kopf, nahm einen Ballen frische Butter daraus, den sie zum Sauerbrunnen zum Verkauf trug, und erfrischte ihn im Wasser; unterdessen setzte sie sich ins Gras, warf ihren Schleier und Bauernhut von sich und wischte den Schweiß vom Gesicht, so daß ich sie betrachten und meine vorwitzigen Augen an ihr weiden konnte. Da dünkte mich, ich hätte mein Lebtag keinen schöneren Menschen gesehen; die Proportionen des Leibes schienen vollkommen und ohne Tadel, Arme und Hände waren schneeweiß, das Angesicht frisch und lieblich, die schwarzen Augen aber voll Feuer und Liebreiz. Als sie nun ihre Butter wieder einpackte, schrie ich hinüber: »Ach Jungfer, Ihr habt zwar mit Euren schönen Händen Eure Butter im Wasser abgekühlt, dafür aber mein Herz durch Eure klaren Augen in Feuer gesetzt!« Sobald sie mich sah und hörte, lief sie davon, als wenn man sie gejagt hätte, und ließ mich mit törichten Phantasien beladen zurück. Da achtete ich den Gesang der Nachtigall nicht mehr höher als ein Geheul von Wölfen und trollte mich auch dem Sauerbrunnen zu. Meinen Jungen schickte ich voran, er sollte mit der Butterverkäuferin markten, bis ich nachkäme. Der Bursche tat das Seinige und ich nach meiner Ankunft das Meinige, aber ich fand ein steinhartes Herz.

Damals hätte ich entweder einen strengen Feind oder einen guten Freund haben sollen; einen Feind, damit ich meine Gedanken auf ihn hätte richten können, oder einen Freund, der mich von meiner Torheit abgemahnt hätte. Aber ach leider, ich hatte nichts als mein Geld, das mich verblendete, und meine blinden Begierden, die mich verführten und ins Unglück stürzten. Ich Narr hätte ja aus unsrer Kleidung, als einem bösen Omen, schließen sollen, daß unsre Buhlschaft nicht viel Fröhlichkeit bringen könnte. Denn weil mir mein Herzbruder, diesem Mägdlein aber die Eltern gestorben waren, trugen wir beide Trauerkleider, als wir uns das erstemal sahen. Mit einem Wort, ich war mit dem Narrenseil verstrickt und ganz blind und ohne Verstand, und weil ich meine Begierden nicht anders sättigen konnte, entschloß ich mich, das Bauerngretlein zu heiraten. Was, dachte ich, du bist auch nur ein Bauernsohn und wirst dein Lebtag kein Schloß besitzen. Dies ist ein edles Land, das sich mitten in diesem grausamen Krieg im Wohlstand befindet. Überdies hast du noch Geld genug, auch den besten Bauernhof in dieser Gegend zu kaufen. Und wo willst du dir eine lustigere Wohnung finden als bei dem Sauerbrunnen, wo du wegen der immer neuen Badegäste alle sechs Wochen eine neue Welt siehst!

So machte ich mir tausendfältige Gedanken, bis ich endlich meine Geliebte zur Ehe begehrte und — wiewohl nicht ohne Mühe — das Jawort erhielt.

Ich ließ herrlich zur Hochzeit rüsten, denn der Himmel hing mir voller Geigen. Das Bauerngut, darauf meine Braut geboren war, brachte ich ganz an mich und fing noch dazu einen schönen neuen Bau an, als ob ich daselbst mehr hof- als haushalten wollte. Und ehe ich die Hochzeit vollzog, hatte ich bereits über dreißig Stück Vieh da stehen, so viel, als man auf diesem Gut erhalten konnte. Auch schaffte ich mir so köstlichen Hausrat an, wie mir meine Torheit eingab.

Aber die Pfeife fiel mir bald in den Dreck, denn als ich meinte, mit gutem Wind nach England zu schiffen, geriet ich gegen alles Erwarten nach Holland; und jetzt, aber viel zu spät, wurde ich erst gewahr, warum mich meine Braut so ungern nehmen wollte. Was mich aber am meisten schmerzte, war, daß ich meine Schande keinem Menschen klagen durfte.

Ich mußte zwar erkennen, daß mir nach Billigkeit heimgezahlt wurde, aber diese Erkenntnis machte mich um nichts geduldiger oder gar frömmer. Weil ich mich so betrogen sah, gedachte ich meine Betrügerin wieder zu betrügen und fing an zu grasen, wo ich nur zukommen konnte. Im übrigen ließ ich meine Haushaltung Haushaltung sein und steckte mehr bei guter Gesellschaft als zu Hause.

Doch meine Frau war nicht weniger liederlich. Sie hatte einen Ochsen, den ich schlachten ließ, in Körbe eingesalzen; und als sie mir eine Spansau zurichten sollte, rupfte sie diese wie einen Vogel, wie sie mir auch Krebse auf dem Rost und Forellen am Spieß braten wollte. Aus diesen paar Beispielen kann man unschwer darauf schließen, wie ich auch sonst mit ihr versorgt war. Zu allem übrigen trank sie auch den lieben Wein gar gern und lud andere gute Leute dazu ein, so daß ich mir ein schlimmes Ende prophezeien konnte.

Einmal spazierte ich mit etlichen Stutzern das Tal hinunter, eine Gesellschaft im unteren Bad zu besuchen. Da begegnete uns ein alter Bauer, mit einer Geiß am Strick, die er verkaufen wollte, und weil mich dünkte, ich hätte diese Person schon einmal gesehen, fragte ich ihn, wo er mit der Geiß herkäme. Er aber zog sein Hütlein ab und sagte: »Gnädiger Hearr, eich darffs auch werlich neit sahn.«

Ich sagte: »Du wirst sie ja nicht gestohlen haben?«

»Nein«, antwortete der Bauer, »sondern ich bring sie aus dem Städtgen unden im Tal, welches ich eben gegen dem Herrn nicht nennen darf, dieweil wir vor einer Geiß reden.«

Das brachte meine Gesellschaft zum Lachen, und weil ich mich entfärbte, dachten sie, es verdrieße mich, weil mir's der Bauer so artig eingeschenkt hatte. Aber ich hatte andere Gedanken. Denn an der großen Warze, die der Bauer mitten auf der Stirn stehen hatte, erkannte ich, daß es mein Knan aus dem Spessart war. Doch ehe ich mich ihm offenbarte und ihn mit einem so stattlichen Sohne, wie meine Kleider auswiesen, erfreute, wollte ich den Wahrsager spielen und sagte deshalb zu ihm: »Mein lieber alter Vater, seid Ihr nicht im Spessart zu Haus?«

»Ja, Hearr«, antwortete der Bauer. Da sagte ich: »Haben Euch nicht vor ungefähr achtzehn Jahren die Reiter Haus und Hof geplündert und verbrannt?«

»Ja, Gott erbarm's«, antwortete der Bauer, »es ist aber noch nicht so lang.«

Ich fragte weiter: »Habt Ihr nicht damals zwei Kinder, nämlich eine erwachsene Tochter und einen Knaben, gehabt, der Euch die Schafe gehütet hat?«

»Herr«, antwortete mein Knan, »die Tochter war mein Kind, aber der Bub nicht; ich hab ihn aber an Kindes Statt aufziehen wollen.«

Hieraus ersah ich, daß ich dieses groben Knollfinken Sohn nicht war, welches mich einsteils erfreute, andererseits aber auch betrübte, weil mir einfiel, ich müßte dann wohl ein Bankert oder Findling sein. Ich fragte deswegen meinen Knan, wo er denn diesen Buben aufgetrieben oder weshalb er ihn an Kindes Statt angenommen hätte.

»Ach«, sagte er darauf, »es ist mir seltsam mit ihm gangen. Der Krieg hat ihn mir geben, und der Krieg hat ihn mir wieder genommen.«

Weil ich nun fürchtete, es möchte etwas für mich Unangenehmes herauskommen, brachte ich das Gespräch wieder auf die Geiß. Ich fragte, ob er sie der Wirtin verkauft hätte, was mich befremde, weil die Sauerbrunnengäste kein altes Geißfleisch zu essen pflegten.

»Ach nein, Herr«, antwortete der Bauer, »die Wirtin hat selber Geißen genug. Ich bring sie der Gräfin, die im Sauerbrunnen badet; der hat der Doktor Hans in allen Gassen etliche Kräuter verordnet, die muß die Geiß essen, und was sie dann für Milch davon gibt, die nimmt der Doktor und macht noch so eine Arznei drüber, und die Milch muß dann die Gräfin trinken und wieder gesund davon werden.«

Während er das vorbrachte, überlegte ich, wie ich ausführlicher mit dem Bauern reden könnte, und bot ihm daher einen Taler mehr für die Geiß, als ihm der Doktor oder die Gräfin dafür versprochen hatten. Darauf ging er gleich ein, sagte aber, er müsse zuvor die Gräfin fragen; wollte sie so viel für die Geiß geben wie ich, so sollte sie den Vorkauf haben. Am Abend wollte er mir anzeigen, wie der Handel stünde.

Darauf ging mein Knan seines Wegs. Ich aber mochte nicht lange bei meiner Gesellschaft bleiben, drehte mich um und suchte meinen Knan.

Als ich ihn wiederfand, hatte er seine Geiß noch, weil ihm die andern nicht so viel dafür geben wollten, was mich an so reichen Leuten wunderte. Ich führte ihn auf meinen neugekauften Hof, bezahlte ihm seine Geiß, und nachdem ich ihm einen halben Rausch angehängt hatte, fragte ich ihn, woher er den Knaben, von dem wir zuvor geredet, bekommen hätte.
»Ach, Herr«, sagte er, »der Mansfelder Krieg hat ihn mir beschert, und die Nördlinger Schlacht hat ihn mir wieder genommen.«
Ich sagte: »Das muß wohl eine lustige Geschichte sein«, und bat ihn, er wolle mir's doch, weil wir sonst nichts zu reden hätten, erzählen.
Darauf fing er an und sagte: »Als der Mansfelder bei Höchst die Schlacht verlor, zerstreute sich sein Volk weit und breit herum, weil sie nicht alle wußten, wohin sie sich flüchten sollten. Viele kamen in den Spessart, um sich in den Wäldern zu verbergen. Aber indem sie dem Tod auf der Ebene entgingen, fanden sie ihn bei uns in den Bergen; und weil beide kriegführenden Teile es für richtig hielten, einander auf unserm Grund und Boden zu berauben und niederzumachen, schlugen wir ihnen auch auf die Hauben. Damals ging selten ein Bauer in die Büsche ohne ein Feuerrohr, weil wir zu Haus bei unsern Hauen und Pflügen nicht bleiben konnten. In diesem Tumult traf ich nicht weit von meinem Hof in einem wilden ungeheuren Wald eine schöne junge Edelfrau, nachdem ich kurz zuvor etliche Büchsenschüsse gehört hatte. Ich sah sie anfänglich für einen Kerl an, weil sie auf einem stattlichen Pferd daherritt. Aber als ich sie mit erbärmlicher Stimme zu Gott rufen hörte und merkte, daß es ein betrübtes Frauenzimmer war, ließ ich mein Rohr, mit dem ich Feuer auf sie geben wollte, wieder sinken. Als sie mich sah, sagte sie: ›Ach, wenn Ihr ein ehrlicher Christenmensch seid, so bitte ich Euch, um Gottes Barmherzigkeit willen, Ihr wollet mich zu ehrlichen Weibern führen, die mich von meiner Leibesbürde entledigen helfen!‹ Diese Worte und die überaus schöne und anmutige Gestalt der Frau zwangen mich zu solchem Erbarmen, daß ich ihr Pferd am Zügel nahm und sie durch Hecken und Stauden in das allerdickste Gebüsch führte, wo ich selbst Weib, Kind, Gesind und Vieh hingeflüchtet hatte. Daselbst genas sie, ehender als in einer halben Stunde, des Knaben, von dem wir heut miteinander geredet haben.«
Hiemit beschloß mein Knan seine Erzählung, weil er eins trank, und ich sprach ihm gar gütlich zu. Als er aber das Glas geleert hatte, fragte ich ihn: »Und wie ist's danach weiter mit der Frau gegangen?«
Er antwortete: »Als sie dergestalt Kindbetterin geworden war, bat sie mich zu Gevatter und sagte mir auch ihres Manns und ihren eigenen Namen, damit sie ins Taufbuch geschrieben würden. Dabei tat sie ihr Felleisen auf, darin sie viele kostbare Sachen hatte, und schenkte mir, meinem Weib

und Kind, der Magd und sonst noch einer Frau so viel, daß wir wohl mit ihr zufrieden sein konnten. Aber indem sie so damit umging und uns von ihrem Mann erzählte, starb sie uns unter den Händen, nachdem sie uns ihr Kind wohl empfohlen hatte. Weil damals ein so großes Lärmen im Lande war, daß niemand beim Haus bleiben konnte, hatten wir Mühe, einen Pfarrherrn zu finden, der sie christlich begrub und das Kind taufte. Als beides geschehen war, wurde mir von unserem Schulzen und dem Pfarrherrn befohlen, ich sollte das Kind aufziehen und für meine Mühe die ganze Hinterlassenschaft der Frau behalten, ausgenommen etliche Paternoster, Edelsteine und so Geschmeid, welches ich für das Kind aufbewahren sollte. Also ernährte meine Frau das Kind mit Geißmilch, und wir behielten den Buben gar gern und dachten, wir wollten ihm, wenn er groß würde, unser Mädchen zur Frau geben. Aber nach der Nördlinger Schlacht habe ich beide, das Mägdlein und den Buben, verloren, samt allem, was wir besaßen.«

»Ihr habt mir«, sagte ich, »ein artiges Geschichtlein erzählt und doch das Beste vergessen. Denn ihr habt nicht gesagt, wie die Frau, ihr Mann und das Kind geheißen haben.«

»Herr«, antwortete er, »ich habe nicht gemeint, daß Ihr's gern hättet wissen mögen. Die Edelfrau hieß Susanne Ramsay, ihr Mann Kapitän Sternfels von Fuchsheim. Und weil ich Melchior heiße, so ließ ich den Buben bei der Taufe Melchior Sternfels von Fuchsheim nennen und ins Taufbuch schreiben.«

So erfuhr ich, daß ich der leibliche Sohn meines Einsiedlers und der Schwester des Gouverneurs Ramsay war. Aber ach leider viel zu spät, denn meine Eltern waren beide tot, und von meinem Onkel Ramsay konnte ich nur erfahren, daß ihn die Hanauer mitsamt der schwedischen Garnison davongejagt hätten, weshalb er vor Zorn ganz unsinnig geworden sei.

Ich deckte meinen Paten vollends mit Wein zu und ließ den andern Tag sein Weib auch holen. Als ich mich ihnen nun offenbarte, wollten sie es mir nicht glauben, bis ich ihnen einen schwarzen haarigen Fleck zeigte, den ich vorne auf der Brust hatte.

Wie er wieder ein Witwer wird

Bald danach ritt ich mit meinem Paten hinunter in den Spessart, um mir eine glaubwürdige Urkunde über mein Herkommen und meine eheliche Geburt zu verschaffen; die erhielt ich unschwer nach dem Taufbuch und dem Zeugnis meines Paten. Ich kehrte auch gleich bei dem Pfarrer

ein, der sich zu Hanau meiner angenommen hatte. Dieser gab mir eine schriftliche Bescheinigung mit, daß ich mich bei meinem Vater und nach dessen Tod eine Zeitlang bei Herrn Ramsay, dem Gouverneur, in Hanau aufgehalten hätte. Diese Reise kostete mich über vierhundert Taler, denn auf dem Rückweg wurden wir von einer Partei erwischt, vom Pferd gestoßen und ausgeplündert.
Indessen ging's daheim auch schlimm zu. Denn nachdem mein Weib vernommen hatte, daß ihr Mann ein Junker sei, spielte sie die große Frau und verliederlichte alles in der Haushaltung, was ich, weil sie großen Leibes war, stillschweigend ertrug. Überdies war mir ein Unglück in den Stall gekommen, das mir das meiste und das beste Vieh hinraffte.
Dieses alles wäre noch zu verschmerzen gewesen, aber o jerum, kein Unglück kommt allein. In der Stunde, da mein Weib genas, wurde die Magd auch Kindbetterin. Das Kind, das sie zur Welt brachte, sah mir ganz ähnlich, dasjenige aber, das mein Weib gebar, sah dem Knecht so gleich, als wenn's ihm aus dem Gesicht geschnitten worden wäre. Zudem hatte die Dame, von der ich oben erzählte, in derselben Nacht auch eins vor meine Tür legen lassen, mit einem schriftlichen Vermerk, daß ich der Vater sei, so daß ich auf einmal drei Kinder zusammenbrachte, und es war mir zumute, als müßte aus jedem Winkel noch eins hervorkriechen. Aber so geht's, wenn man ein so gottloses und verruchtes Leben führt.
Nun, was half's? Ich mußte taufen und mich noch dazu von der Obrigkeit rechtschaffen strafen lassen; und weil die Herrschaft damals eben schwedisch war, wurde mir die Zeche um so höher gemacht, weil ich zuvor dem Kaiser gedient hatte. Während mich nun so viel Unglück höchlich betrübte, nahm's mein Weibchen nur auf die leichte Achsel, ja sie trillte mich noch dazu Tag und Nacht wegen des schönen Funds, der mir vor die Tür gelegt worden war, und daß ich eine solche Geldstrafe zahlen mußte. Hätte sie gewußt, wie es mit mir und der Magd beschaffen war, so würde sie mich wohl noch ärger gequält haben. Aber das gute Mensch war so anständig, daß sie sich durch so viel Geld, als ich sonst ihretwegen hätte Strafe zahlen müssen, bereden ließ, ihr Kind einem Stutzer zuzuschreiben, der bei meiner Hochzeit gewesen war, den sie aber sonst nicht weiter kannte; doch mußte sie aus dem Haus, denn mein Weib argwohnte, was ich ihretwegen vom Knecht dachte, und durfte doch nichts ahnden, denn ich hätte ihr sonst vorgehalten, daß ich nicht in einer Stunde zugleich bei ihr und der Magd sein konnte. Indessen peinigte es mich, daß ich meinem Knecht ein Kind aufziehen und die meinigen nicht meine Erben sein sollten.
Mit solchen Gedanken marterte ich mich täglich, mein Weib aber delektierte sich stündlich mit Wein, so daß ihr die Kanne selten vom Maul kam

und sie nie ohne einen ziemlichen Rausch schlafen ging. Dadurch soff sie ihrem Kind zeitig das Leben ab und entzündete sich selbst dermaßen das Eingeweide, daß sie mich bald wiederum zum Witwer machte, was mir so zu Herzen ging, daß ich mich hierüber fast krank gelacht hätte.

Bericht von dem wunderbaren Mummelsee

Da mein Beutel ziemlich geleert, meine große Haushaltung aber mit viel Vieh und Gesind beladen war, nahm ich meinen Paten Melchior als Vater, seine Frau als Mutter und den Bankert Simplizius, der mir vor die Tür gelegt worden war, als meinen Erben an und übergab den beiden Alten Haus und Hof, samt meinem ganzen Vermögen, bis auf etliche gelbe Batzen und Kleinodien, die ich mir für die äußerste Not aufgespart hatte. Denn ich hatte mir vorgenommen, weil mir's übel mit den Weibern ergangen war, mich nicht mehr zu verheiraten.
Diese beiden alten Eheleute, welche im Bauernwesen kaum ihresgleichen hatten, gossen meine Haushaltung gleich in einen anderen Model. Sie schafften an Gesind und Vieh ab, was nichts nutzte, und holten dagegen auf den Hof, was etwas eintrug. Mein Knan bestellte mit dem Gesind den Feldbau und schacherte mit dem Vieh und beim Holz- und Harzhandel ärger als ein Jud, und meine Meuder legte sich auf die Viehzucht und wußte die Milchpfennige besser zu gewinnen und zusammenzuhalten als zehn solcher Weiber, wie ich eins gehabt hatte. Auf solche Weise füllte sich mein Bauernhof in kurzer Zeit mit allerhand Vorrat und kleinem und großem Vieh, so daß er bald als der beste in der ganzen Gegend galt. Ich aber ging spazieren, denn weil ich sah, daß meine Meuder mehr durch Wachs und Honig gewann, als mein Weib hiebevor durch das Rindvieh und die Schweine eingenommen hatte, konnte ich mir leicht einbilden, daß sie auch im übrigen nichts verschlafen würde.
Als ich einmal im Sauerbrunnen spazierte — mehr um einen frischen Trunk zu tun, als um mich, wie ich es früher zu tun gewohnt war, mit den Stutzern bekannt zu machen —, geriet ich zu einer Gesellschaft, die von einer seltsamen Sache, nämlich dem Mummelsee, sprach, welcher unergründlich und in der Nachbarschaft auf einem von den höchsten Bergen gelegen sei. Man hatte auch etliche alte Bauersleute hinzugeholt, die erzählen mußten, was sie von diesem wunderbaren See gehört hatten; denen hörte ich auch mit großer Lust zu, obwohl ich alles für lügenhafte Fabeleien hielt.
Einer sagte, wenn man eine ungerade Zahl von Erbsen, Steinlein oder was

immer in ein Nastüchlein binde und in den See hineinhänge, so verändere sich das in eine gerade Zahl, und wenn man grad hineinhänge, finde man ungerad. Andere berichteten, wenn man Steine hineinwürfe, erhebe sich sogleich, und wäre der Himmel zuvor wer weiß wie schön gewesen, ein grausames Ungewitter mit schrecklichem Regen, Schlossen und Sturmwinden. Danach kamen sie auf allerhand seltsame Geschichten von Erd- und Wassermännlein, welche sich hätten sehen lassen. Einmal hätten Hirten ihr Vieh bei dem See gehütet, da sei ein brauner Stier herausgestiegen und habe sich zu dem andern Rindvieh gesellt, dem sei aber gleich ein kleines Männlein nachgefolgt, ihn wieder zurück in den See zu treiben. Der Stier habe aber nicht parieren wollen, bis ihm das Männlein aller Menschen Leid androhte, wenn er nicht wieder zurückkehrte; auf dieses Wort habe er sich mit dem Männlein wieder in den See begeben. Einer erzählte, es habe einmal, als der See zugefroren war, ein Bauersmann einige Stämme, aus denen man Bohlen schneidet, ohne Schaden über den See gefahren; unter seinem Hündlein aber, das ihm nachlief, sei das Eis gebrochen und der arme Hund sei untergegangen und nie mehr gesehen worden. Noch ein anderer behauptete, ein Jäger, der ein Wild verfolgte, habe auf dem See ein Wassermännlein sitzen sehen; das hätte den Schoß voll Goldmünzen gehabt und damit gespielt. Als der Jäger auf das Männlein feuern wollte, hätte es sich geduckt und gerufen: »Wenn du mich gebeten hättest, deiner Armut abzuhelfen, so hätte ich dich und die Deinen reich genug gemacht.«

Diese Geschichten kamen mir wie Märchen vor, mit denen man Kinder unterhält, und ich glaubte nicht einmal, daß ein solcher unergründlicher See auf einem Berg sein könnte. Aber es fanden sich noch andere Bauersleute, und zwar alte, glaubwürdige Männer, die berichteten, daß noch zu ihrer und ihrer Väter Zeit hohe fürstliche Personen ausgezogen seien, den See zu beschauen. So habe ein Herzog zu Württemberg ein Floß machen lassen, um damit den See zu befahren und seine Tiefe zu messen. Nachdem die Messer aber bereits neun Zwirnnetz (das ist ein Maß, auf das sich die Schwarzwälder Bauernweiber besser als ich oder sonst ein Geometer verstehen) hinuntergelassen und immer noch keinen Boden gefunden hätten, da habe das Floß, gegen die Natur des Holzes, angefangen zu sinken, so daß sich alle, die darauf waren, an Land retten mußten. Noch heute seien Stücke des Floßes am Ufer zu sehen und zur Erinnerung an diese Geschichte sei das württembergische Wappen, in Stein gehauen, aufgestellt.

Andere bezeugten, daß ein Erzherzog von Österreich den See ganz hätte abgraben lassen wollen, es sei ihm aber von den Leuten widerraten worden, aus Furcht, das ganze Land möchte untergehen und ersaufen. Überdies hätten die erwähnten Fürsten etliche Fässer voll Forellen in den See setzen lassen, die seien aber alle in weniger als einer Stunde eingegangen und zum Auslauf des Sees hinausgeflossen.

Wie Simplizius zur Erdmitte fährt

Was ich zuletzt hörte, ließ mich auch das zuerst Erzählte beinahe glauben, und als ich von meinem Paten vernahm, daß er auch dort gewesen sei und den Weg wisse, wuchs meine Begierde, den Mummelsee zu beschauen. Mein Knan wollte mir von der Reise abraten und sagte: »Was werdet Ihr davon haben, wenn Ihr gleich hinkommt, als müde Füße? Mein Herr Sohn wird nichts sehen als einen Weiher, der mitten in einem großen Wald liegt. Mich hätte kein Mensch hingebracht, wenn ich nicht hätte hinfliehen müssen, als der Feind nach Philippsburg zog.« Ich aber kehrte mich nicht an seine Worte, sondern bestellte einen Kerl, der mich hinführen sollte. Als nun mein Knan meinen Ernst sah, sagte er, weil die Habersaat vorüber und auf dem Hof weder zu hauen noch zu ernten sei, wolle er selbst mit mir gehen und mir den Weg weisen. Er hatte mich nämlich so lieb, daß er mich ungern aus dem Gesicht ließ, und weil die Leute glaubten, daß ich sein leiblicher Sohn sei, prangte er gern mit mir.

Also wanderten wir miteinander über Berg und Tal und kamen zu dem Mummelsee, ehe wir sechs Stunden gegangen waren, denn mein Pate war noch so gut zu Fuß wie ein Junger. Wir verzehrten am See, was wir an Speis und Trank mitgebracht hatten, denn der weite Weg auf den Berg hatte uns hungrig gemacht. Nachdem wir uns aber erquickt hatten, beschaute ich den See und fand gleich etliche gezimmerte Hölzer darin liegen, die ich und mein Knan für Trümmer des württembergischen Floßes hielten. Ich berechnete Länge und Breite des Wassers, so gut ich konnte, und zeichnete seine Gestalt in verjüngtem Maßstab auf mein Schreibtäfelein. Aus dem mineralischen Geschmack des Wassers schloß ich, daß die Behauptung, der See dulde keine Forellen, wahr sein müsse. Weil der Himmel hell und die Luft ganz windstill war, wollte ich auch probieren, was es mit dem Gerücht, daß ein Ungewitter entstehe, wenn man einen Stein in den See werfe, auf sich hätte.

Dazu ging ich linkerhand dem See entlang, bis zu jener Stelle, wo das Wasser (das sonst so hell ist wie ein Kristall) wegen der abscheulichen Tiefe des Sees kohlschwarz erscheint. Dort warf ich so große Steine hinein, als ich nur tragen konnte. Mein Pate oder Knan wollte mir nicht nur nicht helfen, sondern warnte mich und bat mich, sosehr er konnte. Ich aber fuhr in meiner Arbeit emsig fort, und was ich an Steinen ihrer Größe und Schwere wegen nicht tragen konnte, das wälzte ich herbei, bis ich deren über dreißig in den See brachte. Da begannen schwarze Wolken, in denen ein grausames Donnern zu hören war, den Himmel zu bedecken. Mein Pate, welcher jenseits des Sees am Auslauf stand und über meine Arbeit lamentierte, schrie mir zu, ich sollte mich doch in Sicherheit bringen, ehe uns der Regen und das schreckliche Wetter oder noch ein größeres Unglück überfalle. Ich aber antwortete ihm: »Vater, ich will bleiben und abwarten, was daraus wird, und sollte es Hellebarden regnen.« – »Ja«, antwortete mein Knan, »Ihr macht's wie alle verwegenen Buben, die sich nicht drum scheren, wenn auch die ganze Welt untergeht.«

Während ich nun seinem Schelten zuhörte, wandte ich die Augen nicht von der Tiefe des Sees; denn ich erwartete, Blasen vom Grund aufsteigen zu sehen, wie es zu geschehen pflegt, wenn man in tiefe Gewässer Steine wirft. Aber ich wurde nichts dergleichen gewahr, sondern ich sah sehr weit im Abgrund etliche Kreaturen im Wasser herumschwimmen, die mich der Gestalt nach an Frösche gemahnten. Doch je mehr sie sich näherten, um so größer und menschenähnlicher wurden sie, weshalb mich erst eine große Verwunderung und endlich, weil ich sie so nahe bei mir hatte, ein Grausen und Entsetzen ankam. »Ach«, rief ich in meinem Schrecken so laut, daß es mein Knan trotz des Donners hören konnte, »wie sind die Wunderwerke des Schöpfers auch im Bauch der Erde und in der Tiefe des Wassers so groß!«

Kaum hatte ich diese Worte ausgesprochen, da war schon einer von diesen Sylphen oben auf dem Wasser und antwortete: »Siehe: Das bekennst du, ehe du etwas davon gesehen hast! Was würdest du wohl sagen, wenn du selbst im Mittelpunkt der Erde wärest und unsere Wohnung, die dein Vorwitz beunruhigt, beschautest?« Unterdessen kamen noch mehr dergleichen Wassermännlein hier und dort wie die Tauchentlein hervor, die mich alle ansahen und die Steine wieder heraufbrachten, die ich hineingeworfen hatte.

Der erste und vornehmste unter ihnen, dessen Kleidung wie lauter Gold und Silber glänzte, warf mir einen leuchtenden Stein zu, so groß wie ein Taubenei und so grün und durchsichtig wie ein Smaragd, und rief: »Nimm hin dies Kleinod, damit du etwas von uns und diesem See zu sagen weißt!«

Ich hatte ihn aber kaum aufgehoben und zu mir gesteckt, da wurde mir nicht anders, als ob mich die Luft hätte ersticken oder ersäufen wollen, weshalb ich mich nicht länger aufrecht halten konnte, sondern herum-

taumelte wie eine Garnwinde und endlich ganz in den See fiel. Sobald ich aber ins Wasser kam, erholte ich mich wieder und konnte durch die Kraft des Steins das Wasser atmen anstatt der Luft. Ich konnte auch gleich wie die Wassermännlein ohne Mühe im Wasser herumwebern und schwebte mit ihnen – wie eine Vogelschar, die sich in Kreisen aus der Höhe auf die Erde niedersenkt – in den Abgrund hinab.
Als mein Knan dieses Wunder – soweit es oberhalb des Wassers geschah – samt meiner jähen Entrückung sah, trollte er sich vom See hinweg und heimzu, als ob ihm der Kopf brennte. Daselbst erzählte er alles, vornehmlich aber, daß die Wassermännlein sämtliche in den See geworfenen Steine bei vollem Donnerwetter wieder heraufgetragen und an ihre alte Stelle gelegt, mich aber mit sich hinuntergenommen hätten. Etliche glaubten ihm, die meisten aber hielten es für eine Fabel. Einige bildeten sich ein, ich hätte mich als ein zweiter Empedokles (welcher sich in den Berg Ätna stürzte, damit jedermann denken sollte, wenn man ihn nirgends finde, er wäre gen Himmel gefahren) selbst im See ertränkt und meinem Vater befohlen, solche Fabeln von mir auszugeben, um mir einen unsterblichen Namen zu machen; man hätte schon eine Weile an meinem melancholischen Humor gesehen, daß ich halber desperat gewesen sei, etcetera. Andere hätten gern geglaubt, wenn sie meine Leibeskräfte nicht gekannt hätten, mein angenommener Vater hätte mich selbst ermordet, damit er als geiziger alter Mann mich los wäre und allein Herr auf meinem Hof sein könnte. So geschah es, daß man um diese Zeit im Sauerbrunnen und auf dem Land von sonst nichts als vom Mummelsee und von mir zu sagen und zu raten wußte.

Was für verwunderliche und abenteuerliche Sachen Simplizius im Mummelsee vernahm

Plinius schreibt von dem Geometer Dionysius Gorus, daß dessen Freunde in seinem Grab einen Brief fanden, den er, Dionysius, geschrieben hatte und darin er berichtete, wie er aus seinem Grab bis in das mittelste Zentrum der Erde gekommen sei und festgestellt habe, daß es zweiundvierzigtausend Stadien bis dahin seien. Der Fürst über den Mummelsee aber, der mich begleitete und der mich vom Erdboden weggeholt hatte, sagte mir für gewiß, daß sie aus dem Zentrum der Erde bis an die Luft just neunhundert deutsche Meilen hätten, ob sie nun nach Deutschland oder zu unsern Antipoden reisten; solche Reisen gingen aber immer durch dergleichen Seen, von denen es so viele gäbe wie Tage im Jahr und die alle bei ihres

Königs Wohnung zusammenstießen. Diese große Weite nun passierten wir in weniger als einer Stunde, so daß wir an Schnelligkeit dem Mond wenig oder gar nichts nachgaben; doch spürte ich dabei so wenig Müdigkeit, daß ich bei unserm sanften Abfahren mit dem Mummelseeprinzen allerhand diskurieren konnte.
Er sagte mir, er hätte mich auf Befehl seines Königs, der etwas mit mir zu reden hätte, abgeholt. Als ich ihn fragte, wozu der gütige Schöpfer so viel wunderbare Seen erschaffen hätte, antwortete er mir: »Durch diese Seen sind alle Meere und sonderlich die großen Ozeane gleichsam wie mit Nägeln an die Erde geheftet. Zweitens treiben wir selbst durch diese Seen die Wasser aus dem Abgrund des Ozeans in alle Quellen des Erdbodens, wovon alle Brunnen in der ganzen Welt fließen, die Gewächse erquickt und Menschen und Vieh getränkt werden. Drittens aber sind diese Seen dazu erschaffen, daß wir als vernünftige Kreaturen darin leben und Gott den Schöpfer loben.«
Als ich ihn so reden hörte, fragte ich ihn, ob sie sterbliche Kreaturen seien oder aber Geister, welche nur, solange die Welt stünde, hier die ihnen befohlenen Geschäfte verrichteten. Darauf antwortete er: »Wir sind keine Geister, sondern sterbliche Leutlein und sind zwar mit vernünftigen Seelen begabt, doch sterben diese mit den Leibern dahin. Ich will dir auch erzählen, wie wir uns von den andern Geschöpfen Gottes unterscheiden: Die heiligen Engel sind Geister nach dem Ebenbild Gottes, verständig, frei, keusch, hell, schön, klar, geschwind und unsterblich; ihr Amt ist, daß sie in ewiger Freude Gott loben und preisen und in dieser Zeitlichkeit die göttlichen Befehle verrichten, wie sie denn auch zuzeiten als Boten genannt werden. Von ihnen sind auf einmal so viel hunderttausend mal tausend Millionen erschaffen worden, als es der göttlichen Weisheit gefiel. Nachdem aber unaussprechlich viele von ihnen aus Hoffart fielen, hat Gott die Menschen mit unsterblichen Seelen erschaffen, damit durch sie die Zahl der gefallenen Engel wiederum ersetzt würde. Da der Mensch durch seinen Sündenfall im Paradies seinen Leib dem Tod unterwarf, steht er zwischen den heiligen Engeln und den unvernünftigen Tieren. Wir selbst aber stehen zwischen euch und allen anderen lebendigen Kreaturen der Welt, und obwohl euer Geschlecht dem unsern dadurch überlegen ist, daß euch die ewige Seligkeit verheißen ist, so hat doch der allergütigste Schöpfer auch uns genugsam beseligt; er hat uns mit guter Vernunft, mit gesunden Leibern, mit langem Leben und mit der edlen Freiheit beschenkt. Auch sind wir, was das allermeiste ist, keiner Sünde und daher auch keiner Strafe und nicht der geringsten Krankheit unterworfen.«
Indessen näherten wir uns dem Sitz des Königs, vor welchen ich ohne

Zeremonien gebracht wurde. Da hatte ich nun wohl Ursache, mich über Seine Majestät zu verwundern, da ich weder eine wohlbestellte Hofhaltung noch irgendwelches Gepränge, weder Kanzler und geheime Räte noch Dolmetscher, Leibwächter, Schalksnarren, Köche, Pagen oder irgendwelche Tellerlecker sah. Sondern um ihn her schwebten die Fürsten über alle Seen, die sich auf der ganzen Welt befinden, ein jeder in der Tracht des Landes, in welches sich ihr See vom Zentrum der Erde aus erstreckt. So sah ich wie in einem Trachtenbuch die Gestalten der Chinesen und Afrikaner, Tataren und Mexikaner, der Samojeden, Perser, Moskowiter, Finnen, Lappen und aller anderen Nationen der Welt. Derjenige, der über den Pilatussee die Aufsicht führte, zog mit einem breiten, ehrbaren Bart und einem Paar Pluderhosen auf wie ein reputierlicher Schweizer; und derjenige, der über den sizilianischen See Camarina wachte, sah einem Sizilianer so ähnlich, daß einer tausend Eide geschworen hätte, er wäre niemals aus Sizilien hinausgekommen.

Ich brauchte nicht viel Komplimente zu machen, denn der König fing gleich selbst an, auf gut deutsch mit mir zu reden. Sein erstes Wort war: »Aus welchem Grund hast du dich unterstanden, uns mutwillig so einen Haufen Steine zuzuschicken?«

Ich antwortete kurz: »Weil bei uns jedem erlaubt ist, an einer verschlossenen Türe anzuklopfen.«

Darauf sagte er: »Wie, wenn du aber den Lohn für deinen Vorwitz empfingest?«

Ich antwortete: »Ich kann mit keiner größeren Strafe belegt werden, als daß ich sterbe. Weil ich aber das Glück hatte, so viel Wunder zu sehen, die unter soviel Millionen Menschen keiner sehen durfte, schiene mir der Tod eine leichte Strafe.«

Darauf sagte er: »Ich habe nun etwas ganz anderes mit dir zu reden. Es ist mir referiert worden, daß die Menschen, und besonders ihr Christen, in Bälde den Jüngsten Tag erwarten, weil sich die Weissagungen der Sibyllen erfüllt haben; und weil alles, was auf Erden lebt, den Lastern so schrecklich ergeben ist, daß der allmächtige Gott nicht länger zögern wird, der Welt ein Ende zu setzen. Weil dann auch unser Geschlecht mitsamt der Welt im Feuer zugrunde gehen muß, entsetzen wir uns nicht wenig über das Herannahen einer so schrecklichen Zeit. Ich habe dich daher zu uns holen lassen, um zu vernehmen, was für Sorgen oder Hoffnungen wir uns deswegen zu machen haben. Wir bitten dich also freundlich, uns zu bekennen, ob sich jener Glaube noch auf Erden findet, von dem es heißt, daß ihn der zukünftige Richter bei seinem Kommen nicht mehr vorfinden wird.«

Ich antwortete dem König, daß die Ankunft des Herrn Gott allein bekannt sei.
»Nun wohlan denn«, antwortete der König, »so sage mir, wie sich die einzelnen Stände in ihrem Beruf verhalten, damit ich daraus ersehen mag, ob der Welt und unserm Geschlecht der Untergang bevorsteht oder ob ich für mich und die Meinen ein langes Leben und eine glückselige Regierung erhoffen kann. Dafür will ich dich sehen lassen, was noch wenige gesehen haben, und dich mit einem Geschenk abfertigen, dessen du dich dein Lebtag zu erfreuen haben wirst, wenn du mir nur die Wahrheit bekennst.«
Als ich hierauf stillschwieg und mich bedachte, fuhr der König fort und sagte: »Nun dran, dran, fang beim Höchsten an und höre beim Niedersten auf – es muß doch sein, wenn du je wieder auf den Erdboden willst.«
Da sagte ich: »Wenn ich beim Höchsten anfangen soll, so mache ich billig den Anfang bei den Geistlichen. Diese sind gemeiniglich alle, welcher Religion sie auch zugetan sein mögen, eifrig im Dienste Gottes, arm an Hab und Gut, reich an Gewissen und suchen die andern Menschen mehr durch ihr Beispiel als durch Worte zum Reich Gottes zu bringen. So sind auch die weltlichen hohen Häupter einzig und allein auf die liebe Gerechtigkeit bedacht, welche sie jedwedem, ob arm oder reich, durch die Bank schnurgerad widerfahren lassen. Jeder Theologe ist ein Hieronymus, jeder Kardinal ein Borromäus, jeder Bischof ein Augustinus, und die Ordensleute gleichen allesamt den Eremiten in der thebanischen Wildnis. Die Kaufleute holen ihre Waren nicht aus Gewinnsucht, sondern um ihren Mitmenschen zu dienen, aus fremden Ländern. Die Wirte bewirten die Reisenden nicht, um reich zu werden, sondern um an den Hungrigen, Durstigen und Müden das Werk der Barmherzigkeit zu üben. So suchen auch die Ärzte und Apotheker nicht ihren Nutzen, sondern nur die Gesundheit des Patienten. Die Handwerker wissen von keinem Betrug, sondern befleißigen sich, ihren Kunden rechtschaffene und dauerhafte Arbeit zu liefern. Die Schneider schaffen nichts von dem Tuch, das ihnen anvertraut wurde, beiseite, und die Weber bleiben aus Redlichkeit so arm, daß sich keine Mäuse bei ihnen ernähren können, denen sie ein Garnknäuel nachwerfen müßten. Man weiß von keinem Wucher, sondern der Wohlhabende hilft dem Bedürftigen ungebeten aus christlicher Liebe, und wenn ein Armer nicht bezahlen kann, ohne sich an seiner Nahrung merklichen Abbruch zu tun, so schenkte ihm der Reiche die Schuld aus freien Stücken. Man spürt keine Hoffart, denn jeder bedenkt, daß er sterblich ist; man merkt keinen Neid, denn jeder erkennt ja im andern das Ebenbild Gottes. Man hört von keiner unordentlichen Begierde, sondern was vorgeht, das geschieht nur aus Liebe zur Kinderzucht. Da findet man keine Trunkenbolde oder Vollsäufer, sondern

wenn einer den andern mit einem Trunk ehrt, so lassen sich beide nur mit einem christlichen Räuschlein begnügen. Da gibt es keine Trägheit im Gottesdienst, denn jeder ist emsig bemüht, die andern im Dienste Gottes zu übertreffen, und eben deswegen sind jetzt so schwere Kriege auf Erden, weil jeder Teil meint, der andere diene Gott nicht recht.«

Etliche neue Nachrichten aus der Tiefe des Stillen Ozeans

Ich pausierte ein wenig und überlegte mir, was ich noch ferner vorbringen wollte. Aber der König sagte, er hätte bereits so viel gehört, daß er nichts weiter zu wissen begehrte. Wenn ich wollte, so sollten mich die Seinigen gleich wieder dorthin zurückbringen, wo sie mich weggenommen hätten; wollte ich aber (»denn ich sehe wohl«, sagte er, »daß du ziemlich neugierig bist«) in seinem Reich das eine und andere beschauen, so sollte ich sicher hinbegleitet werden, wohin ich nur wollte, und alsdann wollte er mich mit einem Präsent abfertigen, daß ich damit zufrieden sein könnte.
Da ich mich nicht entschließen konnte, wandte er sich zu etlichen von seinen Untertanen, die sich eben in den Abgrund des Stillen Ozeans begeben wollten, um von dort, wie aus einem Garten und wie von einer Jagd, Nahrung zu holen. Zu denen sagte er: »Nehmt ihn mit, und bringt ihn bald wieder her, damit er noch heute wieder auf den Erdboden gestellt wird.« Zu mir aber sagte er, ich könnte mich inzwischen auf etwas besinnen, was in seiner Macht stünde, mir zu geben.
Darauf schlüpfte ich mit den Sylphen davon, durch ein Loch, welches etliche hundert Meilen lang war, ehe wir auf den Grund des genannten friedlichen Meeres kamen. Dort standen Korallenzinken, so groß wie die Eichbäume, von denen meine Begleiter zur Speise mit sich nahmen, was noch nicht erhärtet und gefärbt war, denn die pflegen sie zu essen wie wir die jungen Hirschgeweihe. Da sah man Schneckenhäuslein, so hoch wie Basteien und so breit wie ein Scheunentor; da gab es Perlen, so dick wie Fäuste, welche die Sylphen anstatt der Eier aßen, und noch viel seltsamere Meerwunder, die ich nicht alle erzählen kann. Der Boden lag überall mit Smaragden, Türkisen, Rubinen, Diamanten, Saphiren und ähnlichen Steinen übersät, die gewöhnlich so groß waren wie bei uns die Wackersteine in den Flüssen. Hier und da sah man gewaltige Schroffen viele Meilen weit hochragen, welche über das Wasser hinausgingen und lustige Inseln trugen; diese waren rundherum mit wunderbaren Meergewächsen geziert und von mancherlei seltsamen Geschöpfen bewohnt wie der Erdboden von Menschen und Tieren. Die Fische aber, die wir in unzähligen großen und

kleinen Arten über uns herumschwärmen sahen, erinnerten mich ganz an die vielerlei Vögel, die sich zur Frühlingszeit und im Herbst bei uns in der Luft belustigen.
Als sich nun meine Begleiter genügend verproviantiert hatten, kehrten wir wiederum in das Zentrum der Erde zurück. Unterwegs erzählte ich ihnen, daß ich gemeint hätte, die Erde sei inwendig hohl und daß in diesem Hohlraum die Pygmäen wie in einem Kranrad herumliefen und so die ganze Erdkugel herumtrillten; darum nämlich, damit sie überall von der Sonne, welche nach des Kopernikus Meinung unbeweglich am Himmel stillstünde, beschienen würde. Solcher Einfalt wegen wurde ich schrecklich ausgelacht, und man sagte mir, ich sollte mir die Meinung dieses Gelehrten und meine eigene Einbildung aus dem Kopf schlagen und mir lieber überlegen, welche Gabe ich mir von ihrem König erbitten wollte.
Wir kamen zurück, als der König eben mit seinen Fürsten speisen wollte. Bei diesem Imbiß gab es weder Wein noch starke Getränke; sie tranken junge, noch nicht erhärtete Perlen wie rohe oder weichgesottene Eier aus, welche trefflich Kraft gaben, oder fütterten, wie die Bauern sagen.
Da beobachtete ich, wie die Sonne einen See nach dem andern beschien und ihre Strahlen bis in diese schreckliche Tiefe hinunterwarf, so daß es jenen Sylphen niemals an Licht mangelte. Man sah die Sonne in diesem Abgrund so heiter wie auf dem Erdboden leuchten, so daß sie auch einen Schatten warf. Bei etlichen Gängen, die krumm heruntergingen, wurde das Licht in den Winkeln durch ganze Felsen von Kristall, Diamanten und Karfunkeln reflektiert und so die Helligkeit heruntergeleitet.

Rückreise aus dem Zentrum der Erde und allerlei Luftgebäude

Indessen hatte sich die Zeit genähert, da ich wieder heimkehren sollte. Deshalb fragte mich der König, womit ich meinte, daß er mir einen Gefallen tun könnte. Ich sagte, er könnte mir keine größere Gnade erweisen, als wenn er mir einen rechtschaffenen medizinalischen Sauerbrunnen auf meinen Hof schaffte. »Ist's nur das?« antwortete der König. »Ich meinte, du würdest etliche große Smaragde aus dem amerikanischen Meer mit dir genommen und gebeten haben, sie mit auf den Erdboden nehmen zu dürfen. Jetzt sehe ich, daß kein Geiz bei euch Christen ist.«
Damit reichte er mir einen Stein von seltsamen variierenden Farben und sagte: »Diesen stecke zu dir, und wo du ihn auf den Erdboden legen wirst, dort wird er anfangen, das Zentrum zu suchen, bis er wieder zu uns kommt und dir von uns eine herrliche Sauerbrunnenquelle zuschickt, die dir so

wohl bekommen soll, wie du es durch die Wahrhaftigkeit deines Berichts um uns verdient hast.«

Darauf nahm mich der Fürst vom Mummelsee wieder in sein Geleit und fuhr mit mir den Weg zurück, den wir hergekommen waren.

Auf der Heimfahrt redete ich fast nicht mit meinen Begleitern, denn ich war in meinen Gedanken ganz mit meinem Sauerbrunnen beschäftigt. Ich überlegte, wo ich ihn hinsetzen sollte, und errichtete in Gedanken schon die großen Gebäude, in welchen sich die Badegäste rechtschaffen wohl fühlen sollten. Durch Schmiergelder wollte ich die Ärzte überreden, daß sie meinen neuen Wundersauerbrunnen allen andern, ja sogar dem Schwalbacher vorzogen und mir viele reiche Badgäste schickten. Ich machte schon ganze Berge eben, damit sich die Reisenden nicht über mühselige Wege beschwerten. Ich dingte schon verschmitzte Hausknechte, sparsame Köchinnen, sorgsame Zimmermädchen, wachsame Stallknechte, saubere Brunnenverwalter und überlegte mir auch bereits einen Platz im wilden Gebirge bei meinem Hof, wo ich einen schönen ebenen Lustgarten anlegen und allerlei rare Gewächse ziehen wollte, damit sich die Herren Badegäste und ihre Frauen darin ergehen und durch allerlei Spiele ergötzen könnten.

Unter solchen überglückseligen Gedanken erreichte ich wiederum die Luft, wo mich der Fürst mit trockenen Kleidern ans Land setzte; doch mußte ich das Kleinod, das er mir zu Anfang gegeben hatte, als er mich abholte, stracks von mir tun, denn ich hätte sonst in der Luft ersaufen oder, um Atem zu holen, den Kopf wieder ins Wasser strecken müssen. Sobald der Fürst diesen Stein an sich genommen hatte, duckte er sich nach kurzer Verabschiedung und fuhr mit den Seinen wieder in den Abgrund. Ich aber ging mit dem Wunderstein, den mir der König gegeben hatte, so voller Freude davon, als wenn ich das goldene Fell von Kolchis davongetragen hätte.

Aber ach, meine Freude währte nicht lange. Denn weil ich, als mich mein Knan zum See brachte, nicht viel auf den Weg geachtet hatte, verirrte ich mich bald in dem ungeheuren Wald. Als sich die Sonne neigte, stand ich mitten in der Wildnis, ohne Speise und Waffen, und wußte mir nicht zu helfen. Doch tröstete mich mein Stein, den ich aus dem innersten Eingeweide der Erde mit mir herausgebracht hatte. »Geduld, Geduld«, sagte ich zu mir selber, »der edle Sauerbrunnen, den du in deiner Tasche trägst, wird dich für alle Not entschädigen!«

Nachdem ich mir solcherart neuen Mut zugesprochen hatte, wanderte ich tapfer weiter. Der Vollmond leuchtete mir zwar fein, aber die hohen Tannen ließen sein Licht nicht recht bis zu mir. Doch ging ich immerzu, bis ich um Mitternacht von weitem ein Feuer gewahrte, bei welchem sich etliche Waldbauern befanden, die mit dem Harz zu tun hatten.

Wiewohl nun solchen Gesellen nicht allzeit zu trauen ist, so zwang mich doch die Not, ihnen zuzusprechen. Ich schlich mich hinter sie und sagte unversehens: »Guten Abend, gute Nacht oder guten Morgen, ihr Herren! Sagt mir, welche Zeit es ist, damit ich weiß, wie ich euch grüßen soll!«

Da zitterten alle sechs vor Schreck und wußten nicht, was sie mir antworten sollten; denn weil ich einer von den Längsten bin und damals wegen meines jüngst verstorbenen Weibleins ein schwarzes Trauerkleid anhatte, dazu einen schrecklichen Prügel in Händen hatte, auf welchen ich mich wie ein Wilder Mann stützte, kam ihnen meine Gestalt schrecklich vor. »Wie«, sagte ich, »will mir denn keiner antworten?«

Sie blieben aber noch eine Weile stumm, bis sich endlich einer erholte und fragte: »Wear ischt dann der Hair?«

Da hörte ich, daß es Schwaben sein müßten, die man gewöhnlich – wiewohl zu Unrecht – für einfältig hält, und sagte deswegen, ich sei ein fahrender Schüler, der eben aus dem Venusberg komme und einen ganzen Haufen wunderliche Künste gelernt hätte. »Oho!« antwortete der älteste Bauer, »jetzt glaub ich gottlob, daß ich den Frieden wieder erleben werde, weil die fahrenden Schüler wieder anfangen zu reisen.«

Simplizius verzettelt seinen Sauerbrunnen an einem unrechten Ort

So kamen wir miteinander ins Gespräch, und sie waren so freundlich, daß sie mich ans Feuer setzen ließen und mir ein Stück Schwarzbrot und mageren Käs anboten. Endlich wurden sie so vertraulich, daß sie mich baten, ihnen als fahrender Schüler wahrzusagen. Und weil ich mich sowohl auf die Physiognomie als auch auf die Chiromantie etwas verstand, fing ich an, einem nach dem andern etwas vorzuphantasieren und aus der Hand zu lesen, wovon ich dachte, daß sie es gerne hörten; denn ich wollte bei ihnen meinen Kredit nicht verlieren, da mir bei diesen wilden Waldburschen nicht ganz geheuer war. Sie begehrten allerhand vorwitzige Künste von mir zu lernen, ich aber vertröstete sie auf den morgigen Tag und bat sie, mich ein wenig ruhen zu lassen.

Und nachdem ich so den Zigeuner gespielt hatte, legte ich mich ein Stücklein abseits, mehr um zu horchen, wie sie gesinnt seien, als um wirklich zu schlafen, obwohl es mir dazu an Bedürfnis nicht gefehlt hätte. Je mehr ich nun schnarchte, um so wacher wurden sie. Sie steckten die Köpfe zusammen und fingen an, um die Wette zu raten, wer ich wohl sein möchte. Für einen Soldaten wollten sie mich nicht halten, weil ich ein schwarzes Kleid trug, und ein Bürgerkerl konnte ich kaum sein, weil ich zu so

ungewöhnlicher Zeit so fern von den Leuten im Muckenloch (so hieß der Wald) auftauchte. Zuletzt meinten sie, ich müßte doch ein fahrender Schüler sein, wie ich gesagt hatte, weil ich so trefflich wahrsagen konnte. »Ja«, fing da einer an, »er hat aber nicht alles gewußt. Vielleicht ist er ein böser Krieger und hat sich so verkleidet, um unser Vieh und die Heimlichkeiten im Wald auszukundschaften. Ach, daß wir's wüßten, wir wollten ihn schlafen legen, daß er das Aufwachen vergißt!« Doch da war gleich wieder ein anderer da, der etwas anderes sagte. Indessen lag ich dort und spitzte die Ohren. Ich dachte: Wenn mich diese Knollfinken angreifen, dann lasse ich drei oder vier vor mir ins Gras beißen!
Während nun die andern beratschlagten und ich mich mit Sorgen ängstigte, war mir auf einmal, als ob einer bei mir läge, der ins Bett brunzte, denn ich lag unversehens ganz naß. O jerum, da war Troja verloren, und alle meine herlichen Pläne waren dahin, denn ich merkte am Geruch, daß es mein Sauerbrunnen war. Da geriet ich vor Zorn und Unwillen in eine solche Raserei, daß ich mich beinahe allein auf die sechs Bauern gestürzt hätte, um mich mit ihnen herumzuschlagen.
»Ihr gottlosen Flegel«, sagte ich zu ihnen, als ich mit meinem schrecklichen Prügel aufgesprungen war, »an diesem Sauerbrunnen, der auf meiner Lagerstatt hervorquillt, könnt ihr merken, wer ich bin. Für eure bösen Gedanken sollte ich euch strafen, daß euch der Teufel holen möchte!« Dazu gebärdete ich mich so bedrohlich, daß sie sich alle vor mir entsetzten. Doch kam ich gleich wieder zu mir und merkte, welche Torheit ich beging. Nein, dachte ich, besser ist's, den Sauerbrunnen als das Leben verloren, das du leicht einbüßen kannst, wenn du dich über diese Lümmel hermachst.
Ich gab ihnen deshalb wieder gute Worte: »Steht auf und versucht den herrlichen Sauerbrunnen, den ihr und alle Harz- und Holzmacher hinfort in dieser Wildnis meinetwegen genießen könnt!«
Sie konnten aus meinen Reden nicht klug werden und starrten einander an wie die Stockfische, bis sie sahen, daß ich fein nüchtern aus meinem Hut den ersten Trunk tat. Da standen sie nacheinander vom Feuer auf, besahen das Wunder und versuchten das Wasser. Doch anstatt mir dafür dankbar zu sein, fingen sie an zu lästern und sagten, sie wollten, daß ich samt meinem Sauerbrunnen woanders hingeraten wäre, denn sollte ihre Herrschaft davon erfahren, dann müßte das ganze Amt Dornstett fronen und Wege hierher bauen.
»Das wird euch aber«, sagte ich, »allen zugute kommen, denn ihr könnt dann eure Hühner und Eier, eure Butter und euer Vieh teurer verkaufen.«
»Nein, nein«, sagten sie, »nein, die Herrschaft setzt einen Wirt hin, der wird allein reich, und wir müssen seine Narren sein und ihm Wege und

Stege erhalten.« Zuletzt entzweiten sie sich; zwei wollten den Sauerbrunnen behalten, die vier andern aber verlangten von mir, ich sollte ihn wieder wegschaffen, was ich, wenn es in meiner Macht gestanden wäre, auch ohne sie getan hätte.

Weil es anfing, Tag zu werden, und ich da nichts mehr zu tun hatte, sagte ich, wenn sie nicht wollten, daß alle Kühe rote Milch gäben, solange die Quelle liefe, so müßten sie mir alsbald den Weg nach Seebach weisen. Dazu willigten sie ein, und weil sich einer allein bei mir fürchtete, gaben sie mir zwei mit.

So schied ich von diesem Ort, und obzwar diese ganze Gegend unfruchtbar war und nichts als Tannzapfen trug, hätte ich sie zu noch größerem Elend verfluchen mögen, weil ich alle meine Hoffnung daselbst verloren hatte. Doch ging ich stillschweigend mit meinen Wegweisern fort, bis ich auf die Höhe des Gebirges kam, wo ich mich im Gelände wieder zurechtfand. Da sagte ich: »Ihr Herren könntet von dem neuen Sauerbrunnen schönen Nutzen haben. Wenn ihr nämlich hingeht und ihn der Obrigkeit anzeigt, wird das ein gutes Trinkgeld geben.«

»Ja«, sagten sie, »da wären wir wohl Narren, wenn wir eine Rute für unsern eigenen Hintern bänden. Wir wollten lieber, daß dich der Teufel mitsamt deinem Sauerbrunnen holte; du hast genug gehört, warum wir ihn nicht gerne sehen!«

Ich antwortete: »Ach, ihr heillosen Tröpfe! Eure redlichen Voreltern waren ihrem Fürsten so treu, daß er sich rühmen durfte, er könne es wagen, in jedes Untertanen Schoß seinen Kopf zu legen, um darin sicher zu schlafen. Und ihr Mausköpfe seid nicht so ehrlich, eurem hochlöblichen Fürsten zunutze und vielen armen Kranken zum Wohl diesen heilsamen Sauerbrunnen bekanntzugeben. Was schadet's, wenn ihr auch ein jeder ein paar Tage dafür front?«

»Was?« riefen sie. »Da wollten wir dich eher in der Fron erschlagen!«

»Ihr Vögel«, sagte ich, »da müßten euer mehr sein!«, zückte meinen Prügel und jagte sie über alle Berge. Darauf ging ich bergabwärts, kam nach vieler Mühe gegen Abend wieder auf meinen Bauernhof und brachte, wie mir mein Knan vorausgesagt hatte, von dieser Wallfahrt nichts heim als müde Beine.

Ein kurzweiliger Spaziergang vom Schwarzwald bis nach Moskau

Nach meiner Heimkehr hielt ich mich ganz zurückgezogen. Meine größte Freude war, hinter den Büchern zu sitzen, deren ich mir viele beschaffte, vor allem solche, die ein großes Nachdenken verlangten.

In diesem Herbst näherten sich französische, schwedische und hessische Truppen, um sich bei uns zu erholen und zugleich die nahe Reichsstadt Offenburg zu blockieren. Da flüchtete sich jedermann mit seinem Vieh und den besten Sachen in die hohen Wälder, und ich machte es wie meine Nachbarn.

In mein Haus, das ich ziemlich leer zurückgelassen hatte, wurde ein reformierter schwedischer Obrist einlogiert. Dieser fand in meinem Kabinett noch etliche Bücher – weil ich in der Eile nicht alles hatte wegbringen können –, darunter mathematische und geometrische Werke und etwas über das Befestigungswesen, und schloß daraus gleich, daß sein Quartier keinem gewöhnlichen Bauern gehörte. Er fing daher an, mich auszukundschaften, und brachte mich durch freundliche und auch drohende Worte dahin, daß ich mich zu ihm auf meinen Hof begab. Dort behandelte er mich gar höflich, auch wies er seine Leute an, daß sie mir nichts unnütz verderben sollten.

Durch diese Freundlichkeit brachte er es zuwege, daß ich ihm mein Herkommen und sonst mancherlei über mich erzählte. Da wunderte er sich, daß ich mitten im Krieg so unter den Bauern wohnen und zusehen mochte, wie ein anderer sein Pferd an meinen Zaun binde, da ich doch mit mehr Ehre das meine an den eines andern binden könnte. Ich sollte, sagte er, den Degen wieder anhängen und meine Gaben, die mir Gott verliehen hätte, nicht so hinterm Ofen und beim Pflug verschimmeln lassen; er wüßte, daß mich meine Qualitäten und meine Kenntnisse der Kriegswissenschaft bald hochbringen würden. Ihm selbst sei von Torstenson ein Regiment versprochen; wenn er dieses erhalten würde, woran er gar nicht zweifle, so wollte er mich zu seinem Obristleutnant machen. Mit solchen Worten machte er mir das Maul ganz wässerig. Und weil noch wenig Hoffnung auf Frieden war und ich weitere Einquartierung und wohl gar gänzlichen Ruin zu befürchten hatte, entschloß ich mich, wiederum mitzumachen, und versprach dem Obristen, mich zu ihm zu begeben, wenn er mir sein Wort halten und mir die Obristleutnantstelle bei seinem künftigen Regiment geben wollte.

So wurde die Glocke gegossen. Ich ließ meinen Knan holen, der sich noch mit meinem Vieh zu Baiersbronn befand. Ihm und seinem Weib verschrieb ich meinen Hof als Eigentum, doch mit der Bedingung, daß ihn nach seinem Tod mein Bastard Simplizius, der mir vor die Tür gelegt worden war, erben sollte. Danach holte ich mein Pferd und was ich noch an Geld und Kleinodien hatte, und kaum hatte ich alles Nötige geregelt, da wurde unversehens die Blockade aufgehoben, so daß wir aufbrechen und zu der Hauptarmee marschieren mußten. Ich machte bei diesem Obristen den

Hofmeister und erhielt mit seinen Knechten ihn und seine ganze Haushaltung durch Stehlen und Rauben, was man auf soldatisch furagieren nennt.
Mit den Torstensonschen Versprechungen war es bei weitem nicht so weit her, wie der Obrist auf meinem Hof getan hatte, sondern mir schien, daß er nur über die Achsel angesehen wurde. »Ach«, sagte er dann zu mir, »was für ein schlimmer Hund hat mich bei der Generalität angeschwärzt, da wird meines Bleibens nicht lange sein.« Und weil er argwöhnte, daß ich es nicht lange bei ihm aushalten würde, dichtete er Briefe, als wenn er zu Livland, wo er zu Hause war, ein frisches Regiment zu werben hätte, und überredete mich, daß ich mich mit ihm zu Wismar einschiffte und nach Livland fuhr. Da sah es nun auch übel aus, denn er hatte kein Regiment zu werben und war im übrigen ein blutarmer Edelmann, der nichts besaß, als was sein Weib mitgebracht hatte.
Obwohl ich mich nun zweimal hatte betrügen lassen, so biß ich doch auch das drittemal an. Er wies mir Schreiben vor, die er aus Moskau bekommen hatte und in denen ihm, wie er mir verdeutschte, hohe Offiziersposten mit guter Bezahlung angeboten wurden. Und weil er gleich mit Weib und Kind aufbrach, dachte ich, er wird ja doch nicht um der Gänse willen hinziehen, und begab mich deshalb mit guter Hoffnung mit ihm auf den Weg, weil ich ohnedies kein Mittel sah, bald wieder nach Deutschland zurückzukehren. Sobald wir aber über die Grenze kamen und uns verschiedene abgedankte deutsche Soldaten, besonders Offiziere, begegneten, fing mir an zu graulen, und ich sagte zu meinem Obristen: »Was, Teufels, machen wir? Wo Krieg ist, da ziehen wir weg, und wo Frieden herrscht und die Soldaten unwert sind, ziehen wir hin!« Er aber redete mir noch immer gut zu und sagte, ich sollte ihn nur sorgen lassen, er wisse besser, was zu tun sei, als diese Kerle, an denen nicht viel gelegen sei.
Nachdem wir nun sicher in der Stadt Moskau angekommen waren, sah ich gleich, daß es gefehlt war. Mein Obrist konferierte zwar täglich mit den Magnaten, aber viel mehr mit dem Metropoliten als mit den Knäsen, wie die russischen Fürsten heißen. Endlich eröffnete er mir, daß es nichts mehr mit dem Krieg sei und daß ihn sein Gewissen treibe, die griechische Religion anzunehmen. Sein freundschaftlicher Rat wäre, ich sollte das gleiche tun, weil er mir ohnehin nicht mehr helfen könnte, wie er versprochen hätte. Des Zaren Majestät hätte bereits gute Nachricht über mich und meine Qualitäten und würde mir als einem Adeligen, wenn ich mich willig zeigte, ein stattliches Gut und viele Untertanen verleihen. Dieses allergnädigste Anerbieten auszuschlagen wäre nicht ratsam, denn es wäre besser, an einem so großen Monarchen einen gnädigen als einen ungnädigen

Herrn zu haben. Darüber wurde ich ganz bestürzt und hätte den Obristen, wenn wir an einem andern Ort gewesen wären, die Antwort lieber fühlen als hören lassen. Endlich sagte ich zu ihm, ich sei auf seine eigene Aufforderung hin gekommen, um dem Zaren als Soldat zu dienen. Meine Religion zu ändern, könne ich mich so schnell nicht entschließen, und im übrigen wünschte ich mir nur, daß ich wieder zu Hause im Schwarzwald auf meinem Bauernhof säße.
Hierauf antwortete er: »Der Herr tue nach seinem Belieben. Wenn er sich nicht helfen lassen will, wie ein Prinz zu leben, so hoffe ich doch, er werde mir zubilligen, daß ich alles für ihn tat, was in meinen Kräften stand.« Darauf ging er seines Wegs.
Als ich nun ganz perplex dort saß, hörte ich zwei russische Wagen vor unserer Wohnung, blickte zum Fenster hinaus und sah, wie mein guter Herr Obrist mit seinen Söhnen in den einen und die Frau Obrist mit ihren Töchtern in den andern einstieg. Es waren des Großfürsten Fuhren und Livreen, auch sah ich etliche Geistliche dabei, die diesen Eheleuten gar höflich aufwarteten.

Wie es Simplizius weiter in Rußland erging

Von dieser Zeit an wurde ich heimlich durch etliche Strelitzen überwacht, und meinen Obristen und die Seinigen bekam ich überhaupt nicht mehr zu sehen, so daß ich nicht wußte, wo sie hingekommen waren. Ich machte Bekanntschaft mit den Deutschen, die sich als Kaufleute und Handwerker in Moskau aufhielten, und klagte ihnen meine schwierige Lage. Sie trösteten mich und gaben mir Ratschläge, wie ich mit guter Gelegenheit wieder nach Deutschland kommen könnte. Sobald sie aber Wind bekamen, daß mich der Zar im Land behalten wollte, wurden sie auf einmal alle ganz stumm; sie wollten nichts mehr von mir wissen, und es wurde mir schwer, auch nur Herberge zu bekommen, denn ich hatte mein Pferd samt Sattel und Zaumzeug bereits verzehrt und trennte heute den einen und morgen den andern Dukaten heraus, den ich wohlweislich in meine Kleider vernäht hatte. Zuletzt fing ich auch an, meine Ringe und Kleinodien zu versilbern. So verging ein Vierteljahr, seit der Obrist samt seinem Hausgesind umgetauft und mit einem adeligen Gut beschenkt worden war.
Damals wurde ein Mandat erlassen, daß — wie unter den Einheimischen, so auch unter den Fremden — bei hoher Strafe keine Müßiggänger mehr geduldet werden sollten, weil diese den Arbeitenden nur das Brot vorm

Maul wegfräßen. Wer von den Fremden nicht arbeiten wollte, der sollte das Land in einem Monat, die Stadt aber in vierundzwanzig Stunden verlassen. Also taten sich unser fünfzig zusammen, in der Absicht, unsern Weg in Gottes Namen miteinander durch Polen nach Deutschland zu nehmen. Wir wurden aber noch nicht zwei Stunden weit von der Stadt von russischen Reitern eingeholt, welche uns mitteilten, daß Ihre Zarische Majestät ein großes Mißfallen daran hätte, daß wir uns frevelhafterweise in so starker Anzahl zusammengerottet hätten, um ohne Paß Ihr Land zu durchziehen; auch sei Ihre Majestät nicht übel gesonnen, uns unsrer Kühnheit wegen nach Sibirien zu schicken.

Auf dem Rückweg sagte mir derjenige, der den Reitertrupp führte, daß der Zar mich nicht aus dem Land lassen wollte, und das sei ihm nicht zu verdenken, weil mich der Obrist als einen so wohlerfahrenen Mann geschildert hätte. Sein Rat wäre, ich sollte mich nach seinem allergnädigsten Willen richten, wie der Obrist ihre Religion annehmen und solch ein ansehnliches adeliges Gut nicht verachten; denn wollte ich nicht als Herr bei ihnen leben, so müßte ich als Knecht bei ihnen dienen.

Ich wurde von den andern abgesondert und zu einem Kaufherrn logiert, wo ich nunmehr offen bewacht, dafür aber täglich mit herrlichen Speisen vom Hof aus versehen wurde. Ich hatte auch täglich Leute, die mir zusprachen und die mich hin und wieder zu Gast luden. Darunter war einer, dem ich ohne Zweifel besonders empfohlen war (ein schlauer Mann), der unterhielt mich täglich mit freundlichem Gespräch, denn ich konnte schon ziemlich gut russisch reden. Dieser sprach oft mit mir von Kriegsmaschinen, vom Befestigungswesen, von der Artillerie und von ähnlichen Dingen. Zuletzt, als er verschiedene Male vergebens auf den Busch geklopft hatte, ob ich mich endlich dem Wunsch des Zaren beugen wollte, sagte er, ich sollte doch, wenn ich schon nicht russisch werden wollte, dem großen Zar zu Ehren, ihrer Nation etwas von meinen Kenntnissen zugute kommen lassen; der Zar würde mich mit hohen kaiserlichen Gnaden belohnen. Darauf antwortete ich, meine Absicht sei jederzeit gewesen, Ihrer Zarischen Majestät untertänigst zu dienen. Zu diesem Zweck sei ich in ihr Land gekommen und dazu sei ich auch jetzt noch bereit, wiewohl ich sähe, daß man mich wie einen Gefangenen hielte.

»Ei nicht so, Herr«, sagte er, »Ihr seid nicht gefangen, sondern Ihre Zarische Majestät lieben Euch über alles.«

»Warum«, sagte ich, »werde ich dann bewacht?«

»Darum«, antwortete er, »weil Ihre Zarische Majestät fürchten, es möchte Euch ein Leid widerfahren.«

Darauf sagte er, daß der Zar bedacht wäre, in seinem Land selber Salpeter zu graben und Pulver herzustellen. Weil aber niemand unter ihnen sei, der damit umgehen könnte, würde ich ihm einen Dienst erweisen, wenn ich die Sache ins Werk setzte; sie würden mir hierzu Leute und Mittel genug an die Hand geben. Ich wiederholte, daß ich mit allem, was in meinen Kräften stünde, dem Zaren dienen wollte, wenn ich nur meine Religion behalten dürfte. Darauf wurde dieser Russe (welcher einer der vornehmsten Knäsen war) so lustig, daß er mir mit dem Trunke mehr zusprach als ein Deutscher.

Den andern Tag kamen vom Zaren zwei Knäsen und ein Dolmetscher, die das Endgültige mit mir besprachen und mir vom Zaren ein kostbares russisches Kleid als Geschenk mitbrachten. Also fing ich gleich etliche Tage später an, Salpetererde zu suchen und die Russen, die mir zugegeben waren, zu lehren, wie sie den Salpeter von der Erde trennen sollten. Ferner entwarf ich eine Pulvermühle und lehrte andere, Kohlen zu brennen, so daß wir in gar kurzer Zeit eine ziemliche Menge besten Pulvers, sowohl für Büchsen wie für grobes Geschütz, verfertigten; denn ich hatte Leute genug und dazu meine Diener, die mir aufwarteten oder, besser gesagt, die auf mich aufpaßten.

Als ich mich nun so wohl anließ, kam mein Obrist zu mir, in russischen Kleidern und mit einem prächtigen Gefolge von Dienern – ohne Zweifel, um mich durch diesen prächtigen Aufzug zu überreden, mich auch umtaufen zu lassen. Aber ich wußte wohl, daß die Kleider aus des Zaren Kleiderkasten und ihm nur geliehen waren, wie das am Zarenhof der allergewöhnlichste Brauch ist.

Um dem Leser zu zeigen, wie es damit herzugehen pflegt, will ich ein Beispiel von mir selbst erzählen. Ich war einmal auf den Pulvermühlen beschäftigt, die ich außerhalb Moskaus an einem Fluß erbaut hatte, um meinen Leuten Anweisungen für diesen und den folgenden Tag zu geben. Da wurde plötzlich Alarm geschlagen, weil sich die Tataren, an die hunderttausend Pferde stark, bereits in vier Meilen Entfernung befanden, das Land plünderten und immer weiter vorrückten. Nun mußte ich mich mit meinen Leuten sogleich an den Hof begeben, wo wir aus des Zaren Rüstkammer ausgestattet wurden. Ich erhielt anstatt eines Küraß einen gesteppten seidenen Panzer, welcher jeden Pfeil aufhielt, der aber nicht kugelsicher sein konnte; dazu bekam ich Stiefel, Sporen und einen fürstlichen Prachthelm mit einem Reiherbusch sowie einen Säbel, der Haare schor, mit lauter Gold beschlagen und mit Edelsteinen besetzt. Überdies gab man mir eins von des Zaren Pferden, wie ich mein Lebtag keins gesehen, geschweige geritten hatte. Ich und das Pferdezeug glänzten von Gold, Silber, Edelsteinen und Perlen; auch hatte ich einen stählernen Streitkolben angehängt, der

wie ein Spiegel glitzerte und so gut gemacht und so schwer war, daß ich einen jeden, dem ich eins damit versetzte, gar leicht damit totschlug, so daß der Zar selbst nicht besser montiert daherreiten konnte.

Mir folgte eine weiße Fahne mit einem Doppeladler, der von allen Orten und Enden das Kriegsvolk gleichsam zuschneite, so daß wir, ehe zwei Stunden vergingen, an die vierzig- und nach vier Stunden an die sechzigtausend Pferde stark waren, mit welchen wir gegen die Tataren vorrückten. Ich erhielt alle Viertelstunden neue mündliche Order vom Großfürsten, welche stets lauteten: Ich sollte mich heute als Soldat zeigen, damit mich Seine Majestät als solchen anerkennen könnte. Alle Augenblicke vermehrte sich unser Haufen, und ich konnte doch bei dieser Eile keinen einzigen erkennen, der die Armee kommandieren und die Schlacht leiten sollte.

Ich mag nicht alles erzählen, denn für meine Geschichte kommt es auf dieses Treffen nicht viel an. Ich will nur sagen, daß wir die Tataren, mit müden Pferden und vieler Beute beladen, urplötzlich in einem Tal antrafen, als sie sich dessen am allerwenigsten versahen, worauf wir mit solchem Ungestüm von allen Seiten auf sie losgingen, daß wir sie gleich zu Anfang trennten. Beim ersten Angriff rief ich denen, die mir folgten, auf russisch zu: »Nun wohlan, es tue jeder wie ich!« Das schrien sie einander alle zu, ich aber rannte mit verhängtem Zügel auf die Feinde zu und schlug dem ersten, auf den ich traf, den Kopf entzwei. Die Russen folgten meinem heroischen Beispiel, so daß die Tataren diesem Angriff nicht standhalten konnten. Ich gebärdete mich wie ein Rasender oder vielmehr wie einer, der aus Verzweiflung den Tod sucht und nicht finden kann; ich schlug alles nieder, was mir in den Weg kam, es wäre gleich Tatar oder Ruß gewesen. Und meine Diener drangen mir so fleißig nach, daß ich allezeit einen sicheren Rücken behielt. Die Pfeile flogen durch die Luft, daß es war, als ob Bienen schwärmten. Davon traf mich einer in den Arm, denn ich hatte meine Ärmel zurückgestreift, um ungehindert mit Säbel und Streitkolben wüten und totschlagen zu können. Ehe der Pfeil mich traf, hatte mir bei solchem Blutvergießen das Herz im Leibe gelacht. Als ich aber mein eigenes Blut fließen sah, verkehrte sich das Lachen in Wut.

Nachdem sich die grimmigen Feinde zur allgemeinen Flucht gewandt hatten, wurde mir von etlichen Knäsen im Namen des Zaren befohlen, ihrem Kaiser über unseren Sieg zu berichten. Ich kehrte also zurück, mit ungefähr hundert Pferden im Gefolge, und wurde auf meinem Ritt durch die Stadt von allen Menschen mit Frohlocken und Glückwünschen empfangen. Sobald ich aber über das Treffen berichtet hatte, mußte ich meine fürstlichen Kleider wieder ablegen. Sie wurden wiederum in des Zaren Kleiderkammer aufbewahrt, wiewohl sie samt dem Pferdezeug über und über mit Blut besudelt und also fast zunichte gemacht waren. Ich aber hatte gemeint, sie würden mir, weil ich mich so ritterlich gehalten hatte, samt dem Pferd als Erkenntlichkeit überlassen werden.

Auf welch kurzem und lustigem Weg er wieder heim zu seinem Knan kam

Solange meine Wunde zu heilen hatte, wurde ich ganz fürstlich behandelt. Ich ging in einem kostbaren, mit Zobel gefütterten Gewand, und ich habe mein Lebtag keine so fette Küche genossen wie eben damals; das war aber alle Beute, die ich von meiner Arbeit hatte, außer dem Lob, das mir der Zar verlieh.

Als ich aber gänzlich heil war, wurde ich mit einem Schiff die Wolga hinunter nach Astrachan geschickt, um dort, wie bei Moskau, eine Pulvermacherei einzurichten, weil es dem Zaren unmöglich war, diese Grenzfestungen allezeit von Moskau aus mit frischem Pulver zu versehen. Ich war gern dazu bereit, weil mir versprochen war, der Zar würde mich nach Erledigung dieses Geschäfts mit einem namhaften Stück Geld auf ein Schiff nach Holland setzen. Aber ach, wenn wir uns mit unseren Hoffnungen und Plänen am sichersten fühlen, kommt auf einmal ein Wind, der allen Bettel, an dem wir so lange gebaut haben, über den Haufen weht.

Der Gouverneur von Astrachan behandelte mich, als wäre ich der Zar selbst, und ich stellte alles in Kürze auf einen guten Fuß. Seine Munition, die durch langes Liegen verrottet war und nichts mehr taugte, goß ich um, wie ein Spengler aus alten zinnernen Löffeln neue macht, was bei den Russen damals ein unerhörtes Ding war, weshalb man mich für einen Zauberer oder Heiligen hielt.

Als ich aber im besten Tun war und mich über Nacht außerhalb der Festung in einer Pulvermühle befand, wurde ich von einer Schar Tataren diebischerweise gestohlen und mit anderen weit in ihr Land hineingeführt. Die Tataren verehrten mich später dem König von Korea, mit welchem sie eben einen Waffenstillstand geschlossen hatten, als besonderes Präsent. Daselbst wurde ich wert gehalten, weil ich den König lehrte, wie er, das Rohr auf der Achsel und den Rücken gegen die Schießscheibe gekehrt, dennoch das Schwarze treffen könnte. Deshalb schenkte er mir dann auch auf mein untertänigstes Anhalten die Freiheit wieder und schickte mich über Japan nach Macao zu den Portugiesen. Bei diesen, die mich wenig achteten, ging ich herum wie ein Schaf, das sich von der Herde verirrt hat, bis ich endlich von türkischen Seeräubern gefangen und nach Alexandria in Ägypten geschleppt wurde, wo sie mich an Kaufleute verhandelten.

Diese nahmen mich mit ihren Kaufmannswaren mit nach Konstantinopel, und weil der türkische Kaiser eben damals etliche Galeeren wider die Venediger ausrüstete und Ruderer brauchte, wurde ich als junger starker Kerl auch gekauft und mußte rudern lernen. Aber dieser schwere Dienst währte nur zwei Monate, denn unsere Galeere wurde in der Levante von den Venetianern ritterlich übermannt und ich samt meinen Kameraden aus der Türken Gewalt befreit.

Als ich zu Venedig erklärte, daß ich nach Rom und Loreto pilgern wollte, um diese Orte zu beschauen und Gott für meine Errettung zu danken, bekam ich gar leicht einen Paß und von ehrlichen Leuten, besonders etlichen Deutschen, eine ziemliche Beisteuer, so daß ich, mit einem langen Pilgerrock versehen, meine Reise antreten konnte.

Ich begab mich auf dem nächsten Weg nach Rom, wo ich mir von Großen und Kleinen viel erbettelte; und nachdem ich mich ungefähr sechs Wochen daselbst aufgehalten hatte, zog ich mit andern Pilgern, unter denen auch Deutsche und besonders Schweizer waren, die wieder nach Hause wollten, nach Loreto. Von dort kam ich über den Gotthard durchs Schweizerland wieder in den Schwarzwald zu meinem Knan und brachte nichts Besonderes mit heim als einen Bart, der mir in der Fremde gewachsen war.

Ich war drei Jahre und etliche Monate fortgewesen und hatte in dieser Zeit vielerlei Völker gesehen, aber bei diesen gemeiniglich mehr Böses als Gutes empfangen, worüber ein großes Buch zu schreiben wäre. Indessen war der deutsche Frieden geschlossen worden, so daß ich bei meinem Knan in sicherer Ruhe leben konnte. Diesen ließ ich sorgen und hausen, ich aber setzte mich wieder hinter die Bücher, bei denen ich meine Arbeit und mein Ergötzen fand.

Wie Simplizius die Welt wieder verließ

Ich las einmal, daß das Orakel des Apoll den römischen Gesandten, als sie fragten, was sie tun müßten, damit ihre Untertanen friedlich regiert würden, zur Antwort gab: Nosce te ipsum! Das heißt, es sollte ein jeder sich selbst erkennen. Dies nahm ich mir zu Herzen und begehrte von mir selbst Rechnung über mein Leben, weil ich ohnedies müßig war.

Da sagte ich zu mir selbst: Dein Leben ist kein Leben gewesen, sondern ein Tod; deine Tage waren ein schwerer Schatten, deine Jahre ein schwerer Traum, deine Wollüste schwere Sünden, deine Jugend eine Phantasie und deine Wohlfahrt ein Alchemistenschatz, der zum Schornstein hinausfährt. Du bist durch viele Gefährlichkeiten dem Krieg nachgezogen und hast in

demselben viel Glück und Unglück erfahren, bist bald hoch, bald nieder, bald groß, bald klein, bald reich, bald arm, bald fröhlich, bald betrübt, bald beliebt, bald verhaßt, bald geehrt und bald verachtet gewesen. Aber nun, du, o meine arme Seele, was hast du von dieser ganzen Reis zuwege gebracht? Dies hast du gewonnen: Ich bin arm an Gut, mein Herz ist beschwert mit Sorgen, zu allem Guten bin ich faul, träg und verderbt, und was das allerelendste ist, mein Gewissen ist ängstlich und beschwert; der Leib ist müd, der Verstand verwirrt, die Unschuld ist hin, meine beste Jugend verschlissen, die edle Zeit verloren; nichts ist, das mich erfreut, und zu allem hin bin ich mir selber feind.
Mit solchen Gedanken quälte ich mich täglich, und eben damals kamen mir etliche Schriften des Antonio de Guevara in die Hände, wovon ich einige Stellen hierhersetzen muß, weil sie so kräftig waren, mir die Welt vollends zu verleiden. Diese lauteten also:

»Adieu, Welt, denn auf dich ist kein Vertrauen, in deinem Haus ist das Vergangene schon verschwunden, das Gegenwärtige verschwindet uns unter den Händen, das Zukünftige hat nie angefangen, das Allerbeständigste fällt, und das Allerstärkste zerbricht.

Behüt dich Gott, Welt, denn dieweil man dir nachfolgt, vertut man die Jugend mit Rennen und Springen über Zäune und Steige, über Berg und Tal, durch Wald und Wildnis, in Hitze und Kälte, in Wind und Ungewitter; die Mannheit wird vertan mit Erzschmelzen und Steinehauen, mit Hacken und Zimmern, Pflanzen und Bauen, mit Dichten und Trachten, mit Kaufen und Verkaufen, mit Zanken, Hadern, Kriegen, Lügen und Betrügen; das Alter verzehrt man in Jammer und Elend, der Geist wird schwach, das Angesicht runzelig, die Nase trieft, der Kopf wird kahl, man seufzt und ächzt, ist faul und schwach und hat in Summa nichts als Mühe und Arbeit bis an den Tod.

Adieu, Welt, denn niemand ist mit dir zufrieden. Ist er arm, so will er haben; ist er reich, so will er viel gelten; ist er verachtet, so will er hochsteigen; ist er beleidigt, so will er sich rächen; ist er in Gnaden, so will er viel gebieten; ist er lasterhaft, so will er nur bei gutem Mut sein.

Adieu, Welt, denn in dir ist nichts Beständiges. Die hohen Türme werden vom Blitz erschlagen, die Mühlen vom Wasser weggeführt, das Holz wird von den Würmern, das Korn von den Mäusen, die Früchte von Raupen und die Kleider von Schaben gefressen; das Vieh verdirbt vor Alter und der arme Mensch an Krankheit; der eine hat den Grind, der andere den Krebs, der dritte den Wolf, der vierte die Franzosen, der fünfte das Podagra,

der sechste die Gicht, der siebente die Wassersucht, der achte den Stein, der neunte den Grieß, der zehnte die Schwindsucht, der elfte das Fieber, der zwölfte den Aussatz, der dreizehnte das Hinfallen und der vierzehnte die Torheit! In dir, o Welt, tat nicht einer, was der andre tut, denn wenn einer weint, so lacht der andre; einer seufzt, der andre ist fröhlich; einer fastet, der andre zecht; einer reitet, der andre geht; einer redet, der andre schweigt; einer spielt, der andre arbeitet; und während der eine geboren wird, stirbt der andre. Und so lebt auch nicht einer wie der andre; der eine herrscht, der andre dient; einer weidet die Menschen, ein andrer hütet die Schweine; einer reist auf dem Meer, der andre fährt über Land auf die Jahr- und Wochenmärkte; einer fischt im Wasser, der andre fängt Vögel; einer arbeitet hart, und der andre stiehlt und beraubt das Land.

O Welt, behüt dich Gott, denn in deinem Haus führt man kein gleiches Leben und erfährt man keinen gleichen Tod. Der eine stirbt in der Wiege, der andre in der Jugend auf dem Bett, der dritte durch den Strick, der vierte durchs Schwert, der fünfte auf dem Rad, der sechste auf dem Scheiterhaufen, der siebente durchs Weinglas, der achte in einem Wasserfluß, der neunte erstickt im Freßhäfen, der zehnte endet durch Gift, der elfte stirbt jählings, der zwölfte in einer Schlacht, der dreizehnte durch Zauberei, und der vierzehnte ertränkt seine arme Seele im Tintenfaß.

Adieu, o Welt, o schnöde, arge Welt, denn weil man dir gedient hat, wird der Gottlose und Unbußfertige zur ewigen Verdammnis verurteilt, in welcher in Ewigkeit nichts zu erwarten ist als dies: anstatt der verbrachten Freude Leid ohne Trost, anstatt des Zechens Hunger und Durst, anstatt der Herrlichkeit und Pracht Finsternis ohne Licht, anstatt der Wollüste Schmerzen ohne Linderung, anstatt des Dominierens und Triumphierens Heulen, Weinen und Wehklagen ohne Aufhören.

O Welt, du unreine Welt, deshalb protestiere ich wider dich, deshalb beschwöre ich dich, ich bitte dich, ich ersuche dich, ich ermahne dich, du wollest kein Teil mehr an mir haben; hingegen will auch ich keine Hoffnung mehr auf dich setzen, denn du weißt, was ich mir vorgenommen habe, nämlich dies: Posui finem curis, spes et fortuna valete!«

Diese Worte, die ich mit Fleiß bedachte, bewogen mich, daß ich die Welt verließ und wieder ein Einsiedel wurde. Ich hätte gern bei meinem Sauerbrunnen im Muckenloch gewohnt, aber die Bauern in der Nachbarschaft wollten es nicht leiden. Sie fürchteten, ich möchte den Brunnen verraten und ihre Obrigkeit dazu veranlassen, daß sie, weil nunmehr Frieden war, Wege und Stege dahin machen müßten.

Begab mich deshalb in eine andere Wildnis und fing mein Spessarter Leben wieder an. Ob ich aber wie mein Vater selig bis an mein Ende darin verharren werde, steht dahin. Gott verleihe uns allen seine Gnade, daß wir allesamt dasjenige von ihm erlangen, woran uns am meisten gelegen ist, nämlich ein seliges E n d e.

Grimmelshausen

Hans Jakob Christoph von Grimmelshausen wurde um 1622 in Gelnhausen geboren – um die gleiche Zeit, kurz nach der Schlacht bei Höchst (Juni 1622), kam auch sein Simplizissimus zur Welt. Beide sind im Hessischen aufgewachsen.

Um 1622 stand der Dreißigjährige Krieg (1618–1648) erst am Anfang. Wie der Held seines Romans, geriet auch Grimmelshausen schon als Knabe in die Abenteuer des Krieges. Im Jahre 1634 wurde seine Vaterstadt von kaiserlichen Truppen geplündert, und es mag sein, daß er danach die Festung Hanau, das Leben der unsteten Kroaten, das Lager vor Magdeburg, die Schlacht bei Wittstock kennenlernte. Im Winter 1638/39 scheint er sich bei den Truppen des Grafen Götz in schwäbischen Quartieren befunden zu haben. Für die folgende Zeit wissen wir Sicheres. Fast ein Jahrzehnt lebte Grimmelshausen in Offenburg, wo er bei dem Kommandanten, dem Obristleutnant von Schauenburg, als Schreiber arbeitete. Aus dieser Zeit sind zahlreiche Schriftstücke von seiner Hand erhalten, darunter Schreiben an den Kaiser und an Kurfürst Maximilian von Bayern. Anschließend zog Grimmelshausen nach Gaisbach (heute Ortsteil von Oberkirch) im Renchtal. Hier, im westlichen Schwarzwald, spielte sich von nun an sein Leben ab. Er verwaltete zunächst die in der Nähe gelegenen Güter der Herren von Schauenburg und war danach Burgvogt auf der benachbarten Ullenburg, die der berühmte Straßburger Arzt Johannes Küffer erstanden hatte. 1665 eröffnete er in Gaisbach den Krug »Zum Silbernen Stern« in einem kleinen Haus bei der Kirche, das heute noch steht. Grimmelshausen war damals – wie schon die ganzen Jahre zuvor – tief verschuldet, und es mag sein, daß ihn die Not mit dazu trieb, im Schreiben sein Glück zu versuchen. 1666 veröffentlichte er zwei unbedeutende Werke, darunter jenen »Keuschen Joseph«, den Simplizissimus während des erzwungenen Müßiggangs zu Lippstadt verfaßt haben soll. Dann aber erschien 1668 jenes Werk, das wir zu den wichtigsten Schöpfungen der deutschen Literatur zählen: »Der Abentheurliche Simplicissimus Teutsch«. Das Buch hatte ungeheuren Erfolg, und der Verleger in Nürnberg mußte sich beeilen – im Wettlauf mit einem »schwarz« nachdruckenden Verlag –, Neuauflagen herauszubringen. In den folgenden Jahren veröffentlichte der Dichter weitere Bücher; in der »Landstörzerin (Landstreicherin) Courage« und im »Seltsamen Springinsfeld« tauchen Gestalten aus dem »Simplizissimus« wieder auf. Grimmelshausen starb 1676 in Renchen (unweit Gaisbach), wo er seit 1667 Schultheiß war. Grimmelshausen hatte seine Bücher unter fremden Namen auf den Weg geschickt, und so geriet sein wirklicher Name bald in Vergessenheit. Auf dem Titelblatt des »Abentheurlichen Simplicissimus« hatte es geheißen, diese »Beschreibung deß Lebens eines seltzamen Vaganten, genant Melchior Sternfels von Fuchshaim«, sei »An Tag geben von German Schleifheim von Sulsfort«; wozu in einem späteren Nachwort bemerkt wurde, der wahre Verfasser sei Samuel Greifnson vom Hirschfeld. Erst 1835 erkannte man wieder, wer sich – durch Umstellen der Buchstaben – hinter allen drei Namen versteckt hatte: Christoffel von Grimmelshausen.

Kleines Wörterbuch

Achill wurde zu Beginn des Trojanischen Krieges von seiner Mutter, der Meeresgöttin Thetis, in Mädchenkleidern am Hofe des Königs Lykomedes von Skyros versteckt. Da erscheint Odysseus, der den jungen Helden sucht: Er legt den Mädchen Schmuck und Kleider sowie eine Rüstung vor und läßt plötzlich die Kriegstrompete blasen – Achill greift zur Rüstung und ist erkannt.

Allez!, franz.: marsch!

Antonius der Große, der »Vater des Mönchtums« (gest. 356), lebte als Einsiedlermönch in Ägypten; die Versuchungen, die ihn überfielen, sind oft dargestellt worden, so von Schongauer, Grünewald und Bosch.

Auditor: Untersuchungsrichter.

Baden: Gemeint ist Baden an der Limmat, eine alte Bäderstadt in der Nordschweiz.

Bandelier: Wehrgehänge; breiter, von der linken Schulter zur rechten Hüfte führender Ledergurt, an dem Pulverflasche, Kugelbeutel, Lunte und Pulvermaße befestigt waren.

Johan *Banér*, geb. 1596, schwedischer Feldherr, führte von 1634 bis zu seinem Tod 1641 die schwedischen Truppen in Deutschland; siegte bei Wittstock.

Bayern: Kurfürst Maximilian I. kämpfte auf seiten des Kaisers.

Beau allemand, franz.: der schöne Deutsche.

Das *Bergische Land:* hügelreiche, bewaldete Landschaft zwischen Ruhr, Rhein und Sieg; früher Herzogtum Berg.

Die Belagerung der für Habsburg wichtigen Festung *Breisach* am Rhein war das große Ereignis des Jahres 1638. Bernhard von Weimar, damals im Dienste Frankreichs, begann die Belagerung Mitte August, nachdem er Graf Götz, der ihn von Breisach abhalten sollte, bei Wittenweiler vernichtend geschlagen hatte. Erst am 17. Dezember ergab sich die ausgehungerte Stadt, in der zuletzt Kannibalismus aufgetreten sein soll.

Die *Brigade* bestand aus zwei oder drei Regimentern; sie war der größte, nur aus Truppen der gleichen Waffengattung zusammengesetzte Verband.

Marcus von *Corpes*, kaiserlicher Obrist, führte ein Regiment der wegen ihrer Wildheit berüchtigten kroatischen Reiterei. Sein Aufenthalt in Hersfeld im Januar 1635 ist bezeugt. Er war tatsächlich von der geschilderten Eigenart.

Domine, non sum dignus ...: Herr, ich bin nicht würdig ...; Gebet in der lateinischen Messe; Bestandteil der Eucharistiefeier.

Dragoner, während des Dreißigjährigen Krieges: berittene Infanterie; sie kämpften zu Fuß, ihre wichtigste Waffe war das Gewehr. Später gingen die Dragoner in die Kavallerie über.

Duplone, Dublone: spanische Goldmünze.

Eichenholz, auf dem Bratwürste wachsen: Mit Eicheln wurden die Schweine gemästet.

Das Reiten auf einem hölzernen *Esel* war eine bei der Truppe häufig verhängte Ehrenstrafe.

Die *Eskadron* (Schwadron) war die kleinste Einheit der Kavallerie; ihr entsprach beim Fußvolk die Kompanie.

Feldscher, Feldscherer: Wundarzt bei der Truppe (früher zugleich Bartscherer).

Gelnhausen (Hessen), die Geburtsstadt Grimmelshausens, wurde im September 1634 von den Kaiserlichen eingenommen und geplündert.

Der *Generalgewaltige*, Generalprofos, leitete die Militärpolizei eines Heeres; er hatte die Verpflichtung, mit einem Gefolge von Steckenknechten im Bereich des Lagers und der Quartiere umherzureiten und für Ordnung zu sorgen.

Gideon: einer der Führer Israels um 1100 v. Chr. Im Buch der Richter wird erzählt, daß er auf Geheiß des Herrn seine zehntausend Krieger an ein Wasser führte: Alle, die kniend tranken, schickte er nach Hause, und nur mit den dreihundert, die das Wasser aus der Hand schlürften, zog er in den Kampf gegen die Midianiter.

Johann Graf von *Götz*, kaiserlicher General, geb. 1599, kämpfte 1632 bei Lützen und hatte entscheidenden Anteil am Sieg bei Nördlingen 1635. Im Kampf mit Bernhard von Weimar, der 1638 Breisach belagerte, erlitt er eine schwere Niederlage; seine Armee wurde vernichtet. Darauf wurde Götz vor ein Kriegsgericht gestellt, jedoch freigesprochen. 1643 vertrieb er an der Spitze der kaiserlichen Truppen die Schweden aus Schlesien. Er fiel 1645 in der Schlacht bei Jankau (Böhmen), in welcher die Schweden unter Torstenson die von Hatzfeld und Götz geführten Kaiserlichen schlugen.

Grießbach: Bad Griesbach im Schwarzwald, zwischen Offenburg und Freudenstadt, seit 1578 Heilbad; zur Zeit Grimmelshausens ein Modekurort, den er auch selbst von dem nahen Gaisbach aus wiederholt besuchte.

Antonio de *Guevara* (gest. 1545), ein spanischer Franziskaner, war Hofprediger und Chronist Karls V. Seine moralischen Schriften wurden in alle europäischen Sprachen übersetzt.

Die vielumkämpfte Festung *Hanau* wurde 1635/36 von den Kaiserlichen belagert. Kommandant der Festung war der schwedische Generalmajor Jacob von Ramsay (geb. 1589 in Schottland, gest. 1638 in Dillenburg).

Melchior von *Hatzfeld* (1593–1658), kaiserlicher General.

Die *hessischen* Truppen kämpften auf schwedischer Seite.

Stift *Hirschfeld:* Hersfeld.

In der Schlacht bei *Höchst* (Juni 1622) besiegte Tilly den kühn über den Main setzenden Christian von Braunschweig; zu gleicher Zeit wurde Mansfeld, der sich mit Herzog Christian vereinigen wollte, geschlagen. – Grimmelshausen läßt seine Courage in die Schlacht bei Höchst geraten: sie vollbringt darin ein Heldenstück.

Je pète, franz.: Ich lasse einen fahren.

Der *Karabiner*, ein kurzes, leichtes Gewehr von geringer Reichweite und Treffsicherheit, wurde von berittenen Truppen benutzt.

Zu *Kolchis* am Schwarzen Meer wurde nach der Sage das Fell eines goldenen Widders aufbewahrt; um das von einem Drachen bewachte »Goldene Vlies« zu gewinnen, unternahmen die Argonauten, fünfzig Helden, auf dem schnellen, sprechenden Schiff Argo ihre an Abenteuern reiche Fahrt.

Konstabler: Geschützmeister.

Kornett: der jünste Offizier einer Schwadron; er trug ihre Standarte.

Krotten: Kröten; die »Möhmlein« mit gelber, schwarzgescheckter Unterseite sind Unken.

Kürassiere: Reitertruppe, die einen Küraß (Leder- oder Metallpanzer) trug.

Kürbe: Kirmes, Kirchweih.

Lippstadt (Westfalen) hatte seit 1633 hessische Besatzung; Kommandant war der Obrist Daniel de St. Andree.

Magdeburg: Die geschilderte Belagerung fand im Jahre 1636 statt. Damals war die Stadt längst zerstört: Der furchtbare Brand, der die weltberühmte Stadt vernichtete, hatte bereits 1631 bei der Einnahme durch Tilly und Pappenheim gewütet. Nach dem Abzug der Kaiserlichen hatten die Schweden die Stadt besetzt; ihnen galt nun die Belagerung durch die Kaiserlichen und Sachsen. Der rasch errichteten Zelte und Hütten wegen nennt Simplizius Magdeburg eine »leinene und strohene Stadt«.

Malvasier: seit dem Mittelalter hochgeschätzter Südwein; die Rebsorte hatte von Monemvasia (ital. Malvasia) an der griechischen Ostküste ihren Ausgang genommen.

Graf Ernst von *Mansfeld*, geb. 1580, ein abenteuerlicher Söldnerführer, kämpfte mit seinen zuchtlosen Truppen auf protestantischer Seite; er besiegte Tilly, wurde jedoch von Wallenstein an der Dessauer Elbbrücke geschlagen und von diesem durch Schlesien bis nach Ungarn hinein verfolgt. Mansfeld starb 1626 in Bosnien, auf dem Weg nach Venedig, wo er neue Truppen zu erhalten hoffte.

Matz von Dresden: Figur eines Kauernden an der alten Elbbrücke zu Dresden.

»Mih weme daho Blasna ...«: »Wir nehmen diesen Narren mit uns, wir führen ihn zum Herrn Oberst.« – »Bei Gott ja, wir sezen ihn aufs Pferd; er versteht Deutsch, er wird Kurzweil mit ihm haben.«

Die Lyderin Arachne wagte es, die Göttin Pallas Athene (lat. *Minerva*) zu einem Wettkampf im Weben herauszufordern, und war so kühn, auf ihrem Bildteppich Liebesabenteuer von Göttern darzustellen. Zur Strafe wurde sie von der erzürnten Göttin in eine Spinne (gr. arachne) verwandelt.

Mehr *mobilis als nobilis*: mehr beweglich als adelig; die so charakterisierte unternehmungslustige Dame ist niemand anders als die Courage, der Grimmelshausen später ein eigenes Buch gewidmet hat.

Mummelsee: 1.032 m hoch gelegener See im Schwarzwald, am Südhang der Hornisgrinde.

Murano: Inselstadt, Teil von Venedig; die kunstvollen Glaswaren von Murano sind seit dem Mittelalter berühmt.

Die Hauptwaffe der *Musketiere* war die *Muskete*, ein großkalibriges Gewehr mit Luntenschloß, das beim Schießen auf eine Gabel aufgelegt wurde.

Musterschreiber: Kompanieschreiber; er hatte unter anderem das Verzeichnis der Angemusterten zu führen.

Nabuchodonosor, Nebukadnezar II., babylonischer König, 605–562 v. Chr., zerstörte Jerusalem und führte die jüdische Oberschicht in die »Babylonische Gefangenschaft«; er wurde nach der Legende (Buch Daniel) für seinen Hochmut zeitweise mit Wahnsinn geschlagen, so daß er Gras aß wie ein Ochse.

Sankt *Nitglas* (Wortspiel mit Niklas): Nichtglas; als Glasersatz diente geöltes Papier.

In der Schlacht bei *Nördlingen* (6. September 1634) gelang es den zahlenmäßig überlegenen Kaiserlichen, die unter Bernhard von Weimar allzu wagemutig angreifenden Schweden schwer zu schlagen. Die Schweden mußten darauf Süddeutschland räumen.

Ohm, altes Flüssigkeitsmaß, besonders für Wein; rund 150 l.

Orpheus, nach der griechischen Sage ein berühmter Sänger: Selbst die Bäume wanderten auf ihn zu, um seinem Lied zu lauschen, und die wilden Tiere lagerten sich neben den zahmen friedlich vor ihm. Als seine geliebte Gattin Eurydike an einem Schlangenbiß starb, stieg er in das finstere Reich der Unterwelt hinab; es gelang ihm, Hades (lat. Pluto) und seine Gemahlin Persephone (lat. Proserpina) so zu rühren, daß sie Eurydike erlaubten, ihm ans Licht zu folgen; doch sollte er sich nicht nach ihr umsehen, ehe sie die Oberwelt erreicht hätten. Von Liebe und Sehnsucht überwältigt, blickt Orpheus zurück, und Eurydike entschwindet für immer.

Ostende: Hafenstadt in Westflandern; verteidigte sich von 1601 bis zur Übergabe im Jahre 1604 tapfer gegen die spanischen Belagerer.

Partei: Streiftrupp; auf Partei gehen: einen Streifzug unternehmen.

In der Schlacht von *Pavia* (1525) besiegte das Heer Karls V., in dem sich besonders die Landsknechte unter Frundsberg hervortaten, Franz I. von Frankreich.

Philippsburg (Baden): Festung am Rhein, die während des Krieges mehrmals den Besitzer wechselte; 1638 lagen Kaiserliche in ihr.

Pike: rund 4 m langer, an der Spitze mit einer Klinge versehener Spieß. Die nur mit dieser Stoßwaffe ausgerüsteten Pikeniere bildeten die unterste Klasse der Infanterie.

Pistole, als Münze: Dublone, aus Spanien stammende Goldmünze.

Posui finem curis, spes et fortuna, valete!, lat.: Ich habe meinen Sorgen ein Ende gesetzt; Hoffnung und Glück, lebt wohl!

Profos: Militärrichter, Zuchtmeister.

Um *Quartier* bitten: Gnade, Pardon erflehen.

Regimentsschultheiß: Regimentsauditor; Untersuchungsrichter.

Kardinal *Richelieu* (1585–1642) leitete ab 1624 im Auftrag König Ludwigs XIII. den französischen Staat. Um die spanisch-habsburgische Vormacht in Europa zu brechen, verbündete er sich ohne konfessionelle Bedenken mit den protestantischen Schweden.

Rumormeister: Chef der Feldpolizei.

Sachsen: Kurfürst Johann Georg I. von Sachsen (1585–1656) kämpfte zunächst auf der Seite des Kaisers, unterstützte ab 1631 den Protestantismus und trat 1635, nach dem Sieg der Kaiserlichen bei Nördlingen, wieder auf die Seite Habsburgs.

Von *Simon* dem Zauberer berichtet die Apostelgeschichte im 8. Kapitel.

Simplizius: der Einfältige; von lat. simplex, einfach (mit der Steigerung: simplicius, simplicissimus).

Skapulier: breiter, über Brust und Rücken fallender Tuchstreifen; Teil der Tracht bei Benediktinern, Dominikanern und anderen katholischen Orden.

Steckenknecht: Polizeidiener.

Stockhaus: Gefängnis.

Theriak: Allheilmittel.

Lennart *Torstenson,* Torstensson (1603–1651), schwedischer Feldmarschall, kommandierte nach Banér von 1641 bis 1646 die schwedischen Truppen in Deutschland.

Joachim Christian von der *Wahl* (gest. 1644), bayrischer Feldherr, zog 1637 nach Westfalen.

Albrecht von *Wallenstein,* Herzog von Friedland (Nordböhmen), kaiserlicher Generalissimus, wurde am 25. Februar 1634 zu Eger ermordet.

Herzog Bernhard von *Weimar,* geb. 1604, kämpfte auf seiten Gustav Adolfs; er übernahm in der erbitterten Schlacht bei Lützen (1632) nach dem Tod des Schwedenkönigs das Oberkommando und zwang, obwohl selbst schwer verwundet, Wallenstein zum Rückzug. Er erhielt 1633 den Oberbefehl in Süddeutschland, auch wurde ihm das Herzogtum Franken (die Bistümer Würzburg und Bamberg) als schwedisches Lehen zugesprochen. Nach der schweren Niederlage bei Nördlingen (1634), durch die er Franken bald wieder verlor, trat Bernhard mit Richelieu in Verbindung; ab 1635 kämpfte er in französischen Diensten erfolgreich gegen die Kaiserlichen im Elsaß und am Oberrhein. Er eroberte Freiburg und nahm am 7. Dezember 1638 Breisach nach viermonatiger schwerer Belagerung. Bernhard starb am 18. Juli 1639, vermutlich an einer der damals grassierenden furchtbaren Seuchen (er selbst glaubte, von den Franzosen vergiftet worden zu sein). Seine Eroberungen kamen Frankreich zugute, das auch sein Heer übernahm.

Werberschanz: Schanze bei Werben an der Elbe.

Johann de *Werd,* von Werth (um 1600–1652), kaiserlicher General, war bäuerlicher Herkunft; er siegte u. a. bei Nördlingen.

Bei *Wittenweiler* (Wittenweier), einem Dorf in Baden, am Rhein, wurde Graf Götz am 9. August 1638 von Bernhard von Weimar geschlagen.

In der Schlacht bei *Wittstock* (Bezirk Potsdam) siegten am 24. September 1636 die von Banér geführten Schweden über die Kaiserlichen unter Hatzfeld.

Inhalt